SPOTKAMY SIĘ
W HONOLULU

Jerzy Sosnowski

SPOTKAMY SIĘ W HONOLULU

WYDAWNICTWO
LITERACKIE

„Przyniesie się trochę wody, umyjecie sobie nogi. I odpocznijcie pod drzewem. Wezmę kawałek chleba i posilicie się, a potem pójdziecie".

(Bereszit, 18:4–5a)

Roma leży w spiekocie, w żarze. Pod powiekami widzi iskry: w ciemnej zawiesinie zapalają się i gasną. Wirują. Gdyby się tylko skupiła, na pewno dostrzegłaby ten moment, w którym sekwencja powtarza się, a błyski wracają na miejsca, żeby od nowa zacząć swój taniec. To czas — jak zacięta płyta — nie biegnie dalej, lecz nawraca wciąż do chwili sprzed chwili. A znad krawędzi koca, więc z góry, czy też z tyłu, dobiega szum fali. Fala też się powtarza, jedna i ta sama, wtóruje jej oddechowi, niezmiennie ponawianemu: wdech, wydech. Morze wywraca na piach nawis wody, od lewej do prawej, niby szuler odsłaniający jednym ruchem węża z talii kart. Potem cofa się, zbiera migotliwe kiery, zielonkawe trefle. I znowu. Wdech, wydech. Rozwibrowane upałem powietrze nie niesie żadnych zapachów, tłumi monotonny krzyk rozbawionych dzieci, choć może to wołanie karmionych mew, trudno orzec, a Romie nie chce się otwierać oczu. Pod powiekami widzi iskry w ciemnej zawiesinie. Zapalają się i gasną, wirują. Gdyby się tylko skupiła... Jej skóra jest słona. Jej czarne włosy jeszcze mokre. Zanurza lewą dłoń w piasek poza brzegiem koca, najpierw ukłucie gorąca, ale pod spodem jest trochę chłodniej. Nurkuje w piachu ręka-kret, ziarenka przesypuje pięciopalczasta klepsydra. Nic się nie dzieje i nic się nie stanie. To może być ten rok albo poprzedni, a chyba i następny. Otulona rozsłonecznionym powietrzem, młoda, piękna i wolna. Bez wspomnień i bez planów. Z mężczyzną, zerkającym na nią pożądliwie (wie to mimo zamkniętych oczu, pod powiekami iskry), który zresztą nie ma najmniejszych szans. Choć jest tuż obok. A potem skądś, z góry, zaczyna płynąć ten kojący szmer, głos Belli. Bella, w koszu plażowym, czyta:

— Proszę wybaczyć — odezwał się Little, kiedy już trzymali w rękach szklanki — że zakłócam panu czas wypoczynku. Wyznam, że znalazłem się w sytuacji nader niezręcznej, powiedziałbym: dziwacznej, i pomyślałem, że pan jeden może mi poradzić. Wydaje mi się, że stałem się ofiarą włamywacza, choć prawdę mówiąc, nie poniosłem żadnej szkody, a w pewnym sensie nawet przeciwnie. Przynajmniej takie odnoszę wrażenie. Może to jakiś żart... Zbyt jednak ekstrawagancki, jeśli wolno mi wyrazić swoją opinię. Chodzi o kota.

— O kota — upewnił się McMinnies, sądząc, że się przesłyszał.

— Tak jest. Właśnie o to chodzi, że w sensie formalnym mam do powiedzenia zaledwie tyle: wbrew woli wszedłem w posiadanie kota, nie mojego z całą pewnością, który znajduje się obecnie w zajmowanym przeze mnie mieszkaniu przy Redburn Street 18. Widzi pan, inspektorze, zasiedziałem się wczoraj w klubie; przed tygodniem ograłem swojego przyjaciela na sumę, która wydała mi się niestosowna, i ucieszyłem się, że ów może się zrewanżować, a ponieważ karta mu i tym razem nie szła, graliśmy dłużej niż zwykle, żeby wreszcie przezwyciężyć jego złą passę. Naturalnie dbałem o to, by moje intencje nie były zbyt czytelne. Po prostu twierdziłem, że nie chce mi się wracać do domu. W rezultacie dotarłem do siebie dobrze po północy. Służącego zwolniłem na te dwa dni, żeby mógł odwiedzić chorą matkę, która mieszka pod Londynem. No i proszę sobie wyobrazić, że kiedy znalazłem się w sypialni, spod łóżka wyszedł kot. Dodam, że nie mam kota. Z założenia nie aprobuję zwierząt w mieście.

— Może wszedł przez okno — zasugerował detektyw.

Little odstawił szklankę z hałasem.

— Okna trzymam zawsze zamknięte. To nasze londyńskie powietrze... Ale przede wszystkim nie powiedziałem panu jeszcze, jaki to kot. Czystej krwi angora, biały jak śnieg, o niebieskich oczach i, to może najważniejsze, z obróżką wysadzaną, jeśli oko mnie nie zmyliło, brylantami dużej klasy.

— To zmienia postać rzeczy — zgodził się McMinnies.

Bella czyta, jakby każde słowo owijała w jedwabną chustkę i odkładała przed sobą na piasek, lekko się dziwiąc temu, co robi. Kiedy przychodzi jej kolej, książka, którą zabrali na urlop, zmienia charakter. Nie tylko staje się wyrazista, pełna dobitnie artykułowanych głosek, które oni, nieporządni, łykają w pośpiechu, jak niegdyś: bry, psze pani, dwa japka prosze. Przede wszystkim —

roi się teraz od pytajników, wpychających się w każdą pauzę, na koniec akapitów i zdań. Roma podejrzewa, że ma to pewien związek z okularami: przyjaciółka nie zakłada ich przy Stefanie. To dlatego melodia jej głosu nieustannie zgłasza wątpliwość, czy wyrazy za mgłą są tym, czym się wydają. Bella gotowa jest w każdej chwili cofnąć wypowiadaną starannie sylabę, skryć ją w wybuchu zażenowanego śmiechu albo wciągnąć ją z powrotem do ust z haustem powietrza. Ale myli się rzadko, tylko że z tej niepewności wychodzi jej ptasie zawodzenie, jakby z prymuską w niej droczyła się wilga albo kos.

Inna rzecz — snuje się sennie w głowie Romy, a jej myśl, jak kot w mieszkaniu Olivera Little'a, to chowa się, to wyłazi spod szumu fal, wrzasków dzieciarni (może to zresztą mewy) i upału — że ten sposób czytania doskonale rymuje się z zachowaniem Belli. Ma ogromne oczy zadziwionej światem sarenki (o ile istnieją sarenki o fiołkowych oczach) i gdy je kieruje na rozmówcę, niejeden milknie, speszony domysłem, że widocznie straszne głupstwa opowiada, choćby tylko pytał o godzinę. Lecz w tym spojrzeniu nie ma nigdy ani grama dezaprobaty, jedynie destylat zdumienia. Jakby Bella nie umiała uwierzyć, że coś jej się przydarza. Że rzeczy i ludzie okazują się tymi właśnie rzeczami i ludźmi. Za każdym razem, gdy wsiadają do samochodu Stefana, a on zapala silnik i puszcza sprzęgło, przyjaciółce wyrywa się zdławione „och!". Stefan wybucha na to śmiechem zdrowego mężczyzny, pogromcy koni mechanicznych i obrońcy kobiet (lub też odwrotnie — myśli cierpko Roma), i wygłasza jakąś protekcjonalną uwagę, że z nim wszędzie dojadą szczęśliwie. Tymczasem Bella jest szczęśliwa od razu, już, w tej chwili; zerka w jego stronę z prowokacyjną mieszaniną uległości i odwagi, co Romę z początku okropnie denerwowało, a potem przywykła i teraz kto wie, czy braku tego rytuału nie uznałaby za zły omen.

— Czy na drzwiach były ślady włamania? — zapytał inspektor. — Może któreś okno nie zostało domknięte?

— Powiadam panu, że okna wprost obsesyjnie sprawdzam przed wyjściem. Co do drzwi, nie znam się na tym, ale nie zauważyłem żadnych drzazg czy zarysowań. Zupełnie jakby ktoś jeszcze dysponował kluczem. To zresztą jeden z aspektów sprawy, który niepokoi mnie najbardziej. Poza tym wolałbym nie uchodzić za porywacza kotów.

— Te brylanty...

— Inspektorze, będę z panem szczery. Na wojnie bardzo mi się popsuł wzrok. Poszedłbym prosto na policję, gdyby nie ta niepewność. Mógłbym im powiedzieć: „Panowie, znalazłem kota", pomijając zupełnie, że znalazłem go we własnej sypialni. Ale jeśli to są prawdziwe brylanty, ten niezręczny szczegół mógłby mieć znaczenie dla śledztwa.

— A jednocześnie postawiłby pana, przyjacielu, w nadzwyczaj kłopotliwej sytuacji — dokończył inspektor.

Powieść wybrał Stefan, zapewniając, że będą się dobrze bawili. Roma nie ma serca do tej fabuły, więc zamknąwszy oczy, pozwala sobie błądzić myślami, chwilami tylko sprawdzając, jaki przebieg ma ta przydługa rozmowa o kocie z brylantami (tak brzmi tytuł) — na wypadek gdyby przyjaciele chcieli przegadać zawiłości akcji podczas obiadu. Zresztą w głośnym czytaniu nie chodzi tak naprawdę o treść, tylko o bycie razem. Jakby słowa, z pozoru traktujące o detektywach, astronautach czy kim tam jeszcze, zawierały tajemny szyfr, zrozumiały jedynie dla nich. Ich ukryty sens to komunikat, powtarzany niby sygnał radiolatarni: kochamy się, ale bez scen i oczekiwań, jak rodzeństwo; jesteśmy jednością, niepotwierdzoną żadnym podpisem i właśnie dlatego niezniszczalną. Mamy wszystkie prawa dorosłych i żadnych obowiązków.

Tyle że niekiedy przelatuje Romie przez głowę, szczególnie dziś, czy aby pozostaną tak nietykalni i niewinni jak dotąd i czy jednak czas wspólnych wyjazdów nie dobiegł końca. Bella z coraz wyraźniejszym, choć wciąż niemym pytaniem w fiołkowych oczach spogląda na Stefana, a Stefan coraz częściej patrzy na Romę. Dziś rano, gdy zarządził kąpiel prawie zaraz po przyjściu na plażę, przyjaciółka odparła, że nie ma ochoty, i zerknęła na Romę wymownie. Więc Roma też stwierdziła, że woda przed południem za chłodna. Usłyszały od mężczyzny coś o szczurach lądowych, które nigdy się nie zahartują (brzmiało to tak, jakby nie przyjechał z nimi, tylko czekał tu na nie od poprzedniego lata), po czym zostały same. Bella, w koszu plażowym, którego cień chroni jej pergaminową skórę, zaczęła smarować ramiona, przestała, popatrzyła na przyjaciółkę, która układała się na wznak na kocu, i zapytała nagle: Chciałabyś wyjść za mąż?

Roma uchyliła ostrożnie powieki; nie, za jasno, więc przesłoniła oczy dłonią. Tamta szukała czegoś w torebce, zbyt pilnie. Może nadarzała się okazja, żeby coś wyjaśnić. Równie oględnie, jak oględne było pytanie. W przyszłości tak, mruknęła. Zaraz pewnie powiesz, że już pora. — Znów odchyliła twarz do słońca. — Tylko kandydata nie ma. Nie wypadało jej drugi raz spojrzeć, więc nasłuchiwała. Bella poszeleściła znowu w koszu, zdaje się, że podwinęła nogi. Nie ma? — odezwała się takim tonem, jakby dziwiła się, że przyjaciółka nie lubi lodów. No a...

Roma usiadła gwałtownie, obejrzała się. Stefan wypłynął prawie pod czerwone boje. Między wodą a nimi bawiły się jakieś dziewczynki. Bella, nie bądź niemądra. Pierwszej bym ci powiedziała. To fajny kumpel, ale... — Mnie się podoba. — Zabrzmiało to dość bezradnie. Pewnie dobrze, że mówiły ze sobą otwarcie, tylko że teraz wyliczenie wad przyjaciela było już niemożliwe. Tamta naprawdę się zakochała i nie uwierzy, że można nie podzielać jej uczuć. Roma westchnęła głęboko. Ja to bym chciała, odezwała się, mając nadzieję, że za jej plecami Stefan nie zamierza jeszcze wyjść na brzeg, ja to bym chciała zakochać się w kimś całkiem innym. Niekoniecznie takim do zabawy. Sama jestem wystarczającą wariatką. Żeby ten ktoś znał się na żartach, ale imponował mi jak nikt. Na serio. Nie tym, że dobrze gra w karty, umie się wszędzie wkręcić i świetnie pływa. Żebym mogła uwierzyć w to, co mówi. Kim już Stefan nie był? — Niedobrze, że to powiedziała; tego argumentu należało unikać, chociaż rzeczywiście, gdyby zaledwie połowa z jego anegdot była prawdziwa, musiałby mieć zdolność przebywania w pięciu miejscach jednocześnie, i to od dobrych stu lat. On nas chroni i siebie, bo straszne rzeczy przeżył, przerwała jej Bella prawie z urazą. Rozumiem, wpadła jej Roma w słowo, ale to wszystko wydaje mi się... nie takie. O, wiem, księdza bym jakiegoś uwiodła. Tylko żeby był przystojny i niestary.

Bella aż zeszła na koc i przytuliła się do przyjaciółki na chwilę. Roma, ty żartujesz — zakwiliła — proszę cię. Tak, żartuję. Ale chciałam ci pokazać... Nie umiem tego lepiej wyrazić. To powinien być ktoś nie z tego świata. Siedziały teraz blisko siebie, twarzą w twarz, prawie stykając się nosami. W końcu Bella przegarnęła Romie kosmyk z czoła. Masz kogoś za granicą? — szepnęła jak dziecko, dopytujące się, gdzie rodzice schowali prezenty pod choinkę. Nie wygłupiaj się, tylko posłuchaj. Mówię o kimś, kto by mi otworzył coś zupełnie nieprzewidywalnego. Jakąś inną przestrzeń. A na razie... W ostatniej chwili zamilkła, żeby nie powiedzieć, że na razie się bawi, i to w dodatku coraz gorzej. Książę z bajki, Bella siąknęła nosem i nagle wróciła na swoje miejsce, do cienia. Wiesz, ciągnęła jakimś nowym tonem, jakby ją pouczała, to zabawne, bo ja cię miałam zawsze za konkretną kobietę, a teraz to ja jestem konkretna. Znalazłam i tego się trzymam. Wiem, wiem — podniosła rękę, uciszając Romę, choć ta milczała — że to już słyszałaś. Ale to pierwszy raz tak na poważnie.

A tam, z tyłu, nadchodziło radosne zwierzę, ryczące, że idzie lodziarz i żeby prędko znaleźć pieniądze, i przez chwilę było tak, jak rok i dwa lata temu. Roma nie ruszyła się, niech tamta sięgnie po jego torbę, niech mu wyciągnie portmonetkę, jakby już była jej, niech się cieszy; Stefan przechwycił forsę, nawet jej nie dotknął i już go nie było: scena z innego filmu, w innej reżyserii, tylko oświetlenie wciąż to samo, obezwładniająco jaskrawe. Więc Roma, na zakończenie, porozumiewawczo uśmiechnęła się do Belli i szepnęła: To nie popsuj tego, a tamta obejrzała się i odszepnęła ni to zaklęcie, ni to groźbę: Ty też. Ale przecież trudno w wyniku całego tego zawikłania przerywać sobie urlop. Zresztą — czy nie mogli jeszcze przez tydzień oddawać się tej majestatycznej celebracji pośmiertnej, odegrać ostatni raz, choć bez wiary, spektakl przyjaźni: z plażą, tańcami, grą w piłkę i głośnym czytaniem książki?

Czas, wydaje się Romie, ciągle przecież nie płynie. Nie tylko tutaj i teraz: zastygł wszędzie dobrych kilka lat temu. Odkąd skończyła szkołę i porzuciła swoje dawne imię, weszła z przyjaciółką w epokę spełniania marzeń. Bella, jako jedyna, koleguje się z nią od zawsze, wszystkie inne znajomości zostały skrzętnie pozrywane, żeby zrobić miejsce na nowe. Kiedyś, na wycieczce, weszły obie na wieżę ratuszową i oglądały z bliska mechanizm zegara; ogromne koła wydawały się pogrążone w wiecznym bezruchu, potem nagle — trach! — przesunęły się o jeden skok i znów zamarły; więc teraz Roma często myśli o tym etapie swojego życia jak o rozciągniętej na lata minucie między jednym ząbkiem trybu a następnym. Jeśli coś się dzieje, dzieje się niezobowiązująco i lokalnie. Co najwyżej osoby, jakby dawno wyczekiwane, zajmują swoje miejsca: tak miało być i tak powinno być zawsze. Kiedyś, uświadamia sobie nagle Roma, a błyski pod powiekami robią się przez chwilę jaskrawsze, ten okres stanie się przeszłością i z jakiejś, niewyobrażalnej dziś jeszcze perspektywy ona będzie go wspominać. Lub inaczej: kiedyś opuści ten czas, s w ó j czas, może z własnej woli, ale wyjazdy nad morze, wielogodzinne rozmowy, wyprawy do kina, do teatru i na tańce pozostaną, staną się podręczną wiecznością do odwiedzenia w każdej chwili; tanim biletem będzie przymknięcie oczu. Nie warto dzisiaj rozmyślać nad możliwą kiedyś melancholią. Należy tworzyć codzienność, żeby działo się w niej jak najwięcej, najmilej.

— Przyjmijmy na razie — powiedział inspektor — że padł pan ofiarą niemądrego żartu. A ja dyskretnie dowiem się, czy komuś nie zginęła drogocenna brylantowa obróżka z kotem na końcu. Może źle się wyraziłem; w każdym razie kot jest nosicielem tego skarbu i powinien być u właścicielki, bo przeczuwam, że nie do mężczyzny należy to cacko. ...Niech teraz Stefan poczyta, zmęczyłam się.

E, tak ci dobrze idzie, zaburczał niewyraźnie z twarzą wciśniętą w koc, dajcie żyć.

I
CHECK-IN

1.

Piotr obudził się z jakiegoś snu, którego nie umiał sobie przypomnieć.

W pierwszej chwili zdziwił się otaczającą go ciemnością, bo zdawało mu się, że po całodziennej podróży z Krasna Wielkopolskiego powinien spać aż do rana. Co prawda okienka w Wieży nie wpuszczały za dużo światła — to była bodaj jedyna wada tego miejsca, która mu naprawdę czasem dokuczała — lecz gdyby słońce już wstało, w sypialni panowałby przynajmniej półmrok. Nie opuszczało go poczucie straty i postanowił, że na stoliku przy łóżku będzie odtąd trzymał długopis i notes, żeby nie trwonić więcej snów. Do tej pory przeważało poczucie, że przecież nic nie znaczą, i gdy w ciągu dnia ulatywały w niebyt dyskretnie, nie zwracał na to zjawisko uwagi. Ale te męczące chwile niemożności ustalenia, co przeżywał przed ułamkiem sekundy — mocno, intensywnie — zanadto przypominały mu powody, dla których ćwierć wieku temu zrezygnował z przelotnego zamiaru pójścia do seminarium i ostatecznie zdecydował się studiować historię. Zamiast przebaczaniem oczyszczać przeszłość — utrwalać ją. Walczyć z przemijaniem. Gdyż to, co się wydarzyło, powinno zostawić ślad. Dobre czy złe, powinno w jakiejś formie przetrwać. Poprawka: powinno przetrwać w formie nie „jakiejś", tylko wyjaśnionej, jak w dobrej powieści detektywistycznej. I teraz miał za swoje. Rzeczywiście nie było przebaczenia. Detektyw bez wysiłku zatrzasnął kajdanki na własnych przegubach. To, że ludzie zapominają, wydawało mu się kiedyś okropne. Dziś sam najchętniej nie pamiętałby nic poza snami. Co za ironia, że tylko one ulatywały. Z irytacją wcisnął skroń głębiej w poduszkę. Którakolwiek to była godzina, nie nadawała się do ponownego robienia rachunku sumienia, niemniej zapalił lampkę i sprawdził. Wspaniale: druga nad ranem.

Piotr usiadł na łóżku. Mieszkał w tym miejscu już trzeci rok, ale nocy, w czasie których zza cienkiej ścianki działowej nie dochodziło go chrapanie Marka, nie było wiele. Właśnie dlatego wsłuchiwał się tak długo w ciszę, aż dzwoniącą w uszach. W Popielarni — sześćdziesiąt kilometrów od Warszawy, na skraju lasu — o tej porze nie szczekały nawet psy. Uświadomił sobie, że sen całkiem go opuścił: niewątpliwie rozregulował sobie organizm ostatnią podróżą. Wstał, z krzesła w nogach łóżka zabrał szlafrok i przeszedł do saloniku. Przez chwilę zastanawiał się, czy nie włączyć telewizora, ale zrezygnował i przez krótki korytarzyk wydostał się na klatkę schodową. Nie zapalał światła, bo przez wielkie okna w ścianie szczytowej mżyła latarnia przy bramie na posesję. Człapiąc rozdeptanymi kapciami, zszedł na parter i skręcił do kuchni. Gorąca herbata z mlekiem powinna mu dobrze zrobić.

Kilka minut później siedział na wielkiej kanapie w jadalni i nie po raz pierwszy dziwił się, jak szybko przywykł do tej budowli. Zwłaszcza po nocy, gdy jego kumpla poniosło gdzieś w świat, powinna wydawać się przecież miejscem dość upiornym. Zbudowano ją prawdopodobnie pod koniec XIX wieku; jeśli wierzyć Markowi, miała stanowić część neoromantycznego założenia pałacowo-parkowego w posiadłości niejakiego Aleksandra Jaroszewicza. Nazwisko porządne, szlacheckie, ale — jak sprawdził Piotr — krył się pod nim raczej jakiś nuworysz, wzbogacony na włókiennictwie i handlu wódką. Szybko zresztą zbankrutował i z całej jego wizji zostały tylko: ta dwupiętrowa baszta zwieńczona blankami, niby obronna, z absurdalnie dostawioną neogotycką klatką schodową, oraz willa, którą podpalili żołnierze Armii Czerwonej, gdy w styczniu 1945 roku przechodzili przez Puszczę Bolimowską. Możliwe zresztą, że do podpalania mieli jakiś dobry powód: niemieckie gniazdo karabinów maszynowych czy coś podobnego. Po wojnie na fundamentach willi postawiono chałupę państwa Włodaków, a w Wieży urządzono magazyn pasz; gdy zaś padły PGR-y, sprzedano ją pewnemu biznesmenowi, który zaczął nawet prace restauracyjne, lecz wpadł w kłopoty i za wszelką cenę chciał się budynku pozbyć. I wtedy zjawił się z zarobionymi w Stanach pieniędzmi Marek Giedojt, odkupił Wieżę i dokończył remont, pod koniec wspomagany finansowo przez Piotra. Tej wersji w każdym razie się trzymali, choć Piotr szacował, że jego wkład musiał być raczej symboliczny, a przyjaciel i były uczeń chciał go po prostu wyciągnąć z marazmu i przy okazji zapewnić sobie towarzystwo. Okoliczna ludność zresztą, podobnie jak matka Piotra, uważała ich naturalnie za parę homoseksualistów. Wyjątek stanowiła pani Włodakowa, najbliższa sąsiadka, którą zatrudniali do sprzątania — ta broniła ich tak żarliwie przed tą, jak to określała, „paskudną przymówką", że było to nawet wzruszające (jeśli chodzi o pana Włodaka, trudno było zorientować się w jego opinii, gdyż z zasady milczał). Co do upodobań Marka, Piotr nie założyłby się, że okoliczna ludność nie ma trochę racji. Na ich wzajemne stosunki to jednak nie wpływało.

Poznali się dwadzieścia lat temu, w liceum imienia Staszica, w którym Piotr został po studiach nauczycielem historii, a Marek był uczniem drugiej klasy: inteligentnym, bezczelnym i całkowicie pozbawionym jakichkolwiek zainteresowań poza przedmiotami ścisłymi, zwłaszcza informatyką. Prawdopodobnie gdyby Piotr miał w tamtym momencie jakieś zawodowe doświadczenie, spacyfikowałby pyskatego młodziana zgodnie z arkanami sztuki pedagogicznej i kto wie, czy tamten dotarłby w ogóle do matury. Ale „profesor Dębicki", jak go tytułowano, nie znał reguł swojego zawodu i zachowywał się przez to tak ekscentrycznie, że w uczniu zaczęło to budzić zaciekawienie: nie historią, rzecz jasna, lecz człowiekiem, który uparcie nie stawiał mu jedynek. Przełom, którego nauczyciel w pierwszej chwili nie zauważył, nastąpił po kilku miesiącach. Piotr napisał pracę magisterską ze stosunków państwo – Kościół w latach 1956–1966 i nudził się dość potężnie, brnąc przez dzieje upadku rzeczypospolitej szlacheckiej, więc któregoś dnia zamiast omawiać właściwy temat, wdał się nieodpowiedzialnie w rozważania o braku granic między fizyką, teologią a filozofią w XVII wieku. Wtedy Giedojt oburzony sugestią, że Newton miałby cokolwiek wspólnego z humanistyką, postanowił to sprawdzić; a potem pochłonęło go wyszukiwanie podobnych związków. Ku lekkiemu przerażeniu nauczyciela zaczął pasjonować się możliwością komputerowego modelowania procesów kulturowych. Nie pomagało mu to wprawdzie w zapamiętaniu daty konfederacji barskiej ani bitwy pod Stoczkiem, ale poszerzyło jego zainteresowania na przykład o rozwój kolejnictwa w dziewiętnastowiecznej Anglii albo główne powody wybuchu wojny trzydziestoletniej. Zabawne zresztą, że kiedy spotkali się znowu po latach, hobbystyczne zainteresowania Marka okazały się w pewnym sensie wciąż te same, choć zawężone do jednego, dość zaskakującego wycinka dziejów: w ich wspólnej bibliotece, wypełniającej pierwsze piętro Wieży, niemały procent stanowiły dzieła poświęcone sporom teologicznym w pierwszych wiekach chrześcijaństwa. Giedojt — agnostyk-ironista, po dziesięciu latach pracy w Dolinie Krzemowej — zaprojektował sobie program do generowania wniosków z prostych przesłanek, by jak twierdził, osiągnąć pewne sukcesy w sprawdzaniu, czy, powiedzmy, w dyskusji szkoły aleksandryjskiej i antiocheńskiej nad relacją Syna do Ojca sformułowano wszystkie teoretycznie możliwe stanowiska. Piotra przeszywał dreszcz na myśl, że to dziwaczne hobby stanowi największy z jego pedagogicznych sukcesów. Ich przyjaźń wzięła się zresztą z czego innego, choć także ze szkolnych czasów.

„Czymś innym" była Magda. Młodsza o rok od Marka, wydawała się jego przyjaciółką, a może dziewczyną — z perspektywy pokoju nauczycielskiego trudno było orzec dokładnie, jak sprawy stoją — i chyba tym najpierw zwróciła uwagę historyka. Pod koniec roku szkolnego umówili się we trójkę na piwo, a kiedy po wakacjach na podobne spotkanie Marek przyszedł sam, Piotr uświadomił sobie, że przy stoliku brakuje mu towarzystwa dziewczyny. Uczył ją do matury — postanowiła zdawać na prawo — od września zostawał dla niej po lekcjach i w pewnej chwili odkrył z obłudnym zakłopotaniem, że myśli o niej intensywniej, niżby wypadało. Zaczęli spotykać się poza szkołą i wczesną wiosną było już oczywiste, że umawiając się, oboje wymyślają miejsca i pory, które pozwoliłyby im zachować tajemnicę. W końcu — rozmowa na ten temat przerodziła się w wyznania. Profesor Dębicki popatrywał co rano w lustro, wymyślając dla siebie jakieś usprawiedliwienia, z których krytykę wytrzymywało tylko to jedno: że dziewczyna jest od niego młodsza raptem o dziewięć lat i że mimo okazji wciąż ograniczają się do pocałunków. Pozostawała jednak uczennicą, i to w dodatku przygotowującą się do matury z historii, przed komisją, której on miał być członkiem. Wyglądało to niedobrze, a propozycja, by chociaż tuż przed egzaminami zawiesili na jakiś czas randki dla zachowania resztki pozorów, nie przechodziła mu przez gardło: obawiał się, by nie wyszło na to, że podejrzewa Magdę o cyniczne wykorzystywanie ich romansu do zapewnienia sobie dobrej oceny.

Wtedy właśnie spotkał Marka, który widocznie wpadał czasem do dziewczyny, bo wystrzelił, jak to on, bez wstępów: „To tylko Magda się w tobie kocha czy ty w niej też?", po czym swoim zwykłym, beznamiętnym tonem oświadczył, że nad biurkiem koleżanki zobaczył prawdziwy ołtarzyk, z fotografią profesora i konwaliami w dzbanuszku. Osobiście uważa, że — jeśli to uczucie z wzajemnością — Piotr pożałuje kiedyś swojego zaangażowania, ale powinni przynajmniej na czas egzaminów zawiesić randki, żeby, jak się wyraził, „uniknąć dymu". I jeśli Piotr nie może tego zaproponować, a pewnie nie może, to on chętnie uświadomi Magdzie, że choć ona za chwilę skończy szkołę, to jeśli wcześniej rzecz wyjdzie na jaw, wszystko skrupi się na nauczycielu, nie na niej. I tak właśnie zrobił; a Piotr, wraz z jej uczciwie zdobytą piątką odzyskawszy spokój, co prędzej złożył wymówienie. We wrześniu, przy zaskakującym entuzjazmie rodziców dziewczyny, zamieszkał z Magdą w wynajętym wspólnie mieszkaniu — i zaczął szukać nowego zajęcia, którym okazało się ostatecznie pisanie reportaży do gazet.

Ta interwencja Marka zapowiadała już, kim się w życiu Piotra stanie: kumplem lojalnym, rzeczowym, a zarazem, jak się wydawało, całkowicie impregnowanym na emocje. Jego analityczny umysł nie współodczuwał i nie oceniał, jedynie rozumiał — z oddalenia, zabarwiającego jego sądy subtelną ironią. W sieci skomplikowanych relacji międzyludzkich odnajdywał zawsze zasadniczy problem, który należało rozwiązać, przy czym wzruszał ramionami na wszelkie wzmianki o tym, że komuś będzie przykro albo że to nie takie proste. Potrafił być potwornie nietaktowny i Dębicki nieraz myślał o nim w chwilach rozdrażnienia, że pod względem uczuć jest w medycznym sensie niedorozwinięty, a jego niezdolność do uwzględniania tego, co w bliźnich nieracjonalne, sytuuje go właściwie na granicy socjopatii, jeśli nie poza tą granicą. Ale to nie była prawda, bo zachowania Marka były empatyczne, tylko chłodne. Od trzech lat doskonale wyczuwał, kiedy współmieszkaniec Wieży chce pogadać, a kiedy chce być sam. Skomplikowaną umowę notarialną, w myśl której byli współwłaścicielami nieruchomości o rozmaitych wkładach własnych i wynikających stąd zróżnicowanych prawach, opracował z bezwzględnością rekina finansjery; lecz w gruncie rzeczy po raz drugi wyciągnął Piotra z poważnych kłopotów. Spisany regulamin ich życia we dwóch ocierał się o groteskę: na przykład na drzwiach prowadzących ze wspólnego korytarzyka do ich saloników (przechodziło się z nich do maleńkich sypialni z jednej, a do łazienek z drugiej strony) mieli w razie potrzeby umieszczać hotelowe zawieszki z napisem „nie przeszkadzać", a paragraf 7b zaznaczał, że przestają one obowiązywać po dwudziestu czterech godzinach nieprzerwanego pozostawania na klamce, na wypadek gdyby któremuś coś się stało. Na pierwszym piętrze, w bibliotece, zaordynowana była całodobowa, bezwzględna cisza. Gości wolno było przyjmować bez uprzedzenia na parterze, ale nocowanie ich (w pokoiku przy jadalni, na co dzień służącym jako składzik) było uzależnione od zgody drugiej strony; sprowadzenie kobiety do sypialni na dłużej niż jedną noc automatycznie rozwiązywało całą umowę, gdyż Wieża nie była przystosowana do mieszkania trzech osób (paragraf 14 zaznaczał: „odnosi się to również do sprowadzania mężczyzn"). I tak dalej. W praktyce jednak Piotr nie pamiętał, żeby kiedykolwiek życie z kimś pod wspólnym dachem upływało mu aż tak bezkonfliktowo. Wielokrotnie, nie widząc zawieszki na drzwiach, zaglądał do saloniku przyjaciela i prowadził tam długie, wieczorne rozmowy przy piwie i winie — choć bywało, że przyjaciel kończył je bez ceregieli, mówiąc spokojnie: „To już idź sobie, chce mi się spać". Z tego zresztą powodu Piotr chętniej wsadzał do niego tylko głowę i proponował posiedzenie po swojej stronie korytarza — przynajmniej nikt go nie wyrzucał. A Marek, co charakterystyczne, wyznał kiedyś, że w ogóle nie widzi różnicy: moduł z jeden równa się jeden lub minus jeden. Czy wychodzisz ty, czy wychodzę ja, któryś z nas wychodzi w każdym razie i rozmowa się kończy. *Over*.

Kiedy po trzech latach związek z Magdą się rozpadł — Piotr teraz dopiero umiał przyznać, że zanadto uwierzył w swoją rolę starszego i mądrzejszego, a studentka trzeciego roku prawa znudziła się odgrywaniem Galatei u boku Pigmaliona — jego przyjaciel przyjął to bez zdziwienia. Wtedy akurat nie okazał się pomocny. Może dlatego, że zajęty był pisaniem (świetnej) pracy dyplomowej, że zaraz po obronie miał wyjechać na niezwykle prestiżowy i intratny kontrakt w Dolinie Krzemowej, a może dlatego, że depresja, w którą wpadł Piotr, była czymś kompletnie nieracjonalnym; dla Giedojta problem nie istniał. Para mieszkała razem, kiedy było fajnie, a kiedy przestało być fajnie, przestała też razem mieszkać — to proste, mówi się „aha" i żyje dalej. Być może w tym momencie ujawniła się najwyraźniej subtelna różnica w ich stosunku do tego, co nieuniknione. Piotr wiedział, że jego związek nie ma przyszłości, mówili mu to wszyscy dookoła — i nie mógł ścierpieć myśli, że rzeczy toczą się zgodnie z obiektywnym porządkiem, od którego zazwyczaj nie ma odwołania. Marka zaś istnienie tego porządku zdawało się uspokajać: pozwalało przewidywać bieg zdarzeń. Więc nieomal czerpał satysfakcję z tego, że romans jego dawnego nauczyciela zakończył się w sposób niezaskakujący. Wyjechał zresztą wkrótce i przez wiele lat nie dawał znaku życia. Piotr właściwie o nim zapomniał. Aż kilka lat temu spotkali się przypadkiem na ulicy...

Piotr wysiorbał ostatni łyk herbaty z mlekiem, mocno już wystygłej — przekonał się, że w elektrycznym czajniku znowu zebrał się kamień, którego drobinki zazgrzytały mu między zębami — i zaczął z wysiłkiem przypominać sobie, na kiedy Marek zapowiedział tym razem swój powrót. Prawdopodobnie jak zwykle przysłał mu info esemesem, ale komórka została na górze, koło łóżka. Chyba za jakieś dwa, trzy dni powinien przyjechać. Giedojt pracował jako konsultant dla firm opracowujących programy graficzne, jeździł z prezentacjami — tak jak teraz — a odkąd zaczął się kryzys, dorzucił do swoich zajęć pisanie artykułów popularnonaukowych i broszur dla użytkowników programów. Gości z jego pozycją zawodową było w Polsce zaledwie kilku — choć sam stwierdził kiedyś sucho, że w tej dziedzinie każdy rok przynosi zmiany w hierarchii i niczego nie można być pewnym — w każdym razie jego oszczędne opowieści o pracy nad specjalnym software'em do robienia zdjęć trickowych w 3D, czym zajmował się w Stanach, budziły w Piotrze coś w rodzaju nabożnego podziwu. Teraz przegadałby chętnie z Giedojtem swoją kraśnieńską wyprawę, bo oprócz materiału wątpliwej jakości przywiózł z niej porcję rozdrażnienia, które — zdawał sobie z tego sprawę — przesłaniało mu wszystko inne. A Marek właśnie rozdrażnienia by nie rozumiał, więc posłużyłby jako filtr, przepuszczający jedynie istotę problemu, o którym warto pisać.

Temat wydawał się początkowo intrygujący: Piotr w doniesieniach agencyjnych znalazł wzmiankę o tym, że w Kraśnie Wielkopolskim pozbawiono praw rodzicielskich kobietę mającą od kilku lat, jak twierdziła, objawienia. Jej dwunastoletnie córki bliźniaczki zostały umieszczone w pogotowiu opiekuńczym. Według wersji przyjętej przez sąd czterdziestoletnia rencistka cierpi po prostu na padaczkę skroniową; jej znacznie starszy mąż, spawacz, obecnie na bezrobociu, nie umie jej się przeciwstawić, i cała ta sytuacja wpływa fatalnie na rozwój dzieci, skądinąd jednego z ADHD i dysgrafią, a drugiego z astmą alergiczną i dyskalkulią. Reporter, wybierając się na miejsce, spodziewał się albo bezdusznego sądu, wkraczającego w sferę osobistych ludzkich przekonań (wówczas bohaterką pozytywną jego tekstu byłaby kraśnieńska mistyczka, prześladowana przez niewrażliwych urzędników), albo histeryczki, którą religijne, a właściwie pseudoreligijne szaleństwo pozbawiło resztki zdrowego rozsądku, potrzebnego do wychowywania dzieci (wówczas bohaterką pozytywną byłaby sędzina, ujmująca się za bliźniaczkami). Nie przewidział — i jednym ze składników jego rozdrażnienia było właśnie to, że nie przewidział — iż może nie być tu alternatywy. Sąd był rzeczywiście bezduszny, a kobieta — zdaniem Piotra — zwyczajnie niemądra. Rzecznik miejscowego wymiaru sprawiedliwości wydawał się przeniesiony w czasie z najgorszych lat PRL-u, kiedy prześladowano Kościół. Ale obrońcami rzekomej mistyczki mienili się ludzie, których wiara nie miała chyba wiele wspólnego z chrześcijaństwem, a wściekłość, z jaką reagowali na najmniejszy domysł, że mogą nie mieć racji, wydawała się wręcz demoniczna. Byłemu katolikowi, a tak określał siebie Piotr, obie strony przypominały parę postawionych przed nim krzywych zwierciadeł: zaciekle antyklerykalny rzecznik pokazywał mu, kim może się stać — zwolennicy objawień parodiowali tego, kim był przez lata. W południe, wsiadając do samochodu, miał wrażenie, że stamtąd ucieka. Interesujący przypadek, prowadzący do pozytywnego wniosku, jak lepiej urządzić państwo (lub, ewentualnie, jak wierzyć, nie tracąc zdrowego rozsądku), zmienił się nieoczekiwanie w osobistą psychodramę, której Piotr nie zamierzał sobie fundować. Zresztą trudno było uwierzyć, że kogokolwiek interesowałyby jego duszne problemy. Wracał do Wieży, myśląc może po raz pierwszy tak wyraźnie — choć, jak sobie uświadomił, już od pewnego czasu to w nim wzbierało — że chciałby się oddzielić od wszystkiego, oczyścić. Wyosobnić. Wystrzelić na inną planetę. W inne czasy. A przy okazji pozbyć się samego siebie, którego lubił coraz mniej. Właściwie wcale. Bredzę — stęknął samokrytycznie i ruszył z powrotem na górę, do sypialni. Dochodziła chyba czwarta. Mimo wszystko ciekawiło go, z jaką miną wysłucha go za kilka dni Marek. I co powie.

2.

— Pozdrowienia od Marka — powiedział odruchowo Piotr.

— Mhm — odparła odruchowo matka.

Można przypuszczać, że żadne z nich nie zapamiętało tej wymiany zdań, tylko Marek Giedojt mocno by się zdziwił, gdyby usłyszał o swoich pozdrowieniach; ale Piotr uważał, że tak będzie uprzejmie, zwłaszcza odkąd zorientował się, że mimo upływu czasu pani Dębickiej nie przechodzi irytacja z powodu jego zamieszkania z przyjacielem, i odkąd dotarło do niego, co naprawdę tę irytację wywołuje. Jego niełatwe relacje z matką weszły teraz w stan cudacznego teatru niedomówień; nigdy w przeszłości nie zamienili nawet dwóch słów na temat jego życia miłosnego, trudno więc było teraz ni z tego, ni z owego zaznaczać, że nie zaczął sypiać z mężczyzną. Jego uspokajające, jak mu się wydawało, rozważania o urodzie aktorek czy telewizyjnych pogodynek przyjęła natomiast raz czy dwa z taką miną, że dał spokój. Nie był tylko pewien, czy jej spojrzenie znaczyło jedynie: „Nie chcę tego słuchać", czy raczej: „Nie chcę tego słuchać, a swoje wiem". W każdym razie była to mina zgorszona.

Tego ranka pani Maria miała na sobie, jak zwykle, czarną sukienkę, czarne palto, a szyję owinęła czarnym szalem. Wyglądający spod rozpiętego palta fioletowy sweter mógłby się wydawać na tym tle jakąś barwną ekstrawagancją, gdyby Piotr nie pamiętał koloru ornatów, w których księża odprawiają msze żałobne.

Kobieta — drobna, w wielkich okularach — przypominała mu surykatkę. To przez Marka, który chyba, jak to on, bez złośliwości, po prostu chcąc podzielić się interesującym spostrzeżeniem, pokazał mu kiedyś w gazecie reklamę filmu przyrodniczego z komentarzem: „Popatrz, całkiem jak twoja mama". Ku zdziwieniu przyjaciela Piotr żachnął się, ale potem umknął do kuchni, żeby się wyśmiać. Teraz nie potrafił się pozbyć tego skojarzenia. Ceremonialnie ucałował surykatkę w dłoń i poprowadził do samochodu stojącego niedaleko, przy Filtrowej. Nie pozwoliła mu nieść wielkiej torby, w której znajdowała się dokumentacja jej przypadku. Może zresztą naprawdę nie ważyło to wiele. Wzięła go pod ramię, niby dla wsparcia się, ale tak naprawdę, by go przynaglić do szybszego marszu. Niecierpliwa, zawsze niecierpliwa.

Ta niecierpliwość dotyczyła wszystkiego, także śmierci, którą pani Maria życzyła sobie spotkać już dawno, uznawszy, że w jej życiu zdarzyło się wszystko, co miało się zdarzyć. Owdowiawszy wcześnie, odchowała dwóch synów, wykierowała obu na studia, wyekwipowała Bogdana na emigrację w latach osiemdziesiątych, doczekała z ulgą rozpadu związku Piotra z Magdą, z jeszcze większą ulgą przyjęła jego ślub z Bożeną — po czym, nieomal nazajutrz po weselu, powróciła do zwykłego noszenia się na czarno, otwarcie już tłumacząc, że kupuje rzeczy w tym kolorze, by mu ułatwić ubieranie matki do trumny. To Bożena pierwsza zwróciła trzeźwo uwagę, że teściowa prawdopodobnie zamawia w ten sposób zły los, uprawia paradoksalną magię, zapewniającą właśnie długie życie. Zważywszy na to, że pani Maria skończyła niedawno lat siedemdziesiąt i trzymała się nieźle, jej funeralne deklaracje wydawały się wciąż raczej przedwczesne, lecz Piotr przyzwyczaił się do tego tonu jak do ulewnego deszczu jesienią. Choć kiedy podczas awantury, jaką urządziła mu na wieść o rozwodzie z Bożeną, uświadomił sobie, że żałobę po sobie samej zaczęła nosić przed czterdziestką (robiąc po latach krótką przerwę na jego wesele), poczuł spóźnioną złość. Dlaczego przedwcześnie straszyła go, małego chłopca, że coś jej grozi? Z tej złości zresztą nie usłyszał nawet połowy tego, co miała mu wtedy do powiedzenia — i może lepiej.

Ostatnio namówił ją do zoperowania zaćmy, ponieważ jedyną jej rozrywką było czytanie, widzieć zaczęła naprawdę źle, a śmierć najwidoczniej postanowiła zadrwić z jej gotowości. Znalazł dla niej prywatną klinikę Vitalong Cliniq Sensuelle, gdzie zabieg przeprowadzano w ciągu jednego dnia, żeby, zgodnie z jej niecierpliwym charakterem, wszystko potoczyło się błyskawicznie.

Poniewczasie jednak okazało się, że choć sama operacja trwa krótko, muszą ją poprzedzić liczne badania i konsultacje u lekarzy rozmaitych specjalności: od oczywistego okulisty przez mniej oczywistego dla laika kardiologa aż po internistę, a także, czemu nie, anestezjologa, dentystę, geriatrę i laryngologa. Pani Maria burczała coraz gniewniej, ale że z czytaniem zrobiło się tymczasem jeszcze gorzej, odbywała kolejne wizyty. Ponieważ jednak po powrocie z każdej powtarzała, że nigdzie więcej już nie pójdzie, zwłaszcza że prawdopodobnie umrze przed zabiegiem i cały jej wysiłek nie ma sensu, Piotr zdecydował się towarzyszyć matce na tym ostatnim etapie przygotowań. Praca reportera pozwalała mu bez kłopotu wygospodarować co jakiś czas parę godzin i służyć swoim samochodem, choć zdawał sobie sprawę, że spod domu matki pod klinikę można dojechać tramwajem, i to prawdopodobnie szybciej, zważywszy na korki przy placu Zawiszy. Ale rozumiał, że chodzi o wyraz zainteresowania, nie o realną pomoc. Frazesem tym zamykał rozważania na temat swojego stosunku do kobiety, która go urodziła, samotnie wychowała i odtąd nieprzerwanie podsuwała mu myśl — być może mimowolnie, lecz konsekwentnie — że zaciągnął u niej dług nie do spłacenia. To jest: on i jego starszy brat; jednak odległość dzieląca Australię od Polski (Piotr myślał o tym rzadko, za to zawsze ze złością) kasowała, zdaje się, zobowiązania drugiego wierzyciela.

Ośrodek Vitalong Cliniq Sensuelle mieścił się w niedawno postawionym apartamentowcu przy ulicy Okopowej, oddzielonym od jezdni wielkim parkingiem.

Zajechali tam przed dziewiątą, czyli trzydzieści minut przed terminem wizyty; matka, jak zwykle, za wcześnie wyznaczyła Piotrowi spotkanie, jakby nie wiedząc, że zmusza go w ten sposób do wyruszenia z Popielarni o wpół do ósmej, a zatem do nastawienia budzika na za dziesięć siódma. Może zresztą półświadomie wyrażała tak swój negatywny stosunek do tego, że aby ją odwiedzić, musi jechać dziesięć kilometrów bocznymi drogami do najbliższego węzła na autostradzie, a potem ponad pół godziny, żeby osiągnąć granice miasta (przed otwarciem autostrady trwało to jeszcze dłużej).

W witrynie ośrodka reklamowały się firmy farmaceutyczne: zarejestrował kątem oka obietnicę definitywnego rozprawienia się ze zgagą i zdjęcie fantastycznych nóg jakiejś modelki, depczącej krwawy napis: ŻYLAKI. Te nogi były naprawdę znakomite i nawet chciał coś na ich temat powiedzieć, lecz napotkawszy ponury wzrok matki, zrezygnował. Przez oszklone drzwi weszli do środka; poprzednim razem Piotr zorientował się, że rejestracja laryngologiczna znajduje się osobno, więc na krótką chwilę przejął dowodzenie i zdecydowanym ruchem skierował matkę w lewo. Mężczyzna w niebieskim kitlu, przeżuwający flegmatycznie bułkę z serem, wolną ręką odebrał skierowanie i pokazał palcem wąski korytarzyk w głębi. Trzeba poczekać — zamlaskał, dodając coś na temat małego opóźnienia.

Opóźnienie może było małe, ale tłum duży. Pacjenci zmierzyli nowo przybyłych nieprzyjaznymi spojrzeniami. W końcu najmłodszy z nich westchnął i wstał z długiej ławki pod ścianą. Pani Maria zrobiła taki ruch, jakby chciała wrócić do samochodu. Ale ponieważ inni czekający zaczęli mościć się wygodniej, szerzej, i zwolnione miejsce za chwilę mogło zniknąć, usiadła raptownie i spojrzała z wyrzutem na syna: Nie stój tak. Nie ma sensu, żebyś tu sterczał. Przy wejściu widziałam chyba wolne fotele.

Piotr chciał zaprotestować, lecz przechodziła akurat pielęgniarka i naprawdę zrobiło się ciasno. Zresztą spieranie się z matką od dawna uważał za stratę czasu; ta surykatka przywykła, że jest przywódcą stada. Więc wykonał nieokreślony gest, znaczący mniej więcej: nie mówię tego na głos, bo nie wypada, ale gdybyś czegoś potrzebowała, to jestem w pobliżu (pani Maria spuściła akurat wzrok na trzymane w ręku dokumenty) i odszedł. Jaka ulga, że — choć nieprzytomny po kiepsko przespanej nocy — wychodząc z domu, miał chwilę względnego olśnienia i zgarnął jakąś książkę poniewierającą się w kuchni.

Ale gdy usiadł w głównym holu, nieopodal pielęgniarza zajadającego bułkę — chyba kolejną — i otworzył torbę, parsknął śmiechem. No, doprawdy, bardzo względne było to olśnienie. Przez chwilę próbował sobie przypomnieć szary poranek, swoje najpierw wolne, a potem coraz bardziej pospieszne wędrowanie po Wieży: na górze łazienka, zejście na parter do kuchni, znowu na górę, bo kluczyki i portfel zostały w sypialni, w kuchni kawa na stojąco, ach, i jeszcze coś do czytania... O, właśnie, to był ten moment. Nie pomyślał, że jeśli jakaś książka leży na blacie, to przywlókł ją tutaj Marek, nie on. Przypomniał sobie teraz: przyjaciel, wyjeżdżając, zostawił mu ją z prośbą o konsultację, jego program do cyfrowego modelowania stanowisk teologicznych po wpisaniu jej tez zawieszał się albo — Piotr nie miał pewności — w ogóle ich nie przyjmował.

Był to tom z pismami Pseudo-Dionizego Areopagity, mistyka z przełomu V i VI wieku. W kolejce do lekarza — pasjonująca rozrywka. Ale ostatecznie wolał to, niż gapić się przed siebie lub podsłuchiwać rozmowy pacjentów Vitalong Cliniq Sensuelle. Poprawił się w fotelu, obejrzał melancholijnie na drzwi, które wraz z wejściem każdego nowego interesanta przepuszczały w jego stronę porcję mroźnego, marcowego powietrza, i bez przekonania zaczął kartkować książkę. *Bóg nie jest ani duszą, ani intelektem, ani wyobrażeniem, ani mniemaniem, ani słowem i pojmowaniem; nie może być nazwany ani pojęty; nie jest ani liczbą, ani porządkiem, ani wielkością, ani małością, ani równością, ani nierównością, ani podobieństwem, ani niepodobieństwem; nie jest bez ruchu ani w ruchu, ani nie odpoczywa, nie posiada mocy i nie jest ani mocą, ani światłem, nie żyje ani nie jest życiem; nie jest substancją ani wiecznością, ani czasem; nie można Go objąć ani intelektem, ani wiedzą; nie jest ani prawdą, ani królem, ani mądrością, ani jednym, ani jednością, ani Boskością, ani dobrocią, ani duchem (o ile znamy ducha)...* Nizał te słowa z mozołem, lecz wątek rwał się — Piotr nic z tego nie rozumiał — więc wrócił do początku akapitu. *Bóg nie jest ani duszą, ani intelektem, ani wyobrażeniem...* Ani mężczyzną, ani kobietą — zaczął droczyć się z nabożnym autorem — ani butelką szampana, ani wody mineralnej; ani laptopem, ani Sopotem, ani łoskotem, ani kłopotem. To jest — kłopotem, owszem. Zwłaszcza dla informatyka, który zamarzył sobie przepisanie poglądów dawnych teologów na system zerojedynkowy. Ale nie tylko dla niego.

Przypominał sobie teraz, co prawda z dystansem, jakby odtwarzał film dokumentalny o kimś obcym, że w klasie maturalnej, przygotowując się do olimpiady filozoficznej, zetknął się z tym dziwacznym dziełem. Było inne niż wszystko, co kojarzyło mu się z Kościołem, było zuchwałe — *Bóg nie jest duchem, o ile znamy ducha* — i kto wie, czy to właśnie pod jego wpływem nie zaczął przemyśliwać nad pójściem do seminarium duchownego. I jeszcze pod wpływem kilku równie osobliwych zdań z Księgi Przysłów. Jakie zdumiewające, a zarazem niedostrzegalne, zdumiewająco niedostrzegalne przemiany doprowadziły go, tamtego dość nawet pobożnego młodzieńca, do poczekalni, w której zamiast niego siedział niezadowolony z siebie, raczej niewierzący reporter, wkrótce prawdopodobnie ofiara kryzysu prasy papierowej? Zamknął książkę i jeszcze raz przyjrzał się okładce: przez ułamek sekundy starał się potraktować Pseudo-Dionizego jako znak, odtrutkę na ludzi z Krasna Wielkopolskiego, jednych i drugich. Potem wyobraził sobie Marka, który ze swoim analitycznym umysłem próbował wydobyć z tego wszystkiego uchwytną rozumowo treść — i parsknął śmiechem. Kilka stron dalej jakieś miejsce zostało opatrzone przez przyjaciela komentarzem na marginesie: *O żesz kurwa* (powinno być „ożeż" — odruchowo pomyślał Piotr). No tak, tu Giedojt definitywnie poległ: ...*jest bowiem po-*

nad wszelkim twierdzeniem i ponad wszelkim zaprze-
czeniem; wyższa nad to wszystko, całkowicie niezależna
od tego wszystkiego i przekraczająca wszystko. Dlaczego
tu jest rodzaj żeński? Przecież miało być o Bogu. Ach,
pewnie chodzi o boskość. Albo o Bożą Mądrość. Tymczasem ktoś mówił do Piotra. Zatrzymał się nad nim
i czegoś się domagał. Nie matka.

Podniósł głowę. Mocno starsza pani uśmiechała się
do niego uprzejmie. W ciemnozielonym płaszczu do ko-
stek z futrzanym kołnierzem wyglądała tak szykownie,
że nim podjął decyzję, by nie rozmawiać na siedząco
z kobietą, poczuł, że wstaje. Nosiła modnie przyciętą,
krótką fryzurkę, ufarbowaną na czarno, a jej usta były
trochę przywiędłe, lecz pomalowane mocną, karmino-
wą szminką. Wyglądała na rozbawioną.

Widzi pan, powiedziała, jest pan jedyną osobą w tym
miejscu, która czyta książkę, i w dodatku z uśmiechem,
co zdradza inteligencję. Więc tak sobie pomyślałam, że
może pan jest w stanie rozstrzygnąć moją wątpliwość. —
Tak? — dostrzegł teraz, że jego rozmówczyni ma lewe
oko mocno przekrwione i wpatruje się pilnie w jego
twarz, nie opuszczając wzroku na Pseudo-Dionizego.
A ona dociekała: Rozumie pan, co właściwie znaczy nazwa miejsca, w którym przebywamy? A przynajmniej
w jakim jest języku?

Piotr rozejrzał się, żeby sobie przypomnieć. Ach,
prawda: na ścianie po lewej stronie wielkie złote litery
głosiły: VITALONG CLINIQ SENSUELLE.

No, bo czułam się dość niezręcznie — kontynuowa-
ła starsza pani — dając sobie zrobić oko w instytucji,

której nazwa nic mi nie mówi. „Sensuelle" jest po francusku i od biedy może sugerować, że leczy się tu zmysły. „Cliniq" byłoby też po francusku, gdyby ktoś nie zgubił dwóch literek na końcu. Ale może to nie francuski? A jeszcze jest to pierwsze, to chyba chińskie nazwisko? Przepraszam, że panu przerwałam lekturę — zaczęła się wycofywać, gdyż Piotr wciąż milczał. Więc pospieszył z zapewnieniem, że nie, nieważne, a ponieważ dociekliwość kobiety wydała mu się zabawna, a przy tym zabawna świadomie, pozwolił sobie na szeroki uśmiech. Ja po prostu myślę — wyjaśnił — i myślę, że... No tak, po angielsku „klinika" też ma inny zapis. Ale ten początek kojarzy mi się z łaciną. Powinno być „Vita longa", długie życie. Takie przekształcenie sentencji *Ars longa, vita brevis*.

Kobieta aż klasnęła w dłonie. Wiedziałam, że pan coś wymyśli — pochwaliła go. Łacina, też się uczyłam... ale to było dawno. Od razu lepiej się czuję. Czyli zreperowałam sobie wzrok w zmysłowej klinice długiego życia albo w klinice długiego, zmysłowego życia, to mi się podoba. Choć właściwie w klinice długiego, zmysłowego ży, żeby dostosować się do ich abominacji wobec końcowych liter. Może liczą, że kto wchodzi, niedowidzi, a kto wychodzi, to już mu wszystko jedno... Dziękuję panu.

Nie poruszyła się jednak, patrzyła na niego wyczekująco. Pachniała czymś miłym i zaskakującym; Piotrowi starość kojarzyła się z zapowiedzią rozkładu ciała, opadaniem w niechlujstwo, w najlepszym razie z wonią przegniłych jabłek (choć nie umiałby wytłumaczyć związku) — a tu, ależ tak, uświadomił sobie z niedowierzaniem: cynamon. I do tego pod szyją gustowny wisiorek z jakiegoś tak ciemnozielonego, że aż brązowego kamienia z jasnobeżową plamką, jakby literą archaicznego alfabetu. Staruszka drgnęła — chyba zamierzała odejść — a jemu zrobiło się czegoś żal, więc rzucił cokolwiek, a brzmiało to: Mam nadzieję, że przynajmniej jest pani zadowolona z zabiegu. Przez twarz kobiety przeleciał jakiś cień, z pewnością nie była to nadzwyczaj błyskotliwa riposta; lecz zaraz uśmiechnęła się na nowo. Naturalnie — odparła; miała matowy głos, z lekką chrypką; delikatnie przeciągała wyrazy, jeszcze moment, a brzmiałoby to manierycznie, ale wiedziała, kiedy przestać. Tylko wie pan, proszę sobie wyobrazić, że dopiero dzisiaj, po zdjęciu opatrunku, powiedzieli mi, że nie mogę malować oczu przez dwa tygodnie! Mężczyzna nie jest w stanie odczuć, co to znaczy; ale ja lubię się malować — to „lubię" wypowiedziała z naciskiem i nawet podniosła dłoń z kciukiem i palcem wskazującym połączonymi w kółko, jakby trzymała między nimi za skrzydełko rzadką muchę, albo (z opóźnieniem dotarło to do niego) jakby pozowała malarzowi ikon, jednak to drugie wrażenie zaraz ustąpiło, bo dalszy ciąg brzmiał: mam w nosie, co kto sobie o mnie pomyśli, sprawia mi to przyjemność, a poza tym uważam, że kobieta nieumalowana jest niedoubrana, to jakbym pokazała się publicznie w szlafroku...

Więc Piotr skłonił się dwornie: Zupełnie nie mam tego wrażenia (o mało nie dodał: madame). Starsza pani uśmiechnęła się aprobująco i naraz wysunęła w jego stronę smukły palec, zakończony krwistoczerwonym paznokciem. Bardzo dobrze — usłyszał. Mężczyzna powinien mieć refleks. To było miłe, choć trochę przeze mnie wymuszone. Przepraszam raz jeszcze, niech pan czyta dalej.

Furknęła zielonym płaszczem i skierowała się do drzwi.

Piotr przysiadł znowu na fotelu, ciągle się uśmiechając. Była to niewątpliwie najsympatyczniejsza staruszka, z jaką od dawna miał do czynienia. Może wręcz: kiedykolwiek. Przez chwilę szukał w pamięci, kiedy właściwie zamienił więcej niż jedno zdanie z kobietą w tym wieku. Ile ona mogła mieć lat? Jego matka, przy całej swojej skłonności do kreślenia wizji własnego pogrzebu i mimo karminu na wargach tamtej, wydawała się młodsza. W matce była jakaś ponura zadzierzystość, a w tej — kruchość; z jednej strony szastająca się surykatka, wypatrująca wciąż drapieżnika, który ją wreszcie pożre, a z drugiej — chmura o fantazyjnym kształcie, słoneczny refleks rozpylony w tęczę. Potrząsnął głową i uniósł wzrok: tym razem szła ku niemu matka i już z daleka mówiła wzburzona, że będą musieli czekać jeszcze godzinę. No, może pół. Skandal. Nie poradzicie sobie w tym świecie, jak już umrę.

3.

Przed Non-Stopem jak zwykle ścisk i — zdaniem Belli — gdyby nie Stefan, nie udałoby im się wejść do środka. Roma uważa co prawda, że przyjaciółka przesadza: dwie ładne dziewczyny, przybrawszy odpowiednio bezradny wyraz twarzy, raczej bez trudu znalazłyby chłopców, którzy utorowaliby im drogę do kasy, a pewnie i zapłaciliby z przyjemnością za dodatkowe bilety. Zaraz rozlegają się pierwsze takty muzyki, więc obie zrywają się do tańca, gdy mężczyzna, jak to ma w zwyczaju, pozostaje przy stoliku nad czarną kawą, żeby pilnować ich torebek i co jakiś czas pokiwać im z oddali głową, z tym swoim uśmiechem zniewalającym (jak pewnie uważa Bella), czy też pyszałkowatym, jak zdaje się dzisiaj Romie. Trzeba mu jednak przyznać, że odróżnia się korzystnie od swoich równolatków, których w tłumie młodzieży jest paru: większość z nich ślini się otwarcie na widok wirujących spódniczek i odsłanianych nóg. *Mamo-nasza-mamo, nasza-droga-mamo, nie-bądź-na-nas-taka-zła* — śpiewają, spiesząc się, żeby nadążyć za orkiestrą, dwaj faceci w szaroniebieskich marynarkach z dużą literą N na kieszonce — *że-nasze--dziewczyny, że-nasze-dziewczyny, że-kochamy-je aż tak...* — a obok na estradzie gnie się w twiście brunetka w skórzanym stroju, jakby dopiero co zsiadła z motocykla. Na parkiecie z grubych desek — powiększyli go od zeszłego roku — przebierają nogami i kręcą zadkami bardzo młodzi i trochę starsi chłopcy; ci pierwsi przeważnie w sweterkach, ci drudzy w garniturach, a między nimi kobiety i lolitki, wszystkie w balerinach (jedna, widocznie debiutantka, przyszła w szpilkach i już wychodzi, niosąc w ręku but ze złamanym obcasem; w oczach ma łzy). Jedna para próbuje wirować jak na balu, trzymając się w objęciach, ale budzi sensację, bo tu się tańczy inaczej, tu się tańczy pół kroku od siebie, nie dotykając się nawet czubkami palców. Stefan mówił zresztą kiedyś, że z jego stałego miejsca znad filiżanki najbardziej bawi go wyraz twarzy „pogrążonych w twiście" (tak się wyraził): rodzaj zasępionego skupienia, zapadnięcia się w sobie. Oczy spuszczone, brwi lekko podniesione, a jeśli ktoś spojrzy na wprost, zaraz widać, że jest to wzrok a-nes-te-zjologiczny, a-niech-to-nielogiczny, bez treści, które opuściły umysł, umysł oszołomiony monotonią ruchów całego ciała. Ale dziewczyny ofukały go, żeby ich nie peszył, toteż zapewnił zaraz, że one dwie, jedyne w całym Non-Stopie, zachowują w twiście miny inteligentne, a w ogóle są jako te gwiazdy na parkiecie i wszyscy tylko na nie zwracają uwagę.

Przesadzał, lecz coś na rzeczy jest: wprawdzie motocyklistka na estradzie (ściśnięta w talii szerokim paskiem w jakiś, z daleka nie widać dobrze, zakopiański chyba wzorek) przyciąga spojrzenia większości, to przecież ci, którzy znajdują się blisko Romy i Belli, zerkają na nie częściej niż co chwila, czasem nawet krąg utworzą. Obie podobnej postury, smukłe, w spódniczkach do kolan; Roma smagła, w typie nieco cygańskim, Bella blada, o tak jasnej karnacji, że jej powieki — Romę to zachwyca — wydają się prawie przezroczyste. Bluzeczki bez rękawów, dekolty w łódeczkę. Pomyśleć, że jeszcze parę lat temu kupowały pepegi i po wycięciu gumy na podbiciu barwiły je na czarno w tuszu kreślarskim... Stroje od ponad roku przywozi Roma z zagranicy albo za jej diety walutowe kupują je na ciuchach. Nie mogłaby przecież sama ubierać się modnie, zostawiając przyjaciółkę na lodzie. Uwielbiają tak tańczyć, zapatrzone w siebie, a przecież świadome zainteresowania, które budzą; uwalniają ciała, wkręcają się stopami w podłogę, kolana zawsze w przeciwnym kierunku niż pupa, jak ona w lewo, to one w prawo, jak ona w prawo, to one w lewo, i biodra, wreszcie ma się biodra, wreszcie wolno mieć biodra, co za genialny taniec ten twist. Brawa i nowy numer, ten prowokuje owacje, bo to klasyk z Zachodu: *Let's twist again, like we did last summer, yeah, let's twist again, like we did last year*, w wersji z estrady nie całkiem da się to zrozumieć, wokalista chyba nie zna angielskiego, ale one przecież mają singiel Chubby'ego Checkera, Stefan zakombinował go już w zeszłym roku — twierdzi, że dostał od znajomego Czecha. Jakiś chłopak wczuł się zanadto w rytm i potrącił dziewczynę, jej towarzysz łapie go za kołnierz, szarpaninę przerywają natychmiast dwaj byli chuligani, od niedawna porządkowi, którzy od tego tu są; że też ludziom chce się psuć zabawę sobie i innym. Ale to już nieważne, Bella tyłem do nich, znów tańczy — w lewo, w prawo — uśmiecha się porozumiewawczo do Romy, lekko unosi brwi i prawie niedostrzegalnym ruchem rozkłada ręce, wciąż rozkołysana, nie będziemy się przejmować, prawda? Chłopcy na estradzie ustawiają się z gitarami w jednym rzędzie, śmiesznie to wygląda, jak oddział wojskowy; przystojny ten saksofonista, myśli Roma, a Bella coś krzyczy do niej, co? Fajna gimnastyka, ano fajna, *a round and a round and up and down*, Roma przykuca, kręcąc się zawzięcie, a potem wyprostowuje się na całą wysokość swoich stu sześćdziesięciu siedmiu centymetrów, o matko, osiem centymetrów mniej albo cztery więcej i nie mogłaby być stewardesą, nie przyjęliby jej, ludzie klaszczą na koniec piosenki, lecz kiedy opuszczają ręce, ten dźwięk ciągle słychać, ach, no tak: na zewnątrz rozpadał się deszcz i sam sobie bije brawo o brezentowy dach Non-Stopu.

Powracają do stolika, zdyszane, prawie bez tchu, bo wychodzi konferansjer i zapowiada jakiś konkurs, to dla młodszych, niech się dzieci bawią, one wypiją tymczasem po szklance oranżady, którą Stefan — naturalnie: przewidujący i nieoceniony Stefan — zdążył tymczasem przynieść z bufetu. Świetnie grają, chwali Bella; ten gość, Stefan ruchem brody wskazuje najbardziej kudłatego gitarzystę, ten sporo umie. Roma krzywi się: mnie się najbardziej podoba ten z saksofonem. No tak, śmieje się Stefan, zawsze wolisz blondynów. Roma woli blondynów? — podchwytuje Bella (Stefan ma ciemne włosy; czasami beznadziejna jest ta Bella). Stefan nagle wydyma lekko wargi, umieją grać czy nie umieją, oświadcza nieoczekiwanie, to przelotna moda, to przejdzie; jednak nie można tak strasznie upraszczać jazzu. Ale to nie jazz, to twist, woła oburzona Bella i zaraz wyciąga rękę, łapie go za dłoń, to dlatego że nie tańczysz, musisz to poczuć w sobie. Te ostatnie słowa wypowiada nieswoim, namiętnym szeptem, w którym wibrują jakieś niskie tony wprost z brzucha; Romie wydaje się to okropnie nieprzyzwoite. Stefan sięga wolną ręką po dłoń drugiej kobiety, przyciąga obie do siebie i mówi, jakby zwierzał się z jakiejś tajemnicy: Panienki, ja jestem poważnym panem, musicie się zakręcić za kimś młodszym.

Tak? — śmieje się Roma, rozglądając się, to kogo nam polecisz? Ale odpowiedzi już nie ma, bo zaczyna się poszukiwanie młodych talentów, na estradzie jakaś dziewczyna powiedziała coś szybko do basisty i perkusisty, oni nadają rytm, a ona zaczyna śpiewać bigbitowo: *Gdybym to ja miała skrzydełka jak gąska*, w trakcie gubi trochę melodię i wychodzi jej co innego, wychodzą jej wyraźnie *Prząśniczki*, też klasyka w końcu, a ludzie klaszczą bez przekonania, lecz uprzejmie. Wzmaga się wiatr i dmucha trochę spod ścian namiotu. Chyba założę narzutkę, mówi Roma; daj spokój — Bella jest dzisiaj w szampańskim nastroju — zaraz idziemy znowu skakać. A on niech siedzi, jak go strzyka. Nic mi nie strzyka, oburza się na niby Stefan, po prostu nie chcę robić tym niedorostkom konkurencji, przecież byłbym królem parkietu.

To powinno tak trwać, bo Stefan jest najważniejszą spośród osób, na które czekało między dziewczynami miejsce. Starszy od nich o dziesięć, a może nawet o piętnaście lat, początkowo obsadzony został przez nie w roli absztyfikanta Belli — bo też tak się zachowywał. Zaproponował jej zuchwale nawet wspólny wyjazd do Zakopanego, ale gdy ta, aby uniknąć dwuznaczności, zaprosiła do towarzystwa przyjaciółkę, zmianę konwencji przyjął z honorem. Okazał się świetnym kompanem, wesołym, silnym i budzącym zaufanie, choć o sobie mówi nie tak wiele, nic prawie, co najwyżej anegdoty — nieprawdopodobne i nieskładające się w całość. Jeśli jednak Roma albo Bella czegoś chcą, nie ma takich trudności, których nie umie przezwyciężyć, lub raczej...

obejść. W jego stosunku do nich kryje się zainteresowanie nimi jako kobietami, umiejętnie rozdziela swoją adorację, ale potem potrafi błyskawicznie zmienić znaczenie swoich słów i sugeruje, jak przed chwilą, że jego jedynym zadaniem jest opieka nad niedorosłym towarzystwem, w którym nieoczekiwanie się znalazł. Jeśli czasem udaje się go zwabić na parkiet — nigdy, nawet podczas wolniejszych tańców, nie pozwala sobie na przekroczenie granicy, za którą czaiłoby się coś oślizgłego. Owszem, podrywa je otwarcie, ale — tak to przynajmniej wygląda — całkiem na niby, bo dwie jednocześnie. Zresztą w jego ustach wszystko brzmi jak żart: nazywają go czasem „mistrzem cudzysłowu", który wypróbowuje rozmaite słowa jedynie po to, żeby usłyszeć, jak brzmią, a zaraz potem ośmieszyć. Jeśli rozmawiają, słucha uważnie opinii jednej i drugiej, po czym — dostrzegła niedawno Roma — wygłasza zdanie takie, jakiego mu w ich poglądach brakuje, nie pozwalając nigdy jednak domniemywać, co naprawdę sądzi. Kiedyś, przyciśnięty do muru przez Bellę, która miewa napady zaciekłej solenności, wystrzelił ze złotą myślą, że minęła epoka poglądów, a jemu, w braku poglądów, zupełnie wystarcza wartburg. Bella fuknęła ze złością, żeby już za chwilę gładzić go po lekko osrebrzonej skroni i przemawiać doń jak do kota — przy osiągniętym przez nich stopniu poufałości nic już nie brzmiało serio i można było sobie pozwolić nieomal na wszystko — a Roma roześmiała się, ale od tamtej pory ostatecznie przestała widzieć w nim kogoś, w kim za jakiś czas warto by się ewentualnie zakochać. Niby rozumiała, co powiedział. Pamięta jeszcze trochę ze szkoły podstawowej patetyczne hasła i zbiorowy entuzjazm, po którym w ciągu krótkiego czasu pozostała jedynie pełna zażenowania cisza. Jakby te wszystkie deklaracje i obietnice, mocne jak śmierć, samoistnie fruwały kiedyś w powietrzu, niczym najeźdźcy z Marsa. Lecz był jeszcze ojciec, małomówny i pracowity, w którego gabinecie spędzała swoje ulubione godziny. Towarzyszyła mu, gdy rysował budynki i plany miast, pożyteczniejsze niż całe to gadulstwo wokół. A potem odszedł: jak Stwórca, który zniesmaczony wycofał się z tego świata, gdzie wszystko którejś jesieni zrobiło się względne.

Krótko rzecz ujmując: Stefan to jest Stefan. Roma współczuje trochę dziewczynom, które nie mają koło siebie jakiegoś Stefana. Ale to nie powód, żeby myśleć o braniu na poważnie jego awansów albo, co za pomysł, o ślubie z nim. Natomiast przyszły ewentualny mąż musiałby z pewnością Stefana zaakceptować. Jako Stefana właśnie.

Więc wszędzie bywają we trójkę i bawią się już trzeci rok razem. Jacyś faceci zjawiali się przez ten czas w jej życiu i zaraz potem przepadali, gdy tylko próbowali oderwać ją od tego układu, w którym mylnie dopatrywali się perwersyjnego *ménage à trois*. Tańce, kino, teatr. Wyjazd na niedzielę do Kazimierza. Spacer nad Wisłą. Kino, teatr, tańce. Zbliża się lato. Gdzie pojedziemy tym razem? Na morza południowe, na Antarktydę, na Księżyc? Wszystko to możliwe — zapewniał Stefan. Lecz tymczasem sprawdźmy, czy nic się nie zmieniło w Sopocie.

A w Sopocie pada ulewny deszcz, brezentowy dach trochę przecieka, od podskoków jednak zrobiło się już tak gorąco, że nikt nie zwraca na to uwagi. Na estradę wróciła reszta zespołu i po przydługiej przygrywce na pianinie wokaliści intonują: *Hejje mama, dont ciu trit mi rong...* Brzmi to trochę niemodnie, bo tego lata króluje twist, ale niech tam; czy to nie ten aktor z *Popiołu i diamentu*, tam w rogu? Roma już, już chciała pokazać go Belli, ale Bella zrobiłaby z tego sprawę, a Romie się nie chce, Roma napatrzyła się na rozmaitych sławnych ludzi w samolotach, *kaman bejbi, si ebałt mi*, jaki właściwie jest dzień tygodnia? Na urlopie wszystko się miesza, dni cudownie podobne do siebie, byle tylko przestało padać do rana, *nał je, hej, hej, olrajt*, w ciągu roku najzabawniejsze są dyżury, bo nigdy nie wiadomo, co się zdarzy; wystarczy, żeby któraś z dziewczyn zachorowała albo nie przeszła briefingu, a już się leci. Gdyby Roma miała kogoś na stałe, byłoby to może irytujące, przecież zdarzyło jej się już w ten sposób trafić nieoczekiwanie do Moskwy, chociaż sądziła, że po południu zrobi przepierkę, lepsza Moskwa niż przepierka, bez dwóch zdań, tylko mama się trochę zdenerwowała, dopiero później przywykła; a teraz, jesienią, przyjdą nowe samoloty, viscounty, to jest dopiero technika, nie jak radzieckie iły; jeszcze te nowe, czterosilnikowe, to ujdzie, ale czternastki były okropne, o litkach nawet nie wspominając; na litce miała lot kontrolny, pilot złośliwie rzucał maszyną w górę i w dół, podczas gdy one powinny donieść tacę ze śniadaniem z jednego końca kabiny na drugi, potem je uspokajali, że w prawdziwej służbie aż tak nie ma, tymczasem — jak to nie, bywa nawet gorzej, ale co za życie ma taka Bella, może u boku Stefana zrezygnuje z pracy w urzędzie, narodzi mu mnóstwo dzieci, *och, łan mor tajm, dziast łan mor tajm, hej, ho, hej.*

Znowu przerwa w tańcach, tym razem zeszli z estrady wszyscy muzycy, a wychynął z zaplecza ostrzyżony na jeża chudy mężczyzna z wąsikiem, chyba starszy od tamtych. Wniósł na scenę własną gitarę i zaczyna grać bossanovę z *Czarnego Orfeusza*; ma dziwny, wysoki głos. Stefan przygląda się towarzyszkom: Co wam tak świecą te oczy śliczne, ja na pewno oranżadę przyniosłem, czy coś mocniejszego mi przy bufecie nalali? Zaraz reklamację wniosę. Chichoczą i ktoś od sąsiedniego stolika je ucisza, bo *A Felicidade* jest smutne i piękne, i ludzie, jeszcze przed chwilą rozbawieni, chcą słuchać, że *tristeza não tem fim, felicidade sim...* Robi się melancholijnie i zmysłowo, deszcz wciąż szumi o brezentowy dach, chwilami nieomal zagłusza śpiewaka, więc publiczność zdaje się wstrzymywać oddech, by niczego nie uronić; i nagle Stefan mówi Belli coś na ucho i proszę, wstają od stolika i na opustoszałym parkiecie robią pokaz, naprawdę ładnie to wygląda, kilka osób klaszcze, nawet mężczyzna z gitarą jakby się uśmiechnął, choć trochę kradną mu show. Pasują do siebie, myśli Roma, ech, ta jedność przeciwieństw: barczysty, wysoki mężczyzna z mocno zarysowaną szczęką, właściwie to nawet trochę chamską, choć wrażenie łagodzi sympatyczne spojrzenie czarnych oczu, i krucha Bella w jasnej spódnicy z Amsterdamu; Bella, która właśnie kusząco kołysze biodrami i kładzie mu rękę na ramieniu z taką delikatnością, jakby zamierzała tylko opuszkami palców zetrzeć pył z uznojonego i może rannego wojownika. Jego buty nacierają, lecz zaraz cofają się uprzejmie, jej pantofelki drobią to w tę, to we w tę, spektakl baletowy o samiczce, niepewnej, co zdarzy się za chwilę i do czego to wszystko zmierza, i o zdystansowanym, ale pewnym siebie samcu, który ją oszałamia, by pokierować tam, dokąd chce. Gdy tak naprawdę, myśli trzeźwo Roma, jest raczej odwrotnie. Więc jednak skusił się, z tamtą zatańczył; lecz nagle wyobraża sobie Roma sytuację odwrotną i rozumie, i aż się dziwi własnej przenikliwości, zwłaszcza że z całą pewnością ma rację: Stefan nie mógł zrobić inaczej, choć to Romę chciałby teraz trzymać w ramionach — *tristeza não tem fim, felicidade sim* — ale Bella, zostawiona sama przy stoliku, wybiegłaby zaraz w noc ciemną zasypiającego kurortu i nawet może potruchtałaby w stronę mola, utopić się z rozpaczy (jednak na wysokości Grandu by jej przeszło), w każdym razie wieczór byłby skończony, natomiast Roma zupełnie inaczej, Roma powinna się teraz spiąć i powalczyć, żeby także z nią zatańczył, więc to nie jest wielkoduszność ("dlaczego pomyślałam wielkoduszność, to prawie jak litość, czyżbym była nielojalna wobec Belli?"), więc to nie uprzejmość, tylko strategia, stara jak świat gra w "teraz-pokaż-że-i-tobie-zależy"; żebyś się nie zdziwił, Stefanie drogi, w gruncie rzeczy pobłogosławiłabym wam na nową drogę życia, tylko z kim ja będę wyjeżdżać na urlop, jak mi Bellę zabierzesz, i tylko z tego powodu zrobiło jej się trochę smutno; mogę panią prosić do tańca? — słyszy, jakiś młodzian błyska do niej uśmiechem, w którym brakuje górnej trójki, nie, dziękuję, zresztą właśnie piosenka się kończy. I rzeczywiście. Gromka owacja, trochę dla śpiewaka, a trochę dla nich, powracających do stolika, Bella aż świeci ze szczęścia, Stefan z kurtuazją odsuwa jej krzesło, a potem siada na swoim, łypiąc na lewo i prawo, czy może jest ktoś, na kim nie zrobił wrażenia; ależ nie, nie ma nikogo takiego. Swoją drogą, obiektywnie rzecz biorąc, on chyba nie ma oczu, jeśli nie zakochał się w Belli, takiej słodkiej.

Wracają potem opustoszałymi ulicami, kryjąc się pod płaszczem Stefana, który bohatersko moknie, bo wciąż siąpi; według jednej z wersji swojego życiorysu był partyzantem, tylko nie mógł się zdecydować, czy w AK, czy w AL, więc moknięcie nie powinno mu chyba przeszkadzać, taki partyzant to się namoknie, ale Romie nie chce się z tego żartować, bo zrobiło się jakoś odświętnie, może przez te rzadkie latarnie i muzykę, dudniącą jeszcze w uszach, choć przecież impreza dobiegła końca. Bella poczuła oczywiście to samo, jakby naprawdę ich serca łączył niewidzialny telegraf. O czym myślisz? — szepce; o lataniu, przyznaje się szeptem Roma. Ciągnie cię już? Nie, jest dobrze. Ale sprowadzają nowe samoloty i obiecali mi, że jak przyjdą przed zimą, to wezmą mnie do ich działu. I gdzie będziesz latać? — podtrzymuje rozmowę przyjaciółka, chociaż tak naprawdę myśli o czym innym i nawet jej trochę głupio z tego powodu, lecz chce jakoś dać Romie poznać, że żaden facet nie zmieni niczego w ich bliskości, w tej przyjaźni do grobowej deski już od tylu lat, więc dopytuje: Gdzieś daleko? Na drugą półkulę?

Nie, śmieje się Roma, vickersy mają nawet mniejszy zasięg niż convairy, ale to naprawdę już klasa europejska. A jakie to vickersy? — wtrąca się nagle zmoknięty Stefan, aż drgnęły, bo sądziły, że ich nie słyszy. Viscounty. A, viscounty, od Brytyjczyków pewnie kupione. To ty się na tym też znasz? — pyta Bella z zachwytem już chyba nazbyt ostentacyjnym, jak ocenia Roma, i słyszy odpowiedź: Przecież mówiłem ci, dziecko, że byłem w RAF-ie. Ach, no tak, teraz już nie partyzant ani żołnierz od Maczka, ani kurier tatrzański, tylko lotnik z RAF-u. A kiedyś nawet się rozpędził i mówił coś o pobycie w Berlinie w charakterze szpiega. Ciekawe, kim w końcu jest ten Stefan. Mnie już wszystko jedno, mówi mężczyzna, ale chyba przestało padać, dziewczęta. Możecie się wynurzyć na powierzchnię. Płaszcz opada i blade światło ulicznej latarni rozjarza aureole nad ich głowami, jasną i ciemną.

4.

Jest dziewiętnasty grudnia 1962 roku. Pola, rozciągające się na południe od lotniska Okęcie, wzdłuż linii kolejowej, przykrył padający od rana śnieg. Bliżej rowów melioracyjnych zaczynają się nieużytki, tam śniegu jest więcej, zwłaszcza w rozległej jamie, z której nielegalnie wybiera się piasek, jeszcze od wojny. Latem zaszywają się w niej czasem pijani kochankowie, kopulują i ciągną wino owocowe z gwinta, ale teraz śladu nie znajdziesz po ich igraszkach, nawet szyjki opróżnionych butelek zamaskował biały puch. Wzdłuż torów stoi ciąg bla-

szanych i drewnianych budek, szop zlepionych z byle
czego. W kępach krzaków i na gałęziach rachitycznych
drzewek, wyznaczających miedzę, siedzą nastroszone
gawrony i kawki. Czarne, połyskliwe oczka, jakby od-
lane z ebonitu, łypią co jakiś czas kontrolnie, czy nie
zbliża się dziki kot albo nie nadlatuje sowa, a potem
blada powieka zasnuwa oko: na razie spokój. Czasem
coś przyśni się któremuś ptakowi, wtedy zakracze nagle i przebudzony własnym krakaniem, kręci łebkiem
to w lewo, to w prawo: który to, bo przecież nie ja?
A pozostałe wiercą kuprami, pióra stroszą, dzioby spod
skrzydeł wyjmują, zimno strasznie, a ten się awanturuje i jeszcze głupiego udaje. Któryś podleci, stekiem
strzyknie, ogonem potrząśnie i znowu w bezruch. Stara gawronica bezradnie łazi poniżej, niezgrabnie przeskakuje bruzdy, o śmierć prosi: czarna kropa na białej
płaszczyźnie, ruchomy punkt żywieniowy dla byle
kuny czy kundla. Na najniższą nawet gałąź nie frunie,
jeszcze wczoraj się udawało, a dziś już nie. Jeśli zaśnie,
nie obudzi się pewnie więcej, coś ją do świtu na pewno odnajdzie i pożre. Więc przechadza się niespokojnie, raz po raz stuknie dziobem o zmarzniętą glebę pod
śniegiem, że niby jedzenia szuka, choć kto po ciemku
tak robi; a to dla fasonu i żeby czas prędzej zleciał do
końca.

Kilkadziesiąt kilometrów dalej i kilka tysięcy metrów wyżej, nad chmurami, zaczyna schodzenie polski
vickers viscount. Prawie trzy tygodnie temu przybył
z Londynu jako drugi; po kolejny poleciała właśnie następna załoga. Ten, o numerze rejestracyjnym SP-LVB,

włączono tymczasem do regularnych rejsów i dziś wraca z Brukseli; miał międzylądowanie w Berlinie. To już nie stary convair ani hałaśliwe iły osiemnaste, co prawda bezpieczne (*gniotsia, nie łamiotsia*, mówią o nich półgłosem mechanicy), którymi goście z Zachodu jednak nie bardzo chcą latać, tylko komfortowy statek powietrzny. Wszystkie trzy egzemplarze służyły przez parę lat w British United Airlines, ale postanowiono tam unowocześnić flotę, a dla Polski to gratka: LOT-u nie stać na nowocześniejsze maszyny. Viscounty mają zresztą świetną opinię, zwłaszcza Amerykanie i Kanadyjczycy nie mogą się ich nachwalić. Przybycie pierwszego vickersa, w końcu listopada, było na Okęciu prawdziwym świętem. Co prawda naczekano się na niego, bo miał wylądować po południu, a zjawił się dopiero wieczorem, lecz oficjele, orkiestra, dziennikarze, no i oczywiście pracownicy Polskich Linii Lotniczych cierpliwie kręcili się po lotnisku, aż przybył. Choć nie wydano takiego polecenia, Roma ubrała na tę okazję strój służbowy — mimo że miała dzień wolny — więc szaroniebieską garsonkę za kolano, białą koszulę z kołnierzykiem, cieliste rajstopy, czarne pantofelki na niskim obcasie i furażerkę ze złotym znaczkiem LOT-u: stylizowane skrzydła, rozłożone nad rombem z lotowskim „żurawiem". Zrobiono jej nawet zdjęcie razem z koleżankami, które wydelegowano do obsługi vickersów. To wyróżnienie — praca na pokładzie najnowszej jednostki.

Viscount ma nad sobą granatowe, rozgwieżdżone niebo, pod sobą nieco tylko jaśniejszy, słabo pofałdowany krajobraz fractostratusów. Mknącą sylwetkę ściga poświata, ślad słońca, które zaszło niedawno. Po brunatnym dywanie w dole sunie krzyż, cień samolotu, i rośnie w miarę, jak vickers nadlatuje nad powierzchnię obłoków. Skrzydła viscounta prą do przodu, przed nimi wysunięte smukłe gondole czterech silników; śmigła mielą mroźne powietrze, mruczą równo motory. Drżenie przenosi się na kadłub, sklepiony biało, od dołu srebrny, z niebieskim pasem wzdłuż całej konstrukcji, od czarnego trójkąta na dziobie aż po stateczniki poziome.

— ...No bo to trochę perwersyjne — kończy myśl drugi pilot. — Konstruktora silnika syrenki wieziemy samolotem z silnikami rolls-royce'a.

— Wolałbyś odwrotnie? — pyta jeszcze trzeci mężczyzna w kabinie. Lecz kapitan ich ucisza i prosi o ponowne wywołanie Warszawy. Kontrola zbliżania podaje komunikat meteo: Widoczność w poziomie siedem, ale przy ziemi zamglenia; zachmurzenie sześć ósmych, pułap chmur dwieście pięćdziesiąt, temperatura minus pięć. Wiatr słaby, północno-zachodni — dodają — więc lądowanie na pasie numer trzy trzy. Kontynuujcie zniżanie, kurs sto dziesięć, przed wami ładna pętelka nad Piasecznem.

Lecą we trzech, bo przy odbieraniu viscountów, w ubiegłym miesiącu, wybuchła afera. Anglicy nie chcieli podpisać pilotom licencji, żądając, żeby przez pół roku towarzyszył im brytyjski instruktor. Dyrektor techniczny LOT-u stanął okoniem. Jedna i druga strona powoływała się, co w Londynie brzmiało dość zabawnie, na radziecki system szkolenia. Polacy przypominali, że jest doskonały, a wszyscy kursanci go przecież dawno przeszli, teraz opanowują tylko kolejną maszynę — tamci, że owszem, radziecki system pewnie jest doskonały, ale trwa pół roku, nie zaś dwa miesiące, jak ten u nich, zorganizowany w pośpiechu. W gruncie rzeczy nasi lotnicy podejrzewali, że konflikt ma podłoże ambicjonalno-polityczne. Viscounty pierwotnie zamierzano wyposażyć w nowoczesne radary, ale sprzedaż blokowało embargo na handel nowoczesną elektroniką z krajami socjalistycznymi. Szefom British United Airlines nie udało się oczywiście załatwić w Waszyngtonie wyjątku od reguły, w ogóle byłoby to trudne, a co dopiero teraz, gdy na Kubie o mało nie wybuchła trzecia wojna. W rezultacie wyszło na to, że my nie możemy poznać ich tajemnic, a instruktorzy od nich będą bez kłopotów penetrować polską przestrzeń powietrzną i oglądać z góry, co im się spodoba. W dodatku: kto ich w końcu obronił przed hitlerowcami w czterdziestym roku, nie nasi lotnicy przypadkiem? A podczas szkolenia mówiło się o polskich kursantach z najwyższym uznaniem, Anglicy przyznali nawet, że w Gatwick to ich człowiek popełnił błąd, który powinien się skończyć rozwaleniem maszyny, do czego nie doszło dzięki uczniom z Polski; przez chwilę plotkowało się o tym w miasteczku bardziej niż o tym, co będzie, jeśli Kennedy nie dogada się z Chruszczowem. Wysłaliśmy im najlepszych ludzi z ogromnym doświadczeniem, a ci teraz stawiają jakieś warunki. Termin wydania pierwszego egzemplarza zbliżał się wielkimi krokami, Angole wiedzieli, że nie zdołają temu zapobiec, bo dostali już pieniądze — ale z drugiej strony, nie mając od nich zezwoleń, moglibyśmy sobie latać viscountami tylko po kraju, i to też do pierwszej awarii. Z pata udało się wyjść w ostatniej chwili: Brytyjczycy niechętnie ustąpili, kiedy usłyszeli, że przez pół roku ich samoloty będą pilotować załogi złożone z trzech ludzi (choć formalnie do obsługi potrzebnych było dwóch), z tego jeden z uprawnieniami instruktorskimi zrobionymi w Związku Radzieckim.

Viscount wchodzi w chmury, robi łagodny zwrot. — Spytaj Romy, czy u nich wszystko gotowe — odruchowo rzuca kapitan; instruktor chce mu o czymś przypomnieć, w końcu jednak macha ręką i pochylony, wygląda za drzwi przedziału pasażerskiego. Tak, tam już dawno zapięli pasy i pogasili papierosy, także obie stewardesy siedzą na swoich miejscach. Kapitan ostrożnie dociska pedały steru kierunku, wyprostowuje wolant. Kurs trzysta trzydzieści, ciśnienie hamulców sprawdzone, urządzenie odladzające wyłączone. Drugi pilot złapał sygnał pierwszej radiolatarni i nasłuchuje drugiej. Ciągle nic.

— Tu Sierra Papa Lima Victor Bravo. Okęcie, co się dzieje, nie mamy sygnału z WAR, z WAR nie mamy sygnału. Jesteśmy na kursie?

— Victor Bravo, u nas wygląda w porządku, ale może macie drobne odchylenie. Odejdźcie na drugi krąg, powtarzam, odejdźcie na drugi krąg, kurs trzy zero. Zrobimy to jeszcze raz, porządnie.

Za szybami kabiny wciąż tylko brudne kudły, błyskawicznie wyłaniają się z ciemności i przemykają wstecz, na boki okien i w górę, jakby tym głaskaniem przymilały się do maszyny. Pozostawiają po sobie krople, które usuwa wycieraczka. Kapitan zwiększa moc silników, drugi pilot włącza powtórnie odladzanie. Instruktor sięga po mapę, wsuwa głowę między fotele i sprawdza wskazania busoli.

— Powinno być dobrze. Nie padła im ta radiolatarnia po prostu?

— Przecież by powiedzieli.

Samolot wynurza się wreszcie ponad chmury, tymczasem zrobiło się ich chyba więcej: jak na złość, szczelnie przykryły ziemię. Kurs trzydzieści, sześćdziesiąt, sto dwadzieścia. Pewnie są teraz nad Wilanowem, chyba że popełnili jakąś wielką omyłkę w rachunkach. Ale to przecież niemożliwe. W kabinie zapada gęsta cisza, trzej mężczyźni przebiegają w myślach ostatnie minuty, trudno teraz powtarzać obliczenia, zaczynając od momentu, kiedy przelecieli nad Kutnem.

— Ile mamy paliwa?

— Spokojnie. Na dziewięćdziesiąt minut.

Drugi pilot ponownie łączy się z Warszawą.

— Tu Victor Bravo, wysokość dwieście, wychodzimy na prostą. Kurs trzy dwa siedem. Żeby nam się teraz nikt nie przypałętał.

— Victor Bravo, macie pierwszą kolejkę, bez obaw. Schodźcie według radiolatarni, czekamy.

Viscount znów zanurza się w skłębione paskudztwo. Kapitan półgłosem wydaje komendy, jeszcze raz te same. Słychać sygnał pierwszej radiolatarni. I znowu nic dalej.

— Pieprzę to, musiała im wysiąść. Wyjdźmy z tych cholernych chmur i wtedy zobaczymy. Pompy.

— Włączone — mówi instruktor, bo drugi pilot w tym czasie melduje kontroli lotniska: — Tu Victor Bravo, schodzimy, wysokość siedemdziesiąt, pas trzy trzy. — I słychać odzew ziemi: — Victor Bravo, pozwalam na lądowanie, powodzenia.

— Klapy.

— Są klapy wysunięte.

— Podwozie.

— Jest podwozie. — Ze szczękiem zatrzaskują się stalowe zaczepy na goleniach kół, zapala się kontrolka. Maszyną zaczyna szarpać, jak to zwykle przy zwiększonym oporze powietrza. Za szybą kożuch chmur ustępuje, lecz niżej zalega mgła, jest noc, niewiele widać. Ciąg światełek po prawej stronie, to może być lotnisko. Choć może i nie...

Na polu wzdłuż linii kolejowej słychać narastający warkot nadlatującego samolotu. Gawrony i kawki jak czarne owoce na gałęziach zamrożonych drzew, ośnieżonych krzaków. Stara gawronica zadarła dziób, całe życie przepędziła w tej okolicy i zdaje jej się, że dziś hałas brzmi inaczej. Natarczywiej. Jakiś pies zaczyna ujadać w odległych zabudowaniach, gdzieś w Pyrach.

I nagle z ciemnej przestrzeni między snującymi się płatami mgły wypryskują dwa słupy reflektorów, a w ślad za nimi, jakby pędząc po tych świetlistych torach, rozrasta się z wielką prędkością ogromny kształt nadlatującego samolotu. Ryk motorów gwałtownie zmienia tonację, kolumny świateł opuszczają ziemię, biegną teraz gdzieś w dal, jakby szukając innego celu. Ale jest za późno, w dodatku silniki dławią się na chwilę, ptaki wyskakują w popłochu z krzaków, bo skrzydło tnie powietrze tuż nad ich nocną siedzibą, a potem z całą mocą uderza o ziemię. Rozprysk czarnych grud, śniegu. Pokrywy silników odskakują i koziołkują przez powietrze, jakby chciały osiągnąć chociaż skraj odległego lotniska, ale przelatują zaledwie kilkanaście metrów. Prawe skrzydło wyłamuje się z kadłuba, potem lewe. Dziób viscounta ryje w zmarzłych skibach, spłaszcza się i rozdziera; poprzeczka, dzieląca rozpękłe właśnie przednie szyby, tnie ciało instruktora, przez potylicę, szczękę, klatkę piersiową, po czym kruszy się i znika w kurzawie, gdy jego kolegów, ciśniętych w przód jak szmaciane lalki, napierająca z tyłu masa miesza z gruntem, szatkuje i rozciera po pobliskich bruzdach, kamieniach; energia upadku przenosi się na resztę kadłuba, okna zwężają się, wypryskują szyby, a zewnętrzne poszycie drży niczym od rozkoszy, od śmiertelnej pieszczoty i marszczy się, i odłazi na boki w ataku błyskawicznego trądu, to ożebrowanie składa się jak chiński lampion w niepohamowanej potrzebie wdarcia się w głąb, pod powierzchnię ziemi, gnąc, rozpychając skorupę kadłuba i miażdżąc wszystko po drodze, aż deformujący się odwłok samolotu pęka nagle i jego tylna część ze statecznikami wykonuje salto mortale, sypiąc ciałami ludzi ze środka; ogon wbija się w grunt i słychać grom, wybuch zbiorników (od podmuchu kolebią się wagony na pobliskiej bocznicy, baraki drżą, a dach najstarszej szopy otwiera się jak pokrywka i zapada do wewnątrz), ogromne kule ognia wyrastają z miażdżonej konstrukcji, na starą gawronicę chlusnęło płonące paliwo i już jej nie ma, ale większość ptaków rozleciała się na wszystkie strony z wrzaskiem, którego same nie słyszą w ogłuszającym łoskocie pękających dźwigarów, trzaskających wsporników, rozpruwających się nitowań, więc ptaki fruną w panice, żaden z nich nie odbiera nic poza przeciągającym się grzmotem i biciem własnego serca, a wraz z nimi i w ślad za nimi lecą części foteli i ze świstem pozrywane cięgna, sypiące iskrami przewody, uszczelki, klamki i kawałki półek, okruchy szkła i oderwane dłonie, kojbery — wózki do podawania posiłków, zgniecione, jakby były z papieru, a ponadto deszcz zębatek i tulei, i mnóstwo blach, szybujących z metalicznym łopotem, i buty, furażerki, i wyszarpnięte z bioder nogi, jeszcze skurczone w ostatnim odruchu przerażenia, opadające na ziemię bezwładnie; stalowe golenie kół wystrzeliły w górę, rozdzierając powierzchnię skrzydeł, i unoszą się parabolą w dziwacznym, przedśmiertnym locie, obok walizek, które z otwartych gardzieli wymiotują stanikami, koszulami, pantoflami i apaszkami, koła uderzają w końcu o ziemię, wznosząc pył, suchy pył, gdyż śnieg z sykiem stopił się od żaru, jeszcze wytracają pęd jakieś szczątki, z hurgotem turlają się płonące obręcze, z trzaskiem bombardują rząd krzewów łożyska i lewary; ostatnia obejma kadłuba, ta, za którą przeszło pęknięcie, drży jeszcze, wbita w ziemię przyspawanym do niej fragmentem podłogi, drży jak na żywca odarte z mięsa żebro, drży, stercząc rozdziawionymi półokręgami w niebo; jedno śmigło, powyginane jak swastyka, toczy się kilkadziesiąt metrów i ze zmęczonym stęknięciem przewraca się na bok, na zawsze, wznosząc jeszcze na koniec ostatni obłoczek kurzu, i nad polem zapanowuje bezruch.

Nie ma już konstruktora silników do syrenek, nie ma pilotów, stewardes, nikogo z pasażerów. W ogóle nikogo.

W bezpiecznej odległości od szczątków vickersa przysiada kilka gawronów. Gawrony patrzą na rozwłóczone wnętrzności wielkiego ptaszyska: napadło na nie, a to one będą miały żer, już niebawem. Tymczasem na powierzchniach ich połyskliwych ślepi wiją się złociste pędraki, migają i nikną: odbija się w nich ogień.

5.

Trzy dni po wizycie w Vitalong Cliniq Sensuelle Piotr wracał samochodem z redakcji. Odkąd zamieszkał w Popielarni, w siedzibie gazety bywał rzadko, ale starał się nie opuszczać przynajmniej cotygodniowych kolegiów działu. Jego kontrakt szczęśliwie obejmował liczbę stron dostarczanych miesięcznie, nie zaś — jak to w gronie dziennikarzy określano dosadnie — liczbę dupogodzin do odsiedzenia. Niemniej, choć jedna czy druga nieobecność nie stanowiłaby problemu, bezpiecznie było pokazywać się szefom co jakiś czas, orientować się w aktualnej sytuacji i brać drobniejsze prace redakcyjne, zwłaszcza po serii zwolnień jesienią minionego roku. Wszystko wskazywało na to, że wydawca nie skończył wcale odchudzania ekipy; nakład malał, zwrotów przybywało i ostatnio mówiło się już wprost, że priorytetem jest rozwój portalu. Czy w portalu będzie miejsce na tradycyjny reportaż? — to pytanie, którego nikt w dziale nie zadawał, zapewne wątpiąc, czy naprawdę chce usłyszeć odpowiedź.

Niemniej spotkania z kolegami stanowiły dla Piotra źródło przyjemności: siedząc w Wieży, kontaktował się ze światem prawie wyłącznie przez Internet, chyba że wyjeżdżał zebrać materiał do tekstu, ale wtedy rozmawiał z ludźmi profesjonalnie, czyli interesownie. I zresztą zdawał sobie sprawę, że spotyka ich tylko raz, właśnie po to, by o nich napisać. Tymczasem w redakcji widział towarzystwo, poznawane przez kilkanaście lat, odkąd zgłosił się ze swoim pierwszym artykułem — o szkole — którego nie skierowano do druku, lecz powiedziano mu, żeby spróbował ponownie. I potem już poszło. Był tu Szymon, kiedyś specjalista od sportu, przerzucony wbrew woli do działu ekonomicznego, w którym pewnie by narobił bałaganu, ale nie zdążył, bo zaraz na początku natknął się na aferę z udziałem prywatnej kasy oszczędności, co umiejętnie opisał, a oskarżony o zniesławienie, wybronił się przed sądem i został od tej pory czołowym dziennikarzem śledczym. Była Maryśka, niedoszła doktor nauk przyrodniczych, która zaczynała od artykułów popularnonaukowych na temat socjobiologii, a teraz od kilku lat opisywała przejmujące historie maltretowanych kobiet. Był Zdzisław, uprawiający coś na pograniczu reportażu i teatru: wymyślał sobie najdziwniejsze przebrania, w których wychodził na ulice polskich miast i relacjonował potem, co go spotkało. I jeszcze wiele innych osób, starszych i młodszych, udzielających kiedyś Piotrowi porad lub wdrażających się do pracy pod jego okiem.

Na kolegium powiało lekkim optymizmem, bo od stycznia nikogo nie zredukowano, co wprawdzie nie pozwalało na prognozowanie dalszej przyszłości, ale przynajmniej pozwalało się nie martwić przez najbliższy tydzień. Piotr wpadł w dobry humor i postanowił uczcić go zakupem jakiegoś przyzwoitego wina; a ponieważ z niejasnych powodów nie lubił centrum handlowego Fort Wola, doszedł do wniosku, że pojedzie aż do Górczewskiej, do galerii Wola Park. Tylko zajrzy do stoiska z alkoholami — i zaraz potem ruszy dalej, do domu.

Wysiadał właśnie z samochodu na wielkim parkingu, gdy wśród ludzi wchodzących do budynku zobaczył — tak mu się przynajmniej zdawało — miłą staruszkę z Vitalong. Miała na sobie ten sam płaszcz z futrzanym kołnierzem, ale pewnie nie zwróciłby na nią uwagi, gdyby nie jaskrawocytrynowy przedmiot, który dźwigała pod pachą. Była to... deskorolka. Wizja staruszki z przekrwionym okiem po operacji zaćmy, która mknie na deskorolce, furkocząc połami płaszcza, była tak natrętna, że aż się rozejrzał, czy jest tu jakiś bezpieczny zjazd, czy musiała przemykać między samochodami; a kiedy znowu skierował wzrok na wejście do Wola Park — już jej nie było. Widocznie omam.

W sklepie zeszło mu trochę dłużej, bo nie mógł się zdecydować: wina były kiepskie i tanie albo świetne i bardzo drogie. Lecz kiedy wreszcie z butelką chablis wracał do samochodu — znów ją zobaczył. Stała na chodniku i rozglądała się dość bezradnie. Na deskorolce trzymała wielkie pudło w firmowej torbie z napisem „Saturn".

— Dzień dobry pani.

Obrzuciła go surowym wejrzeniem i nagle jej twarz pojaśniała.

— Ach, mój pan od łaciny! Nasze ścieżki ciągle się przecinają...

— Mogę pani jakoś pomóc? — zapytał, a widząc jej wahanie, dorzucił: — Może panią gdzieś podwieźć?

Starsza pani wyglądała na zakłopotaną. Zaczęła mówić, że nie chce mu zabierać czasu, ale zaraz przerwała sobie stanowczym kiwnięciem głowy.

— Właściwie: tak. Widzi pan, mój wynalazek nie zdał egzaminu. Ja nie mogę teraz dźwigać przez jakiś czas, a okropnie nie lubię tych wszystkich wózeczków, tych toreb na kółkach, doprawdy, czułabym się z tym jak emerytka. — Obrzuciła go badawczym spojrzeniem. — To miłe, że pan się nie roześmiał, ale ja mam na myśli emerytkę wewnętrzną, nie tę, którą pan ogląda, ku mojemu ubolewaniu zresztą. Rozumie pan: emerytka to stan ducha. Więc pożyczyłam od kogoś to urządzenie — wskazała deskorolkę — licząc na to, że potoczę sobie na nim mój zakup. Przywiązałam go taką specjalną gumą do mocowania... Ale mimo że wybrałam największą możliwą torbę, jest wciąż za mała, żeby jej uszy były na właściwej wysokości. No i musiałabym to ciągnąć, idąc na zgiętych nogach, co sprawiałoby mi pewien dyskomfort, albo mocno zgarbiona, co byłoby dla mnie zupełnie nie do przyjęcia. Więc stoję sobie z tą hulajnogą bez kierownicy i zakupem na niej, a mieszkam kilka przystanków stąd. Naprawdę poświęciłby się pan dla mnie?

Piotr już odwiązywał torbę od deskorolki, mówiąc, że świetnie się składa, bo tego dnia nie ma akurat nic do roboty. Kobieta znów pachniała cynamonowo, wzbierał przy niej dziwną energią; gdyby była młodsza, byłby pewien, że po prostu mu się podoba. Zresztą w Wieży czekało go żmudne przepisywanie wywiadów z Krasna, do czego nie miał serca. Właściwie prawie już postanowił, że wstrzyma się z robotą do powrotu Marka, żeby najpierw przegadać z przyjacielem całą historię. Rzadko się zdarza, pomyślał, żeby dobry uczynek był do tego stopnia przyjemnością. No, w każdym razie, żeby do tego stopnia nie był wyrzeczeniem.

Wkrótce siedzieli w jego peugeocie. Piotr zarejestrował mimochodem, że pasażerka zapięła pas bezpieczeństwa, nie prosząc go o pomoc. Na dłoniach miała cienkie, skórkowe rękawiczki bez palców. Potrząsnęła włosami, wzmagając jeszcze zapach wokół siebie.

— Zna pan trochę Wolę? — mówiła. — Musimy się cofnąć do rogu Ciołka. Naprawdę, prawdziwy anioł stróż z pana. Mam nadzieję, że oczy panu nie dolegają? Mam na myśli... W tej klinice... Ach, z matką pan był? Uroczo. To nieprawda, że jedynie kobiety mają instynkt opiekuńczy. On jest sprawiedliwie rozdzielony, tylko mężczyźni go ukrywają. Macie rację, gdybyśmy go były pewne, wykończyłybyśmy was w ciągu paru dni.

— I to p a n i mówi? — zdziwił się.

— Proszę pana — spoważniała nagle. — Ja od dzieciństwa mówię, co widzę. Są głupi mężczyźni, których trzeba resocjalizować. I są wredne kobiety, z którymi w ogóle nie wiadomo, co zrobić. Proszę mi nie opowiadać, że pan tego nie wie — dodała miękko. — To tutaj. Dziękuję panu.

66

Wsparty na kierownicy, Piotr popatrzył na nią z sympatią.

— Bardzo dokładnie rozumiem, co pani mówi. Może... zaniosę pani te rzeczy do mieszkania? Naprawdę zrobię to z przyjemnością.

Kiwnęła głową.

— Dobrze. Ale pod warunkiem, że zostanie pan na kawę.

— Bardzo chętnie.

Ponownie kiwnęła głową, choć wolniej, jakby z namysłem. Może nie jest pewna, czy nie skończyła jej się kawa — pomyślał Piotr. — Albo zastanawia się, czy nie przesadziła z tym zaproszeniem. Przecież się nie znamy. W tej samej chwili kobieta odzyskała wigor:

— Świetnie. — Odpięła pas i sięgnęła do klamki.

Z zaparkowanego samochodu trzeba było przejść między niskimi blokami i wdrapać się na drugie piętro. Wizytówka na drzwiach zapowiadała, że mieszkają tu „Zofia i Stefan Dworeccy". Ale w środku nie widać było nawet śladu drugiego lokatora, co Piotra idiotycznie ucieszyło. Pomógł gospodyni zdjąć płaszcz; uderzył go wdzięk, z jakim wysunęła ramiona z jego rękawów.

— Proszę się rozgościć, ja muszę najpierw coś sprawdzić.

Z korytarzyka drzwi w prawo prowadziły zapewne do sypialni, na wprost była łazienka, więc oboje ruszyli w lewo. Duży pokój miał wielkie okno wzdłuż całej ściany, zastawione kwiatami; na pozostałych ścianach wisiały obrazy, w tym dominujący nad wszystkim pejzaż jakiegoś socrealistycznego miasta, widzianego jakby ze sporej wysokości, z dachu którejś kamienicy, utrzymany w tonacji jesiennej, beżowo-złotej. Malarz precyzyjną kreską oddał wszystkie szczegóły fasad, zarówno bliższych, jak i dalszych, spłaszczając w ten sposób perspektywę. Niebo przesłaniały żółtawe chmury. Ulice były puste, tylko ze skrzyżowania w prawym rogu przyglądała się temu wszystkiemu mała dziewczynka z trawiastą kokardą we włosach.

Kobieta podeszła do sfatygowanego biureczka i pochyliła się nad otwartym laptopem. Ożywiła go i przez chwilę pilnie wpatrywała się w ikonki na dole ekranu. Trwało to długo, jakby mimo zabiegu zawodził ją wzrok albo jakby przypominała sobie z mozołem znaczenie poszczególnych symboli. Piotr, gotów znowu do pomocy, stanął za nią i przez ramię zobaczył nie bez zdziwienia, że między znaczkami, wśród których rozpoznał ikonki Firefoxa, akumulatora i jakiegoś programu antywirusowego, znajduje się niebieski obłoczek Skype'a. Ale odsunął się zaraz, bo starsza pani zrobiła ruch, jakby chciała zasłonić mu widok. Nie, tylko odwracała się do niego. Jej twarz lekko przygasła.

— Nic, nic. Myślałam... Kawa, prawda? Kawa z ekspresu, ze śmietanką czy bez? — Skierowała się do kuchni.

— Rozpakować, cośmy przynieśli? — zaryzykował. Po laptopie, którego raczej nie spodziewał się tu zastać, a jeszcze po laptopie ze Skype'em, zaczął być strasznie ciekaw, co właściwie jest w torbie.

— Ach, to później, dziękuję.

Poza biurkiem w pokoju prawie nie było mebli. To jest owszem: w kącie pod oknem okrągły stół i cztery krzesła, po przeciwnej stronie sofa i komódka z telewizorem. Między drzwiami do przedpokoju i kuchni — regał, z którego kipiały książki. W pomieszczeniu dość dużym, a zarazem niewysokim, wydawało się jednak, że pośrodku dałoby się spokojnie zatańczyć, może nawet we dwie pary. Piotr początkowo nie był pewien, skąd to skojarzenie, a potem przypomniał sobie, jak wszedł pierwszy raz na parter Wieży i zobaczył niewielki krąg na środku, za którym po stopniach, obramowanych dwoma słupami podtrzymującymi sklepienie, wchodziło się na podium z kanapą, telewizorem i stołem jadalnym — i zaczął się śmiać, że wygląda to jak na fotografiach przedwojennej Adrii. No, tylko mniejsze — potwierdził wtedy Marek z satysfakcją, której Piotr nie umiał zrozumieć.

Siedzieli wkrótce za stołem, przy kawie i suchych ciastkach. Lewe oko kobiety było już znacznie mniej zaczerwienione niż kilka dni wcześniej, a tęczówki miała brązowe, ciepłe — i wpatrywała się w niego z napięciem, jakby ważny był dla niej każdy jego gest i każde słowo. Zapytała, jaki trzeba mieć zawód, żeby o tej porze znaleźć czas na pomaganie starszym paniom — jeśli to nie tajemnica — a on zaczął od jakiegoś skomplikowanego komplementu, którego nie udało mu się zgrabnie dokończyć. Więc zamiast tego opowiedział o tym, że jest reporterem, ale kiedyś był historykiem i teraz zdarza mu się zastanawiać, czy nie lepiej wrócić do swojej pasji. Jeśli to była pasja, przerwała mu z przekonaniem, to zdecydowanie powinien wrócić. Tylko czy miłość, którą się porzuciło, wolno jeszcze nazywać miłością? Na taką kwestię nie znalazł odpowiedzi, a raczej nie

chciał jej udzielać, nie teraz — choć złapał się na za-
skakującej myśli, że jeśli z kimś miałby porozmawiać
o swoich niewesołych przemyśleniach w tej materii, to
przecież nie z Markiem czy z własną matką, tylko właśnie z nią, kiedyś jeszcze. Jakie „kiedyś" — strofował się
w duchu — przecież zaraz stąd wyjdę i nigdy więcej jej
nie spotkam. I tak dziwne, że mi się to przydarza. Dlatego żeby zmienić temat — dolała mu tymczasem kawy —
spojrzał znowu na obraz. Socrealistyczne miasto przypominało trochę MDM, czy może raczej Nową Hutę, bo
domy były niższe niż na placu Konstytucji, wtopione
w drzewa o żółtych i czerwonych liściach. Ktoś, kto to
malował, szukał wyraźnie sposobu na uczłowieczenie
tej przestrzeni; pewnie zresztą na obrazie łatwiej niż
w rzeczywistości można było zaakceptować te wszystkie patetyczne bramy, iglice, attyki, kandelabry, rzeźby
na szczytach fasad. To jak labirynt, powiedział. Lecz
w labiryncie chodzi o to, żeby człowiek się zgubił, a ten
tutaj jest jakoś przyjazny. Jakbyśmy mieli się zgubić, ale
nie z lękiem, tylko z przyjemnością. My albo ona. —
Wskazał na dziewczynkę z kokardą. A to ja — roześmiała się kobieta. — Tak, jej miała nie spotkać krzywda.
A pan mieszka w domu z jakich czasów?

Miał wrażenie, że to pytanie zadała, żeby nie rozmawiać więcej o obrazie i o swojej na nim obecności,
o swojej reprezentacji małoletniej; widocznie kryła się
za tym jakaś intymna tajemnica, czuły sekret, który —
znów ta dziwaczna myśl — kiedyś mu zdradzi, ale jeszcze nie teraz. Miała na sobie rudy golf, który podkreślał jej szczupłą sylwetkę, a na piersiach ten wisiorek,

który już widział w klinice. Długimi palcami obejmowała delikatnie uszko filiżanki, przebarwienie na prawej dłoni wyglądało jak mapa nieznanego lądu. Zaczął mówić o Wieży, Marka umieścił w tej opowieści na drugim piętrze, a siebie na parterze; tak czasami robił, gdy nie chciał wikłać się w wyjaśnienia, że są parą przyjaciół, nie kochanków. Słuchała go z widocznym niedowierzaniem, sam słyszał, jak nieprawdopodobnie brzmi to tutaj, w tym bloku z początku lat sześćdziesiątych, mieszkanie pewnie jeszcze lokatorskie, choć może wykupione niedawno, kto wie. No proszę — powiedziała — rycerz z mechanicznym rumakiem i sam mieszka w baszcie, czyli księżniczka żadna niepotrzebna? Była księżniczka, nawet niejedna, i na razie starczy, odparł tak lekko, jak tylko umiał, ale ona spoważniała i złapała go przez stół za rękę, przepraszam, to było niestosowne, po czym cofnęła zaraz dłoń, a on właściwie wypił już tę drugą kawę i zamierzał się zbierać, wizyta przeciągała się ponad miarę, lecz teraz wyglądałoby na to, że się obraził, więc zaczął znowu o historii, będącej według niego odsłanianiem zdarzeń, z których opadły bieżące emocje i sprzeczne interesy. O historyku jako detektywie mającym szansę powodzenia, w odróżnieniu od reportera, który w najlepszym razie może reprezentować czyjąś stronę, być oskarżycielem lub obrońcą. Historyk jako detektyw? — Roześmiała się. Mam nadzieję, że się pan myli. Ja dużo czytam kryminałów i z biegiem czasu rozumiem coraz lepiej, dlaczego jeszcze żadnego nie skończyłam z uczuciem innym niż rozczarowanie. To jak uparte umawianie się na randki z niewłaściwymi mężczyznami. — No, dlaczego? — zapytał Piotr, bo po tym ostatnim zdaniu zapadła cisza; gdyby nie różnica wieku, przeleciało mu przez głowę, miałbym wrażenie, że ona mnie uwodzi, ale co najlepsze, podobałoby mi się to, siedzę z nią już ponad godzinę. Jezus Maria, więcej niż godzina jako efekt wstąpienia na kawę, wychodzę natychmiast, bo zrobię wrażenie koncertowego chama. — Ano dlatego — mówiła melodyjnie — że na początku jest tajemnica, a na końcu już jej nie ma. Nie chodzi o sprawiedliwość: źli oczywiście powinni zostać ukarani. Kto wie, pewnie zresztą wszyscy powinniśmy, w gruncie rzeczy. Ale żeby tak wszystko wyjaśniać? Pan potrafi wyjaśnić nasze spotkanie?

Więc Piotr czując, że lepszego momentu nie znajdzie, a przecież lada chwila dostanie sygnał, że przekroczył wszystkie normy dobrego wychowania, i będzie mu przykro, odparł, że nie umie go wyjaśnić, wie tylko, że było mu szalenie przyjemnie, tak przyjemnie, jak od dawna nie, ale zasiedział się i już pójdzie. Chyba że, przypomniał sobie, chyba że może jeszcze pomóc przy tym czymś ze sklepu. Nie, odpowiedziała kobieta, powinnam sobie poradzić, a jeśli nie będę umiała, to wyjdę na ulicę i będę wypatrywać mojego anioła stróża. I wtedy Piotr tak błyskotliwie, że nawet był z tego dumny, powiedział, że wobec tego może prościej będzie, jeśli zostawi swój telefon, i sięgnął po portfel, żeby wyciągnąć wizytówkę. Przy czym zaraz potem pomyślał, że to gest szalenie oficjalny, więc schował portfel i wyciągnął notes, żeby zapisać swoje namiary na kartce, a potem ją wyrwać. Ale wtedy z kolei pomyślał, że wyrwana kartka będzie wyglądać nonszalancko, więc schował znowu notes... A kobieta przyglądała się w milczeniu jego dziwnej gestykulacji i nagle zaczęła się śmiać, śmiać do łez, co go już zupełnie speszyło. Wie pan, powiedziała, wycierając ostrożnie kąciki oczu — nie pamiętała chyba, że zgodnie z zaleceniami lekarza wciąż nie ma makijażu — wypiliśmy razem kawę, spędziłam z panem uroczą chwilę, a przecież nawet nie znamy swoich imion. Właśnie chcę to nadrobić, pospieszył z zapewnieniem Piotr, ostatecznie decydując się na wizytówkę, na której — salomonowe rozwiązanie! — dopisał numer stacjonarny, zarejestrowany zresztą na Marka. A potem ucałował z galanterią jej wyciągniętą dłoń. Ja mam na imię... Zofia Dworkowska, przerwał jej, chcąc się popisać spostrzegawczością. Dworecka, nie Dworkowska, a w ogóle to inna ja — machnęła ręką, jakby odgarniała jakąś zasłonkę między nimi. — Miałam w życiu parę imion i nazwisk, kiedyś to panu wytłumaczę, a na imię mam Roma, Roma Neufahrt. Jej nazwisko zawarczało twardo. I wie pan, co to nazwisko oznacza? Używam go znowu od niedawna i nie mogę się nim nacieszyć. Nowa podróż... Niech pan wpadnie jeszcze kiedyś; to może być niespodzianka. Jeśli będzie miał pan ochotę i czas.

6.

Piotra obudziły kroki nad głową. Spojrzał na zegarek: było po dziewiątej, czyli udało mu się nie usłyszeć budzika, a może wyłączył go przez sen, co w nowej komórce początkowo było na pozór dość skomplikowane, lecz niestety opanował tę sztukę po paru tygodniach. We wtorki przychodziła sprzątać pani Włodakowa; ona jednak zawsze zaczynała od parteru, więc zaintrygowany ubrał się szybko i wyszedł na klatkę schodową. Na tym piętrze kończyły się wygodne kamienne stopnie i zaczynały metalowe schodki, wąskie i wykręcone dziwacznie, żeby idąc na taras, nie trzeba było pochylać głowy pod zbiegającymi się tu już stromo połaciami dachu. Piotr niby nie miał lęku wysokości, ale nie lubił wspinać się tędy, choć doceniał widok, który rozpościerał się ze szczytu Wieży. W uchylonych drzwiach na zewnątrz zobaczył sąsiadkę i Marka; rozmawiali o czymś, zaaferowani.

— Cześć, śpiochu — powitał go przyjaciel.

— Cześć. Dzień dobry pani. Kiedy przyjechałeś?

— Późno w nocy, nawet martwiłem się, że cię obudzę, ale spałeś jak zabity. Rozmawiamy z panią, że zima już chyba nie wróci i można by się zastanowić wreszcie, co tu urządzić.

Dach Wieży był lekko wypukły, okolony blankami, jakby naprawdę miała służyć do obrony. Kiedy Marek namawiał go na spółkę, fantazjował, że urządzą tu kiedyś lądowisko dla małych helikopterów. Lecz oczywiście żadna maszyna nie zdołałaby wylądować na kole o średnicy niecałych dziewięciu metrów, które na dodatek otaczał ząbkowany mur półtorametrowej wysokości; nie mówiąc o tym, jak na dodatkowy ciężar zareagowałyby ściany poniżej. Zresztą żaden z nich nie miał licencji pilota — i wprawdzie Giedojt wrócił ze Stanów z widocznym przekonaniem, że na świecie nie ma rzeczy niemożliwych, jednak słychać było, że ten pomysł traktuje niezbyt serio. To jest taka asymptota funkcji — wyjaśnił kiedyś. — Trzeba mieć wizję, której już na pewno nie da się zrealizować, żeby wszystkie pozostałe wyglądały na osiągalne. Z im większym rozmachem wyznaczysz sobie teoretyczny punkt docelowy, tym dalej dojdziesz. — Ładnie to brzmiało. Tyle że niewiele wcześniej remont Wieży można było wznowić jedynie dzięki pieniądzom, które pozostały Piotrowi ze sprzedaży mieszkania (a dokładniej dzięki połowie uzyskanej od kupca sumy, bo drugą, po spłaceniu reszty kredytu, przekazał Bożenie); Marek w pojedynkę przestał sobie radzić z kosztami. Dlatego Dębicki uznał teorię przyjaciela za czystą deklamację, bez związku z prawdziwym życiem. Tymczasem więc w bezchmurne dni wynosili tylko na dach krzesełka turystyczne i czytali w słońcu, ale rzadko. Przez większą część roku taras pokrywał się po prostu odchodami ptaków i przywianymi skądś śmieciami, pracowicie usuwanymi przez panią Włodakową, a częściej przez jej męża, którego tu przysyłała, tłumacząc, że ona sama na metalowych schodkach — jak to ujmowała — „słabuje".

— Mówię właśnie panu Markowi, że moglibyście tu sobie grilla wymurować. Niedużego, żeby się konserwator nie czepiał. Mój wam to zrobi, jak nie sam, to z synami — wyjaśniła kobieta.

— Co myślisz? — uśmiechnął się Giedojt. Piotr kopał w zamyśleniu kłąb zeszłorocznych liści, który utkwił w kanaliku odprowadzającym na zewnątrz wodę z tarasu. W końcu pochylił się i przetkał go ręką.

— Trzeba by sprawdzić nośność sklepienia. Taki komin musi trochę ważyć — stwierdził, otrzepując dłonie. — Nie mam pojęcia ile.

— No, jak tam chcecie. Ja schodzę, bo mnie tu mdli — oświadczyła pani Włodakowa i opuściła z godnością taras.

Mimo grubego swetra Piotrowi było trochę zimno, ale nie chciał jeszcze chować się do środka. Oparł się o blanki i spoglądał na kożuch lasu, ciągnący się prawie pod Skierniewice. Jedynie po lewej wżerała się w niego od południa łysina pól, to była wieś Grabina, a nieco głębiej, oddalona o pięć kilometrów w linii prostej, poprzecznym łódeczkowatym przejaśnieniem zaznaczała się polana z osadą Bartniki. U stóp Wieży drzewa rozstępowały się, jakby rysując deltę niewidzialnej rzeki; tam bagienna roślinność prawie całkiem pokryła powierzchnię małego, owalnego stawu, przypuszczalnie wykopanego na życzenie dziewiętnastowiecznego projektanta posiadłości. Przyjaciele przedarli się kiedyś przez chaszcze i znaleźli nad brzegiem pogruchotane resztki kamiennej ławy, a tuż obok, w krzakach rozrośniętych na wysokość człowieka, odrapany budyneczek, na który Włodakowie mówili, jak się okazało, „komórka", choć wyglądał raczej na ujęcie wody, mikroskopijną „świątynię dumania" lub zgoła grobowiec. Jego ciężkie, żeliwne drzwi zamknięte były na skobel z kłódką tak zardzewiałą, jakby nikt nie otwierał jej co najmniej od wojny. I chociaż Piotra nieznane wnętrze „komórki" cokolwiek niepokoiło, Giedojt stwierdził, że zajmą się tym w przyszłości, gdy uzbierają pieniądze na uporządkowanie posesji do końca. Zresztą nie chodzili tam więcej (wrócili podrapani przez chaszcze i pokąsani przez jakieś owady, rozwścieczone ich wtargnięciem), a ponieważ pierwszą rzeczą, jaką zrobił Marek po sprowadzeniu się do Polski na stałe, było ogrodzenie terenu, nie buszował tam również nikt obcy.

Za to na wysokości Wieży zaczynał się równą linią i ciągnął aż do bramy wjazdowej elegancko przystrzyżony trawnik, przedmiot dumy pana Włodaka (tak przynajmniej rozumieli jego posapywanie, z jakim przyjmował ich pochwały), który kosił go i grabił co tydzień od kwietnia do października. Za bramą — przesłoniętą stąd szczytem dachu klatki schodowej — bita droga w prawo wchodziła w obejmujący Popielarnię las i gubiła się w nim po kilkuset metrach; w lewo zaś prowadziła do szosy, którą przez wieś jechało się do Miedniewic, a potem do węzła autostrady w Wiskitkach. Wstęga autostrady zamykała zresztą horyzont od północy i tutaj, wysoko, można było nieraz usłyszeć jej monotonny pomruk; niżej wytłumiały go gęste zarośla, rozciągające się po drugiej stronie żwirówki.

— Już zapomniałem, jak tu ładnie. — Piotr poczuł się w obowiązku coś powiedzieć, bo Giedojt od dłuższego czasu spoglądał na niego pytająco. — Nie podoba mi się pomysł z tym grillem.

— Mnie też nie. A konserwator puknie się w czoło, jak mu powiemy, że chcemy tu coś dostawiać. Zresztą gdy tego przenośnego grilla kupiłem, tośmy zrobili imprezę na dole i było dobrze.

— Może jej to przeszkadzało, zaraz za żywopłotem ma chałupę.

— E tam, powiedziałaby od razu, a nie tak, ogródkami.

Dom Włodaków znajdował się tuż obok: stał na innej części dawnej posiadłości Jaroszewicza. Trzecia, największa część, po przeciwnej stronie Wieży, zarosła przez pół wieku drzewami i jak upewnił się Giedojt w Zarządzie Lasów, nie była przeznaczona na sprzedaż; Wieża miała pozostać najbardziej wysuniętym na południowy wschód budynkiem wsi.

Marek był już po śniadaniu i zaraz zaszył się na piętrze, gdzie w lewej połówce Wieży, za wygradzającym małą przestrzeń regałem, stało jego biurko. Piotr, rad nierad, zjadł coś pospiesznie i skierował się za nim, bo w bibliotece na prawo od wejścia miał symetryczne stanowisko; sprawdził pocztę, przejrzał informacje agencyjne, po czym założył słuchawki i bez entuzjazmu zabrał się do przepisywania wywiadu z mniemaną mistyczką. Zgodnie z regulaminem Marek po kilkudniowej nieobecności powinien zrobić obiad; ale pani Włodakowa na koniec sprzątania robiła im zawsze gar leczo, które każdy mógł sobie odgrzać w dowolnej chwili, jeśli zgłodniał.

Także popołudnie upłynęło im na pracy; Giedojt nie zagadywał do Piotra, a ten nauczył się cenić to, że bez wzajemnych pretensji mogą zajmować się swoimi sprawami, pomrukując tylko przyjaźnie w razie jakichś przypadkowych spotkań na schodach czy w jadalni. Ale wieczorem zaprosił kumpla do siebie, do saloniku.

Otworzył chablis, przez zapomnienie leżące od wczoraj w bagażniku peugeota, i zapytał o podróż.

Marek wzruszył ramionami.

— No wiesz — powiedział. — Zostawiłem samochód w Złotych Tarasach, pojechałem ekspresem do Wrocławia, zrobiłem prezentację, przespałem się, pochodziłem trochę po mieście... Lubię Wrocław. Potem pociąg do Krakowa, nazajutrz wykład i już miałem wracać, jak ci pisałem, wczoraj, ale goście, którzy mnie zaprosili, chcieli, żebym im pomógł rozwiązać pewien problem przy animacji, którą robią dla Wawelu. I to było nawet ciekawe, ale musiałem zostać jeden dzień dłużej.

Piotr pomyślał z ulgą, że nie sprawdził esemesa od przyjaciela, bo kto wie, czy poprzedniego dnia nie zrezygnowałby z zakupów w Wola Park, żeby szybciej pogadać z Markiem o swoim reportażu. I pojechałby prosto do Wieży — na próżno. A przy tym ominęłoby go coś wyjątkowo miłego.

— Przy czym — ożywił się nagle Giedojt — z ludźmi wykorzystującymi te programy mam jakiś problem. Nie tylko tutaj; w Stanach było w gruncie rzeczy to samo. Rozumiesz: wymyśliło im się narzędzia. A oni pokazują mi króla idącego po krużgankach.

Zamilkł, jakby uznając, że wyłuszczył sprawę. Gdyby Piotr się nie odezwał, siedzieliby tak w ciszy przez resztę wieczoru. Marek sądziłby, że przyjaciel rozważa sprawę; aż poszedłby do siebie, uznawszy, że widocznie z rozważań nie wynikło nic, co usprawiedliwiłoby otwarcie ust. Nawet by się nie zdziwił specjalnie. Dlatego trzeba było wyznać:

— Nie rozumiem. Co z tym królem?

— To, że z tą grafiką, do której swoje dołożyłem, można zrobić wszystko. Nawet więcej, bo ostatnio ją znowu upgrade'owali, już beze mnie. Dajesz to do ręki artystom z wyobraźnią, tak? Ja takiej nie mam, ale spodziewam się Bóg wie czego. A dostaję od nich coś, czy ja wiem, w najlepszym razie niebieskich ludzi ze spiczastymi uszami, którzy unoszą się w powietrzu... Albo, no właśnie, Zygmunta Starego. A ich kłopot jest taki, że po pierwsze, szata ma wzorki i się majta, więc te wzorki się przekształcają, po drugie, to wszystko mieni się w słońcu, a po trzecie, przechodzą przez to jeszcze cienie kolumienek; trzy procesy obliczeniowe naraz i pamięci im zabrakło. Upraszczałem parę godzin. Ale po tamtych dziesięciu latach... to wszystko za mało.

— A czego byś chciał?

Zapadła dłuższa chwila ciszy.

— Nie wiem — przyznał w końcu Giedojt. — I może na tym polega problem. Jadąc tutaj, doszedłem do wniosku, że to nie tylko dezaprobata informatyka, widzącego, że jego supernarzędzie wykorzystywane jest w celach, do których wystarcza to, co było wcześniej. Robimy chyba bardzo nieprzyjemne odkrycie. Odkrycie granicy. — A ponieważ Piotr znowu nie zrozumiał, wyjaśnił: — Chodzi mi o granicę inwencji. Do tej pory pewnych rzeczy się nie robiło, bo było to... awykonalne. A teraz, w programowaniu przynajmniej, możliwe jest wszystko, co do tej pory, plus X. I tego, co oznaczam X, już umysł ludzki nie pokrywa. Wolno, rzecz jasna, wierzyć, że to kwestia czasu. Ale może nie dlatego nie pokrywa, że nie chce, tylko że nie jest w stanie, i to definitywnie. Uchyliliśmy granicę możliwości i okazało się, że pod nią ukrywała się granica wyobraźni. Ja jestem prosty obliczeniowiec, ale to trochę przykre, moim zdaniem.

To ostatnie zdanie zakończył z naciskiem, jakby stawiał dużą kropkę, i odezwał się innym tonem:

— Fajne to wino. Białe, a bez bąbelków.

Piotr stłumił westchnienie. Przyjaciel przypominał mu nieraz Sherlocka Holmesa, którego umysł, jak twierdził doktor Watson, usuwał z pamięci wszystko, co detektyw uznawał za nieprzydatne do pracy. Czasem zresztą żartowali, że mieszkając razem, naśladują bohaterów Conan Doyle'a; nie było przy tym wątpliwości, kto jest Watsonem. Podanie Giedojtowi chablis oznaczało w gruncie rzeczy zmarnowanie pieniędzy; dla siebie kupował on jedynie piwo, i to rzadko, a z win rozróżniał dwa gatunki, czerwone oraz białe, które utożsamiał z szampanem (prawdopodobnie mając na myśli russkoje igristoje). Piotr był pewien, że rozmawiali o tym nieraz. Przyjaciel słuchał uważnie, dorzucał jakąś przenikliwą uwagę, po czym zapominał o wszystkim najdalej rano.

— A co tutaj? — zapytał Marek, nieświadomy frustracji współlokatora.

Więc Piotr opowiedział mu o swoim wyjeździe do Krasna, o pseudomistyczce, która — wieczorem odsłuchał nagranie — opowiadała mu o swoich objawieniach szczerze i chętnie, a jemu z każdą minutą było coraz bardziej wstyd; za siebie, ponieważ, milcząc, udawał jednak życzliwego słuchacza, i za nią, ponieważ te jej spotkania z Jezusem, Matką Boską i Archaniołem Michałem... Zaczęło się to wszystko od jakiegoś banalnego wyrywania zęba, dentysta użył środka znieczulającego, który wywołał w jej organizmie szok anafilaktyczny, zdawało jej się, że opuściła własne ciało, a potem już poszło. I opowiadał Piotr o innych rozmówcach, o gniewie na prymitywnie antyklerykalnego rzecznika sądu, bezduszną sędzinę i głupkowato chichoczącego prezesa miejscowego Towarzystwa Świadomego Ateizmu, a zarazem na ludzi wystających w kolejce do nawiedzonej, którzy na oględnie zadane pytanie, czy badał ją neurolog, o mało nie zrzucili reportera ze schodów. Bliźniaczki w pogotowiu opiekuńczym wydawały się w tym wszystkim pionkami w grze: opinia, czy należy je oddać matce, czy nie, była deklaracją światopoglądową, nie zaś rozstrzygnięciem tej konkretnej sprawy. A do tego, co najgorsze, w obu tych postawach, wyznawczej i szyderczej, widział Piotr karykaturę samego siebie — i nie mógł tego znieść.

Marek słuchał w skupieniu; Piotrowi jak zwykle wydało się, że nieomal dostrzega proces, którego nazwę usłyszał kiedyś, przy innej okazji, od przyjaciela. Brzmiała ona: defragmentacja dysku. Giedojt w jakimś sektorze mózgu dalej myślał o swoim programie graficznym, w innym — o konsekwencjach odkrycia przez ludzkość granicy wyobraźni, ale jeszcze inny oczyścił i nanosił tam dane z opowieści dziennikarza.

— Dwa problemy w tym widzę — odezwał się w końcu. — Pierwszy jest ogólny, ale dotyczy ciebie.

Czy ty właściwie chcesz pisać dalej reportaże? — Piotr podniósł wzrok, zdziwiony; nie rozmawiali o tym jak dotąd. — Bo zdaje mi się, że reporter...

Marek zamilkł i zamknął oczy. No tak, skupiał się. Długo. Nieuprzedzony rozmówca dzwoniłby już w tym momencie po pogotowie: panie doktorze, letarg.

— To, co powiedziałeś na końcu, stawia ciebie na pierwszym miejscu — podjął wreszcie. Zabrzmiało to nieprzyjemnie, lecz oczywiście nie chciał przyjaciela dotknąć, nawet nie przyszło mu to do głowy. — Jak to właściwie jest: obchodzą cię tamci ludzie czy to, jak się ich wybory mają do twoich? Te twoje też mnie ciekawią, może nawet bardziej. Ale zdziwiłbym się, czytając o nich w gazecie. Natomiast drugi problem jest jeszcze ogólniejszy i nieraz o nim myślałem.

Znowu zapadła cisza. Piotr z wahaniem dolał do obu kieliszków chablis, myśląc przelotnie, że przy zakupie następnej butelki kupi też russkoje igristoje. Że piliby rozmaite trunki, Marek przyjąłby bez zdziwienia, o ile w ogóle by to zauważył.

— Mówiłem ci, jak znalazłem tę Wieżę? — Oczywiście, że Giedojt mu to mówił, i to nieraz. Miał dziewięć lat i ojciec, który lubił piesze wycieczki, postanowił mu pokazać Puszczę Bolimowską. Zobaczyli to miejsce, wychodząc z lasu na przystanek PKS. Chłopczyk, może pod wpływem jakiegoś filmu o rycerzach, postanowił, że kiedyś tu zamieszka. I po latach zrealizował swoje marzenie.

— W Dolinie Krzemowej znalazłem coś bardzo podobnego — ciągnął. — Nie chodzi mi o architekturę, tylko o system. Wszystko na miejscu. Praca, jedzenie, spanie. W odległości kilku kroków, nie tylko w jednym campusie, ale nawet w tym samym budynku. Pełna izolacja. Pełne skupienie. A teraz myślę także: pełne bezpieczeństwo.

— Wiesz — podjął znowu po chwili — że gdybyśmy mieli własną studnię w piwnicy, wtedy po nakupieniu konserw moglibyśmy w naszej Wieży wytrzymać bardzo długo bez konieczności kontaktowania się nawet z Włodakami. Choćby nam odcięto prąd; najwyżej przyniosłoby się z lasu drewna na opał, a myć się można w zimnej wodzie albo wcale. I wtedy niech się wszyscy dokoła żrą, zabijają, ale poza Wieżą. Oczywiście, że trochę przesadzam. Chodzi o warunki brzegowe systemu. Ale boję się, że nie tylko — dodał po chwili.

— Istnieje taki program do modelowania ekosystemów — tłumaczył dalej. — W wersji najprostszej można go uruchomić nawet na laptopie. Między gatunkami muszą działać zarówno mechanizmy współpracy, jak konkurencji. Jeśli nie ma konkurencji, jeśli jakiegoś gatunku inne nie starają się wykończyć, to on powiększa swoją niszę kosztem innych, powiększa, aż dusi się od nadmiaru własnych osobników.

— Walka o byt — podsunął Piotr z przyganą, że słyszy rzeczy oczywiste. W końcu to on kiedyś był nauczycielem, a Marek uczniem, nie odwrotnie.

— Niezupełnie. Chodzi mi o homeostazę. Nie, że przetrwają najsilniejsi, a najsłabsi muszą zginąć, tylko że jeśli w zadanej przestrzeni będziesz miał jakiś gatunek, któremu żaden inny nie zagraża, to on zgarnie całą pulę, a potem wymrze; na wyjściu będziesz miał zero życia.

— I to à propos?...

— À propos, bo ludzkość jest na etapie dominacji w przyrodzie. Euro-amerykańska cywilizacja jest na etapie dominacji w ludzkości. Wojny nie mieliśmy w Europie, pomijając Bałkany, od sześćdziesięciu ośmiu lat. Mówiąc wyraźnie: nigdy nie było tu takiego okresu bez wojen. Więc kiedy słyszę, jak ludzie na siebie pomstują; kiedy czytam, jak także w innych krajach budzą się rozmaite nienawiści, to zastanawiam się, czy to przyroda nie postanowiła wkroczyć i wyrównać szans. Żebyśmy nie byli jak króliki w Australii. Przecież to, co zobaczyłeś w Kraśnie Wielkopolskim, to jest szaleństwo, wprawdzie w dwóch odmianach, ale tak naprawdę to są tylko nieznaczne modyfikacje jednego wzoru. Dzisiaj jakoś mam skłonność do formułowania nieprzyjemnych hipotez — roześmiał się. — I oczywiście żadna Wieża nam nie pomoże, jeśli mam rację. Ale nie potrafię pozbyć się wrażenia, że ludzi coraz bardziej pociąga perspektywa zrobienia selekcji wśród bliźnich. Według wybranego kryterium, tu jest spora dowolność. Wykończyć za mądrych albo wykończyć zbyt głupich. Bankowców albo bezdomnych. Rozmodlone babcie albo rozbawioną młodzież. Tych z Katalonii albo tych z Kastylii. Arabów albo Żydów, i to nie tych, tam, co się rżną nawzajem u siebie, ale tych, co są pod ręką, tutaj. I tak dalej.

— Marek, ja jestem historykiem. To zawsze tak było.

— Ale właśnie miało tak już więcej nie być, nie pamiętasz? Podobno ktoś nawet napisał, że historia się skończyła, bo teraz już wiadomo mniej więcej, jak wszystko urządzić. Humanista na pewno, nie przyrodnik — dodał z dezaprobatą. — Więc kiedy mi opowiadasz, że za zadanie prostego pytania, czy chora na epilepsję była u lekarza, ktoś chce cię zrzucić ze schodów, a zaraz potem, że ktoś ział nienawiścią do kobiety, której może jednak pokazał się Jezus (kto wie, epilepsja tego nie wyklucza), to tylko forma jest kulturowa, a tak naprawdę spotykasz się z tą samą siłą, która każe, czy ja wiem, sowom polować na myszy, i tą samą, która mutuje wirusy, uodparnia je na lekarstwa. Chodzi o to, że jest nas za dużo. Oj, nagadałem się, idę spać.

— Jakbyś chciał, nie daj Boże, powtarzać podobne myśli poza naszą Wieżą — powiedział Piotr poważnie — to muszę cię uprzedzić, że coś podobnego pisał kiedyś gość, który się nazywał Malthus. I to nie jest dobre nazwisko.

— Malthus — powtórzył Marek. Nie wyglądało na to, że się przejął. — Muszę go poszukać w necie. Aha. — Zatrzymał się jeszcze w drzwiach. — Ja żartowałem z tymi bąbelkami, a ty wiecznie dobrze wychowany. Powinieneś mnie opieprzyć. Przecież to chablis. Dobranoc.

7.

Na tę niedzielę zapowiadano ostatni dzień babiego lata. I rzeczywiście, jest: powietrze jeszcze ciepłe, taki ostatni wysiłek słabnącego słońca; pojedyncze cumulusy defilują jak białe miśki po błękitnym niebie; z niektórych drzew wyszczerza się już żółć, ale na wzgórzach wokół

miasteczka wciąż panuje zieleń, choć może nieco ospa-
ła, nieco zmęczona. Z tej odległości nie słychać gwaru
na rynku, gdzie tłum ludzi, a pod studnią zaparkowane
dwie warszawy, moskwicz i rządek skuterów, między
nimi zaś — stary mercedes jak dwuznaczny sygnet, cen-
ny, ale zdarty z ręki oprawcy. Skądś nadchodzi falami
zapach tlącego się ogniska, może z cmentarza, który
rozpościera się tuż obok, za niewysokim kamiennym
murkiem. Dzwony, to w jednym kościele, to w innym,
wzywają wiernych na nabożeństwa, pobekują gdzieś
kozy; za pobliskim sadem ujada w obejściu pies, roz-
juszony zapachem obcych, na szczęście po paru minutach zmęczył się albo uznał, że na michę zapracował
i wystarczy; zapada cisza. Łąka pochyla się łagodnie aż
do przyciętego starannie żywopłotu, odkreślającego ją
od zbocza, po którym droga wzdłuż cmentarza prowadzi stromo w dół, na trójkątny placyk przed klasztorem.

Bella z wiklinowego koszyka wyjmuje wiktuały, roz-
stawia z namysłem na kocu, który służy im jako obrus.
Roma ogląda podejrzliwie termos, chyba pociekł trochę,
niewiele, lecz herbata z cytryną mogła wystygnąć. Stefan przez lornetkę obserwuje rozlewisko rzeki, po tej
stronie szara dżungla trzcin, pośrodku piaskowe łachy,
o, ptak poleciał, woła Bella, co to za ptak, taki duży?
Pewnie kondor, odpowiada Stefan, nie odrywając oczu
od szkieł, a Bella śmieje się i daje mu lekkiego klap-
sa w ramię, bądź ty raz poważny. Drugie śniadanie na
trawie, oczywiście w ubraniach, bo to nie rozpustny,
paryski fin de siècle, tylko wrzesień sześćdziesiątego
drugiego, Polska. No, już — Bella przysiadła na piętach,

jej żółta rozkloszowana spódnica rozłożyła się dokoła niej jak płatki jakiegoś gigantycznego kwiatu; Roma w obcisłych spodniach do pół łydki, w czerwonej kurteczce w czarne grochy, z postawionym zawadiacko kołnierzem, nalewa uważnie herbaty do nakrętki termosu, jakby odmierzała lekarstwo; herbata paruje na szczęście, więc nie jest tak źle. Ale pijcie lepiej szybko. Stefan wyciąga z chlebaka poniemiecką wojskową mapę, wodzi po niej palcem. Jak zjemy, pójdziemy jeszcze tu, wskazuje na niej jakiś punkt, nie jest jednak zdziwiony, że dziewczyny nawet nie udają zainteresowania: pójdą, gdzie je poprowadzi, ale posiedźmy najpierw trochę.

Romie tak bardzo zależało na tej wycieczce, że noc z soboty na niedzielę przespała u Belli. Gdyby na stewardesy padł jakiś pomór, mogliby przyjechać po nią samochodem, żeby zasiliła załogę, do Zurychu albo do Rzeszowa, gdzie by wypadło; co prawda prościej byłoby im najpierw sprawdzić, czy nie jest wolna któraś dziewczyna mająca telefon, lecz odkąd wiadomo, że Roma będzie latała na vickersach, kierowniczka zaczęła robić jej na złość. I tym razem na pewno by coś wymyśliła. Więc choć to niezupełnie zgodne z duchem regulaminu — ale z jego literą owszem, bo w czwartek Roma miała dyżur, w piątek lot do Rzymu, w sobotę powrót przez Wiedeń i teraz ma wolne, wolne do poniedziałku! — spakowała się szybko i ukryła u przyjaciółki. O siódmej rano zawarczał pod oknami wartburg, za kierownicą Stefan w jasnym prochowcu i tweedowej marynarce z Rembertowa, gotowe jesteście, dziewczyny? Nie były całkiem gotowe, zaprosiły go jeszcze na kawę, Bella zapomniała kupić kliszy do aparatu, no trudno, pamiątki nie będzie. A potem trzy godziny podróży, Stefan mknął jak szatan, aż Bella piszczała, a Roma paliła tylko w milczeniu długiego papierosa i zastanawiała się, czy jeśli ryzykuje życiem, wsiadając do starego convaira 240, o którym wie, że mechanicy przygotowali go na tyle, na ile mogli — czy więc jeśli ryzykuje życie co tydzień, bo nawet kamizelek ratunkowych nigdy nie można się doliczyć, i żeby żaden z pasażerów nie pyszczył, personel oddaje swoje, to czy naprawdę wartburgiem nie można by jechać trochę wolniej? Ale nic nie powiedziała. Ostatnie minuty jazdy do Kazimierza, który starali się odwiedzać co najmniej dwa razy w roku, były zresztą jak zwykle euforyczne: ten ciemnozielony tunel, wiodący prosto do miasteczka jak z bajki, zawsze się jej kojarzył ze snem, którego szczegółów nie mogła sobie przypomnieć, poza tym, że napełnił ją dziwną słodyczą; i przez tych piętnaście kilometrów czuła się jak żywa rzeźba z miodu, która — bez pomocy samochodu, jakby siła przyciągania nie działała w dół, ale do przodu — sunie aksamitnym tunelem, kanałem rodnym olbrzymiej matki gdzieś w inny, lepszy świat, a z jej miodowego, rozpędzonego ciała, zdawało jej się, skapywały pojedyncze złote krople i osiadały na liściach, na gałęziach, plamiły pnie. I nagle otworzyła się przestrzeń: zrujnowane spichlerze po lewej, stacja benzynowa po prawej, ostry zakręt i już są na rynku, już Stefan patrzy triumfalnie na zegarek, trzy trzynaście, siedem minut krócej niż ostatnio. Och, Stefan (to oczywiście Bella).

Kanapki zjedzone, Roma odruchowo zbiera z koca kilka okruchów ze skorupek; no tak, piknik bez jajek na twardo to nie piknik, a posprzątać nie ma komu. Bella niby mimochodem wyciąga z koszyka *Solaris* Lema, ona już to zna, ale chciałaby jeszcze raz przeczytać, z przyjaciółmi — nie mówi im, że to najpiękniejsza powieść o miłości, bo znowu by się z niej śmiali, w ogóle nic im nie mówi, po prostu ot, tak sobie kładzie ją na kocu, może zauważą — lecz po podróży i jedzeniu wszyscy są trochę senni i nikt nie sięga po książkę. Roma spogląda na panoramę miasteczka: czerwone dachy, z kominów pionowo snuje się dym, jak na obrazku w elementarzu. Ponad rynkiem trzy budowle tworzą z tej perspektywy ukośną linię, jakby ustawiono je w szeregu, choć w rzeczywistości dzieli je spora odległość: fara, ruiny zamku i baszta pod samym szczytem wzgórza. Mogłabym tam zamieszkać, mówi.

Stefan zaraz sięga po lornetkę i kieruje ją za wzrokiem przyjaciółki. W zamku? Ale tam dachu nie ma, na głowę pada.

Więc Roma zastanawia się przez chwilę, dlaczego to powiedziała, czy powiedziała to na serio, i wyjaśnia: nie w zamku, raczej w baszcie. Wyżej niż wszyscy. Nie masz dość wysokości? — chichocze Bella. No coś ty, moja praca jest strasznie klaustrofobiczna. Cały czas w zamknięciu. W takich tubach (pokazuje jakich, składając ręce: styka czubki palców i nadgarstki). Niskich. Okna nieduże, na wysokości moich bioder, zresztą nie mam nawet czasu spojrzeć. I ciągle obcy ludzie dookoła. Więc potem bym wychodziła, wsiadała w samochód, nie w samochód, to za wolno — poprawia się, czując pełne wyrzutu spojrzenie Stefana — lepiej w rakietę. Powinny być niedługo rakietowe taksówki. Albo w poduszkowiec. I myk! I jestem tutaj, zamykam się, samotna księżniczka oddycha pełną piersią.

Bella ma straszną ochotę zapytać, czy Roma się nie boi; wydaje jej się, że ta niemożność wyjrzenia z kadłuba na zewnątrz musi być najgorsza ze wszystkiego — nigdy nie przyszło jej do głowy, że stewardesa nie patrzy przez okna — a skąd wiadomo, że samolot leci prosto, a nie w dół? Ale odkąd okazało się, że Roma naprawdę zamierza latać, temat niebezpieczeństwa jej pracy został przez nie, bez umawiania się, otorbiony. Po prostu go nie ma, jakby nie było katastrof, jakby fakt, że coś ciężkiego rozpędza się do potwornych prędkości i unosi w górę, nie naruszał zasadniczego porządku, może ostatniego, jaki jeszcze został. Gdyby natura chciała, żebyśmy latali, toby nam dała skrzydła — myśli czasem Bella i drży o przyjaciółkę za każdym razem, kiedy nie widzi jej koło siebie. Więc pyta tylko cichutko: A w tych nowych samolotach, w tych vickersach, nie będzie większych okien?

Nie, po co? — dziwi się Roma. Okna w samolocie w ogóle nie są potrzebne, to tylko kwestia psychologii pasażerów, żeby im się zdawało, że mają nad czymś kontrolę, skoro widzą, gdzie są. A przecież nic od nich nie zależy. Mówimy im, gdzie usiąść, kiedy się zapiąć, którędy uciekać w razie czego, zajmujemy uwagę przez cały lot... O rany, nie chce mi się o tym mówić, ja mam dzisiaj wolne. Taka wieża, przychodzi jej w sukurs

Stefan, odkładając lornetkę, to jak pytanie o nieskończoność. Obie przyglądają mu się ze zdziwieniem. No tak, wyjaśnia, bo skoro już ludzie zaczęli budować w górę, a nie na boki, to dlaczego właściwie przerwali w tym momencie, a nie trochę wyżej? Albo jeszcze wyżej? Albo jeszcze? Kiedy byłem z Andersem w Iranie — mówi, ściszając głos (pierwszy raz słyszą, że był u Andersa) — to widziałem zikkuraty, takie świątynie na sztorc, na górze kapłani rozpalali dawniej ogień, więc wyglądało to pewnie trochę jak latarnie morskie, tylko bez morza. Ale chodziło, zdaje mi się, o coś innego. Bo ogień szedł w niebo, więc jakby pokazywał kierunek i sztukował to, czego już nie zbudowali. Oj, Stefan, jak ty coś powiesz... No naprawdę, nie zmyślam. A w przyszłości wszystkie miasta będą zabudowane wyłącznie drapaczami chmur. Amerykanie już zaczęli. Można będzie w ogóle z domu nie wychodzić. Mieszkasz na sto pięćdziesiątym piętrze, za oknami stratosfera... Sto pięćdziesiąt razy trzy metry, no, nawet cztery, liczy Roma, wychodzi sześćset metrów; to jeszcze nie stratosfera, zupełnie nie. Oj tam, czepiasz się. Mówię poetycko. W każdym razie szewca masz na sto dwudziestym piętrze, repasację pończoch na sto osiemnastym, basen na trzecim, a spożywczy na dwusetnym, żeby zaoszczędzić na lodówkach, bo tam wystarczy produkty za oknem trzymać. Na sześciuset metrach jest chyba chłodniej, nie? — Ale niewiele, kilka stopni mniej niż przy ziemi — Roma jest nieubłagana. No dobrze, zapala się Stefan, to może nie być dwieście pięter, ale tysiąc, dwa tysiące... Chyba nie chciałabym mieszkać w przyszłości, mówi Bella z pretensją w głosie i chowa *Solaris* do koszyka. Nie będziesz miała wyboru, śmieje się Stefan, to może być, czy ja wiem? Za pięćdziesiąt lat? Za pięćdziesiąt lat, Roma jest w nastroju do rachunków, będziemy miały po siedemdziesiątce, a ty... A ja odpowiednio więcej — nie daje się złapać Stefan. Nie podoba mi się, wybucha Bella, co was dzisiaj napadło. Nie podoba mi się, nie będę sobie wyobrażać siebie jako starowinki. Dosyć, idziemy na wycieczkę. — Zrywa się z koca, prawie z płaczem.

Więc schodzą na rynek, zostawiają koszyk w bagażniku wartburga i zaczynają się wspinać brukowanym wąwozem, który wybrał mężczyzna. Tu jest ciemniej, z obu stron wychylają się z ziemi poskręcane korzenie drzew, a w krzewach nad ich głowami kłócą się ptaki. Na jezdni tu i ówdzie leżą końskie pecyny, uwijają się wokół nich stada żuków gnojaków. Wyprzedza ich rzężąca na pierwszym biegu dekawka, karoseria drży z wysiłku; za kolejnym zakrętem samochodu już nie ma, pewnie skręcił w prawo, przez bramę ze stromym podjazdem. Roma bierze Bellę pod rękę i na chwilę przytula policzek do jej policzka. Uśmiechają się do siebie, nic, nic, już wszystko dobrze. Ot, trudne dni. Droga łagodnie wije się to w jedną, to w drugą stronę; jest coraz wyżej i jaśniej, błękit między drzewami obiecuje niedaleki wypoczynek na szczycie. Stamtąd ścieżka poprowadzi aż za kamieniołomy — tłumaczy Stefan — i potem z powrotem w dół, prosto nad Wisłę. Mężczyzna idzie po stronie Romy, trochę z tyłu, dziewczyna świetnie się prezentuje w tych spodniach, bardzo zgrabnie, naprawdę; przypominasz biedronkę w tej kurtce, wielką biedronkę — mówi Stefan, a ja? — pyta z kokieterią Bella, a ty lilijkę. Biedronka, lilijka i Stefcio ogrodniczek — błaznuje. Lilijki są białe, Bella strzepuje nieistniejący pył ze swojej żółtej spódniczki. No, nie wiem, mężczyzna daje za wygraną, nie znam się na kwiatach, może być bławatek. Na to obie wybuchają śmiechem: Bławatki są chabrowe, głupku! To same sobie komplementy mówcie: Chaber, bławatek, cholera z tym — gdera. Odczekuje chwilę i bierze Romę za łokieć, niby ułatwiając jej wspinaczkę, bo idą wciąż pod górę; ale Roma przystaje na chwilę, żeby wytrząsnąć coś z buta, kamyk mi wpadł, dogonię was zaraz. Ruszając w ślad za przyjaciółmi, widzi coś dziwnego: mężczyzna gwałtownie ciągnie Bellę na prawe pobocze, zasłania jej oczy, śmieje się nienaturalnie, zagaduje, potem kurs w przeciwną stronę i już idą po lewej, jak dotąd. Ach, przy drodze leżała padlina, to kiedyś był pies.

Nieco dalej zarośla się kończą, przed nimi rozpościera się płaski krajobraz, który zupełnie nie pasuje do tego, co widzieli jeszcze przed chwilą. Droga prowadzi przez pole, po lewej rżysko, po prawej już skiby przeorane, furkoczą tam wróble. Sto metrów dalej — skrzyżowanie; poprzeczną szutrówką jedzie zbyt szybko jakiś samochód, podnosi kurz. Przystanęli, niech opadnie.

— Jak wracałem z Niemiec... — zaczyna nagle opowiadać Stefan. — Wyście miały wtedy jeszcze na pupach kółka od nocników (E, nie pozwalaj sobie). Tam stało na szosach mnóstwo porzuconych samochodów. Zatrzymaliśmy się z kolegą w jednej miejscowości, nie pamiętam jej nazwy. Kolega zakręcił się koło amerykańskiego posterunku i skupował na lewo benzynę. Więc zaczęliśmy uruchamiać te samochody, niektóre były rozbite, ale były też w dobrym stanie. Dawało się z tego dobrze żyć. Dla siebie upatrzyłem takiego generalskiego opla. Pomyślałem sobie, że jak wracać do ojczyzny, bo kiedyś trzeba było wrócić, to z fasonem. Ale jak mieliśmy trochę pieniędzy, to się też grało w karty, i kiedyś przegrałem tego opla do jednego takiego, czort go wie, kto to był, nie-Polak w każdym razie. A grał jak szatan, na końcu się przyznał, że w kasynie pracował przed wojną.

— Biedaczek — rzuca ironicznie Roma.

— Ale nie, poczekaj. Bo plotka chodziła, że niektóre z tych samochodów to specjalnie zostawione pułapki. Z bombami w środku, które wybuchały, jak się określoną ilość razy trzasnęło drzwiczkami. Nikt tego nie brał na serio, uważało się, że to takie zmyślenie, żeby ten handel wozami trochę ograniczyć. Ale z drugiej strony człowiek się czasem zastanawiał, przecież do Niemców to wszystko podobne. No więc ten gość, co mnie ograł, zabrał kluczyki, wsiadł do mojego samochodu i... bum! Bomba rąbnęła i już go nie było — zakończył wesoło Stefan.

— Jak to: zginął?! — blednie Bella. — No — potwierdza mężczyzna i przestaje się śmiać, nieco stropiony. — Przecież to okropne, okropne — złości się znowu Bella; nie dość, że gadali o jakichś koszmarnych mieszkaniach na tysięcznym piętrze, a potem o starości, nie dość, że nie chcieli czytać *Solaris*, nie dość, że Stefan wziął Romę w środek i szedł przy jej boku, choć w Sopocie wydawało się, no, wydawało się całkiem inaczej, to teraz jeszcze żartuje sobie z czyjejś śmierci. Oczywiście Bella nie zamierza się kompromitować, więc mówi zamiast tego inne rzeczy, lecz słowa strzelają z jej ust jak igiełki, mężczyzna właściwie powinien zacząć robić uniki przed tą kanonadą, skryć się w rowie czy co? Stoją tak na drodze i kłócą się — Roma aż odeszła kawałek i ostentacyjnie wystawiła twarz do słońca, zamykając oczy — to jest właściwie nie kłócą się, tylko Bella wyraża całe swoje rozżalenie, co ci przyszło do głowy opowiadać mi takie rzeczy, tu nie ma się z czego śmiać, ja straciłam rodziców na wojnie, tu każdy kogoś stracił na wojnie — ale przecież i Stefan, uświadamia sobie z przerażeniem. Przypomina sobie jego wyznanie, tuż przedtem, zanim zaproponował jej wyjazd do Zakopanego, zaraz potem przedstawiła go Romie: matka w Ravensbrück, ojciec w łapance — próbował uciekać, żeby nie zostawiać syna samego — potem młoda żona w powstaniu, a te wersje późniejsze, że u Andersa, że w RAF-ie, że jako agent z samym Goebbelsem rozmawiał, to przecież na pewno tylko dla Romy, niewtajemniczonej. Zapomniała o tym na chwilę, dała się zmylić jak idiotka anegdotami ściągniętymi z jakichś awanturniczych powieści, zraniła go, ma dzisiaj muchy w nosie i powiedziała coś okropnego, zraniła go, więc braknie jej tchu — i w tej ciszy, jaka zapadła, robi się miejsce na ripostę Stefana, a on przygląda jej się chwilę ze smutnym uśmiechem i przytula ją mocno (co za ulga), a potem mówi, jakby się tłumacząc:

— No, co ja poradzę? Szczęście, dziewczyno. Trzeba mieć w życiu szczęście... Roma, nieporozumienie wyjaśnione; idziemy dalej?

8.

Po wieczorze z Markiem Piotr zabrał się z większą energią do spisywania rozmów nagranych w Kraśnie; zaczęło mu świtać, co z tym zrobi. Przesłuchiwał oczywiście wszystko, ale wklepywał do komputera tylko wypowiedzi najbardziej kuriozalne, podnoszące mu ciśnienie. Była to żmudna, najprzykrzejsza część roboty, podczas której zwykle pocieszał się myślą, że po tym etapie nastąpi tworzenie tekstu, tym łatwiejsze, im teraz mu trudniej. Lecz schodząc po paru godzinach do kuchni, żeby dolać sobie kawy, złapał się na tym, że całkiem co innego pomaga mu utrzymać się w formie: dziwaczna przyjemność, z jaką wspominał spotkanie z panią Romą i jej słowa, że jeśli będzie miał ochotę i czas, może jej sprawić niespodziankę, przychodząc. Oczywiście, po takim zaproszeniu nie wypadało więcej się nie pojawić. I chyba, wyobraził sobie, stosownie będzie odwiedzić ją tym razem z kwiatami. Jakiś nieduży, wiosenny bukiecik, żeby dać do zrozumienia, żeby wyrazić, co właściwie? Żeby sprawić przyjemność. Tak, chciał zobaczyć, jak coś sprawia jej przyjemność. Ale zdaje się — nie był pewien — że na wiosenne bukieciki jeszcze za wcześnie. Więc tulipany, ewentualnie róże, najwyżej trzy, żeby nie wprawiać w zakłopotanie jej ani siebie. Wyobraził sobie, że wchodzi z koszem róż, no i naturalnie pada pytanie, co to za okazja. Albo: cóż to znaczy, panie Piotrze? A nie ma żadnej okazji i pan Piotr nie umiałby wyjaśnić, co to znaczy. Zatem: trzy róże, najwyżej pięć, jeśli małe. I dopiero gdy skończy z przepisywaniem. Wtedy to sobie zafunduje. W nagrodę.

W rezultacie pracował do późnej nocy i nazajutrz przez cały dzień, od samego rana, aż trzeciego dnia w południe dobrnął do ostatnich słów księdza proboszcza. Nie był jeszcze pewien, czy ta postać pojawi się w reportażu, bo ksiądz wydawał mu się teraz raczej bezradny niż drażniący. Rozmawiał z dziennikarzem nieufnie, ale czuło się, że nie jest zachwycony ani decyzją sądu, ani entuzjazmem części parafian dla prywatnych objawień kobiety. Biskup pewnie już go pytał, jak mógł do tego dopuścić. Takie prywatne wizyty Jezusa u wiernych to w ogóle rozbijanie normalnej pracy duszpasterskiej, Jezusa to oni mają w Najświętszym Sakramencie i wystarczy; a w tym przypadku trudno nie podejrzewać, że to w ogóle nie jest Jezus. Z drugiej strony opowiedzenie się po stronie państwa, które pozwala na rozwój rozmaitych sekt i ogólnego bezbożnictwa, a sekuje katolików, też nie wchodziło w grę. Ksiądz miałby się z pyszna, gdyby parafianie w ten sposób zrozumieli jego postawę. Więc od wielu dni kluczył, przypominał wiernym o posłuszeństwie biskupowi, który ma moc rozróżniania duchów, choć musiał wiedzieć, że biskup absolutnie nie zgodził się na rozpatrywanie tej sprawy, twierdząc nie bez racji, że nawet jedna wizyta jego wysłannika w domu wizjonerki ostatecznie utwierdzi jej samozwańczy autorytet; i tylko nocami proboszcz myślał niespokojnie o ewangelicznym wskazaniu, żeby mówić tak-tak, nie-nie, a reszta od diabła pochodzi. Dziennikarza wpuścił wyraźnie przez pomyłkę, czekał na kościelnego, który miał mu coś załatwić, i cały krótki pobyt Piotra na plebanii upłynął w przedpokoju. Piotr trochę go rozumiał, a jednocześnie zdawał sobie sprawę, że jeśli w jego reportażu zabraknie głosu księdza, będzie to wyglądało niepoważnie. Dosyć, pomyśli o tym później.

Przed blokiem Romy znalazł się koło pierwszej. Trzymał w ręku siedem krótkich herbacianych róż i zastanawiał się, co z nimi zrobić, jeśli starszej pani nie będzie w domu. Ale na dzwonek domofonu od razu wpuściła go do środka. Wiedziała, że przyjdzie — albo raczej nie miała odruchu, żeby pytać, kto tam.

Otworzyła mu z zaaferowaną miną, rzuciła okiem na kwiaty, chwileczkę, powiedziała, niech pan się rozbiera, zaraz do pana wrócę. Kiedy zdejmował kurtkę, usłyszał, jak usiadła do komputera i powiedziała: Tomku, muszę kończyć, mam gościa. Tymczasem; mocno cię całuję. Odezwij się, kiedy będziesz mógł, pa. Podeszła znowu do Piotra, rozmawiałam z synem przez Skype'a — w jej głosie zabrzmiała przechwałka. Wzięła wreszcie bukiet, powąchała go teatralnie i znad kwiatów zerknęła na gościa z uśmiechem. No, doprawdy, spomiędzy siatki zmarszczek patrzyły na niego pięknie wykrojone brązowe oczy. — To miłe. Bardzo. Niech pan usiądzie, zaraz zrobię kawę. A może woli pan herbatę?

W pokoju trochę się zmieniło: regał z książkami zasłonięty był teraz stojakiem, z którego zwieszał się ekran, a na taborecie koło biurka znajdował się rzutnik. Lecz dziewczynka z kokardą jak poprzednio przyglądała się na obrazie miastu i Piotr o mało nie powiedział jej „cześć". Uświadomił sobie teraz z niepokojem, że nastrój poprzedniego spotkania może się nie powtórzyć; o czym właściwie rozmawiać ze starszą panią, którą widzi trzeci raz w życiu? A Roma wróciła z kawą, usiadła naprzeciwko i przyglądała mu się tylko z uśmiechem, jakby nie zamierzała ułatwiać gościowi zadania.

W ostatniej chwili przypomniał sobie, że obiecała opowiedzieć kiedyś historię swoich licznych nazwisk.

— Myśli pan, że już pora? — Zabrzmiało to, jakby chciała się droczyć. — Ale dobrze; to dosyć proste, choć może nie tyle proste, ile stosunkowo mało tajemnicze. Mój tata nazywał się Neufhart, ale przyjął nazwisko żony, Zielińskiej, bo nie chciał, żeby go uważano za Niemca albo za Żyda, co zresztą w obu przypadkach byłoby częściowo prawdą, bo jego rodzina wywodziła się z wiedeńskich Żydów... Moja mama była półkrwi Rosjanką, miała na imię Tamara. Pamiętam, jak tata żartował, że zakochał się w niej przez pomyłkę, bo nie dosłyszał, jak ich przedstawiano: myślał, że ona jest Tamar. W czasie wojny znaleźli się w Rosji, oboje trochę lewicowali, więc nawet im się to spodobało, i kiedy przyszłam na świat, nazwali mnie Sonią. Więc byłam Sonią Zielińską, to raz. — Zaczęła odliczać na palcach. — Potem przyjechali tutaj, tata budował budynki, a mama społeczeństwo, które miało w tych budynkach mieszkać. Uważam, że tacie lepiej wyszło... Ale uznali, że Sonia niepotrzebnie prowokuje komentarze, Rosjan się tutaj nie lubiło, i zmienili mi imię na Zofia. Zofia Zielińska, to dwa. Tylko że mnie ta Zofia okropnie się nie podobała i z przyjaciółką ze szkoły postanowiłyśmy sobie obrać inne imiona, takie, za jakimi przepadają dziewczynki, i ja sobie wybrałam Romę. Roma Zielińska, to trzy. Dla przyjaciół; bo oczywiście w papierach byłam dalej Zofią. Następnie wyszłam za mąż za Stefana Dworeckiego i zostałam Zofią Dworecką. Cztery. A kiedy Stefan umarł, postanowiłam zrobić z tym wszystkim porządek; od dawna wiedziałam o tym nazwisku taty, poza tym, wie pan... Tak mi się w życiu ułożyło, że ja ciągle odrzucałam to, co było wcześniej, bo okazywało się, że się mylę, że uznaję za prawdę rozmaite złudzenia, a potem wychodziło na jaw, że wybrałam tylko inne złudzenia, więc znowu wszystko odrzucałam... I to jakoś z tymi nazwiskami mi się kojarzy. Więc ostatecznie zmieniłam sądownie nazwisko na Roma Neufahrt, piąte, jeśli dobrze liczę.

Piotr słuchał jej z łyżeczką w ręku: chciał zamieszać kawę, lecz opowieść nieco go przytłoczyła, więc zawisła ta łyżeczka nad filiżanką, prawie o niej zapomniał. Kiedy Roma zamilkła, obejrzał się na drzwi wejściowe, ale doszedł do wniosku, że pytanie, dlaczego w takim razie zostawiła wizytówkę, byłoby nietaktowne. Tymczasem ona, jakby czytała mu w myślach, dodała: A wizytówka, widzi pan, klatkę mi przemalowali, drzwi też, i jakbym ją odkręciła, zostałby w jej miejscu prostokącik w innym kolorze. Zresztą mój mąż był, jaki był, ale tak go całkiem odkręcać nawet z drzwi to jednak przesadna manifestacja. No, więc teraz już wszystko pan o mnie wie.

Mężczyzna zanurzył wreszcie łyżeczkę w kawie, uśmiechnął się lekko: Nie, nie wszystko... — No tak, w rezultacie nie wie pan, jak się do mnie zwracać. Romo, jeśli pan się zgodzi. A ja do pana będę mówić: Piotrze.

Dobrze? Wyciągnęła dłoń. Kiedy ją ucałował, poruszyła prawie niedostrzegalnie palcami. Wydało mu się to dość erotyczne, co przyjął z rozbawieniem i zakłopotaniem jednocześnie.

Pewnie dziwi się pan — mówi tymczasem Roma — że tak szybko przechodzimy na ty. To znaczy: dziwisz się pewnie. Ale ja... Piotr pomyślał z ciężkim sercem, że teraz usłyszy coś o bliskiej śmierci, zupełnie jakby rozmawiał z matką. Lecz nie: ...zyskałam łaskę życia w teraźniejszości. Przyszłość będzie albo jej nie będzie, tego człowiek się uczy prędzej czy później. Ja latałam jako stewardesa, zdarzały się katastrofy, więc nauczyłam się prędzej. Z kolei przeszłość, no właśnie, przeszłość mi się wymknęła, okazała się nieważna. A zamieszkanie w teraźniejszości to jest coś cudownego: jakby zaszumiało w głowie od szampana. Choćby teraz. Cieszę się, że przyszedłeś. Siedzimy sobie razem. Bez wspomnień i bez planów. Więc żyję chwilą i mogę być nareszcie płytka. Nie rozumiesz.

Tym ostatnim zdaniem zdetonowała go do reszty, i musiało upłynąć trochę czasu, zanim wymyślił, co odpowiedzieć. Uznała to za potwierdzenie, może zresztą miała rację, może jej nie rozumiał. — Więc inaczej — ciągnęła. U Żydów wszystkie przykazania są sformułowane w czasie przyszłym, tak? Nie będziesz kradł, nie będziesz mówił fałszywego świadectwa i tak dalej. Katolicy zrobili z tego rozkazy, ale nie zmienili istoty rzeczy. A z kolei jak człowiek się obejrzy, to tam tradycja: ciężka, przyginająca do ziemi. Tu obowiązki, tam zobowiązanie. I tylko w teraźniejszości jest cud; jest to, co jest, jak u Mojżesza. Można to próbować rozmaicie nazywać, ale właśnie nazwy są szczęśliwie za długie i nie mieszczą się w teraźniejszości, w tej szczelinie, pędzącej przez czas. Nim coś powiesz, to cud znika i jest już następny. Dlatego nie ma sposobu, żeby się pokłócić, tak naprawdę. Bo ludzie się kłócą o nazwy. Ze mną nigdy się nie pokłócisz.

Nagle odsunęła się od stołu i roześmiała: teraz myślisz, że euforię się leczy. Nie, odpowiedział uśmiechem, tylko że ja jestem z wykształcenia historykiem, więc jakby specjalistą od tradycji i... — Nie zgadzasz się? — Nie żebym się nie zgadzał. Tylko dla mnie brzmi to jak... — szukał przez chwilę słowa. Doskonale rozumiał, że chodzi jej o wolność. A nie chciał się zwierzać, że po jego doświadczeniach sądząc, teraźniejszość wypełnia się wolnością tylko pod jednym warunkiem: gdy mianowicie następuje katastrofa. Rozpada się wszystko i przez straszliwy ułamek sekundy człowiek mógłby dostrzec, że właśnie odzyskał swobodę ruchów, tyle że na ogół przytłaczają go rozpacz albo wyrzuty sumienia, albo — najczęściej — jedno i drugie. I nie czuje się wcale swobodniejszy, lżejszy, tylko właśnie: cięższy niż zwykle. Z nosem przy ziemi. Ale jeszcze nie przyszła pora na taką otwartość. Więc powiedział jedynie: To brzmi jak pokusa. Jeśli ulegnę, będę musiał chyba zmienić zawód (raczej imię i tożsamość, pomyślał).

Och, pokusa, jak dawno nie słyszałam tego słowa — Roma zaśmiała się lekko. — Ale mówiłeś mi, że jesteś reporterem? I nagle zmieniła temat: Słuchaj, chciałabym, żebyś mi znowu pomógł. Natychmiast, powiedział i podniósł się od stołu. Uniosła brew, jakby pozwalając mu zauważyć tę gotowość, miłą, lecz nieco zaskakującą. Nie mogę sobie poradzić z rzutnikiem, który wtedy kupiłam. Podłączyłam go, ale nie działa. Znasz się na tym? Więc to ten rzutnik... Piotr przez następny kwadrans siedział nad laptopem, konfiguracja nie była na szczęście trudna, choć obecność Romy tuż za plecami, bo śledziła z bliska, jak stuka w klawisze, nieco go rozpraszała. Nawet bardziej niż dotąd, bo nie widział kruchego ciała starej kobiety, tylko czuł jej ciepło i zapach perfum, który go jakby odrobinę podniecał; było to tak niewiarygodne, że parsknął śmiechem, ale właśnie wtedy komputer wydał dźwięczne: „plim!" i pokazał się komunikat „Zainstalowano nowe urządzenie", więc ta równoczesność sugerowała, że Piotr po prostu się ucieszył. To możesz mi wyświetlić na przykład to? Zza jego ramienia wysunęła się smukła dłoń, wskazywała coś palcem; dziś nie miała pomalowanych paznokci, były znacznie jaśniejsze od skóry, tu i ówdzie pokrytej jeszcze ciemniejszymi plamkami, jak ręka zachwycającej drewnianej rzeźby sprzed wieków, którą dotknął czas, jak — Piotr przypomniał sobie nagle — ręka *Marii Magdaleny* Donatella: długie, wychudzone postem palce, lekko zgrubiałe w stawach, gładka powierzchnia pokryta gdzieniegdzie jakimś nalotem, gdzie indziej draśnięta, z owalnymi odłupaniami, które chciało się uleczyć dotknięciem, we Florencji Piotr spędził przed tym dziełem tyle czasu, że aż nie zdążył obejrzeć posągu Dawida w Galleria Dell'Accademia, bo spóźniłby się na pociąg — ciągle gdzieś pędził, nawet podczas urlopu — tymczasem oto Maria Magdalena była teraz obok, żywa, a jej palec wskazywał miniaturkę fotografii, na którą kliknął; cudownie, zawołała Roma, jesteśmy w Buenos Aires.

Obejrzał się. W świetle dnia na ekranie pod regałem blado rysował się jakiś plac z drapaczem chmur, wyglądającym jak dekoracja do filmu science fiction z lat trzydziestych. Widzisz, mówiła Roma (świetnie, możesz już wyłączyć), latałam trochę po świecie, ale od dawna nigdzie się nie ruszam, za to urządzam sobie takie wycieczki stacjonarne. Kiedy zaczęłam używać Internetu, odkryłam, że tam jest masa zdjęć. Więc wybieram sobie miasto, kompletuję fotografie, znajduję plany, żeby wiedzieć, gdzie co jest, z którego miejsca co widać, a potem któregoś wieczoru wybieram się na spacer. Tylko że to ma mały ekranik, pokazała laptop, a mnie został ekran z epoki slajdów, kiedyś pożyczałam slajdy po znajomych, potem przestałam, bo Stefan twierdził, że zachowuję się jak wariatka, krępowało go to, właściwie im był starszy, tym więcej go krępowało, więc wyprawiłam się do sklepu po rzutnik i dzięki tobie jadę dzisiaj do Buenos Aires. A w rzeczywistości tam byłaś? — zapytał Piotr; wzruszyła ramionami, siadając znowu przy stole, no co ty. Nie odwiedzam w ten sposób miast, które już znam.

Piotrowi zrobiło jej się trochę żal, ale oczy miała błyszczące, jakby zdradzała mu wielką atrakcję. Wyglądało na to, że naprawdę się cieszy. A co, ty lubisz wracać w te same miejsca? Nie, odparł. Choć właściwie: tak. Jeśli gdzieś czułem się szczęśliwy, to zdarzało mi się jechać tam znowu, po latach. — Nie dowierzał, że mówi to na głos, chyba pierwszy raz w życiu. — Pewnie spodziewałem się podświadomie, że trochę tego szczęścia tam jeszcze znajdę, jak resztkę wina na dnie kieliszka. I zawsze się okazywało, że wszystko wygląda inaczej i w ogóle nie o to chodziło, było nieprzyjemnie; w końcu udało mi się przestać.

Roma wciąż patrzyła mu prosto w oczy; chwilami miał wrażenie, że w ten sposób odbiera z jego słów treści, których wcale nie zamierzał ujawniać. Więcej niż jedna księżniczka, tak? — szepnęła, czyli pamiętała jego słowa sprzed kilku dni i jej skojarzenie pobiegło niestety we właściwym kierunku, choć niedokładnie. Piotr lubił wracać w miejsca, gdzie był jeszcze sam. Jeszcze nikogo nie skrzywdził i sądził, że wszystko jest przed nim. Ale o swoim życiu stanowczo nie chciał tymczasem mówić; zdawał sobie sprawę, że historia z Magdą brzmi skandalicznie, zwłaszcza teraz, gdy bez przerwy czyta się o jakichś wychowawcach — nauczycielach czy księżach — którzy uwodzą uczennice albo uczniów, a z kolei małżeństwo z Bożeną, chociaż przetrwało prawie dziewięć lat, było głupie od samego początku. Lecz czy nie powinien wytrwać? Złamał słowo i milczy o tym, jak wyszczerzony mężczyzna w reklamie szamponu, którego w rzeczywistości nigdy nie używa. Więc zaczął nerwowo myśleć nad zmianą tematu, ale kobieta po drugiej stronie stołu sama dostrzegła jego pomieszanie. Szczęście, powiedziała dziwnym tonem, jakby drwiła z samej siebie, jest jak kot, który wychodzi ci spod łóżka w sypialni, chociaż wiesz dobrze, że nie masz kota. Tej zagadki Piotr nie umiał rozwiązać, więc tylko gapił się na Romę, czekając na wyjaśnienie.

No tak, powiedziała, wstając od stołu, nie możesz wiedzieć... Dlaczego zdawało mu się, że zabrzmiały w tym jednocześnie czułość i coś w rodzaju smutku? Schowała się za ekran i ze stęknięciem zaczęła tam szeleścić, szperając po półkach. Wreszcie wyszła, trzymając w ręku rozsypującą się książkę, szpargał właściwie, z pożółkłymi kartkami i wygniecioną czarną okładką. Simon Roberts, *Kot z brylantami* — przeczytał Piotr.

Umiesz słuchać, powiedziała ciepło. Wiesz, że umiesz, powtórzyła, bo przymierzał się do jakichś skromnych zaprzeczeń. Zresztą jak masz nie umieć, przecież jesteś reporterem, to twój zawód, dodała. I zaraz wróciła do poprzedniego tonu, mówiąc ciszej: Kiedy wspomniałeś o tych miejscach, w których czułeś się szczęśliwy... Ta książka to taki talizman. To było okropnie dawno temu, tego się właściwie nie da opowiedzieć, no, po prostu czytałam ją, było lato, słońce, byłam bardzo młoda, siedziałam nad morzem. Nawiasem mówiąc, ten Simon Roberts nazywał się naprawdę Roman Baniuk i był naczelnikiem więzienia w Sztumie, który po godzinach dorabiał sobie pisaniem niby-angielskich powieści kryminalnych. Na stronie tytułowej nie ma tłumacza... I wiesz — uśmiechnęła się blado — właściwie tak było z całym moim życiem (nie wyjaśniła tej zagadkowej metafory). To jest słabe, ale lubię wracać do pierwszej sceny, w której właśnie... Przeczytam ci. Ostrożnie rozłożyła kartki, ręką zaczęła szukać czegoś koło siebie, pewnie okularów, lecz zreflektowała się, przestawiła tylko filiżankę, wygładziła serwetę. Podała książkę Piotrowi: lepiej sam przeczytaj.

Zawahał się i nagle coś mu podpowiedziało, żeby zapytać: A nie mogę pożyczyć? Oddam.

Ta szczególna chwila, dość długa, kiedy patrzą na siebie i uśmiechają się do siebie oczami. Oczy mężczyzny mówią: jeśli wezmę coś stąd, będę miał pretekst, żeby znowu wrócić. Oczy kobiety: chciałabym, żebyś zabrał stąd coś, co należy do mnie. To pierwszy kawałek mnie; bierz.

Dobrze, mówi lekko Roma.

9.

Uczucia są szkodliwą skamieliną, jak latimerie czy skrzypy. To znaczy: do latimerii nic nie mam, skrzypy też mogą rosnąć. Ale ten psychiczny relikt przeszłości to etap, który powinien być przezwyciężony.

Pewnie za wiele byłoby żądać, żeby na organizmach kierujących się instynktami od razu zaszczepiony został rozum. Dlatego wydobywanie się homo sapiens ze stanu zwierzęcego musiało odbywać się poprzez stopniowe komplikowanie prostych odczuć. Zamiast odruchu ucieczki lub agresji, przykrości lub przyjemności oraz emocjonalnego zera — pięć wariantów i wystarczy! — zaczęły się: życzliwość i niechęć w jednym, nieokreślona sympatia, miłość wymieszana z nienawiścią, chęć dominacji, ale tak, żeby nikt jej nie rozpoznał, pożądanie splątane ze wściekłością albo lękiem, rozkoszna

złość, przywiązanie podszyte irytacją, rozmaite nie-
-wiem-co-mi-jest, kocham-ale-nie-lubię, to-jest-dobre-
-bo-okropne, nie-znoszę-i-nie-mogę-się-oderwać, nuda
przebrana za tęsknotę, słodki smutek, resentyment, ma-
sochizm i wszelkie inne komplikacje, zacierające kla-
rowny porządek rzeczy.

O ile prościej by było, gdyby taka dżdżownica czy
ślimak zostały od razu wyposażone w rozumujący jasno
intelekt. Skoro zaś tak się nie stało, to przynajmniej należy zadbać, żeby to, co mroczne, nieokreślone — a zawsze niszczycielskie w skutkach — zostało wyrugowa-
ne. Wybory człowieka winny dać się umieszczać na
standardowym układzie współrzędnych: chcę lub nie,
czyli plus albo minus, i do tego siła natężenia. Musi istnieć sposób przeliczający stopień danej potrzeby organizmu na newtony, zwłaszcza że praca dla zaspokojenia
tej potrzeby prawie zawsze daje się wyrazić w dżulach.
Lenistwo można by potraktować jako podprzypadek
bezwładności — do przeliczenia na kilogramy. Wtedy
proces starzenia okaże się po prostu zjawiskiem z zakresu materiałoznawstwa, pociąg seksualny będzie specyficznym przejawem magnetyzmu, a niszczące dla tkanki
społecznej ambicje jednostek uda się rozładować za pomocą czegoś w rodzaju uziemienia.

Weźmy taki przykład: Piotr zakochał się w Magdzie
z siłą, powiedzmy, tysiąca dwustu newtonów. Różnica
wieku między nimi miała charakter drogi, którą on musiał pokonać, żeby osiągnąć swój cel. W ten sposób miłość przyjęłaby charakter pracy. Chyba zaczynam bre-
dzić. Bo w fizyce klasycznej akcji odpowiada reakcja,

natomiast tutaj w pewnej chwili doszło do jednostronnego zaniku siły, skoro go zostawiła. Co prawda możliwe, że trzeba by wprowadzić rachunek wektorowy, wtedy można by obliczać kąty odbicia, procent rozproszenia... Czy nie zasnąłem tymczasem? Ale połączenie termodynamiki z mechaniką klasyczną coś by jednak wyjaśniało. Także stopniowe narastanie entropii. Wyrównywanie różnic i zanik ruchu cząstek. Energetyczną śmierć związku.

Notabene: przemyśleć rozkład energii potencjalnej w zależności od różnicy wieku kochanków. Funkcja miałaby chyba przebieg, mniej więcej, paraboliczny, z maksimum w pobliżu zera na osi OX. Albo nie, przypominałaby raczej tangensoidę. Ale że w miarę trwania związku napięcie maleje... no tak, do oddania dynamiki tych procesów potrzebny byłby jednak co najmniej trójwymiarowy układ współrzędnych. A ponieważ relacja angażuje siłą rzeczy dwa ośrodki, to pewnie przydałby się rachunek macierzowy...

Zgubiłem myśl. Jakiś niechciany reset nastąpił. Wracając do głównego wątku, niepokojące są w tym kontekście prace nad komputerem kwantowym. Zamiast uporządkować życie psychiczne człowieka za pomocą zero-jedynkowego zapisu, do którego mogłoby zmusić nas coraz bliższe współżycie z maszynami liczącymi, informatyka za chwilę da się wciągnąć w modelowanie tego, co względne, nieokreślone i wewnętrznie sprzeczne. I nigdzie nie da się schronić przed złowrogimi czarami niesubordynowanego życia...

— udręczony Giedojt zasnął.

10.

Parter Wieży służył jedzeniu, rozrywce i ewentualnym większym spotkaniom towarzyskim, drugie piętro było miejscem na wypoczynek i sen, piętro pierwsze zaś, na którym z założenia nie prowadzili rozmów — co najwyżej porozumiewali się esemesami typu „wyjeżdżam do miasta, będę o czwartej" — stanowiło przestrzeń do pracy. Z klatki schodowej wchodziło się tu wąskim korytarzykiem, zamykanym z obu stron dla szczelniejszego wytłumienia dźwięków. Jego ściany wyłożone były dębową boazerią, pamiątką po projekcie, z którego pod wpływem kryzysu Marek wolał zrezygnować. Wtedy właśnie dołączył do niego Piotr; już razem zdecydowali się na surowe cegły w zasadniczej części pomieszczenia. W trakcie zdzierania tynku wyszło zresztą na jaw, że w zewnętrznych ścianach Wieży kryją się stalowe szyny, na których wspiera się cała konstrukcja budynku. Wyjaśniało to wreszcie fakt, który Marka wcześniej trochę dziwił: średniowieczne baszty o tej proporcji miały mury osiągające nieraz dwa metry grubości, tymczasem mury Wieży były wąskie, prawie zbyt wiotkie na utrzymanie trzech kondygnacji. Tak romantyczna wyobraźnia architekta łączyła się potajemnie z technologią — nowoczesną jak na koniec XIX wieku — dając w efekcie coś w rodzaju stojącej na powietrzu dekoracji teatralnej, a w ich bibliotece przynosząc rezultat surrealistyczny, bo spod tynku wyłonił się tu jakby pruski mur, tylko ze stalą zamiast drewna. Szyny pomalowali zresztą farbą ochronną, a ponieważ spodobała im się dziwność tego rozwiązania, wybrali dla nich kolor niebieski.

Korytarzyk wejściowy tworzyły lekkie ścianki działowe, za którymi po lewej stronie mieścił się kącik do pracy Marka, a po prawej — kącik Piotra. Stały tu biurko z laptopem, dwa pomocniki, a żeby wrażenie intymności było całkowite, od reszty pomieszczenia odgradzał siedzącego regał, ustawiony do niego plecami. Przyjaciele urządzili się tak samo, tyle że Marek w wąskim przejściu rozwiesił ponadto ceratową, kwiecistą zasłonkę (umiarkowanej urody, jak to delikatnie oceniał Piotr). Trochę światła dostarczało wąskie okienko, obok którego prowadziły, także pomalowane na niebiesko, rury z łazienki powyżej.

Piotr siedział w tej kanciapie, jak ją nazywał — Marek wolał określenie *box* — i pisał zawzięcie reportaż. Do stacji dysków wsunął płytę zespołu Rammstein, założył słuchawki, po czym ruszył do piętnowania zła wzbierającego w Kraśnie Wielkopolskim; zła przygotowanego przez rozlaną szeroko falę głupoty. Zaczął od rozmowy w pogotowiu opiekuńczym; oczywiście nie dopuszczono go do dziewczynek, a znudzona policjantka wyjaśniała, że ona wykonuje tylko polecenie sądu. Tę wypowiedź zderzył z antykościelną filipiką prezesa Towarzystwa Świadomego Ateizmu; celowo nie redagował jego słów, spisał je bez żadnych poprawek z nagrania — w ten sposób uzyskał wrażenie, że przemawia lingwistyczny troglodyta. Ale zaraz potem sięgnął po antypaństwowe wrzaski zwolenników wizjonerki. Nie byli lepsi. W ogóle o nikim nie dało się powiedzieć, że skrywa się w nim choć cień dobra. Czytelnik miał poczuć mdłości: oto spod cienkiej warstwy kultury odzywa się zwierzę, za długo trzymane w klatce, zbyt blisko innych klatek. Warczy, wyje, charkocze i rzęzi, pieni się, gotowe rozszarpać każdego, byle wreszcie znalazła się okazja. W ogóle nie chodzi o bliźniaczki, nie chodzi o ból matki, o możliwość leczenia epilepsji ani o katolicyzm jako jedyną rękojmię moralności albo przeciwnie, jako źródło zbędnych cierpień. Chodzi o rozładowanie napięcia nieomal seksualnego. „Na latarnię z takimi kurwami" — to o sędzinie. „Komu pan służysz, ubekom pan służysz, opamiętaj się pan, Polakiem jesteś czy nie, komuchu zatracony" — to o nim, gdy zapytał, czy u wizjonerki był chociaż raz neurolog (nie miał śmiałości użyć słowa: psychiatra). „Panie, przecież to ciemnota, króliczki im się w głowie pierdolą od tych zdrowasiek" — to znowu prezes. I rzecznik sądu, oględniej, ale przecież podobnie: „Proszę pana, jesteśmy państwem prawa i nie możemy tolerować wychowywania dzieci, jakby nic się nie zmieniło od średniowiecza. Dziewczynki są zaniedbane i opowiadają, że do mamusi przychodzi anioł, a mamy dwudziesty pierwszy wiek". I, gdy się go już udało wyprowadzić z równowagi, na odchodnym: „Pan może wierzy, że można pędzić wino z wody, ale ja jestem człowiekiem rozsądnym". Choć Piotr zapytał jedynie o teoretyczną możliwość cudu.

Więc teraz smagał ich wszystkich, czując, że nigdy jeszcze nie pisał tekstu ze złości, tymczasem było to łatwe, łatwiejsze, niż się spodziewał. Nakręcał się coraz bardziej, szydził z jednych i drugich, opisywał z wyższością ich tandetne stroje, podkreślał prymitywizm polszczyzny i poglądów. Nazwiska zmieni się na inicjały, więc nie będzie potrzebna autoryzacja. „Co się z nami stało?", pisał, a znaczyło to: „co się z wami stało?". Nie ma dla was usprawiedliwienia.

Po paru godzinach zszedł do kuchni, zrobił sobie dzbanek kawy — i zmarkotniał. Przypomniał sobie, kiedy ostatni raz znalazł się w podobnym nastroju, dotknięty do żywego, że to, co widzi, jest nie takie, jakie powinno być. Wolałby się mylić, ale nie: właśnie na tym zakończyło się jego małżeństwo. Kłócił się z Bożeną wiele razy, z każdym rokiem coraz bardziej, lecz wtedy pękły w nim jakieś granice. Już kończąc jedno słowo, zdawał sobie sprawę, że nie powinien go użyć, więc przykrywał je następnym, jeszcze gorszym. Ona też krzyczała, też mówiła mu straszne rzeczy, punktowała go krótko i dobitnie. Przez parę godzin wygłosili do siebie więcej zdań niż w ciągu poprzednich kilku lat, kiedy Bożena zajmowała się swoją pracą, a jemu — miał wrażenie — wydawała tylko polecenia. „W łazience przepaliła się żarówka. Nie zapomnij zapłacić czynszu. Chleba nie kupuj". A przecież miało być inaczej: fascynująca pani doktor neurobiologii — a właściwie neuronauki, jak go poprawiała z uśmiechem — która otrzymała właśnie nagrodę państwową. Po przeprowadzeniu z nią wywiadu zaczęło go intrygować, czy pod powierzchnią osoby rzeczowej kryją się jakieś emocje; a może, dziś nie mógł tego wykluczyć, podświadomie szukał potwierdzenia swojej niskiej samooceny, spodziewał się, że znowu zostanie odrzucony, bo po odejściu Magdy nie potrafił się pozbierać, tymczasem co za dziw — Bożenie odpowiadał taki mężczyzna, słuchający uważnie i skłonny do ustępowania we wszystkim (nie mogła wiedzieć, że to reakcja na rozpad jego poprzedniego związku, w którym stawiał zawsze na swoim, ani że w tym pierwszym okresie zbyt mu na niej zależy, by się sprzeczać). Po jakimś czasie, już po ślubie, zaczęło go niepokoić, że wszystko dzieje się tak, jak ona chce, że jego słabe protesty przyjmuje ze zdziwieniem, a potem, kiedy pojawiła się możliwość współpracy z Northeastern University, nawet ich nie słyszy, zbyt zajęta swoimi badaniami. Wreszcie oświadczyła, że powinien się wystarać o posadę korespondenta w Stanach, bo ona dostała tam pięcioletni kontrakt z szansą przedłużenia. Z góry wiedział, że tego nie załatwi: właśnie zaczął się kryzys, a z Waszyngtonu pisał do ich gazety znakomity amerykanista, Piotr nie stanowił dla niego żadnej konkurencji; przeprowadził w redakcji jedną, całkowicie niezobowiązującą rozmowę i nagle powiedział: nie. Na co usłyszał, że to wszystko jedno, bo przecież ona utrzyma ich oboje, więc on zajmie się domem, a na miejscu coś może znajdzie. I wtedy on powtórzył: nie, bo wprawdzie wyjazd na drugą półkulę był sam w sobie atrakcją, lecz poraziła go myśl, że nie ma tam nic do zrobienia. To nie było jego życie. Wybuchła awantura jedna, potem druga, ich mieszkanie stało się regularnym polem bitwy. Rzeczywiście, Bożenko, są kobiety, które w ten sposób jadą za swoimi mężami w świat, ale nie przesadzajmy z tym równouprawnieniem (słaby argument). Pasożytowałeś na mnie tyle lat, a teraz mnie zawodzisz. Przecież to szansa. — Dla ciebie tak, ale nie dla mnie. — Ja wyjeżdżam do Stanów, ty rób, co chcesz. Szukasz pretekstu, żeby mnie zostawić.

Uwaga o szukaniu pretekstu nie była pozbawiona podstaw, uświadomił sobie teraz. Każdą historię da się opowiedzieć na kilka sposobów i ten z dominującą kobietą i mężczyzną, który nagle upomniał się o swoją niezależność, był zaledwie jednym z nich. Inny wyglądałby na przykład tak — myślał Piotr — że po kilku latach małżeństwa zaczęło mnie prześladować wspomnienie skoczka na szachownicy.

Nie pamiętał już, w jakich okolicznościach usłyszał po raz pierwszy o problemie skoczka (możliwe, że opowiedział mu o nim Marek, jeszcze jako uczeń liceum): w oryginalnej wersji zagadka matematyczna dotyczyła tego, czy na szachownicy o zadanej liczbie pól skoczek może przejść przez wszystkie, na każdym przystając tylko raz. Piotr, kiedy się nudził, rysował odtąd szachownice większe i mniejsze, ale wkrótce uderzył go inny aspekt zagadnienia: sprawa swobody ruchu skoczka. Na dziewięciopolowej szachownicy — najmniejszej, jakiej potrzebował skoczek — tylko w pierwszym momencie istniał wybór (z a1, lewego dolnego rogu, od którego Piotr lubił zaczynać, można było przejść albo na b3, albo na c2); po podjęciu tej decyzji wszystkie kolejne były bezalternatywne, jeśli wyłączyć absurdalne cofanie się na poprzednią pozycję. Więc z Bożeną tak się właśnie poczuł: jak związek z Magdą od początku skazany był na niepowodzenie, tak z żoną mieli już pozostać razem na zawsze, monotonnie poruszając się po przewidywalnych trajektoriach i nigdy nie osiągając centrum (na dziewięciopolowej szachownicy środkowe pole b2 pozostaje dla skoczka niedostępne). Mógł poczuć się bezpiecznie, każdy dzień miał być taki sam, tu czy w Stanach, gdzie jak dotąd Bożena zajmowałaby się swoimi badaniami i wydawała mu rzeczowe polecenia w sprawie zakupów spożywczych. Tyle że on nie miałby tam już osłony własnej pracy i widziałby z całą jasnością: skoro c_1, to a_2, potem c_3, więc następnie b_1, a_3 i c_2. I wtedy zaczął myśleć z utęsknieniem o jakiejś katastrofie.

Pewnie dlatego, choć rozwodu nie miał w planie (wymarzona katastrofa nie zdążyła przybrać w jego wyobraźni konkretnego kształtu), kiedy słowo „rozwód" w końcu padło, poczuł ulgę. Tak, rozstańmy się, sprzedam mieszkanie, za swoją połowę kupię sobie kawalerkę, przecież tak naprawdę nie pasujemy do siebie. Pomyliliśmy się oboje; ludzie się czasem mylą. Potem jednak okazało się, że na rynku nieruchomości jest kryzys i cała operacja zrobiła się dosyć skomplikowana, zwłaszcza że jego żona, wyjeżdżając, przekazała wszystkie pełnomocnictwa siostrze, która nie ukrywała głębokiej antypatii do eksszwagra i co krok manifestowała przekonanie, że mężczyzna zamierza je obie oszukać. Katastrofa z bliska wyglądała znacznie mniej przyjemnie, niż gdy majaczyła na horyzoncie: Piotr miał się już wyprowadzać, kiedy nagle właściciel kawalerki dla niego wycofał się z transakcji; prawdopodobnie ktoś inny zaoferował mu wyższą cenę. Perspektywa wylądowania na ulicy — albo raczej u matki, co również go nie pociągało — robiła się coraz bardziej prawdopodobna. Atrakcyjna zrazu myśl, że teraz wszystko się może zdarzyć, zaczęła brzmieć jednoznacznie jak groźba. I wtedy

zjawił się Marek, który przy winie za czternaście złotych, w mieszkaniu w trakcie likwidacji, na paczkach,
a raczej na pobojowisku, zaproponował mu wykupie-
nie udziału w Wieży: Mnie się skończyła forsa, a ty nie
masz gdzie się podziać. Mam stałe łącze, bo pracuję
w domu, zwiększy się transfer i będziesz mógł robić to
samo. Lada moment otworzą autostradę, do Warszawy
będzie pół godziny jazdy. Samochód ci przecież został?
Miejsca jest tyle, że nie musimy się nawet widywać. —
Ale to wariactwo, słabo zaprotestował Piotr. — Nie, to
tylko niestandardowe rozwiązanie dwóch problemów
jednocześnie. Ten techniczny język brzmiał uspokaja-
jąco. A jak się w twoim życiu pojawi żona, dzieci? —
zapytał jeszcze Marka. To będziemy negocjować, ale
w przewidywalnym czasie się nie pojawią, brzmiała odpowiedź, a w twoim? Daj spokój, mruknął Piotr, rozglądając się po paczkach wokół. Marek lekko uniósł brwi,
jakby mówił: no, widzisz.

Piotr wracał na górę nieco wstrząśnięty tymi wspomnieniami: nie lubił myśleć o sobie z tamtego czasu,
w tym sensie rozumiał aż za dobrze filozofię Romy: od-
cięta od reszty czasu teraźniejszość mogła być miłym
schronieniem. Przyjrzał się krytycznie temu, co dotąd
napisał, i rzuciło mu się w oczy, że narrator opowieści o Kraśnie jest ostatnim sprawiedliwym w Sodomie.
Więc z masochistyczną satysfakcją dodał postać reportera z Warszawy, który łazi po miasteczku z nieuzasad-
nionym poczuciem wyższości. Nie był aż takim idiotą,
jak w tym autoportrecie, w każdym razie miał nadzieję,
że nie jest, ale uzyskał dzięki temu interesujący efekt.

Prawdę mówiąc, jeszcze straszniejszy: w ten sposób czytelnik nie miał już zupełnie nikogo, z kim mógł się zidentyfikować. A zarazem w pisaniu było to zabawne, jakby przez chwilę oddzielił się od samego siebie, takie pisarskie *out-of-body experience*, bezpieczniejszy odpowiednik przeżycia, od którego zaczęły się objawienia pseudomistyczki.

Przed wieczorem reportaż był gotów. Piotr postanowił poczekać do rana z wysłaniem go do redakcji. Nazajutrz przeczytał jeszcze raz, doszlifował kilka zdań — i tekst poszedł.

Dwa dni później otrzymał mail zwrotny:

„Piotrze, jesteśmy w stanie zrozumieć, że chcesz obrazić świrów. Trochę trudniej jest nam zrozumieć, że chcesz obrazić ludzi myślących trzeźwo — ale OK, żyjemy w wolnym kraju. Natomiast nie możemy się zgodzić, żebyś obrażał jednych i drugich jednocześnie. To niekonstruktywne. Czytelnik ma prawo wiedzieć, po której jesteś stronie. W końcu to dobrze, że odebrano tej kobiecie dzieci, czy źle? Przemyśl sprawę, do zobaczenia na kolegium".

Dziwna ulga. To nieprofesjonalne — myśli Piotr — odrzucili mi pierwszy tekst od kilkunastu lat, a ja się nie przejmuję. Choć redukcja etatów z pewnością jeszcze się nie skończyła... Należałoby się zastanowić, jak ratować efekt wielu dni intensywnej pracy. Podróż do Wielkopolski, przesłuchiwanie nagrań, pisanie — przecież tego szkoda. A tymczasem coś zamiauczało w nim radośnie. Jakby spod zwałów wspomnień z Krasna wyszedł długowłosy kot z obróżką wysadzaną brylantami.

11.

Jest grudzień, czwartkowy poranek. Bella krząta się po pokoju wśród nierozpakowanych pudeł. Czuje się jak na biwaku. To zabawne, że Roma mieszka ciągle z matką, a jej się udało załatwić mieszkanie; służbowe, ale zawsze. Po klitce na Bródnie, wynajmowanej u emerytki, mieszkanie wydaje jej się pałacem, choć składa się zaledwie z jednego pokoju, korytarzyka z aneksem kuchennym i z mikroskopijnej łazienki, w sumie szesnaście metrów kwadratowych. Lecz to jest szesnaście metrów Belli, nikogo innego. Co więcej, kierownik poszedł jej na rękę i udzielił urlopu na te kilka dni przed Bożym Narodzeniem: pani już na swoim, no to niech się pani urządzi i wraca do nas po świętach. Prawie chciała ucałować nalaną twarz kierownika. Zamiast tego obdarowała go najpromienniejszym ze swoich promiennych uśmiechów.

Budzik nastawiła na siódmą, zastanawiając się, czy wolno tak sobie folgować — to w końcu godzinę później niż zwykle. Ale nie była pewna, czy w nowym budownictwie nie słychać zanadto przez ściany, a czekało ją przesuwanie po podłodze ciężkich pudeł i nie chciała podpaść sąsiadom. Zresztą Stefan z wiertarką zapowiedział się dopiero na jedenastą: obiecał jej przywiesić półkę, kilim nad łóżkiem i dwa obrazki. Po południu ma przyjść Roma. Przedwczoraj wieczorem przewiozły we dwie ostatnie rzeczy; zmęczyły się tak, że nawet nie chciało im się napić wina na koniec; jutro lecę do Brukseli, w czwartek odeśpię i wtedy się napijemy, zdecydowała Roma, a przy okazji przyniosę ci adres taniego punktu szycia zasłon, bo takie okna bez niczego to krępujące, jakbyś żyła na wystawie. Nie ma racji, przecież tu jest trzecie piętro, a po sąsiedzku tylko ogródki działkowe i nieużytki; dopiero za jakiś czas mają budować ulicę. Ale miło, że się troszczy. Bella bierze kąpiel, prawdziwą poranną kąpiel w ciepłej wodzie (żadnych więcej balii!), wyciera ciało włochatym ręcznikiem, przywiezionym przez Romę z samego Paryża, i wkłada szmizjerkę dość starą, żeby jej nie było szkoda, jeśli się zabrudzi czy podrze, a dość jeszcze nową, żeby spodobać się, to jest żeby nie wystąpić przed Stefanem jak fleja. Nastawia czajnik, bo ma tutaj gaz, a nie tę upiorną maszynkę elektryczną, która wywala korki, odkrawa dwie pajdy chleba i smaruje powidłami. Czeka ją dzisiaj dużo roboty, spali dużo kalorii, więc może się ich teraz nie obawiać.

Bierze z szuflady nóż — pewnie się stępi, ale w rozgardiaszu scyzoryk gdzieś zniknął — i rozcina sznurek pierwszego pudła. A nie, to później: z wierzchu masa skarpetek i kłębki włóczki, pod spodem pozwijane skrawki ze starych gazet. Czyli w środku jest maleńki serwis do kawy, a ta górna warstwa otula złocone filiżanki wielkości naparstków i spodeczki jak guziki palta, złocone od góry, kremowe od spodu, i złocony dzbanuszek, nie większy niż pąk róży. Całość Bella zawinęła starannie w papier i obłożyła miękkościami ze wszystkich stron. Drobiazgi bezużyteczne, lecz piękne, zresztą kto wie, ile kosztują: są pozłacane, bądź co bądź. Ale to wszystko jedno, bo i tak nie sprzedałaby ich za żadne skarby świata. Dostała je od ciotki z okazji matury i sama się z siebie śmieje, jednak tak je lubi... Zamyka teraz ostrożnie pudło i odstawia pod okno. Oby nic się nie stłukło. Aż dziw, że nie oznaczyła tego kartonu jakoś specjalnie, musiała być naprawdę zmęczona. A przecież chyba pękłoby jej serce od rysy na filiżance, od wyszczerbienia spodka; nieraz wieczorami wpatrywała się w serwis, rozstawiony na półce, i wyobrażała sobie, że jest odpowiednio mała, żeby z tych cudeniek korzystać, albo: jak by to było urodzić się w świecie, w którym takie serwisy są prawdziwe, nie jak dla lalek — zamiast w Garwolinie w czterdziestym roku. No, dobrze: urodziła się i sobie jest. Od wczoraj ostatecznie — pani na swoim. Rozgląda się, próbując odgadnąć, gdzie może być reszta bielizny, od której chciałaby zacząć. Pewnie tutaj. Tak. Z namysłem przenosi do szafy, na środkową półkę, majteczki i pończochy, pasy do pończoch i staniczki. Niżej będą halki, na górze umieści pościel na zmianę, gdzie ona jest? A, w tamtym worku. Bella zlękła się, że coś mogło zostać w wynajętej przez Stefana furgonetce. Ale nie, na razie wydaje się, że wszystko przyjechało.

Teraz koszulki. Gdy nagle słychać dzwonek. Bella nieruchomieje, spogląda na zegarek: nie ma jeszcze dziewiątej, więc to nie Stefan, czyżby jednak jakiś sąsiad? Przecież nie zachowywała się głośno. Idzie do przedpokoju, otwiera drzwi. O, jednak Stefan.

Stefan płacze?!

Wpuść mnie — mówi mężczyzna nieswoim głosem, prawie przepycha się do środka, mija ją i opiera się plecami o drzwi łazienki; były tylko przymknięte i klamka zaskakuje z trzaskiem, echo aż idzie na klatkę schodową, więc Bella pospiesznie cofa się do mieszkania, przekręca zasuwkę. Stefan wygląda, jakby miał zemdleć. Mówi coś, czego Bella nie rozumie; niby dosłyszała, ale musiało jej się zdawać. Co takiego?

Roma nie żyje, powtarza Stefan, jej vickers rozbił się wczoraj wieczorem. Rano podawali w radiu. Pojechałem na Okęcie, nie chcieli mi nic powiedzieć, tylko w kółko, że nie jestem z rodziny i po co mi taka wiedza, rodziny muszą dowiedzieć się najpierw, takie są przepisy, tyle że w końcu — tak, cała załoga i w ogóle wszyscy. W czasie lądowania; cały teren obstawiony, jeszcze tam leży, urywa, łzy mu płyną po policzkach, to niemożliwe, mówi Bella, tak mocno bije jej serce, puls rozsadza skronie; to niemożliwe, niemożliwe, chce się obudzić, a przede wszystkim — niemożliweniemożliweniemożliwe — zagłuszyć jego słowa, że natychmiast pojechał do Romy do mieszkania, a tam nikogo, taka straszna cisza, choć pukał i łomotał, i nagle uświadomił sobie, że nikt mu nie otworzy, co najwyżej matka, która albo pojechała już na Okęcie, albo jeszcze nic nie wie, a on nie potrafiłby jej powiedzieć... Nie potrafię — wpatruje się w Bellę wzrokiem, w którym kiełkuje coś strasznego. Odprowadził Romę wczoraj rano na samo lotnisko, gdyby wiedział, zatrzymałby ją, nie takie rzeczy się wyczyniało w życiu, a teraz za późno, teraz nie ma Romy, nie ma jej, zginęła moja dziewuszka, niemożliwe, niemożliwe, szlochają oboje, obejmując się. I jeszcze raz — nie ma Romy, niemożliwe, obejmują się coraz ściślej, jakby po przyjaciółce została w ciele każdego z nich rana, i stykają się tymi ranami, zawierając braterstwo krwi, już na zawsze, jakby tamowali krwotok, oplatają się ramionami, jakby chcieli ukryć, że ktoś jeszcze wczoraj z nimi był, jakby chcieli wypełnić sobą dziurę po nieobecnej. Bliżej, bliżej. Czoło do czoła, wargi do warg, brzuchy, piersi, uda. Łzy mieszają się i oddechy; Stefan, szlocha Bella; maleńka, odpowiada jej, prosto w usta, prawie bezgłośnie, zostaliśmy sami, to trochę sztuczne oddychanie, a trochę pocałunek, on musi przestać płakać, Bella zlizuje jego łzy, sunie językiem po szorstkich policzkach, czuje jego dłonie na plecach, na pośladkach, jakby ją chciał zagarnąć w siebie, porwać gdzieś, gdzie nie ma wojen, łapanek, donosicieli ani więzień, samolotów ani śmierci, nagle odrywa się od niej, ona widzi w jego oczach panikę, musi go uratować, musi oboje ich uratować, więc przyciąga jego głowę i wpija mu się w usta pocałunkiem ust swoich, jak antystrzyga oddaje mu swoje tchnienie, tchnienie życia, trzeba żyć, Stefan, trzeba żyć, nie jest pewna, czy szepcze to, czy tylko opowiada mu delikatnymi muśnięciami warg, kropelkami swojej śliny, które rozsmarowuje po jego ustach, zębach, umieszcza na języku, a wtedy dzieje się coś dziwnego, bo jego uścisk robi się naraz drapieżny, bolesny, jego usta dociśnięte do jej ust zbyt silnie, a kiedy się cofają, wynurzają się spoza nich zęby i kąsają, i nagle on

brutalnie zadziera jej sukienkę, wsuwa rękę między uda, a Bella odrywa się od samej siebie i szybuje, przejrzysta, pod sufit, widzi stamtąd, że mężczyzna kochał Romę, a teraz ta kobieta w dole, ta, która wybrała lepszą cząstkę, bo pozostała przy życiu, musi mu wszystko wynagrodzić, wszystko mu oddać, musi ochronić przed tym zapadadadaniem się, szczękają jej zęby, kiedy wraca do siebie, ściągnięta skandalicznym uczuciem, na które nie chce się zgodzić, na które nie wolno jej sobie pozwolić, ale ono jest silniejsze, zalewa ją niby brudna ciecz, to uczucie pożądania i triumfu; jak pijani przedzierają się przez pudła, teraz wszystko nieważne, nawet to, że jeszcze wczoraj miała okres i nie wiadomo, co będzie, niech będzie: krew, sperma, pot, ślina, świat się zaraz skończy, jeśli tego nie zrobią; sąsiednie bloki już poskładały się w sterty betonowych kart, jezdnia nabrzmiała potężniejącymi korzeniami, wypiętrzającymi się jak węże, pokrywa się futrem trawy; wsteczna ewolucja obejmuje także tych dwoje: wysupłują się z ubrań i padają na łóżko, Stefan, proszę cię. Jego czoło zrasza pot, na skroniach nabrzmiewają żyły, to już nie Stefan, tylko wilkołak, zwierzę wydające jakiś gardłowy charkot, jakby nienawidził przez chwilę tej, która żyje, którą przygniata ciężkim ciałem; ale i Belli nie ma, zniknęła razem z przyjaciółką, wszystko to było nieprawdziwe, wymyślone przez dwie małe dziewczynki, przez dwie głupie smarkule, a prawdziwy jest tylko ból, z jakim przyjmuje go w siebie, gotowość, z jaką go przyjęła, suchość w ustach, skowyt, jęk. Jakie to dziwne, Roma miała wszystko, czego brakowało Belli, miała rodziców, kiedy Bellę wychowywała ciotka, miała zuchwałe plany, miała śmiałość, żeby je realizować, miała matkę w Radzie Narodowej i matka załatwiła jej latanie, czyli śmierć, wydała ją na świat i załatwiła śmierć, ciotka nie byłaby w stanie załatwić Belli śmierci, śmierć Belli dostarczy Stefan, dostarcza ją w tej chwili; Roma miała czarne włosy i brązowe oczy, jakie chciała mieć Bella, miała też Stefana, bo miała albo mogła mieć Stefana, kiedy by tylko zażądała, kiwnęła palcem, a Bella... Jaka Bella, nie ma żadnej Belli, to też pomysł Romy, która ją zostawiła, zdradziła, rzuciła na pastwę owłosionych, małpich ramion, zaklęła w pająka, rozłożyła jej nogi jak szmacianej lalce, a wcześniej nawet imię odebrała, więc żadnej Belli, jest Tośka, bezwstydna Tośka posuwana jak pierwsza lepsza na tapczanie, Tośka, która chce być bezwstydna, która czuje mężczyznę w sobie i nieśmiało odpowiada mu ruchem bioder, choć boli, ale od tego ruchu skapuje skądś wrząca kropla słodyczy, skapuje w głąb jej brzucha, to okropne, to przyjemne, więc powtarza ten ruch i jeszcze raz, wulgarnie, i jeszcze, Stefan, jeszcze, fruną z pudła złocone filiżanki, rozbijają się o sufit, nie chce ich, zapadają się kartony, rozłażą sukienki, wirują stada moli, nie, to podarte zasłonki, których nie ma i już nie będzie, Roma miała dać jej adres, ze ścian obłazi farba, z szafy wysypują się halki i majtki, patrz Stefan, patrz, to wszystko ja, bez udawania, bez mrugania oczkami i szczerzenia się do tłustego kierownika, ja mięso, drżące od twoich obrzydliwych ciosów, pieprz mnie, moje mięso, mam żyły, jelita, odbyt, wypróżniam się i smarkam, pełna żółci, potu, śluzu, krwi, pełna zła, jaka ulga, umarła nasza najdroższa Roma, śmiertelna ulga, że nas już nie ma, są tylko zwierzęta, samiec pokrywa samicę, jest Tośka, która pieprzy się z facetem na wieść o śmierci przyjaciółki, i będzie z nim, i będzie mu się nadstawiać, kiedy on tylko zechce, i będzie krzyczeć, co tam sąsiedzi, co tam wszystko, Roma, czemu nam to zrobiłaś, czemu tak, właśnie tak, właśnie tak, mocniej.

II
BOARDING

1.

Piotr patrzy w okno, za którym rysuje się ogromna tarcza księżyca, cała żółta — a potem znowu na Romę. Dlaczego cię nie było? — pyta. No, przepraszam, musiałam wyjść. Mężczyzna ma wrażenie, że słyszy to powtórnie, z tą samą zaskakującą kropką na końcu, gdy przecież należy mu się przynajmniej jedno zdanie wyjaśnienia. Bo taka historia: bardzo chciał poznać Marka z Romą, więc namówił kumpla, żeby zrobili sobie przerwę w pracy, wsiedli razem do samochodu i — w drogę. Lecz wtedy akurat nie zastali starszej pani, wizyta była niezapowiedziana, zdarza się. Tylko że Marek, jak to Marek, zajął się znajomą przyjaciela naukowo, zaczął buszować w Internecie w poszukiwaniu informacji na jej temat i nazajutrz usiadł do wspólnego śniadania z dziwną miną. Słuchaj, powiedział, głupia historia, ale ktoś cię chyba nabiera. Mówiłeś, że ona się nazywa Roma Neufahrt, tak? No, to ona nie żyje. Piotr wzruszył ramionami, wrzucił naczynia do zmywarki i pojechał znowu do niej, otworzyła mu i spędzili miłe przedpołudnie. A Marek nazajutrz znowu zaczął mu klarować: Słuchaj, znalazłem nekrolog i zdjęcie, strona nazywa się „ku pamięci kropka org", ona nie żyje, i to od dawna. Pokażę ci. Ale akurat była jakaś awaria serwera, nie mogli uzyskać połączenia z siecią, Marek musiał zadzwonić do firmy, która dostarczała im sygnał, tak nie może być, uniemożliwiacie mi pracę, mówił do słuchawki nieswoim głosem — wysokim, agresywnym. Nie dawało się tego słuchać, krzyki Marka niosły się po całej Wieży. A przecież nigdy nie był nerwowy. Wezbrała w nim jakaś inna osoba? Podmieniono go na kogoś innego? Więc Piotr pojechał znowu do Romy i wyjaśnił, że chce jej przedstawić przyjaciela, lecz nie przeszło mu przez gardło, że z przyjacielem coś się złego dzieje, jakby się wściekł, a do tego nie wierzy w jej aktualne istnienie, natomiast wierzy w jej śmierć. To byłaby kiepska rekomendacja. Umówili się na niedzielę i rzeczywiście przyjechał wtedy z Markiem jeszcze raz, już znowu spokojnym, za to uśmiechającym się ironicznie — nie wiadomo, co gorsze, rozdrażnienie czy taka mina — i ona powtórnie im nie otworzyła. Jakby istniała wyłącznie dla Piotra, jakby naprawdę ją wymyślił, ale nie dość skutecznie, nie dość intensywnie, by zjawiła się przed oczami innego człowieka. Teraz pyta ją, dlaczego cię nie było, już po raz trzeci zadaje to pytanie, a ona patrzy na niego z uśmiechem, który zaczyna go denerwować. Przecież tak się nie robi; jeśli nie ma ochoty spotykać nikogo poza nim samym, wystarczy powiedzieć. On i tak zgodzi się na wszystko, zbyt lubi te godziny spędzane razem, snujące się niespiesznie. Lecz Roma powtarza jedynie, choć niemożliwe, żeby nie umiała niczego innego wymyślić:

no, przepraszam, musiałam wyjść. A to żadne wyjaśnienie, nie było mnie, bo mnie nie było, ignotum per ignotum. Ach, mój pan od łaciny, kobieta uśmiecha się jeszcze promienniej i kładzie rękę na jego dłoni; teraz dopiero czuje, jak bardzo jest napięty, aż iskra przeskakuje między ich palcami. A przecież on nie wyjaśni jej, skąd to zdenerwowanie, bo nie ma na to słów; dlaczego chodzi mu o coś więcej niż o spotkanie, które się nie odbyło (no cóż, to się zdarza). Nie powie na głos, że jego problemem stało się tymczasem odepchnięcie niemożliwego, zepchnięcie niemożliwego z powrotem tam, gdzie jego miejsce, w niemożliwość, z której zaczęło niebezpiecznie wyłazić. Posłuchaj, szepcze Roma, zagram ci na pianinie. Ale tu nie ma pianina, trzeźwo odpowiada Piotr. — Jest, tylko nie widziałeś, bo trzymam je w kuchni. Posłusznie idzie za nią, rzeczywiście, między lodówką a pomalowanym na biało krzesłem, pod którym jest kosz na śmieci, znajduje się pianino; Roma siada przy klawiaturze, lecz krzywi się i zaraz wstaje. Mam do ciebie prośbę, czy możesz najpierw wymasować mi plecy? Tak mnie bolą. Staje przodem do okna, ogląda się na niego z zalotnym uśmiechem, obnaża ramiona, przecież sąsiedzi ją zobaczą, zobaczą ich oboje, tymczasem Roma rozpina bluzkę do końca, bluzka opada na podłogę.

Plecy Romy są fioletowe, miejscami zupełnie czarne, z przyklejonymi do nich gdzieniegdzie zbutwiałymi liśćmi.

Piotr szarpnął się, usiadł na łóżku. Co za koszmarny sen. Ale jeszcze się nie obudził całkiem, bo zdawało mu się przez sekundę, że ciemność wokół pełna jest przyczajonych kształtów, zwinnych stworów, które za chwilę skoczą mu do gardła. Zapalił lampkę; minęło. Przyłożył ucho do ściany przy łóżku i wstrzymał oddech: z tamtej strony dobiegało niespieszne pochrapywanie Marka. Postawił stopy na podłodze i spojrzał na stolik, gdzie co wieczór kładł od kilku dni kartkę i długopis. Już sięgał, żeby zanotować, co mu się przyśniło, obezwładnić zmorę układaniem poprawnych zdań, jednak uświadomił sobie, że jedno z nich musiałoby brzmieć: „Roma nie żyje", i poczuł lęk. Przecież nie wierzył w magię, ale kobieta miała naprawdę dużo lat, w takim wieku życie jest kruche. To noc, nie myślę normalnie, szepnął. W dodatku, ogarniając stopniowo rzeczywistość i moszcząc się na nowo we własnym ciele, zdał sobie sprawę, że obudził się tyleż przerażony, ile podniecony. Na jej uśmiech, zalotny gest zdejmowania bluzki jego ciało zareagowało prawidłowo; we śnie wydawała się zresztą młodsza. Trochę. Chyba. Uspokajał się powoli, wyrównywał oddech i stanowczo już nie myślał o tamtej scenie w kuchni, zabronił sobie myślenia o niej, żeby członek szybciej mu zwiotczał. Idiotyczne, mruknął. Od trzech lat nie spałem z kobietą, co ja mówię, nie od trzech, tylko od pięciu, bo przecież z Bożeną w ostatnim okresie też nic nie było, i zaczynam już napastować staruszki. Co prawda we śnie tylko. Przynajmniej jak dotąd. Roześmiał się cicho. No, już: napięcie ustępowało, gasł lęk, powieki zaczęły mu znowu ciążyć. Ostatnią trzeźwą decyzją było wybranie innej pozycji na łóżku, gdyż wyczytał kiedyś, że treść marzeń sennych jest ściśle związana z układem ciała. Przewracasz się na drugi bok i nie ma możliwości, żeby przywidziało ci się to samo. No chyba że masz poważny kłopot. Ale on, szczęśliwie, od momentu zamieszkania w Wieży nie miał żadnych kłopotów. Nie był ich wart. I niech tak zostanie. Dobranoc, szepnął do siebie, a może do kogoś, kto mógłby mu towarzyszyć, tylko kto by to był? — stanowczym ruchem zgasił światło — przejrzysty, bezcielesny.

2.

Kiedy Giedojt zaproponował Piotrowi wspólne zamieszkanie w Wieży, najbardziej martwił się o to, czy przyjaciel nie będzie bałaganił w kuchni. Na szczęście dawny nauczyciel spełniał minimalne wymogi, jakie stawiał były uczeń, choć zdarzyło się raz czy drugi, że rozpakowując zmywarkę, wrzucił widelec do noży albo w lodówce położył żółty ser na środkowej półeczce zamiast na najniższej. Marek zdawał sobie sprawę, że jego zamiłowanie do porządku w tym miejscu graniczy z obsesją, więc kiedy przypadła jego kolej, by zrobić obiad, mruczał: „Nikt nie jest doskonały", nie precyzując, kogo ma na myśli, ale raczej nie siebie, sprawdzał, czy wszystko jest tam, gdzie być powinno — to był krok przygotowawczy — a potem wyjmował i w niezmiennej kolejności ustawiał na blacie rzeczy, których w najbliższym czasie miał potrzebować. Trafiały zatem pod samą ścianę, od lewej: przyprawy, mięso, warzywa na sałatkę, shaker do robienia sosu winegret (czyli, zdaniem Piotra, po prostu umyty słoiczek po chrzanie), dalej: nóż do mięsa, nóż do warzyw, drewniana łyżka i łopatka, a na końcu waga kuchenna. Bliżej siebie, tym razem od prawej, umieszczał: deskę do krojenia mięsa, deskę do krojenia warzyw, wyciskacz do czosnku, michę na sałatkę. I dopiero wtedy zaczynał gotowanie.

Giedojt nigdy tego sobie wyraźnie nie powiedział, ale intuicyjnie czuł, że z dwóch stron, od zewnątrz i od środka, zagraża mu chaos, a pomiędzy dwoma nacierającymi skrzydłami wroga rozpościera się wąska i bezcenna kraina algorytmów. W kuchni doświadczał tego najwyraźniej: kawałki mięsa okazywały się za każdym razem inne, to trochę większe, to mniejsze, niż przewidywała receptura, w dodatku skrywały włókna o zawikłanym przebiegu i nieobliczalne soczewki tłuszczu. Warzywa stroszyły się niesubordynowanymi natkami, stanowiły nieskończone wariacje na temat teoretycznego, stożkowatego kształtu marchwi, pietruszki, kulistego selera; nawet ziarenka groszku, gdyby im się dokładnie przyjrzeć, były kulkami tylko w przybliżeniu. I ta niepokojąca ciekłość i śliskość sosów, ich energia potencjalna, pożytkowana na wylewanie się poza naczynie, napięcie powierzchniowe menisków, gotowych do przechwycenia skraju rękawa, jeśli tylko znalazł się zbyt blisko, a jeszcze skandaliczne gruzełki, gotowe pojawić się po najdokładniejszym nawet miksowaniu... Przyrządzając potrawę, toczyło się w istocie batalię przeciwko aleatorycznej naturze (choćby siekanie warzyw w regularną kostkę!), zwycięstwo polegało na uzyskaniu z tego wszystkiego przewidywalnej formy i powtarzalnego smaku. A przecież był to tylko jeden z dwóch frontów walki.

Gdyż nie należało zapominać jeszcze o drugim, wewnętrznym źródle zagrożeń: o skłonności człowieka do nieuwagi, bałaganu, niedokładności, niewczesnej fantazji, w wyniku których zoptymalizowany proces produkcji jedzenia mógł doznać nieobliczalnych szkód. Skłonności te występują zwłaszcza u mężczyzn — powtarzała mu przez całe dzieciństwo matka. Chodziło jej o ojca, któremu wprawdzie do kuchni wstęp był na wszelki wypadek wzbroniony, lecz który za to potrafił ni z tego, ni z owego zwolnić synka z lekcji, bo miał akurat wolny dzień i ochotę, żeby obejrzeć z nim coś zajmującego, cokolwiek: nowy zabytkowy parowóz w Muzeum Kolejnictwa albo kaczki w Ogrodzie Saskim. A kiedyś pojedziemy do Honolulu — obiecywał zawsze na koniec wyprawy. Tak, gdyby ojciec miał pieniądze i akurat przyszło mu to do głowy, obudzilibyśmy się nazajutrz w Honolulu, tylko bez walizek — wtórowała mu matka, która uważała, że wszystko należy zaplanować. A może matka mówiła to najpierw, a ojciec tylko buntowniczo potwierdzał? Tak czy tak, syn z każdym rokiem zgadzał się z nią coraz bardziej, zwłaszcza odkąd kolejną fantazją ojca okazało się zamieszkanie z dwudziestoletnią adeptką tkactwa artystycznego, skądinąd podobno bardzo zręczną. Ale Honolulu pozostało dla Marka synonimem czegoś wabiącego i groźnego zarazem, do czego naturalną koleją rzeczy wszyscy powinni kiedyś dotrzeć, z walizkami lub bez. I chyba dopiero na kontrakcie w USA uświadomił sobie, że to tylko Hawaje.

Giedojt żył w nieustannych zapasach ze zjednoczonymi siłami entropii, przypadkowości i bezsensu;

zapasy te były zaś tym bardziej dramatyczne, że toczyły się w milczeniu. Nie przyszłoby mu do głowy opowiadać o nich komukolwiek, nawet przyjaciołom; uważał zresztą, że słów należy używać tylko w ostateczności. Nie był mrukiem, potrafił na rozmówcach robić dobre wrażenie, zwłaszcza na słuchaczach swoich wykładów; czasem, szczególnie w trakcie wieczornych posiedzeń z Piotrem, formułował błyskotliwe myśli, ale kłamał zawsze, gdy twierdził, że akurat teraz przyszły mu do głowy. Myślenie i mówienie wydawały mu się dwiema operacjami, których nie należy łączyć, których łączyć nie sposób — i do większości ludzi miał pretensję, że powiększają jeszcze chaos, mówiąc bezładnie, improwizując, zamiast sprawozdawać. Gramatykę języka — to wrażenie zapamiętał dobrze z podstawówki — miał za skandal z powodu licznych wyjątków i absurdalnej mnogości wzorców odmiany. Z tego samego okresu życia pamiętał ulgę, jaką przyniosły mu lekcje geometrii. To z nich wywodziła się jego pasja dla nauk ścisłych.

Pewnie dlatego parter Wieży, debiut architektoniczny Giedojta, wyglądał z góry jak ćwiczenie z geometrii wykreślnej. Jeden okrąg — to były mury zewnętrzne. Potem mniejszy okrąg współśrodkowy — to, co Piotr nazwał parkietem z Adrii, całkiem trafnie, bo właśnie patrząc na przedwojenną fotografię lokalu, Giedojt uświadomił sobie, jak chce wszystko urządzić. Pas pomiędzy okręgami podzielił prostopadle do obwodu na trzy równe części; gdyby była to tarcza zegara, należałoby powiedzieć, że granice między nimi wypadały na godzinie drugiej, szóstej i dziesiątej. Między dziesiątą a drugą:

część jedzeniowo-wypoczynkowa, niewysoki podest, na którym po lewej (między dziesiątą a dwunastą) stał stół z czterema krzesłami, a po prawej (między dwunastą a drugą) — kanapa, równoległa do promienia wieży, ława na drinki, a przed nią telewizor. Za nim, w następnej części, rozciągającej się między drugą a szóstą, był składzik, który w razie potrzeby można było przekształcić w pokój gościnny (lub odwrotnie), zakończony maleńką łazienką. Również ściana, tyle że przeszklona, wydzielała symetryczną do składziku kuchnię, mieszczącą się między szóstą a dziesiątą. Tak wyglądało to na idealnym, pierwszym rysunku; w praktyce granicę „godziny szóstej" trzeba było nieco rozszerzyć w obie strony, kosztem składziku i kuchni, by stworzyć tu krótki korytarzyk, wyprowadzający na klatkę schodową, już poza obrysem Wieży. Zresztą taki sam korytarzyk znajdował się piętro wyżej (ten był śluzą dźwiękową do biblioteki), oraz dwa piętra wyżej (ten kończył się na planie jakby strzałką: parą umieszczonych skośnie względem siebie drzwi, za którymi rozpościerały się dokładnie lustrzane dwa apartamenty — jak je Giedojt z pewną przesadą nazywał).

Na tle tego rodzaju projektów, nie mówiąc już o pracy programisty, działalność kulinarna stanowiła naprawdę harce na przedpolu wroga. Marek, przebywając w kuchni sam na sam ze sobą, nie miał powodu, by nazywać to, co nim powodowało, ale przecież nie bez przyczyny na rozmaite sposoby kiełznał zagrożenia. Superczuła waga, którą znalazł w sklepie internetowym, pozwalała mu odmierzać nawet porcje ziół (z dokładnością do jednej tysięcznej grama). Minutnik był w rzeczywistości elektronicznym stoperem, takim, jakiego używają biegacze. Nad stołem do przygotowywania potraw odrysowana została na ścianie linijka krawiecka — Piotr nigdy nie dopytywał, po co, a Marek był mu za to wdzięczny, bo zdawał sobie sprawę, że drugi człowiek tego nie zrozumie, a tłumaczenie zajęłoby zbyt dużo czasu. Prawda jednak wyglądała tak, że wolał mieć przed oczami obiektywną miarę długości, gdy rozmaite przepisy mówiły na przykład, by pierś kurczaka pociąć na paski „mniej więcej dwa na dwa centymetry" albo wołowinę kroić w płaty o grubości jeden do półtora centymetra. Z biegiem czasu zresztą popatrywał na linijkę coraz rzadziej. Zyskał miarę w oku.

Ponieważ we wtorki pani Włodakowa prawie zawsze robiła im leczo, obaj dzielili się sprawiedliwie przygotowaniem pozostałych sześciu obiadów. I właśnie wołowina była tym, co — zdaniem Piotra — Markowi wychodziło najlepiej, a on sam też ją lubił, zwłaszcza że wystarczała na trzy dni. Jeśli, co zdarzało się najczęściej, planował ją na weekend, wówczas w piątek rano wyciągał z zamrażalnika purpurowy połeć, wieczorem ciął go na płaty, rozbijał, a następnie rozkładał na całej, sporej długości kuchennego stołu i przechodził od jednego krwistego placka do drugiego ze specjalnie przygotowaną saszetką, z której posypywał je mieszanką precyzyjnie odmierzonych ilości: pieprzu, cząbru, majeranku, czosnku granulowanego, bazylii i słodkiej papryki. Kiedy doszedł do ostatniego, odkładał na wyznaczone miejsce saszetkę, płaty przewracał i ponawiał swój marsz. Następnie krągłymi ruchami, jak prestidigitator, rozwierał foliowy woreczek i wkładał do niego obsypane kawałki mięsa, niby zaadresowane koperty, i chował worek do lodówki. Potem mył ręce i sprzątał: jeśli przyszło się po kwadransie, nie sposób było domyślić się, że w kuchni oporządzano jakieś mięso (tak przynajmniej uważał Piotr).

Nazajutrz po śniadaniu zaczynało się gotowanie wywaru. Teraz na stole królowały suszone owoce — śliwki, morele, rodzynki, jabłka — dalej: znowu zioła, wielki słój płynnego miodu, specjalna plastikowa kasetka, w której Marek przechowywał skórkę pomarańczową, a ponadto puszka z suszonymi pomidorami. Na kuchence grzała się brytfanka z niewielką ilością wody, w której lądowały połówki dwóch olbrzymich cebul, kostki wołowe i grzybowe, pasta gulaszowa, a potem to wszystko, co Giedojt zgromadził na blacie, posiekane w kształty przypisane osobno do każdego gatunku: w kwadraciki, prostokąty, słupki. Gdy z brytfanki unosiła się już ekscytująca woń, skłaniająca ślinianki Piotra do intensywnej pracy (nawet jeśli przebywał w bibliotece), Marek podsmażał oprószone poprzedniego dnia płaty wołowiny, wrzucał w bulgoczący wywar i zaczynał wielogodzinne duszenie. Co jakiś czas zaglądał pod pokrywkę i coś tam jeszcze dosypywał, dolewał lub mieszał. Kiedyś przyjaciel zastał go z termometrem laboratoryjnym w ręku.

Wtedy Piotr jedyny raz pomyślał, że spokój i racjonalność Marka to jednak tylko teatr, a raczej niekończące się przedstawienie cyrkowe, w którym akrobaci skaczą po rozkołysanych trapezach i nie spadają; mimo przyciągania ziemskiego — nie spadają.

3.

To przedostatni wieczór ich urlopu. W Oliwie pachnie deszczem. Pomysł, żeby przyjechać tu na koncert, wydawał się Belli tak niezwykły, że właściwie chciała protestować. Bella nie lubi, kiedy coś ją zaskakuje. Zresztą cały dzień padało i wymogła na przyjaciołach: jeśli pogoda nie poprawi się do piątej, zostaną w pensjonacie i będą dalej grać w karty. Ale właśnie o piątej ulewa skończyła się tak nagle, że aż podnieśli głowy, bo zabrzmiało to, jakby ktoś zakręcił kran. Z niedowierzaniem przyglądali się ciemnej chmurze, spiesznie oddalającej się na zachód, nad morenowe pagórki Lasów Sopockich. Stefan spojrzał na Romę, uczyli cię o czymś takim na meteorologii? — zapytał; nie, uśmiechnęła się, i dlatego, Bellissima — zwróciła się do przyjaciółki — jeżeli to nie jest cud, to już się innego nie doczekasz. Ktoś na górze chce, żebyś posłuchała Bacha. Na co Bella żachnęła się, bo brzmiało to tak, jakby nie lubiła muzyki poważnej, jakby z Bellą to tylko twist i cha-cha, a przecież jej nie o to chodziło.

Więc pojechali i teraz jest nawet zadowolona, choć po tamtej ciemnej chmurze przyszły następne i zamiast złotawego sierpniowego wieczoru zapanowało jakieś ni to, ni sio: powietrze zrobiło się zimno-niebieskie, jak w teatrze tuż przed sceną finałową, gdy bohater, zanim umrze, przymierza się do wygłoszenia niebywale istotnej kwestii. Aż pod wpływem tego oświetlenia zamilkli, podchodząc aleją do głównego wejścia świątyni: Stefan w środku, one uwieszone u jego ramion. Katedra wygląda niczym chart angielski, chuda i długa, tylko uszy ma przyklapnięte, bo wąskie wieże, obramowujące fasadę, kończą się tępo, pozbawione iglic przez wojnę. Kościoły w ogóle Bellę niepokoją; oczywiście, że ciotka chodziła na msze, Bella też do pewnego momentu, ale to nie jest, jak to określa, jej miejsce. A zwłaszcza kiedy przy ołtarzu świeci tylko wieczna lampka, w nawach zaś panuje półmrok, robi się w środku naprawdę niesamowicie. W normalnym świecie, tym na zewnątrz, ktoś otworzył nawias, żeby pomieścić jakieś inne czasy, dawne słowa i ciszę, aż dzwoniącą, niby na niekończące się Przeistoczenie. Na dodatek teraz nie ma być nawet księdza przy ołtarzu, wspólnych śpiewów, w ogóle niczego, co jakoś neutralizowałoby ten tajemniczy nastrój. Usiedli w ławce, przytuleni jedno do drugiego, mniej więcej w połowie świątyni. Ludzie wokół mamroczą i szeleszczą, moszczą się, oglądają na organy, których ozdoby w czasie gry podobno ożywają, jak figury w szopce; wszystkim chyba nieswojo. I nagle jakieś kroki na górze, i bez żadnej zapowiedzi — muzyka.

Bella aż się skurczyła, bo niskie dźwięki zadudniły jej w brzuchu, a najwyższe — miała wrażenie — zjeżyły włosy na czubku głowy. Rozpięta między oktawami, wydaje się sobie to wielka, to mała. Tego się nie robi człowiekowi. Próbuje się odgrodzić od tych wrażeń, myśląc o kryminale, który jutro pewnie skończą czytać. Już wiadomo, że zwierzę z brylantową obróżką należało do lady Sparkle, która umarła, jak się wydawało, śmiercią naturalną, kilka dni wcześniej. Inspektor McMinnies... Wszyscy umrzecie i nie zostanie nic po waszym banalnym życiu, tłumaczą organy organom Belli, jej śledzionie i aortom, wprawiają je w dygot; na próżno dziewczyna przywołuje obraz białego długowłosego kota o niebieskich oczach, co za traf, że jedyne jej wspomnienie z wojny, która skończyła się, gdy Bella, jeszcze nie Bella, tylko Antosia, miała niecałe pięć lat, no więc: że jedyne jej wspomnienie z wojny to wspomnienie jakiegoś kota. Nie pamięta go, nie poznałaby, gdyby pokazano go jej na fotografii, nic po nim nie zostało, nikt w Garwolinie nie robił kotom zdjęć i nawet barwy futra nie przechowała jej pamięć; tak będzie z wami wszystkimi, obiecują organy. Więc inspektor McMinnies... Jedyne, co zachowała, to nieokreśloną słodycz przytulania się do czegoś, co mruczy. Idiotyczne zresztą: podobno miała matkę, podobno miała ojca, oboje wojna zabrała tak wcześnie, że nie umie odróżnić rzeczywistych wspomnień, które być może jej pozostały, od wyobrażeń, wysnutych z opowieści ciotki. Ale to jej nie rozżala, to stanowi tylko rzeczową wiedzę na swój temat: że inni mają rodziców, albo przynajmniej jednego, a ona ma ciocię i już. I tylko ten kot, który przepadł gdzieś w rozgardiaszu, gdy nadchodziła Armia Czerwona, ten kot owszem: jego nieobecność, płacz po nim stanowi jej pierwsze wspomnienie. Tosia zaczęła się od płaczu. I pewnie dlatego z takim entuzjazmem przyjęła pomysł Zosi — swojej przyjaciółki od momentu, gdy przyjechały z ciotką do Warszawy — żeby wynaleźć sobie inne imiona. Początkowo imiona miały być tajne, lecz podobały im się coraz bardziej i w końcu zaczęły żądać, żeby wszyscy się tak do nich zwracali. Krnąbrnie nie reagowały, gdy ktoś wołał „Tosiu" czy „Zosiu", w liceum nawet niektórzy nauczyciele przyjęli to do wiadomości, a po maturze już konsekwentnie przedstawiały się jako Bella i Roma, i proszę, udało się. Tymczasem ta muzyka wydobywa teraz Tosię na wierzch, zwraca się do Tosi, wystraszonej i samotnej, więc Bella całą sobą protestuje i skupia się: inspektor McMinnies przypuszcza, że Olivier Little szantażował siostrzeńca lady Sparkle, a ten przygotował dla niego wyrafinowaną zemstę, chce go obciążyć winą za morderstwo; ale kto właściwie ją zabił, okaże się jutro. Jeśli dożyjecie jutra, dudnią organy; Bella nie chce tego słuchać i aż wychyla się zza Stefana, żeby spojrzeć, czy Roma nie byłaby gotowa wyjść.

Ale Roma, co za dziw, twarz ma spokojną. Roma rozmawia sobie z ojcem. W jego gabinecie spędzała najpiękniejsze godziny dzieciństwa i chciałaby wierzyć, że teraz byłby z niej dumny. Jestem stewardesą, wiesz? Mam dwadzieścia dwa lata i widziałam już Wiedeń, o którym mi kiedyś opowiadałeś, i Rzym, i Amsterdam. W Polsce takich jak ja, latających kobiet, jest zaledwie trzydzieści. Zdałam trudny egzamin, nie pochorowałam się na wirówce w czasie badań w Wojskowym Instytucie Medycyny Lotniczej, okazałam się silna. Mama była początkowo przerażona moim pomysłem, po co ci to, córuś, ty lepiej skończ te studia i zacznij normalne życie, powtarzała, ale normalne życie to nuda, normalne życie jest przewidywalne do mdłości, normalne życie prowadzi Bella i choć bardzo ją kocham, nigdy bym się z nią nie zamieniła. Dobrze, że zmusiłeś mnie do nauki francuskiego, mama rozmawiała ze mną czasem po rosyjsku, angielskiego zaczęłam się uczyć na SGPiS-ie i pewnie tymi, aż trzema językami też zdobyłam jakieś punkty, choć nie jestem naiwna i dobrze wiem, że gdyby mama nie spotkała się z tym, z kim trzeba, nic by mi nie pomogło. Była na tyle dyskretna, że nie wtajemniczyła mnie w szczegóły, sama się domyśliłam. Kontaktujemy się przecież z cudzoziemcami, wychodzimy same na ulice zachodnich miast, musimy być pewne. Należę do tych, które są pewne — komplement mający w sobie coś obraźliwego. Przecież kocham Polskę, jak ty, doskonale rozumiem, że chciałeś wrócić, zdaje się, że musiałeś długo namawiać mamę, ale się udało; więc kocham swój kraj, nie mogłabym go porzucić, cokolwiek tu się jeszcze wydarzy; miłości, którą by się porzuciło, nie wolno by nazywać miłością. A jednak... Wiesz, tato, problem chyba w tym, kto mnie uznaje za patriotkę, lojalną wobec ojczyzny: to nie są sympatyczni faceci. Nie lubię o nich myśleć; oni mi ufają, a ja im nie ufam. Już taki jeden próbował mnie przepytywać z rozmów na pokładzie i z zachowania dziewczyn podczas przymusowego noclegu w Zurychu, zrobiłam z siebie tak koncertową idiotkę, że byłoby to nawet śmieszne, zwłaszcza że chyba mi uwierzył, w życiu jeszcze tak szybko nie trzepotałam rzęsami, ale to nie było śmieszne, o mało się nie porzygałam, kiedy już wyszłam. Ale popatrz, tato, jednak opłaca się czasem zaryzykować, bo kiedy zorientowałam się, o czym ma być rozmowa z tym panem, pomyślałam, że jeśli nie opowiem mu wszystkiego jak na spowiedzi, nie polecę już więcej, co najwyżej do Rzeszowa, a i to wątpliwe. Tymczasem minęło już parę miesięcy i nie tylko mam spokój, ale jeszcze zakwalifikowali mnie na viscounty. Mam to chyba po tobie, bo mamę bardzo kocham, ale ona, zdaje się, ciągle wierzy, że ludzi trzeba trzymać za twarz, skoro już dwa razy w historii była w Polsce demokracja i źle się to kończyło, i pewnie rwałaby włosy z głowy, że nie pomogłam esbekowi w jego odpowiedzialnej pracy. A ty umiałeś rozdzielać to, co w socjalizmie ci się podobało, od tego, co stanowi przejściową pianę po szczególnych okolicznościach, w jakich stało się w Polsce to, co się stało. Odgórna rewolucja bez przemian w mentalności musi doprowadzić do rozrostu biurokracji — tłuma- czyłeś mi jak dorosłej, wcale nie wiem, czy nie była to jedna z naszych ostatnich rozmów, zanim wyszedłeś, zaaferowany; potem krzyki pod domem, tamten jechał jak wariat, a ty się nie obejrzałeś, choć tyle razy mi po- wtarzałeś: najpierw w lewo, czy mogę zejść z chodnika, a potem w prawo, czy coś nie zbliża się z przeciwnej strony; wielokrotnie słyszałam od ciebie, że mężczyzna powinien mieć refleks, a w decydującej chwili refleksu ci zabrakło. Tak, mam do ciebie żal, ale zostawmy to. Biurokracja nie lubi spontaniczności, nie lubi żywego życia — smakowałeś ten zwrot, choć przecież tak się nie mówi — żywe życie zwycięży, powtarzałeś, już się ludzie obudzili, przyjdą młodzi, lepsi; biurokracja jest ze swej natury stara, a starość, pamiętaj, córeczko, starość to stan ducha. Aż się dziwię, że nie obawiałeś się powierzać podobnych myśli takiej smarkuli, gdy- bym zaczęła to powtarzać w szkole, miałbyś kłopoty, przecież dopiero zaczynał się Październik. Ale tamci się przyczaili i dalej są, dalej nie lubią żywego życia;

gdyby mogli, zakazaliby twista i saksofonów, wazonów w geometryczne wzory i elektrycznych gitar, flirtów i mówienia „serwus", skuterów i giętkich mebli, a do tej muzyki, teraz, dołożyliby najchętniej pogadankę o tym, że Bach inspirował się twórczością ludu niemieckiego, uciskanego przez przyszłych rewanżystów z Bonn, i że wprawdzie ulegał wstecznemu fideizmowi, jednak passacaglia to przecież gatunek wzięty z hiszpańskiej ulicy, więc już dwa stulecia przed wojną, w której odznaczył się bohaterstwem generał Walter, istniało porozumienie między ludźmi różnych narodów, miłujących pokój. O Świerczewskim zresztą mówiłeś, tato, z dziwną miną, chyba pamiętam, jak zginął, i że pokłóciłeś się wtedy z mamą. Ale może mi się zdaje.

I naraz Roma czuje, że Stefan wziął ją za rękę i przyciska do siebie, aż spojrzała niespokojnie, co na to Bella, lecz ręka Belli też jest w uścisku Stefana. Mężczyzna ma twarz niby spokojną, a przecież jakoś stężałą. Cuda robi z nami ten Bach, myśli Roma, przecież to nienormalne: wygłupiamy się tu całe dnie i gramy w karty, i czytamy sobie na głos książki, jak dzieci, i wszystko jest trochę na niby, a tu nagle wielkie dudy wydmuchują powietrze rozedrgane do kilkunastu, może do dwudziestu tysięcy kiloherców i dekoracje, które nas otaczają, które nas chronią, przewracają się niby plansze z dykty pod wpływem porywistego wiatru, odfruwają jak papierowe serwetki. Przecież ojca już dawno nie ma, jestem dorosłą kobietą, w przeciwdeszczowym płaszczyku i w bordowej sukience spiętej szerokim czarnym paskiem, z wisiorkiem z onyksu, który wypatrzyłam u jubilera na Chmielnej, kosztował majątek, ale raz w życiu pomyślałam o czymś, że muszę to mieć. Siedzę z przyjaciółmi w katedrze w Gdańsku-Oliwie, jest siódma; kiedy koncert się skończy, pójdziemy na kolację, zamówię coś lekkiego, może będą mieli dorsza; nie można tak tracić kontaktu z rzeczywistością, to zbyt romantyczne, choć kiedyś czytałam, że Bach był w gruncie rzeczy matematykiem, że to są wyrozumowane konstrukcje według ściśle określonych reguł, no, ale tego nie słychać. ...Mógłby już puścić tę moją rękę, ściska nas obie (mam nadzieję), jakby dostał jakiegoś skurczu.

A Stefan rzeczywiście jest cały skurczony, napięty, za chwilę — zdaje mu się — rzuci się do walki. Biorą go za kogo innego, z całą naiwnością dziewcząt, które już nie pamiętają wojny, ani nawet, porządnie, błędów i wypaczeń, przecież chodziły wtedy do szkoły, miały piórniki, kapcie i w zeszyciku sekretny pamiętnik; więc nie dopytują się, skąd się wziął, co tak naprawdę robił, przyjmują te wszystkie idiotyzmy, które o sobie opowiada, za dobrą monetę, dobry żart tynfa wart, choć on, gdyby spotkał kogoś takiego jak Stefan, nie dałby za niego złamanego grosza. Lubią się śmiać i tańczyć, przypuszczają, że wydarzyło się w jego życiu coś strasznego, więc z kobiecą delikatnością nie dopytują; zresztą kto wie, może tak naprawdę nic je to nie obchodzi — i dobrze. Lubią go i lekceważą jednocześnie. Ta strefa stanów średnich jest bezpieczną pułapką: jest bezpieczna, bo chroni go przed wzgardą; jest pułapką, bo razem ze wzgardą wyklucza wszelkie inne silne uczucia. Stefan powtarza sobie, że to sprawiedliwe, że nie wolno mu liczyć na nic innego. A przecież chciałby więcej, ta cholerna muzyka przywraca mu całą naiwność, z którą przed wielu, wielu laty, w świecie, którego już nie ma, szedł z matką przez rynek w rodzinnym miasteczku i na widok pomnika przed ratuszem zapytał, co trzeba właściwie zrobić, żeby mieć taki pomnik. Dziś już nie jest pewien, czy to pamięta, czy też wyobraził sobie tę scenę, opowiadaną mu przez lata, w kółko i w kółko — chyba bez świadomości, że z każdym rokiem jest dla niego coraz trudniejsza, coraz bardziej gorzka — w każdym razie matka odparła, że trzeba zostać sławnym człowiekiem, na co on, podobno, stwierdził z przekonaniem: „To ja się będę bardzo starał". Taki mały, ambitny chłopczyk. Bardzo śmieszne.

Niedługo potem przyszła wojna, pomnik zniknął i zniknął zapał chłopczyka. Ale sam Stefan przeżył; chyba ktoś, u licha, musiał przeżyć tę wojnę? Tylu lepszych wylądowało na cmentarzu, albo i nie na cmentarzu, bo przecież trudno uwierzyć, że naprawdę poznajdowano wszystkie ciała w kanałach, w ruinach, po lasach, a jeszcze trzeba by doliczyć tych, co powędrowali do kacetów i dalej przez komin... Znał paru takich: byli zrywni, nonszalanccy, uśmiechali się z wyższością — gdy on czuł dobrze, że to droczenie się z kostuchą, choć też chciał przecież być odważny, lecz żeby do nich dołączyć, trzeba było najpierw im zaufać. To zabawne, że te małe nie mają z tym dzisiaj problemu: kiedy w jego anegdotach coś się nie zgadza, podnoszą tylko ku niemu zdziwione oczy, czekając na wyjaśnienie, na jakiekolwiek wyjaśnienie, żeby je przyjąć łatwo

i z powrotem zapaść się jak najszybciej w słodką bez-
myślność wegetujących, pięknych stworzeń. Nie zakła-
dają, że wszędzie czai się zdrada. Wszędzie, to znaczy
nie tylko w ludziach, ani nawet nie przede wszystkim
w ludziach, bo zdradziły Stefana także pomniki i budynki — obiecywały, że są trwałe, a nie zostało z nich
nic — i krajobrazy go zdradziły, bo w lesie, w którym
zbierał kiedyś jeżyny, stoi teraz fabryka, i zdradziły go
starzejące się garnitury i poplamione krawaty, i rozbite
filiżanki, wszystko, co początkowo sprawiało, że zaczynał czuć się bezpieczny, mając nadzieję, że tak będzie
zawsze. I obyczaje też go zdradziły: zmieniają się tak
często, że nie wiadomo, czego się trzymać, więc ostentacyjnie zgrywa się na przedwojennego inżyniera, choć
dyplom zrobił na kursie zaocznym w pięćdziesiątym
drugim, a po Październiku zaczął nawet znowu całować
kobiety w rękę, bo wcześniej to był przeżytek burżua-
zyjny, przez chwilę tak należało, a teraz znowu piszą
w „Przekroju”, że to głupie i prowincjonalne. Pozosta-
ją mu tylko najmniejsze zwycięstwa, te nieliczące się
w żadnym ogólnym rozrachunku zyski koprofaga. Jaki
pomnik? Poza nagrobnym, który będzie musiał sam sobie ufundować, bo komu by się chciało wykosztować
się dla niego na cokolwiek poza ziemnym kopczykiem,
a ten zniwelują prędzej czy później. Kwatera, dobre
słowo, sugerujące tymczasowość, krótki nocleg przed
dalszą wędrówką, wędrówką w zapomnienie. Gdyż —
wszyscy umrzecie, podpowiadają organy, i nie zostanie
po was nic, nic po tobie nie zostanie, zwłaszcza po tobie,
skoro nabyłeś takiej wprawy w mnożeniu życiorysów

i wiar, albo właśnie pogubiłeś się w nich do tego stopnia, że nie zawsze jesteś pewien, czy to, co wspominasz, naprawdę się nie przydarzyło, czy jednak tkwi w tym przez przypadek jakieś ziarno prawdy. Piękno tej muzyki jest nieludzkie, myśli Stefan, i powinno być zakazane. Ono nie potrzebuje nikogo, mija nas obojętnie, nie jest nawet smutne, nie przygnębia, samochcąc, a jedynie uświadamia bezgraniczną nieistotność tego, czym się stałem, choć zależało mi jedynie na tym, żeby nikt nie rozporządzał moim życiem bez sensu, gdy już przeszedł front i dotarło do mnie, że jednak dostałem szansę, że miałem rację. Choć warto było zaraz wyjechać, bo nie dało się wykluczyć, że praca u krawca, szyjącego mundury dla Niemców, w nowych warunkach zacznie się ludziom źle kojarzyć. A może nie, może chodziło mu tylko o przygodę: jazdę w nieznane na dachu pociągu, towarzystwo ludzi, którym dawało się wmówić cokolwiek na swój temat? Zburzona Warszawa, stroje jak na balu przebierańców (ubierano się w to, co ocalało, i były to dziwne komplety), skromny pokój w na wpół zrujnowanej kamienicy, za drzwiami do sąsiedniego pomieszczenia — czteropiętrowa przepaść, bo tamtędy przeszła bomba, jakieś dziwaczne interesy po bramach, potem organizacja, która zdawała się brać to wszystko do kupy, nadawać życiu formę... Ale diabła tam, żadnej formy nie było, wszystko obracało się wokół gadania, w którym czuł się całkiem dobry. Wystarczyło tylko trzymać się z dala od tych nadmiernie rozgorączkowanych, którzy widocznie na nowy sposób jeszcze raz śmierci szukali, widocznie za mało w dupę dostali od

Hitlera. Trzeba było, to uczestniczył, ale kiedy inni wyciągali do góry pięści, on układał między palcami kciuk w taki sposób, że była to trochę pięść, a trochę figa. Miał wtedy dziwaczne poczucie wewnętrznej wolności, bo przecież — zdawało mu się — ten wspólny zapał jest już tak zapalczywy, że ani go podawać w wątpliwość, ani brać na serio. I w pewnej chwili to całe wariactwo zaczęło wreszcie więdnąć, odetchnął pełną piersią... Teraz wszyscy dla odmiany chcieli coś mieć i nikt nikomu niczego nie pamiętał, bo sam nie chciał, żeby mu pamiętano — warunki zrobiły się korzystne dla życia, jakie postanowił wieść. Stał się obrotny, przydatny, ironicznie zdystansowany, gotów do kolegowania się z każdym. Czasem zastanawiał się, kto go obserwuje, kto na niego czyha; bo przecież wiedział już na pewno, że to nie mogło się tak skończyć, że to się nigdy nie skończy, co najwyżej wróg przyczai się chytrze, sprytniej zamaskuje. Świat nie był miejscem bezpiecznym, trzeba mu było przeciwstawić cały swój wdzięk: jedne zwierzęta przeżywają dzięki upodobnieniu się do otoczenia, a inne dlatego, że są pełne wdzięku. Nawet solidarnie przygarnął z ulicy przymilnego psa, na dobrą wróżbę. Pies go także zdradził: nażarł się czegoś i zdechł.

Stefan kręci głową, co za okropna sytuacja, siedzieć między dwiema pięknymi dziewczynami i zarazem widzieć się w całej żałosnej nagości. Choć przyznaje z gorzkim triumfem, że i tak omija cały czas myślą to, co najbardziej wstrętne. Przyjaźń z nimi była jak odświeżająca kąpiel. Roma i Bella nie miały ukrytych zamiarów, były szczere szczerością pięknych roślin, których jedynym zadaniem jest — pachnieć. A jednak nie od razu pozbył się swoich starych nawyków. Nauczył się fantazjować na swój temat, a było to tak jak z niedawnym zbiorowym entuzjazmem: kiedy zmyślenie przekraczało wszelkie granice prawdopodobieństwa, znikała też granica między prawdą a kłamstwem, absurdalna biografia odklejała się od niego, przynosząc mu cichą, niezauważalną dla innych wolność. Lecz żeby ewentualny przeciwnik nie zainteresował się zanadto, kim Stefan jest naprawdę, należało ponadto kierować jego uwagę na bliźnich: przecież teraz już wszyscy mieli coś do ukrycia, niech inni się tłumaczą, nie on. Więc Stefan z założenia nie był dyskretny: plotkował konsekwentnie, choć z umiarem, a czynił to, rozmawiając z każdym, bo każdy mógł być tym, kto chce Stefanowi zagrozić. I choć jego nowa rola mentora dwóch panienek, a może kiedyś, czemu nie, ich kochanka, przewidywała raczej umiejętność utrzymywania w tajemnicy powierzonych mu spraw, raz chlapnął jedno zdanie za dużo: w rozmowie z kumplem, przy wódce, wspomniał, że ojciec Romy nazywał się jakoś po niemiecku. Reakcja kumpla przeraziła Stefana. Jeszcze dziś potrafił przypomnieć sobie jego szybkie spojrzenie znad kieliszka, które mogło świadczyć tylko o jednym: kumpel był t r z e ź w y. Albo właśnie, na zawołanie, wytrzeźwiał, co było równie niepokojące. Stefan zmienił temat, zaczął bełkotać — choć też przestał być pijany, lodowaty lęk rozproszył mgłę alkoholu — ale było za późno, zdecydowanie za późno. Nazajutrz zaczął przypominać sobie wszystkie godziny, które we dwóch spędzili, próbował zrekonstruować fakty, o których gadał jak najęty — nie wyglądało to dobrze. To nerwy, powtarza sobie znowu; siedemnaście lat liczenia się z obecnością tajniaków, najpierw hitlerowskich, a potem czerwonych, i człowiek wyobraża sobie Bóg wie co; ale przecież na to właśnie od dawna czekał, tego wroga wypatrywał. Teraz mógł tylko mieć nadzieję, że się myli. Zresztą najlepszym dowodem niewinności kumpla było to, że Romie obiecali tymczasem latanie vickersami. Poza tym przecież musieli ją sprawdzać, i to nie raz; mało prawdopodobne, żeby jego gadanie ujawniło coś, o czym sami nie wiedzieli. Czuł jednak, że zbrukał to, co w jego życiu było najczystsze od lat. Gdyby ktoś naprawdę chciał ukrzywdzić którąś z nich, Romę albo Bellę, Stefan już by się dziś nie wahał, rzuciłby się z gołymi rękami na przeciwnika. Dla nich to nawet zginąć by można, rozmarza się. Są takie piękne, takie czyste i młode, właściwie na stare lata zakochał się we dwóch naraz, jednak monogamia to przeżytek, przecież mogliby stworzyć we trójkę wspaniałe stadło. Ale jeśli już, wolałby Romę, jest mądrzejsza, ciepła w taki zachwycający, przekorny sposób, i — Stefan wstrzymuje oddech od tej nieoczekiwanej myśli — zrozumiałaby go. Tak, kiedyś jej powie o swojej niedyskrecji. I o strasznej, wyczerpującej grze ze światem o przetrwanie, grze, której nie umiał w porę przerwać. Powie jej o wszystkim, i to niebawem, a potem padnie przed nią na kolana, tak jak kiedyś się padało, w czasach gdy jeszcze chodził do szkoły i obserwował starszych kuzynów, a wszyscy myśleli, że ten Hitler to tylko tak straszy i najgorszego da się uniknąć, padnie przed nią na kolana z wielkim bukietem herbacianych róż, bo wie, że ona takie lubi najbardziej, i zda się na jej osąd. Od ciebie, ukochana, wszystko zależy; dziękuję Bogu, w którego wprawdzie nie wierzę, nie po tym, czego się napatrzyłem w czasie wojny i później, ale dziękuję Mu jednak, że cię postawił na mojej drodze. Jeśli chcesz, możesz mnie oczyścić. A jeśli ona się odwróci? Bella ma oczy skłonne jedynie do dobra, w Romie natomiast jest coś takiego, że nietrudno wyobrazić sobie wzgardę na jej twarzy. Więc jeśli się odwróci, jeśli nie udzieli mu przebaczenia, wówczas on zeszmaci się do dna, to akurat jest banalnie proste. Ale może nie będzie chciała go mieć na sumieniu. Może znajdzie w sobie zrozumienie i litość. Przecież wiernie jej towarzyszy od trzech lat. I gdy organy milkną, Stefan uświadamia sobie, że godzina próby, ta godzina decydująca o jego życiu bardziej niż cokolwiek innego, nadchodzi. Niech tylko wrócą do Warszawy.

4.

Pomysł, żeby we dwójkę pójść na spacer do Łazienek, przyszedł Piotrowi razem z pierwszym powiewem ciepłego wiatru, który niósł specyficzną woń zbliżającej się wiosny — woń tak delikatną, że prawie jej nie czuć, odbiera się za to delikatne mrowienie w stopach i jakąś gotowość do oddychania inaczej niż przez resztę roku: haustami, gwałtownie. Komórki węchowe właściwie nie reagują, ale ciało już wie, co się dzieje. Roma zgodziła się od razu, co nawet go nieco zmartwiło, bo wyobrażał sobie, że będzie się wahać i stworzy mu okazję do powiedzenia jakiegoś komplementu. Przy tej okazji dostał wreszcie jej numer telefonu, na wypadek gdyby pogoda jednak się załamała i trzeba było umówić się na kiedy indziej. Lecz nie; kiedy jechał na kolegium, zrobiło się już tak ładnie, że po raz pierwszy od wielu miesięcy wyłączył ogrzewanie w samochodzie i uchylił okno. Ku zdziwieniu kolegów pożegnał się z nimi szybko i popędził na Wolę. Czekała już, ubrana w szafirową sukienkę z dzianiny, z golfem, i czarne oficerki. Gdy go zobaczyła, założyła prosty płaszczyk w kolorze mango i wielkie okulary przeciwsłoneczne. Możemy wychodzić, powiedziała.

Zaparkował przy Myśliwieckiej i wkrótce szli wysypaną żwirem alejką w głąb parku. Z wahaniem podsunął jej ramię, które przyjęła, uśmiechając się wyraźnie nie do niego, ale do siebie. I tak sobie idę z młodym chłopcem... — zaczęła drwiąco, ale przerwał jej, mówiąc do wtóru: I tak sobie idę z piękną kobietą. Miał czterdzieści pięć lat i od dość dawna nie słyszał, żeby ktoś mówił o nim per młody chłopiec; zupełnie nie widział powodu, żeby to była ona. A co powiesz, jeśli spotkamy jakiegoś twojego znajomego? — Najwyraźniej dalej się z nim droczyła; był prawie pewien, że następne zdanie zabrzmi jakoś tak: „Powiesz, że odprowadzasz do lekarza przyjaciółkę swojej mamy", ale Roma nagle zamilkła. Nie wiem i zupełnie mnie to nie obchodzi, odparł półgłosem, ale z mocą, która nawet jego samego speszyła. Kobieta opuściła głowę i trąciła noskiem buta zbrązowiałą skorupkę po kasztanie, która tu przeleżała od jesieni, a ponieważ skorupka potoczyła się do przodu, trąciła ją raz jeszcze, odkopując na bok. Hm? — usłyszał w końcu. Zdawało mu się, że było to „hm" zdziwione i zarazem akceptujące.

Doszli do rozwidlenia dróg i tu, bez słów, siłowali się przez kilka kroków. Bo początkowo Piotr wyobrażał sobie, że pójdą w lewo, omijając wyspę z pałacem Na Wodzie, gdzie przez cały dzień kłębiły się wycieczki i umawiali zakochani; ale po tej wymianie zdań doszedł do wniosku, że będzie to wyglądało, jakby naprawdę szukał ustronnych miejsc w obawie przed jakimś spotkaniem, więc próbował skręcić w prawo, na mostek. A Roma wyraźnie nie miała na to ochoty; w końcu jej uległ.

Zdawał sobie sprawę, że golf maskuje prawdopodobnie szyję jego towarzyszki, szyję być może pooraną; maskujący charakter okularów nie ulegał wątpliwości, chociaż świeciło słońce. Lecz w tym stroju, czy nawet przebraniu, bo to było na granicy pastiszu fotografii dawnych gwiazd filmowych — Marilyn Monroe, czy raczej Audrey Hepburn — prezentowała się fantastycznie. Wcześniej widywał ją w domu, bez makijażu — dziś pierwszy raz pociągnęła powieki delikatną kreską — i już wtedy zrobiła na nim wrażenie. Jest naprawdę piękną kobietą, myślał, wszystko jedno, ile ma lat, jest piękna; w gruncie rzeczy tłumaczył się przed sobą, bo jednak wykroczył poza obszar, na którym istnieją utrwalone wzorce zachowań i trochę kręciło mu się w głowie. Nie istniały żadne ściągi, z których mógł skorzystać; nie wiedział, dokąd prowadzi ta sytuacja i czy w ogóle dokądkolwiek. Gdybym w ten sposób spacerował z kobietą w swoim wieku albo młodszą, filozofował, oboje byśmy mieli podstawy przypuszczać, że chodzi co najmniej o łóżko, jeśli nie o jakiś trwalszy związek. Oczywiście nie musielibyśmy tam zmierzać, ale znalibyśmy zwyczajową trasę, którą do woli można by modyfikować, przy czym każde z nas orientowałoby się zaraz w modyfikacji wprowadzanej przez to drugie. I samo wiedziałoby, o co mu chodzi, jakby miało w ręku mapę, na której zawsze można sprawdzić, gdzie się jest. A ja coraz bardziej nie wiem, gdzie jestem, i żadne z nas nie ma kontroli nad wyobrażeniami przeciwnej strony. Poruszamy się w przestrzeni najeżonej zagadkami. Sam to zaaranżowałem. Po co zaprosiłem ją na spacer? Bo miałem na to wielką ochotę. Bo lubię z nią przebywać i już. Ale ludzie niekoniecznie muszą rozumieć „i już". Nawet jeśli w życiu ograniczają się do teraźniejszości, dodał nieco zgryźliwie, przy czym zgryźliwość, zdał sobie sprawę, wbrew pozorom nie była skierowana przeciw niej; skierował ją przeciwko sobie, czując, że w całym tym wywodzie omija coś prawdopodobnie najważniejszego, a zarazem naprawdę groźnego.

Z drugiej strony — doszeptywał mu jakiś dodatkowy głos wewnętrzny, może z tej półkuli mózgu, z której jako mężczyzna korzystał podobno rzadziej (Piotr nie pamiętał, czy to lewa, czy prawa) — z drugiej strony ten brak mapy oznaczał przecież wolność, tę wolność, której brakowało mu w małżeństwie z Bożeną. Po raz pierwszy doświadczał wolności bez katastrofy. I, musiał przyznać, było to przeżycie słodsze, ale wcale nie mniej przerażające niż tamto, gdy podczas kłótni padły słowa niedające się już odwrócić i było wiadomo, że wieloletni związek właśnie się skończył, i tylko poczucie winy jest pewne, gdyż poza nim nie sposób przewidzieć, co przyniesie przyszłość. Czy zatem — filozofował dalej Piotr, bo intensywne myślenie odsuwało od niego niepewność, o czym ma z Romą mówić i jak się zachowywać — poczucie, że jestem wolny, nie bierze się w gruncie rzeczy jedynie ze stanu niewiedzy? Wtedy klatka z determinizmu nie dałaby się uchylić; to tylko nasza, moja świadomość poddawałaby się przynoszącemu specyficzną ulgę złudzeniu. Przecież właśnie tak było z Magdą: Marek z góry wiedział, czym to się skończy, moja matka zresztą też, tylko mnie się zdawało, że wszystko jest możliwe. Jeśli się nie mylę, tak mniej więcej reagują specjaliści od teorii chaosu na radosne pohukiwania humanistów, widzących w niej wsparcie dla wiary w wolną wolę: ogromne skutki minimalnej zmiany danych wyjściowych (motyl machnie skrzydełkiem itp.) czynią wprawdzie wynik eksperymentu nieprzewidywalnym, ale nie nieuwarunkowanym. Choć, próbował się pocieszyć Piotr, zaproszenie na spacer, jakby na randkę, tej dziwnej, starszej pani obok było może już taką aberracją, że wyrzucało ich oboje w przestrzeń bez jakichkolwiek reguł. Tak czy tak — spowodowało, że czuł się radosny i wystraszony jednocześnie. Szczególna kombinacja uczuć. I nagle: O czym myślisz? — zapytała leniwie Roma.

To były stanowczo rozważania dla niej nieprzeznaczone, więc zdecydował odpowiedzieć pytaniem. Powiedziała mu kiedyś, że była stewardesą, więc chętnie dowiedziałby się szczegółów; w ogóle był jej ciekaw, żałował, że poznali się tak późno i najchętniej odrobiłby

to przynajmniej w ten sposób, żeby wysłuchać opowieści o całym jej życiu. Kim była? Skąd się wzięła taka,
jaka była: niemłoda, co już zdawało się niezręcznym
eufemizmem, a zarazem szykowna i pełna pociągające-
go żaru? Nie był jednak pewien, jak się wyrazić, żeby
nie wepchnąć jej w rolę seniorki wspominającej dawne
czasy. Mogło ją to rozżalić lub otrzeźwić, popsuć nastrój,
który tkali, jak mu się zdawało, w dziwnym porozumie-
niu. Każde słowo, którego mógł szczerze użyć, brzmiało
albo jak gafa, albo jak ryzykowny, za daleko posunięty
komplement. Po chwili milczenia zdecydował się na
dość nonsensowny, choć niby tylko generalizujący czas
teraźniejszy: Jak to jest być stewardesą?

Roześmiała się swobodnie. Nie wiem, jak to j e s t
być stewardesą. Wiesz, kiedy ostatni raz miałam na sobie mundurek stewardesy? Wąską spódniczkę, białą koszulę, żakiet, furażerkę? Czterdzieści pięć lat temu, po-
liczyła i spojrzała mu prosto w oczy, sprawdzając chyba,
jakie wrażenie robi na nim ten rachunek. Zrobił niemałe, choć przecież mógł się tego spodziewać: pożegnała
się z lataniem w roku jego urodzenia. Dałam spokój, kiedy pojawił się Tomasz — mówiła dalej. To znaczy wtedy
jeszcze wróciłam na kilka lat... Ale dziecko zmienia kobiecie perspektywę, zaczęłam się bać. Nie tyle o siebie,
ile o Tomka, że może stracić matkę. I kiedy umarła moja
mama, która mi pomagała, powiedziałam sobie: dosyć,
bo Tomka, wychowywanego samotnie przez mojego
męża, to już całkiem nie chciałam sobie wyobrażać...
Znowu śmiech, krótki, ostrzegawczy: o męża nie pytaj,
przynajmniej nie dziś.

Wtedy zaczęłam pracować w urzędzie miasta, podjęła; tak że jeśli kiedykolwiek w młodości narzekałeś na zakład oczyszczania (nie powiedziała: w dzieciństwie — zauważył) albo że śnieg na ulicach niesprzątnięty, to narzekałeś między innymi na mnie. Po osiemdziesiątym dziewiątym posmakowałam jeszcze prywatnej firmy spedycyjnej... A przecież nie zapytasz mnie, jak to jest być urzędniczką. Tak, kobieta nad chmurami działa na wyobraźnię. Zamyśliła się. To była prestiżowa praca, odezwała się jeszcze, ale ciężka. Gdybyś zemdlał, umiałabym ci zrobić sztuczne oddychanie. I dzisiaj wiedziałam na pewno, że będzie ładnie. — Ruchem głowy pokazała czyste niebo nad drzewami. — Tyle zostaje.

Minęli teatr Na Wyspie, przeszli nad kanałem i zaczęli iść w stronę Nowej Pomarańczarni. Mam nadzieję, że nie chcesz mnie zaciągnąć do restauracji, powiedziała Roma, a w jej głosie zabrzmiał autentyczny niepokój. Tam są straszne ceny. Możemy sobie znaleźć jakąś ławkę, zaproponowała, byle w słońcu. Koło mnie jest park Moczydło, ale co Łazienki, to Łazienki. Nie byłam tu chyba sto lat. — Piotr zaczął mieć dziwne wrażenie, że kobieta mówi teraz cokolwiek, walczy z ciszą, która mogłaby między nimi zapaść. Żeby ją wspomóc, zaczął opowiadać o swojej pracy reportera, o częstych wyjazdach, o poznawaniu nowych ludzi. Wywiady są jak krótkie seanse diagnostyczne, wyjaśniał, spotykam kogoś i muszę w ciągu paru minut ocenić, czy usłyszę od niego coś, co mi się przyda, czy trzeba grzecznie się pożegnać i szukać dalej. Za Pomarańczarnią stały w półkolu ławki, wybrali jedną z nich i usiedli; kątem oka dostrzegł, że kobieta odsuwa się od niego dyskretnie. Mogę cię o coś zapytać? — usłyszał. — Oczywiście. — Czy ja mam być bohaterką twojego następnego reportażu?

— Nie — odparł natychmiast, zdecydowanie. Ale czuł, że to nie wystarczy. Bo rzeczywiście, uświadomił sobie z irytacją, jego gadanie o reporterskim, użytkowym podejściu do rozmówców mogła doskonale wziąć do siebie. Naprawdę tak to brzmiało, jeśli nie uwzględnić sprawy zupełnie zasadniczej, o której ona nie wie, bo i skąd; przecież nawet sam sobie tego nie powiedział wyraźnie. Więc teraz:

— Nie, to zupełnie coś innego — powtórzył. — Nie spotykam się z tobą dlatego, że chcę napisać reportaż. Prędzej napiszę coś dlatego, że cię spotkałem. Ale to nie byłby reportaż. Nie mam pojęcia co. Najchętniej bym cię narysował (patrzył na wszelki wypadek przed siebie, tak mu łatwiej było mówić). Albo bym cię nagrał. Jakąś kopię ciebie bym dla siebie zrobił. Na te dni, kiedy się nie widujemy. Nigdy nie znałem kogoś takiego — mówił coraz szybciej, żeby mieć to już za sobą. — Jeśli mamy się zobaczyć, cieszę się od rana. Jeśli nie — liczę, kiedy się spotkamy w najbliższym czasie.

Dużo myślę o tobie.

Naprawdę dużo.

Piotr milknie, bo słyszy, co powiedział. To miało być coś rzeczowego, więc serce tłukło się w nim bez żadnej zrozumiałej przyczyny. Uparcie gapił się na białą sylwetę Pomarańczarni, na palmy i filodendrony za jej wielkimi szybami. Zdawało mu się, że rezygnując przez chwilę z widoku Romy, odzyska zdrowy rozsądek, dystans do całej sytuacji. Lecz wciąż czuł jej zapach — i to pod jego wpływem wygłosił ten dość oczywisty komunikat, który rozważał teraz z zakłopotaniem. Bo przecież relacja między nimi była znacznie bardziej skomplikowana. Zapadła cisza — lekko tylko szumiały gałęzie krzewów za ich plecami, a z dala krakały ostatnie tej zimy gawrony — i ta cisza nakłaniała go dalej do mówienia, chwiał się na jej krawędzi jak niewprawny linoskoczek i czuł, że należy coś jeszcze dodać. Może na przykład to: nie mam pojęcia, kim jesteś dla mnie. Nie jesteś ani matką, ani ciotką, ani siostrą, ani w ogóle nikim z rodziny. Ani przyjaciółką, ani znajomą, ani koleżanką, ani w ogóle nikim spoza rodziny. Ani przyjacielem, ani kumplem, ani stryjem, ani nauczycielem, ani w ogóle nikim z mojej płci. Ani kimś, z kim mógłbym się kochać, ani kimś, z kim mógłbym się ożenić, ani kimś, komu mógłbym zaproponować wspólne mieszkanie, ani kimś, komu mógłbym zaproponować mieszkanie osobno. Ani nadzieją, ani kłopotem. Ani źródłem wody, ani butelką szampana, ani wina musującego, ani chablis. Choć kręci mi się w głowie. Ani przesłanką, ani wnioskiem, ani wyobrażeniem, ani przeczuciem; poza tym, co mogę mówić i o czym mogę milczeć, i czemu mogę przeczyć, całkowicie niepasująca do niczego. A równocześnie, nawet kiedy siedzisz obok albo kiedy prowadzę cię za rękę, ciągle jesteś za daleko.

Ale oczywiście tego nie powiedział; zresztą zaledwie nabrał powietrza, żeby się odezwać, usłyszał koło siebie jakiś ruch. To Roma przysunęła się bliżej. Trochę. Nie dotknęła go, nie przytuliła się do niego; ot, jakby po prostu robiła na ławce miejsce dla trzeciej osoby. Choć nie było z nimi nikogo.

— Nic nie mów — poprosiła. I na chwilę, na kilka sekund, położyła mu głowę na ramieniu. Zaledwie sprawdzając, jakby to było. Podniosła ją zaraz, bo wszyscy ludzie, których kiedykolwiek w życiu spotkała, wyświetlają się w jej pamięci, jeden po drugim, robi się ich strasznie dużo i wszyscy zaczynają się okropnie śmiać. A nikt się z niej nigdy nie śmiał. Rozmaite rzeczy przeżyła, ale tego nie. Zresztą ona sama śmieje się połową siebie: rozdwoiła się na młodą, piękną Romę, którą cały czas tak naprawdę jest, i na tę obcą kukiełkę ze zmarszczkami, poradloną szyją, obwisłymi piersiami, których nie chciałby oglądać żaden z facetów rozbierających ją wzrokiem w samolocie czy biurze przez tyle lat (i tak dawno temu), ze sztuczną szczęką, co prawda świetnie dopasowaną, z dłońmi niczym łapki martwej kury, całymi w plamach, z bolesnymi zaparciami i powierzchnią smagłych niegdyś ud jak skórka pomarańczy, zapomnianej po zeszłorocznych świętach, z posiwiałymi kudełkami w dole brzucha; więc jedna Roma patrzy na drugą i mówi, że to śmieszne, a ta starsza odpowiada, że nie, to tylko straszne, bo przecież na tle rówieśniczek trzymam się zaskakująco dobrze i co rano myślę, że mam za co podziękować Bogu, skoro nie dopadł mnie alzheimer ani parkinson, ani nawet osteoporoza, nadciśnienie — oczywiście, ale to już od lat, tymczasem dziwaczna obecność mężczyzny w wieku mojego syna, mężczyzny, którego kokietowałam trochę, to prawda, jednak przecież tylko dla zabawy, z poczuciem całkowitego bezpieczeństwa, ta obecność każe mi nagle patrzeć na świat jego oczami i chciałabym nimi zobaczyć ciebie, a widzę siebie; lecz, moja kochana, skoro zdarzało ci się mówić „zapomniałam się" i wystarczało ci to za usprawiedliwienie, na przykład w czasie tego sylwestra w siedemdziesiątym — Stefan upił się jeszcze przed północą — albo na konferencji w Białobrzegach, to patrz, tak wygląda zapomnienie starej kobiety, zapomnienie wiedźmy, którą książę na chwilę zamienił w coś, czym nie jest, a może właśnie przeciwnie, może jednak dostrzegł we mnie ślad ciebie, w Romie — Romę, w cieniu — ciało, które na odchodnym ten cień rzuciło.

— To było miłe — mówi Roma do Piotra ciepło, ale już nieco oficjalniej niż ten szept tajnego porozumienia sprzed paru chwil. A jemu robi się głupio, bo ma wrażenie, że powiedział coś nie tak i mądra kobieta chroni go przed brnięciem w głupstwa. Pospacerujemy jeszcze? Więc zerwał się i chwycił smukłą dłoń, którą wyciągnęła, żeby pomógł jej wstać. Ruszyli dalej, jeszcze dalej w stronę południowej bramy ogrodu. Milczeli; w tej części Łazienek było zupełnie pusto, między ostatnimi drzewami parku rysowały się poziome kreski dachów, a wyżej — niebo, którego szczególny kolor, przejrzysty błękit, nasunął mu myśl o rozległych przestrzeniach, pustych, lecz życzliwych dla człowieka, przesłoniętych parawanem kamienic. Wystarczy, wydało mu się, zrobić coś nieprzewidzianego, przyspieszyć i wyjść poza bramę, poza prawdopodobną marszrutę, jak poza szachownicę, przez kilka podwórek i już — zaszumi morze, a powietrze nabierze zapachu pełni lata, od którego

162

jeszcze bardziej zakręci się w głowie. Czy tego właśnie nie zrobili? Wysoki klif, nadmorska kawiarnia, tuż obok, na przedłużeniu ulicy Podchorążych albo zamiast Belwederu. Bo przecież nasze miasta powinny się wznosić na bezkresnych płaskowyżach, nad nasłonecznionymi brzegami oceanów. I pewnie naprawdę tam są, tylko nie potrafimy tego dostrzec. Od tych wyobrażeń przestał się nagle denerwować. Ich milczenie, gdy tak szli, było wyraźnie wspólne — czy możliwe, żeby Roma także błąkała się w tym momencie po nieistniejących plażach, razem z nim? — bez desperackiego szukania słów. Milczenie odnalezione, wybrane. Przez alejkę przebiegła wiewiórka, z bardzo jeszcze zimowym ogonem, przypominającym raczej zużytą szczotkę do butelek niż wiewiórczą dumną kitę. Płynnym susem skoczyła na pień — kora zatrzeszczała pod pazurkami — i pomknęła gdzieś wyżej.

— O, wiewiórka — powiedziała Roma.

5.

Piotr jadł z Markiem śniadanie. Marek, zadziwiająco gadatliwy jak na tę porę dnia, opowiadał ze swadą o jakimś błędzie w trzydziestej linijce programu, który ci idioci przysłali mu, zamiast sprawdzić dokładnie. Piotr domyślał się po intonacji przyjaciela, kiedy kiwnąć, a kiedy pokręcić głową, i miał nadzieję, że nie padnie żadne pytanie. Znowu nie spał dobrze; prawdę mówiąc, nie spał prawie w ogóle, przewracając się na łóżku, otwierając co chwila oczy, żeby przekonać się, że wciąż noc, a za którymś razem — z irytacją obserwować, jak jego sypialnia wyłania się majestatycznie z mroku. O świcie zapadł wreszcie w krótką drzemkę. Musiał przyznać, że spacer z przypadkowo poznaną starszą panią pociągnął za sobą jakiś kataklizm, którego na razie nie umiał ogarnąć. No, idę to rozpracować, zakończył Marek z satysfakcją i pomaszerował do swojego boksu. Tak, Marku, tak.

Jak by to brzmiało?

Twoje oczy jak latarnie u ujścia ciemnej doliny. Twoje włosy jak brzozowy las o zmierzchu, twoje ciało z onyksu, pożyłkowane i drogocenne, przeniesione przez nieprzyjazne kraje, ocalone z odmętów. Twoje brwi jak tropy wilcząt na śniegu, twoje oczy jak latarnie u ujścia ciemnej doliny.

Używasz Skype'a, żeby rozmawiać z synem, wieczorami wyświetlasz z komputera widoki dalekich krajów i wędrujesz po nich w wyobraźni. W Vitalong Cliniq Sensuelle pozbyłaś się zaćmy na lewym oku. Ktoś ci pożyczył deskorolkę, ale się nie przydała.

Twoje skronie jak grzbiety przejrzystych jaszczurek, które wybiegły z jaskini, a puls bije im mocno; grzbiety twoich dłoni jak burty okrętu wracającego po sztormie, dzielnie opierał się falom i dowiózł skarby bezpiecznie. Zwieńczenia twoich ramion jak czaszki małych nietoperzy w satynowym woreczku; twoje oczy jak latarnie u ujścia ciemnej doliny.

Posilasz się pewnie chlebem z obniżonym indeksem glikemicznym, margaryną z dodatkiem kwasu omega trzy i płatkami śniadaniowymi fitness. Orzeźwiasz się jabłkami. Pijesz zieloną herbatę i sok wieloowocowy bez cukru.

Twoja skóra jak mapa dalekich wypraw, z zarysem nieprzebytych kniei i zaklętych miast; twoje wargi jak para lisów, już tyle lat o tej samej godzinie przemykających brzegiem parowu. Twoje policzki jak łąki w skwarze, bezbronne, jeśli padnie iskra; twoje oczy jak latarnie u ujścia ciemnej doliny.

Tak mało wiem o tobie, ciągle mało. Sypiasz pewnie nie więcej niż sześć godzin. Nie czekasz wiatru, który przewieje twój ogród. Wszystko w nim zebrane i sprzątnięte. Czegóż masz żądać więcej?

A ja? — myśl Piotra zatrzymuje się nagle. Czego miałby żądać i czego oczekiwać? Owszem, przez chwilę czuł ciężar jej głowy na swoim ramieniu, potem szli przez park, trzymając się za ręce. Ale dla Romy może to nie znaczyć nic poza tym, że oparła mu głowę na ramieniu i dała mu dłoń do potrzymania, żyje przecież w teraźniejszości, tak mu powiedziała, bez wspomnień i bez planów. Kto wie, czy nie o tym właśnie myślała, mówiąc mu, że jej nie rozumie. Nie rozumiał, że sens gestów, który ludzie ustalili między sobą, może z biegiem czasu ulotnić się, rozbielić jak stara fotografia położona na słońcu.

A jednak ten sens działał, nawet jeśli poza jej wolą i wiedzą. Brakowało mu jej korzennego zapachu, matowego brzmienia głosu, chciał dotknąć ustami jej pergaminowej skroni i złożyć pocałunek na przebarwieniu w kształcie zaginionego lądu, który odkrył u niej kiedyś na wierzchu prawej dłoni. Marzyło mu się, że z czułością gładzi ją po policzku. Czy zgodziłaby się, żeby jej tak poufale dotykał? Czy skóra Romy służy jeszcze do dotykania? A gdyby przesunął palcami po przedramieniu, potarł nadgarstek? Wsunął dłoń w jej włosy i odsłonił linię szyi? Nagle zadrżał, bo przypomniał sobie jej golfy. Czy nie roiło mu się odsłanianie tajemnic, których nie umiałby znieść?

Być tak blisko Romy, jak to tylko możliwe. Stopić się z nią, skoro znalazł w niej kogoś, kogo niewyraźne tylko zapowiedzi, słabe powidoki, przywabiały go do innych kobiet, kiedyś. Przez całe pomylone życie. Wieczorem — co prawda próbował usunąć ten moment z pamięci, lecz bezskutecznie — no tak, wieczorem, kiedy zakładał górę od piżamy, złapał się na absurdalnym marzeniu, żeby to była Roma. Żeby mógł się w nią ubrać. Ciągle wyobrażał sobie, że otacza ramionami tę kobietę, że całuje ją najpierw delikatnie, ostrożnie, a potem namiętnie — ale przecież zdawał sobie sprawę, że w jego wyobraźni ona młodnieje; nie dlatego, że nie akceptował jej, prawdziwej, ze zmarszczkami, że nie pociągały go jej lekko, tylko lekko przywiędłe usta — owszem, może to dziwne, ale pociągały — lecz dlatego że żadna ze scen miłosnych, znanych mu z własnego doświadczenia czy z filmów, z ilustracji do książek czy z fotografii, czy podejrzana na ulicy, żadna nie dotyczyła ludzi w jej wieku. Ani jedna.

Co prawda: ile Roma ma lat? To pytanie zadał sobie przecież od razu, już po pierwszym spotkaniu w Vitalong Cliniq Sensuelle. W Klinice Długiego Zmysłowego Ży, jak to przełożyła. I w dalszym ciągu nie znał odpowiedzi. Z tą myślą ruszył na piętro, bo nauczył się wierzyć, że w sieci istnieją odpowiedzi na wszystkie pytania, chodzi tylko o to, jak je znaleźć. A on miał wreszcie przesłankę, choć niejasną.

Wpisywał w wyszukiwarkę coraz to nowe hasła, aż wreszcie znalazł. Liczył chwilę w pamięci, po czym wzruszył ramionami i wstał. Minął drzwi wyjściowe, zawahał się; był o włos od brutalnego naruszenia regulaminu, ale kwiaciasta cerata, zasłaniająca boks Marka, pozbawiła go impetu. Zza niej słychać było stukot klawiatury: seria kliknięć, przerwa, seria kliknięć, dłuższa przerwa, seria kliknięć. Trudno było przeszkadzać przyjacielowi z powodu oczywistego błędu w rachunkach. Zwłaszcza że jego obecne rozmyślania, wszystko jedno, czy opowie mu całą historię od początku, czy postara się zachować resztki tajemnicy, byłyby w oczach Giedojta z pewnością nieracjonalne. Więc opuścił bibliotekę, wspiął się piętro wyżej i skręcił do siebie, do łazienki. Stanął przed lustrem.

Tu — przyjrzał się podejrzliwie swojemu odbiciu. Oczy wyglądały zwyczajnie: tęczówki piwne, źrenice w normie, białka nie zażółcone. Pod oczami brak sińców. Od nosa dwie proste bruzdy, dość głębokie, lecz nienadające twarzy wyrazu zepsucia czy obłędu. Czoło wysokie, ale wciąż jeszcze zamknięte od góry włosami. Uszy osadzone dokładnie na wysokości nosa: dziewiętnastowieczni frenolodzy sądzili, że jeśli są niżej, zapowiada to niedorozwój inteligencji, a wyżej — istnienie ukrytych skłonności do psychopatii, zwłaszcza na tle seksualnym. Dziewiętnastowieczni frenolodzy mylili się.

Przecież wiedział, że Roma nie jest zwykłą starszą panią, ale unikatową przedstawicielką nieznanego gatunku. Niemniej sprawdził przed chwilą, że w latach sześćdziesiątych stewardesy przestawały latać w wieku trzydziestu sześciu lat. Co dodane do czterdziestu pięciu („Wiesz, kiedy ostatni raz miałam na sobie mundurek stewardesy? Wąską spódniczkę, białą koszulę, żakiet, furażerkę? Czterdzieści pięć lat temu”) dawałoby osiemdziesiąt jeden. Niemożliwe, zaczął się nerwowo śmiać, musiała zrezygnować wcześniej, nawet na pewno. Zresztą niedługo przed odejściem ze służby urodziła syna, czyli znając realia obyczajowe tamtej epoki i obawy medycyny przed późnym zachodzeniem w pierwszą ciążę, można przyjąć, że to wprost m u s i a ł o wydarzyć się znacznie wcześniej. Znacznie. Więc, powiedzmy, dziesięć, jedenaście lat przed regulaminowym zwolnieniem ze służby. Co i tak daje obecnie siedemdziesiątkę.

A przy tym budziła jego pragnienie i adorację. Kombinacja tych dwóch doznań mogła znaczyć tylko jedno i pora było to sobie powiedzieć. Jak dorosły, czterdziestopięcioletni mężczyzna.

Kochał Romę. I zarazem zdawał sobie sprawę z całkowitej nieadekwatności tego słowa do sytuacji. Bo mężczyzna mówi kobiecie „kocham” i szuka ustami jej ust. A co dalej. I co ona na to. Czy naprawdę jego miłość była tak mocna jak starość? Starość, która będzie Romę nie kiedyś, ale każdego dnia: zmieniać, destruować, a wszystko na jego oczach. Czy umiałby tylko patrzeć na nią przez całe dni, a nocą czuwać nad jej oddechem? Tak. Robić jej herbatę? Tak. A nacierać maścią chore miejsca? Karmić łyżeczką, jeśli będzie obłożnie chora? Tak, oczywiście. A zanosić do toalety, gdyby osłabła cał-

168

kiem? Myć, zmieniać pieluchy? Nie w nieokreślonym „w przyszłości, kiedy będziemy starzy", tylko może za rok albo dwa, a choćby — cóż za odległa perspektywa — za piętnaście? Potrząsnął głową: znowu zaczął wyobrażać sobie kogoś innego: portrety Romy rozmazywały mu się w czasie, widział ją naraz w zbyt wielu wersjach, a nie masz wśród niej prawdziwej, od dwudziestolatek z komedii romantycznych po rozsypujące się, stuletnie starowinki. Musiał ją znowu zobaczyć, żeby odzyskać prawdziwy obraz. Na każdych warunkach chce się z nią spotkać, słuchać, jak mówi, widzieć spojrzenie jej poprawionych w klinice oczu. I będzie, oczywiście, ostrożny.

Rozczulająca Roma, odnaleziona zbyt późno. Zachwycająca postać, dostrzeżona w szczelinie zamykających się za nią drzwi.

6.

Romie przyśniło się, że siedzi sama w olbrzymim kościele. To się mogło zdarzyć, w tym nie było nic dziwnego. Ale na ławkach leżały porzucone czapki, torebki, szaliki. Parasolki. Tuż obok, na pulpicie, ktoś zostawił okulary w rogowej oprawie, takie, jakie nosił tatuś. Jakby wszyscy podnieśli się, żeby zbliżyć się do ołtarza, a potem nieoczekiwanie zaproszono ich gdzieś dalej, gdzieś obok. I tylko Roma została.

Rytmiczne szuranie zwróciło jej uwagę, więc obejrzała się; za nią, w bocznej nawie, wielki, długowłosy blondyn w połyskliwej różowej koszuli do ziemi i — najwyraźniej! — z olbrzymimi skrzydłami zamiatał posadzkę miotłą z wierzbowych witek. Na jej ruch podniósł głowę — i oboje skamienieli, tak samo zaskoczeni.

— A ty co tutaj? — zapytał w końcu anioł.

Roma uśmiechnęła się przepraszająco, a potem powiedziała głośno to, co jej natychmiast przyszło do głowy.

— Żyłam przyzwoicie, dlatego nie mogłam zostać potępiona. Ale narobiłam też zła, więc... — Wzruszyła ramionami. — To chyba o to chodzi.

Anioł, który zaczął przypominać trochę Piotra, wyciągnął szyję i czubkiem brody pokazał jej ławki. Dość obcesowo, oceniła Roma.

— No to pomóż i pozbieraj. — I na pewno dodał coś jeszcze, ale zaraz obudziła się i tej właśnie ostatniej kwestii nie zapamiętała. Zupełnie jakby nieumiejętna kasjerka oddarła paragon i poszarpała ostatnią linijkę. Jak na złość, bo musiała to być suma do zapłaty albo coś w tym rodzaju.

Obecność Piotra, choćby zaledwie migoczącego domyślnie w twarzy nieuprzejmego anioła, zdziwiła Romę. W jej snach nigdy nie pojawiał się Stefan, nawet zaraz po tym, jak umarł. A ten, zaledwie go spotkała, zyskał też dostęp do snów. Z mężem, co prawda, poza dzieckiem nic jej właściwie nie łączyło. Wspólną przeszłość sprzed ślubu skrzętnie zapomnieli i potem żyli jedno obok drugiego, czasem się kłócąc, a na ogół sobie nie przeszkadzając. Jej się przydarzyło paru kochanków, on folgował sobie z jakimiś paniami, których fotografie z czułymi dedykacjami trzymał, niczym trofea myśliwego, w pudełku po butach, zapewne myśląc naiwnie, że skoro schował je w szafce z narzędziami, żona nigdy nie zajrzy do środka. Zresztą nie dała po sobie poznać, że zna zawartość pudełka; nigdy wcześniej ani później nie czuła tyle wzgardy jak w tamtej chwili, gdy odstawiała je na miejsce obok lutownicy, poprawiała kabel, żeby ułożony był tak jak wcześniej, i nagle uświadomiła sobie, czemu to robi: nie chciało jej się wszczynać awantury. Odegrał dla niej rolę, którą mu napisała, poniewczasie zrozumiała, że to nie była dobra sztuka, i teraz traktowała go jak postarzałego aktora, który należy ciągle do zespołu, lecz na scenę już na pewno nie wyjdzie, co najwyżej jeździ po miasteczkach z kiepskimi monodramami. Cóż, może sądziła na początku, że w małżeństwie będzie odrobinę lepiej. Ale niewiele. Przecież nigdy nie myślała o nim serio.

Tyle że trwało to wszystko niemal trzydzieści lat. Jedyny raz, kiedy naprawdę go opłakała, to była noc po pogrzebie: leżała sama i nie czuła ciepła bijącego od zwalistego ciała obok, i nie słyszała drażniącego poświstywania i pomlaskiwania, które od tak dawna utrudniały jej zaśnięcie. Przy ludziach była wdową, i to „świeżą wdową", jak to niezbyt zręcznie ujął jej kolega z pracy, co ją przerażało, dziwiło i wyciskało łzy — raczej zaskoczenia niż żalu. Ale wtedy, w ciemnościach, uświadomiła sobie nagle, że w jej relacji ze Stefanem nic się już nigdy nie zmieni: dotąd było beznadziejnie, jednak zawsze istniała choćby teoretycznie szansa, że któregoś dnia, ni z tego, ni z owego, zmienią coś. Poprawią. Tymczasem nie — i już na zawsze. W drugim pokoju spał Tomek, student ostatniego roku medycyny, udający przed nią dorosłego mężczyznę. Choćby dla niego powinni byli się postarać, żeby miał ciepłe dzieciństwo i święta bez warczących na siebie rodziców. Typowe myśli, snute nocą, która zniekształca widzenie rzeczy, niszczy proporcje. Przecież nigdy nic nie było do zrobienia. Można było co najwyżej nie brać ślubu, ale wtedy nie pojawiłby się Tomek, usprawiedliwienie jej głupiej zemsty sprzed lat.

Roma nie lubi o tym wszystkim myśleć. Uważa, że człowiek jest mentalnym krótkowidzem. Kiedy skupia się na drobnych sprawach — na przebiegu jednej godziny, jednego dnia — odkrywa całą urodę świata. Kiedy zaś próbuje ogarnąć spojrzeniem coś więcej, traci rozeznanie. Roma, słysząc czasem (ostatnio przydarza jej się to rzadziej), że ktoś zaczyna mówić o poszukiwaniu sensu życia, żałuje, że nie opanowała sztuki rzucania nożami do celu. Tymczasem wspominanie historii swojego małżeństwa prowadzi ją szybko do tego właśnie tematu, a trudno rzucać do celu, którym się jest. To byłaby największa sztuka w światowych dziejach cyrku... W dodatku musiałaby zacząć zgłaszać pretensję do siebie samej o mnóstwo spraw: bo nie tylko o tamten niemądry pomysł ze ślubem, ale i, pośrednio, o to, jaką kobietę wybrał sobie Tomek, bo przecież na pewno szukał kogoś innego niż własna matka, i jeszcze bardziej pośrednio o jego wyjazd, a może nawet o losy Belli. Choć życie to na szczęście nie melodramat i choroba przyjaciółki wybuchła po latach, krótko przed śmiercią Stefana, więc Roma nie miała z tym nic wspólnego. A jednak uległa prośbom męża, żeby pojechać do Instytutu

Psychiatrii; w końcu kiedyś, tłumaczył, w końcu gdyby nie ona — od dawna nie kończył zdań, a już zwłaszcza w takiej sytuacji, przecież solidarnie milczeli na jej temat tak długo. Podobno taki rak to raczej — i znowu cisza, i jeszcze: Może udałoby się wam — jakby musiała koniecznie zgadywać te jego rebusy. To prawda, że miał krótki oddech, jego serce było już w bardzo złym stanie. Roma do dziś nie może się nadziwić, że ustąpiła. Pewnie dlatego, że czasem zdarzało jej się zastanawiać, co by było, gdyby Stefan jednak ożenił się z Bellą, czy przypadkiem nie byłby wtedy lepszym człowiekiem.

Pojechała. Bella po latach jakby rozlała się cała, rozpulchniła. Ale Roma nie miała czasu zastanawiać się, czy lekarstwa mają w tym jakiś udział, czy nie. Bo spodziewała się trudnej rozmowy, a chora przywitała ją, szczebiocząc radośnie i dopiero po paru minutach do Romy dotarło, co się dzieje: nie było minionych lat. Gdzieś zniknął mąż Belli, zniknęła jej dwójka dzieci, zmiana pracy, kariera w dyrekcji dróg i mostów. Przeszłość nie istniała, trwało wieczne teraz, a w jego obrębie wszystkie szczęśliwe chwile, które razem przeżyły. Bella dopytywała się, kiedy przyjdzie Stefan i kiedy pojadą znowu do Sopotu. Albo do Kazimierza, do Zakopanego, gdziekolwiek; byle we trójkę, jak zawsze. Kto wie, czy to nie podczas tej wizyty Roma ostatecznie uświadomiła sobie wartość chwili bieżącej, a dokładniej: bezwartościowość wspomnień. Jej dawna przyjaciółka umierała szczęśliwa, bo to, co złe w przeszłości, nie miało dostępu do jej wyłączającego się stopniowo mózgu. Kiedy się rozstawały, Bella szepnęła jeszcze:

Poczekaj — i napisała coś na kartce. Złożyła ją we czworo. Proszę, daj to Stefanowi, ja wiem, że wy się lubicie, ale mnie z nim łączy coś wyjątkowego, niech to przeczyta, przypilnujesz, żeby przeczytał? Wtedy na pewno przyjdzie. Więc Roma jej to obiecała, a potem w autobusie coś ją tknęło i rozłożyła kartkę. Przez cztery rządki szła falista linia, jak wykres gasnącego elektroencefalografu. Tyle mogła dla niego zrobić: wyrzuciła kartkę do śmietnika przed domem.

Roma kręci głową, mocno bije jej serce, jak zawsze, kiedy wraca do niej ta scena. Takie są skutki, jeśli się nie zaplanuje na wieczór jakiejś przyjemności. Lecz zmęczył ją spacer po Łazienkach, więc była przekonana, że pójdzie zaraz spać. I rzeczywiście: zdrzemnęła się na krzesełku, to wtedy rozmawiała z aniołem, a potem zrobiła sobie zbyt mocną herbatę i teraz siedzi przy swoim stole, w półmroku, bo ocknęła się, kiedy już zaszło słońce, i nie chciało jej się zapalać lampy. Wstaje spiesznie, przykuca przed szafką, na której stoi telewizor, zdaje się, że powinny tam leżeć papierosy, których prawie nie pali, ale lubi mieć w domu. Na przykład na taką okazję. Znajduje paczkę, szuka zapałek, nie ma; więc idzie do kuchni, włączając po drodze wszystkie światła; trzeba przerwać ten zmierzch, zaaranżować sobie miły nastrój. Może nawet z muzyką — na pewno w radiu nadają coś ładnego. Zapala gaz, pochyla się, płomień przeskakuje z palnika na papieros w jej ustach, zaciąga się. No, lepiej. Wraca do dużego pokoju, spogląda na dziewczynkę z trawiastą kokardą, która podziwia socjalistyczne miasto. Nawet nie wiesz — mówi z papierosem w ustach, ale dziewczynka zrozumie, nie ma obawy. — Nawet nie wiesz, ile cię jeszcze czeka.

Ten obraz wisiał w gabinecie taty; pamięta dobrze, jak sechł i jak zapytała ojca z pretensją w głosie, dlaczego w tym mieście nikogo nie ma. Tatuś błysnął figlarnie oczami, powiedział: Co za traf, to samo powiedział mi jeden pan, który nie chciał tego obrazu na wystawę. Jemu nie ustąpiłem, ale tobie ustąpię. I domalował postać dziewczynki, i zawsze zapewniał Romę, jeszcze nie Romę, tylko Zosię, a może nawet Sonię — Roma po tylu latach nie jest pewna — że to jej portet, choć dziewczynka odwrócona jest plecami do widza i nie widać jej twarzy. Lecz Roma nie miała i nie ma wątpliwości.

Gabinet taty był miejscem zaczarowanym. Panowały w nim surowe reguły: jeśli się tam weszło, nie wolno było się odzywać bez pytania. W każdym innym pomieszczeniu dziewczynce nie przyszłoby nawet do głowy, żeby stosować się do zakazu; dzisiaj myśli, że rodzice wychowywali ją, jak na owe czasy, dość swobodnie. Ale tam cisza wydawała się warunkiem magii. Ojciec, niczym demiurg, szkicował coś przy biurku albo stał przy desce kreślarskiej, przy samym oknie, i za pomocą liniałów na wielkich wysięgnikach rysował tajemnicze figury. Czasem podśpiewywał piosenki: *Na sopkach Mandżurii, Tiomnaja nocz, tolko puli swistjat po stepi*, a czasem nawet *Wstawaj, strana ogromnaja, wstawaj na smiertnyj boj* (mama twierdziła, że ma przerażający akcent). Roma-Sonia, jeśli tylko mogła, wślizgiwała się do gabinetu i rozkładała swoje kredki i kartki na podłodze. Kiedy była starsza, po prostu siadała w kącie, w głębokim fotelu, i czytała, zerkając czasem w stronę ojca. Uspokajał ją jego widok. Zrodził się między nimi tak tajny, że nigdy nawet szeptem nie sformułowany, oczywisty sojusz przeciwko matce, która twierdziła, że tata powinien mieć spokój, a miejsce dziecka jest w pokoju dziecinnym. Dziewczynka uświadomiła sobie, że tata ma inne zdanie, gdy kiedyś skryła się przed matką pod biurkiem i stamtąd, siedząc ojcu na kapciu, usłyszała, jak ojciec ze swadą wyjaśnia, że Sonia przecież poszła do koleżanki. Ale jedyny raz podniósł na córkę głos, gdy rozzłoszczonej jakimś matczynym zakazem, wyrwało się jej: Jakaś ty Ruska! — W moim domu nikt nie będzie używał argumentów jak ze „Stürmera" — oświadczył, walnął pięścią w stół i zamknął się w gabinecie, dokąd wpuścił Romę dopiero po kilku dniach. To była najstraszniejsza kara, jaką kiedykolwiek jej wymierzono; choć o co ojcu dokładnie chodziło, Roma zrozumiała dopiero po jego śmierci, gdy znalazła w gabinecie dokument na nazwisko Neufhart i poprosiła mamę o wyjaśnienia.

Romę rozbawiło i rozczuliło jednocześnie, że niemal pierwsze, co zrobił Piotr w jej mieszkaniu, to zwrócił uwagę na dziewczynkę z kokardą. I że przyniósł herbaciane róże. A kiedy jeszcze, wracając z Łazienek, już w samochodzie, zapytała go, co właściwie czytał w tej klinice, gdzie się poznali, i od słowa do słowa przyznał się, że w liceum planował przez jakiś czas pójście do seminarium duchownego, poczuła, że ktoś na górze robi sobie z niej żarty. Przecież w młodości, naciskana, kiedy wreszcie wyjdzie za mąż, ucinała zawsze rozmowę deklaracją, że tylko za księdza — to skutecznie zamykało usta wszystkim, wprawiało ich w konfuzję, że oto bezwstydnie ujawnia przed nimi swój rzekomy brak zasad. Ta dzisiejsza młodzież jest taka rozwydrzona, tak sobie myśleli starsi, a rówieśnicy: no nie, Roma, klawa dziewczyna jesteś, jednak teraz to przesadziłaś. I nagle trafia jej się taki ktoś, w granicach rozsądku, bo przecież ostatecznie tylko dziennikarz, ale z jakimś znamieniem na czole. Znakiem, że to ten, kiedy już na wszystko za późno.

Papieros wypaliła do połowy i gasi go w popielniczce. Z drżeniem dłoni. To znamię: on jest kimś całkiem innym. Należy do innego świata; w każdym razie nie do świata starszych pań po operacji zaćmy — dogaduje sobie Roma — czasem nieumiejących, mimo wysiłków, obronić się przed sentymentalnymi wspomnieniami z dzieciństwa, a do tego skłóconych z synowymi. No, o tym Piotr jeszcze nie wie. Zna się na żartach, ale rozmawia z nią serio. Pokrzywdziły go jakieś kobiety albo on je ukrzywdził, pewnie jedno i drugie naraz — Roma nie wierzy w klarowne rozdzielanie win — w każdym razie nie ma w sobie irytującego ją w młodych mężczyznach przekonania, że jeśli się postarać, wszystko na pewno będzie dobrze. Co zazwyczaj oznacza: cały świat zdobędę, a dziewictwa nie stracę. Ten facet, z którym przespała się w Białobrzegach, właśnie taki był i dlatego już nazajutrz miał tak zwane wyrzuty sumienia, czyli traktował ją jak zadżumioną. Chyba jedyny raz pomyślała wtedy z ulgą o cwaniactwie Stefana, który przynajmniej nie odgrywał świętego Stanisława Kostki, robiąc drobne świństwa, zresztą nie za duże: takie, żeby zanadto nie narozrabiać, a na swoje wyjść. Ale w jednym i w drugim, w kochanku i w mężu, przeczuwała to samo: obawę, że się wyda, niemęski lęk. A Piotr — nie umiała powiedzieć, skąd jej się bierze ta pewność oceny — doszedł do punktu, w którym nie tylko nie ulega się złudzeniom, ale też nie wytwarza się złudzeń. Dzięki zdjęciu tej warstwy wylazło z niego to, co było nim naprawdę — i było to coś ciepłego. Od początku traktował ją z niedzisiejszą doprawdy rewerencją, a przy tym na jej odruchowe zaczepki — zawsze taka była i dlaczego miałaby się zmieniać? — reagował tak jak już dawno nikt. To oczywiście ją zachęciło, żeby posunąć się trochę dalej, i tego wieczoru uświadamia sobie z niepokojem, że zabrnęła: teraz utrata zainteresowania z jego strony, która musi nastąpić, i to raczej prędzej niż później, prawdopodobnie ją zaboli. Ale nie będziemy myśleć o przyszłości, mruczy Roma. Jeśli nawet nie zjawi się już więcej, przyznamy melancholijnie, że owszem, to był uroczy młody człowiek. A jeśli zadzwoni... — i robi jej się jakoś słodko, no naprawdę, mówi do siebie, ja cię nie poznaję. Dobrze się trzymasz, ale nie przesadzaj z tą młodością. Dzisiaj rzeczywiście było w parku bardzo miło i gdybyśmy we dwoje nie mieli w sumie, lekko licząc, prawie stu dwudziestu lat, z czego na mnie wypada znacznie więcej niż połowa, nie miałabym wątpliwości, że go jeszcze zobaczę. A tak? Cóż, trafił mi się taki ktoś, już zdecydowanie na koniec. Chyba przez czyjąś pomyłkę, tam na górze... A jeśli... Przecież nie spodziewam się niczego. Ale jeśli... to co ja właściwie miałabym z tobą zrobić, mój nieoczekiwany i niebezpiecznie drogi?

7.

Jeszcze tylko niecały tydzień i będzie Boże Narodzenie. A dzisiaj Roma leci viscountem do Brukseli. Swoją drogą, szczęściara ta Bella: niby taka zagubiona i niepewna, a zawzięła się i wychodziła sobie własne mieszkanie, podczas gdy Roma mieszka ciągle z matką. Roma cieszy się radością przyjaciółki, ale i trochę jej zazdrości swobody, bo Tamara Zielińska jest panią stanowczą, a przy tym nie rozumie życia, które prowadzi córka. Myśmy mieli ideały, powtarza Romie często, nie to, co wy. W ramach kultywowania ideałów nie przyspieszyła sprawy telefonu, ten kwartał domów będzie podłączony za dwa lata, musieliby pociągnąć do ich mieszkania służbową linię, a państwa na to nie stać; dostaniemy telefon wtedy, co wszyscy, w socjalizmie jest równość. Myślałby kto. Wyjeżdża dzisiaj na bardzo ważne szkolenie. Wychodzę na zbiórkę o jedenastej, wrócę w sobotę, mówi do córki. Będziesz musiała robić sobie obiady. Jutro idę do Belli, odpowiada Roma równie rzeczowo. Stosunki między nimi nigdy nie były bardzo serdeczne; do kochania był tata, a matka starała się chyba stworzyć równowagę dla jego bezwarunkowej miłości. Tylko że gdy zginął, nie umiała tego zmienić; zamknęła się w sobie: nieokazująca uczuć, konkretna. Choć kiedy Roma postanowiła zostać stewardesą, pomogła jej, nieproszona. A parę miesięcy później córka podejrzała ją przypadkiem, jak przygląda się mundurkowi, który sechł na wieszaku, i gładzi palcem znaczek nad lewą kieszonką: poziomy, złoty pasek z załamaniem pośrodku, w które wpisano literkę S. Sprawdzałam, czy ci się nie pruje, wyjaśniła zimnym głosem, kiedy się zorientowała, że córka patrzy. I tyle z tej czułości.

Roma zamyka za sobą drzwi mieszkania. Jest w płaszczu i służbowej garsonce, z firmową torbą na ramię, w której trzyma: kosmetyczkę, bieliznę na zmianę, ręczniczek, koszulę nocną, coś do czytania i służbowe pantofle — trudno byłoby iść w nich przez grudniową breję, włoży je na lotnisku, tymczasem na nogach ma botki. Właściwie do Brukseli leci się iłem niewiele ponad cztery godziny, a viscountem tylko trzy, rejs w tę i z powrotem, więc wieczorem powinna być w domu. Ale regulamin mówi wyraźnie, że musi być przygotowana na nieplanowany nocleg. Zbiega po schodach, zrobiło się późno. Wczoraj całe popołudnie spędziła z Bellą, zmęczyły się przenosinami; nawet opijanie nowego mieszkania przełożyły na czwartek. Potem nie mogła zasnąć, pewnie z ekscytacji, którą zaraziła ją przyjaciółka; w łóżku czytała kolejny kryminał Simona Robertsa (ktoś jej mówił, że to wcale nie jest Anglik), nie umiała się skupić i wracała do każdego zdania po trzy razy, a sen nie przychodził. Rano była trochę rozbita i wszystko robiła dłużej niż zazwyczaj. Na Okęciu powinna się zameldować dziewięćdziesiąt minut przed startem; oczywiście, ma ciągle zapas czasu, tramwajów do Jerozolimskich — mnóstwo, lecz gdyby w Alejach sto czternaście długo nie przyjeżdżało, musiałaby rozglądać się za taksówką, a z tym w Warszawie nie jest łatwo, nawet w Śródmieściu. Wychodzi na ulicę i nagle ktoś ją woła. Stefan?

Tak, to Stefan, siedzi w swoim biało-czarnym wartburgu i kiwa na nią; Stefan, spieszę się, mówi Roma, przeczuwając jakiś wygłup. Nie spieszysz się, odpowiada, przyjechałem, żeby cię podwieźć. Naprawdę? Bardzo jesteś uprzejmy, w jej głosie słychać nieufność, ale przecież nie zrobiłby jej takiego numeru, żeby przez niego miała kłopoty w pracy. Więc wsiada, Stefan już prawie włącza się do ruchu, lecz wtem odrywa prawą rękę od kierownicy i sięga na tylne siedzenie, skąd na kolana Romy trafia czerwona róża. Zaczyna się wyjaśniać, po co czatował na nią przed domem, i jest to dosyć kłopotliwe. No, dzięki, Stefciu, dzięki. Dostaniesz ode mnie kaktusa w rewanżu. Możemy już jechać?

Stefan przyjmuje jej słowa z krzywym uśmiechem, ale rusza wreszcie i dopiero po chwili zaczyna mówić, gdy tak jadą Nowotki w stronę placu Dzierżyńskiego. Słuchaj, Roma, ja muszę ci wreszcie coś powiedzieć. Brzmi to zadziwiająco poważnie, dlatego przerywa mu od razu: Stefan, błagam, robię dziś Brukselę, jestem na dwójce, więc muszę jeszcze pobrać pieniądze przed startem. Jeśli za pół godziny nie pojawię się w kapciorze, szefowa mnie zabije i, co gorsza, będzie miała rację. Nie chcę jej dawać takiej satysfakcji. Wczoraj byłam u Belli, ona chyba już dzisiaj wieczorem przenosi się tam na stałe. Roma, przerywa jej mężczyzna, ale ona niezmordowana ciągnie dalej: Obiecałam jej, że dam jej adres tego punktu, w którym uszyłyśmy sobie z mamą zasłony, bo nie podoba mi się, że chce nocować, skoro z zewnątrz widać u niej wszystko jak na dłoni; Bella twierdzi, że przecież to tylko ogródki działkowe, a mnie się wydaje, że to jeszcze gorzej. Na działkach nie może być jakiegoś zboczeńca? — Roma, proszę cię.

Ty czegoś naprawdę nie wiesz, brnie Stefan, kiedy udaje mu się dojść do słowa. Nie wiesz o mnie i o sobie, długo nad tym myślałem, ale doszedłem do wniosku, że muszę ci to powiedzieć. Teraz, wreszcie. Bo może, zaczyna się śmiać jakoś dziwnie, bo może kiedy indziej nie będę już miał odwagi. Po prawdzie to i teraz prawie jej nie mam. Dotarło do mnie, że muszę się z tobą rozmówić w cztery oczy, warowałem od siódmej rano, bo przecież zawsze widujemy się we trójkę. Milknie, skręca w Jerozolimskie, a Roma spogląda na różę na swoich kolanach i myśli: dobrze, grajmy w otwarte karty, jeśli chcesz.

— Stefan — zaczyna łagodnie. — Ja nie jestem ślepa, naprawdę. Wiem, że ci się podobam, to mi pochlebia, oczywiście. Ale Bella jest moją najlepszą przyjaciółką. To ktoś zupełnie wyjątkowy, chodzące, absolutne dobro. Nie mogłabym jej tego zrobić. Wszystko sobie mówimy i, naprawdę, nie chcę być niedyskretna, ale przecież też masz oczy i rozumiesz chyba, że dla niej nie jesteś tylko kumplem. Nie psuj tego. Nie kochasz Belli, dziwię ci się; ale przecież do uczuć nie sposób się przymusić. Tyle że o mnie w ogóle nawet nie myśl, przepraszam cię, to w tym układzie zupełnie nie wchodzi w rachubę. Dowieź mnie na to lotnisko i nic już nie opowiadaj, nie chcę słuchać. I umówmy się, że nie było tej rozmowy. Dobrze? Tak będzie lepiej.

— Tak myślisz? — pyta Stefan dziwnym głosem. Na Grójeckiej przyspiesza, Romie się to nie podoba, jadą przecież przez miasto, jednak nic nie mówi, bo chciałaby wyjść czym prędzej z tego auta i o wszystkim jak najszybciej zapomnieć. Tyle lat facet ma, a zachował się jak mały chłopczyk. Zapada krępująca cisza, naprawdę cud, że nie zatrzymała ich milicja, prawie z piskiem opon skręcają w ulicę 17 Stycznia, w prawo dojazd na plac przy lotnisku, koło zagajnika — na betonowych płytach wartburg zwalnia, bo Stefanowi szkoda zawieszenia. Bardzo cię lubię, zapewnia jeszcze Roma, przecież nie chce się z nim skłócić; nie robiłaby mu przykrości, gdyby nie musiała. Uświadamia sobie z pewnym zdziwieniem, że mężczyzna nie dociekał nawet, czy ona nic do niego nie czuje; zasłoniła się Bellą jak tarczą, a on to przyjął. Może domyślił się, że kwestii swoich uczuć do niego nie poruszyła z subtelności, że nie mówiła o tym, czego nie ma. Kiwa jej na pożegnanie głową, ma dziwny wyraz twarzy, przelatuje Romie przez głowę, to nie jest mina odrzuconego kochanka. Raczej kogoś, komu ulżyło. Ale nie ma czasu się nad tym zastanawiać. Bierze torbę na ramię — z tego wszystkiego zgubiła kwiatek w jego samochodzie, musiał jej spaść z kolan, kiedy wysiadała, głupio wyszło — i kieruje się do budynku portu.

Zabudowania lotniska to dziwna kombinacja prowizorycznych baraków, wymurowanych zaraz po wojnie w miejsce potężnej konstrukcji, której Roma nie pamięta, ale opowiadano jej, że zanim runęła pod bombami, przypominała nieco gmach AWF-u na Bielanach. Dwupiętrowy pawilon centralny, oglądany od strony płyty postojowej, dzięki serii przeszklonych ryzalitów, za którymi na parterze znajduje się kawiarnia dla pasażerów, broniłby się jeszcze jako tako. Lecz w pozostałych częściach nie widać żadnego pomysłu ani planu:

budyneczek rozczłonkowuje się w jakieś przejścia, pomieszczenia, dodatkowe domy i domki, i gdyby nie górująca nad wszystkim wieża kontrolna, trudno by się w tym architektonicznym koszmarku domyślić portu lotniczego w stolicy europejskiego, bądź co bądź, państwa. Co prawda mówi się, że niemal dokładnie po przeciwnej stronie pasów startowych ma stanąć porządny dworzec, Roma oglądała nawet makietę — szczególnie zachwycił ją zdumiewający dach, połamany na wszystkie strony jak pokrywki pudełek, w których sprzedaje się jajka — i nie bardzo jej się chce wierzyć, że Okęcie mogłoby się aż tak zmienić.

Tymczasem wchodzi bocznym wejściem, w otwartych drzwiach widzi stanowisko do przyjmowania bagażu, z wielką wagą, a dalej tłum w poczekalni, i wąskim korytarzem dociera do pokoju stewardes. Ania Szperling-Majkowska, jej dzisiejsza „pierwsza", już jest. Nie spóźniłam się, mówi Roma na wszelki wypadek, ale Anka wzrusza ramionami, nie, skądże. Rozmawiają półgłosem, bo przy sąsiednim stoliku kończy się briefing Krakowa. Lecimy z Rzeszotarskim, wiesz? Przynajmniej nie będzie trzęsło — śmieją się obie. Za chwilę Ania intonuje: Paznokcie!, a Roma wyciąga dłonie. Kiedy są tylko we dwie, w dodatku dobre znajome, ten rytuał jest trochę śmieszny, lecz nie opuszczają go nie tylko z powodu przepisów; ostatecznie człowiek bywa omylny i oko koleżanki chroni przed jakąś kuriozalną wpadką, przeoczoną rysą na lakierze czy oczkiem w pończosze. Pokaż się. Roma powinna teraz wstać i zrobić piruet, ale mówi zamiast tego: sekundkę, przecież jeszcze w botkach jestem. Zmienia buty i gdy zrywa się z krzesła, odpowiadając już w myślach na kontrolne pytanie o wyjścia awaryjne w vickersie, do pomieszczenia wkraczają jeszcze dwie osoby: kierowniczka i kasjerka Magda; ciągle mówią o niej za plecami „kasjerka", ale po pół roku sprzedawania biletów zrobiła kurs i od miesiąca jest stewardesą, tak jak one. Roma chce je minąć w drzwiach, bo nie lubi kierowniczki i zamierza jej wizytę przeczekać w toalecie, kierowniczka jednak łapie ją za łokieć: Zaraz, dla ciebie to też ważne.

Zmiana obsady, zwraca się następnie do Anki. Zielińska na dyżur do siedemnastej, z tobą leci Magda. Teraz?! — Ania patrzy na zegarek. — Trochę późno na roszady. Decyzja dyrektora — pada wyjaśnienie. Roma patrzy na tę scenę z niedowierzaniem, to jest naruszenie wszelkich reguł. Zaczęły już przygotowania do rejsu, a Magda chyba nigdy jeszcze nie latała za granicę. Ma zresztą spuszczone oczy i wygląda na zażenowaną. Ponieważ kierowniczka zdążyła już wyjść na korytarz, Roma biegnie za nią. Co to ma znaczyć? — rzuca. Tamta spogląda na nią ironicznie, a jeszcze wiosną sprawiała wrażenie, że ją lubi! Przez kilka miesięcy zmieniła się we wstrętną zołzę, żadna z dziewczyn nie wie dokładnie dlaczego. Nie rozumiem pytania, mówi teraz chłodno, a Roma czuje, że na twarz wypełza jej rumieniec. To jest służba, Zielińska, wszyscy są równi. Posiedzisz, może ktoś cię będzie potrzebował. — Od kiedy Magda przeszła na międzynarodowe? Nawet na osiemnastkach nie polatała. Ona wie w ogóle, gdzie co jest w vickersie? To jakby Ankę samą... — Słuchaj no, miałam ci powiedzieć, żebyś się przyzwyczaiła do myśli o lotach w kraju. Ale jeszcze jedno słowo i w ogóle nigdzie więcej nie polecisz. Rusza szybko do swojego pokoju, korytarz jest wąski, więc Roma, próbując za nią nadążyć, obija się co chwila o kogoś idącego z przeciwnej strony. Donos, myśli gorączkowo, ale w jakiej sprawie? Przywiozłam ostatnio apaszki z Paryża, ale przecież nie może o to chodzić, bo sama kierowniczka dostała cztery. A personalnemu ostatnio wymieniłam złoto w Wiedniu. Mimo wszystko stara się uspokoić, przecież szkolili ją, żeby panowała nad nerwami, więc bardzo powoli mówi jeszcze: Ja oczywiście przyjmuję do wiadomości tę decyzję, ale uprzedzam, że poproszę dyrektora o wyjaśnienie. I na to słyszy: Dyrektor wraca po świętach, Zielińska czy jak ty się tam naprawdę nazywasz. Ale oczywiście, jak sobie życzysz. Trzaskają drzwi.

Suka.

Lecz wtedy uderza Romę ta wzmianka o nazwisku. Od kilku lat wie, że ojciec urodził się jako Neufhart, spodobało jej się, że to znaczy „nowa podróż", i tyle, nie przywiązywała do tego większej wagi. A teraz stoi na korytarzu, potrącana przez zaaferowanych pracowników, każdy spieszy do swoich spraw, i łapie się na tym, że nie umie pozbierać myśli. Z przemytu apaszek można się jakoś wytłumaczyć; ale nie sposób się wytłumaczyć z nazwiska nieżyjącego ojca, który zmienił je trzydzieści lat temu. Może zresztą chodzi o coś innego. Roma kręci głową i wraca powoli do kapciory, siada pod ścianą. Magda poszła rozejrzeć się w samolocie, Anka wypełnia formularze. Ale świństwo, nie? — przekłada kartkę. Roma odczekuje kilka chwil, wie, w którym miejscu wypełniania druku nie można się pomylić. Ty wiesz, o co chodzi? — pyta w końcu.

Nie mam pojęcia — Majkowska zaczyna zbierać rzeczy; rozgląda się po pomieszczeniu, zagląda do swojej torby, mrucząc: to, to i to. I to. Wszystko. Nie wiem. To znaczy: przypuszczam, że donos, jak zwykle. Podpadłaś, polatasz trochę do Krakowa i z powrotem i wrócisz do nas. Grunt to się nie przejmować. Ja dwa razy tak miałam. Trzymaj się, pa. — Przesyła jej całusa na pożegnanie. Pasażerowie odlatujący do Brukseli proszeni są o udanie się do odprawy paszportowej i celnej — przez uchylone przez nią na moment drzwi dobiega Romy metaliczny dźwięk megafonów. Więc naprawdę.

Druga na dyżurze jest Małgosia Krzemień, Roma teraz dopiero ją dostrzega, bo swoim zwyczajem zaszyła się w kącie, przy szafie, i studiuje podręcznik do niemieckiego. Małgosia jest najmłodsza i najbardziej ambitna z nich wszystkich, nie pogada się z nią, bo każdej chwili szkoda, jak nie języki obce, to podstawy zdrowego żywienia, albo przynajmniej Biuletyn Informacyjny Instytutu Lotnictwa. Przyjęto ją zaraz po maturze i dziewczyna ma chyba kompleksy, bo koleżanki są po kilku latach studiów, jak Roma, albo w ogóle z dyplomami. Rekordzistką była Irena po dwóch fakultetach: po ekonomii i Szkole Głównej Służby Zagranicznej, ale odeszła latem, bo znowu poroniła i lekarz jej powiedział: dziecko albo latanie. Ciągłe zmiany ciśnienia, suche powietrze w kabinie, przeciążenia — to nie są wymarzone warunki dla kobiety. Podobno Polska ma w końcu podpisać protokół IATA o ograniczeniu liczby startów i lądowań, które może odbyć członek personelu pokładowego w ciągu doby, lecz wtedy trzeba będzie zatrudnić ze trzy razy więcej stewardes. Roma wstaje jeszcze, sprawdza na ścianie grafik tygodniowy, pokreślony jak zwykle, i zauważa z gorzkim rozbawieniem: tak się dranie spieszyły z jej uziemieniem, że nawet nie zapisali tu zmiany. Formalnie mogłaby pójść do domu. Ale nie zacznie przecież otwartej wojny, matka pogadała z jakimś znajomym, by ten z kolei dał swoim znajomym sygnał, że Roma jest pewna, ale nie ruszy palcem, jak ją stąd wyleją. Więc wraca na swoje miejsce i z cichym westchnieniem wyciąga książkę Robertsa. Nosi tytuł: *Ekspres do Glasgow*. Może równie dobrze zacząć czytać od początku, z wczorajszego wieczoru nie pamięta zupełnie nic.

Wśród podróżnych, którzy tego dnia czekali w zadymionej poczekalni dworca kolejowego, szczególną uwagę zwracał młody dżentelmen, ubrany z wyszukaną elegancją, z monoklem w oku, nerwowo spoglądający na zniszczoną walizkę, która zdawała się należeć do kogo innego. A jednak wszystko wskazywało na to, że to on jest właścicielem tego tak szokująco niepasującego doń bagażu. Współpasażerowie dostrzegli ów zadziwiający fakt, ale z wrodzonym sobie taktem nie komentowali kaprysu bogatego, jak na to wskazywał jego strój, młodzieńca. Każdy zresztą miał na głowie własne sprawy i pogrążony był w swoich myślach.

Jedyną osobą, która przypatrywała się elegantowi spod oka, był inspektor McMinnies, udający się właśnie na urlop do Brighton. Rozsławiony sukcesem, jakim zakończyło się poszukiwanie skradzionego naszyjnika lady Middlestone, od dłuższego czasu nie mógł się opędzić od dziennikarzy — i tym jedynie należało tłumaczyć sobie fakt, że uległ namowom swojego zwierzchnika, by zażyć wywczasu na uroczo pochmurnym brytyjskim wybrzeżu. Detektyw obawiał się czekającej go nudy i podświadomie taksował wzrokiem współuczestników zbliżającej się jazdy, aby dociekaniem ich tożsamości, minionych przeżyć i obecnych planów zająć swój analityczny umysł, który nienawidził bezczynności.

Inspektor zdawał sobie sprawę z zawodowego skrzywienia, każącego mu widzieć nieomal w każdym człowieku potencjalnego przestępcę, toteż traktował zajęcie, jakiemu oddawał się w dworcowej poczekalni, z należytym dystansem. Niemniej na widok eleganta z podniszczoną walizką spoważniał. Instynkt podpowiedział mu, że z tym człowiekiem skrzyżują się niebawem jego losy. McMinnies nie zdawał sobie tylko sprawy, w jak ponurych i niebezpiecznych okolicznościach. Dlatego na razie ćmił spokojnie swoją nieodłączną fajkę, odnotowując jedynie narastającą nerwowość młodzieńca.

Tymczasem w poczekalni powstał ruch; wyglądało to, jakby powiew wiatru stargał senne morze wrzosowisk. — Odkąd ktoś zasiał w Romie wątpliwość, czy Simon Roberts jest rzeczywiście angielskim autorem, zdania, które do tej pory zachwycały ją staroświeckim wykwintem, zaczęły ją nieco drażnić. Zresztą w samolocie widywała ludzi z tak zdumiewającymi przedmiotami, zabranymi jako „bagaż podręczny", że stara walizka w rękach bogacza nie mogła jej zaintrygować. Przede wszystkim jednak — była ciągle rozżalona i wściekła. Dopiero teraz zastanawiała się, czego nie uda jej się załatwić w Brukseli. Na szczęście niewiele: vickers lądował o czternastej piętnaście, startował o szesnastej trzydzieści, więc biorąc pod uwagę wszystkie czynności do wykonania po wyjściu pasażerów i przed przyjęciem kolejnych, stewardesy miały dla siebie czterdzieści pięć minut. A w Brukseli nie opłacało się kupować lekarstw, inaczej niż we Frankfurcie, gdzie były już tak znane, że sprzedawczynie na ich widok odsuwały kolejkę zwykłych klientów, wołając: *Zuerst Warschau bitte, zuerst Warchau!* — bo wiedziały, że zostaną zaraz zasypane dziesiątkami woreczków z odliczonymi pieniędzmi (w najrozmaitszej walucie, z przewagą dolarów) i receptami. Zdaje się, że znajomy miłośnik bigbitu prosił Romę tylko o nowy singiel Neila Sedaki z piosenką *Breaking Up Is Hard to Do* i ewentualnie jakiś jeszcze, który zwróciłby jej uwagę. Czyli będzie musiał poczekać, bo zapomniała przekazać jego prośbę Ance. Bywa.

Uspokajała się w ten sposób, wracała do czytania — właśnie dotarła z inspektorem do Brighton, gdzie wkrótce na plaży znaleziono zwłoki — o czternastej poszła coś zjeść i nie spodziewała się, że prawdziwy powód do rozdrażnienia dopiero nadchodzi.

Przybrał kształt planistki, która zajrzała przed czwartą do kapciory, spojrzała krytycznie na Małgosię, pogrążoną w lekturze „Zasad międzynarodowego transportu lotniczego", i uśmiechnęła się przepraszająco do Romy. Mamy niespodziewany czarter, powiedziała, za godzinę jakiś wiceminister ze świtą leci do Gdańska. Nie mam kogo wysłać, naprawdę. Nocowanie, powrót lotem rejsowym jutro po południu. Ił czternaście, więc dwie wystarczycie. Ty na jedynce.

Ale ja prawie już skończyłam dyżur, chciała powiedzieć Roma. Do licha ciężkiego, w ten sposób będzie w pracy ponad dwanaście godzin. Lecz pomyślała sobie o minie kierowniczki, której doniosą natychmiast, że znowu się awanturuje. Nie da zołzie tej satysfakcji. Z kamienną twarzą podeszła do szafki i wyciągnęła dokumenty do wypełnienia. Gocha, koniec nauki. Robimy Gdańsk z jakimiś szychami. Paznokcie! — Potem krytyczne spojrzenie na twarz koleżanki. — Makijaż popraw, od tego czytania tusz ci się rozmazał. Oko pewnie tarłaś, o, tutaj.

8.

Groszek pachnący oznacza pożegnanie, nasturcja — wstydliwość, niezapominajka już samą nazwą ujawnia swój symboliczny sens, a żółta róża stanowi przyznanie się do zdrady. Kwiat jarzębiny dajemy na zgodę, róża biała deklaruje platoniczne przywiązanie, a róża purpurowa — namiętność. Należało brać pod uwagę, że Roma może sięgać pamięcią czasów, gdy mowa kwiatów była skodyfikowanym systemem, a nie ciekawostką do odnalezienia na stronach internetowych, które Piotr pracowicie przestudiował. Dlatego postanowił jej kupić naręcze ciemnoczerwonych róż, najciemniejszych i najczerwieńszych, jakie znajdzie.

Ale na autostradzie tuż przed węzłem Konotopa trwały roboty drogowe, utworzył się niewielki korek i w rezultacie miał czas wejść tylko do jednej kwiaciarni, tuż koło jej mieszkania; a tam, co za pech, czerwone róże były przekwitłe, jakby zmęczone — nie wyglądały dobrze. Natomiast świetnie prezentowały się stojące obok róże herbaciane, takie, jakie wręczył jej za pierwszym razem. Więc zdecydował się właśnie na nie, bukiet z dwudziestu jeden sztuk poproszę, choć niepokoiło go, że nie sprawdził przed wyjazdem, co właściwie znaczą. Oby nie to, co żółte.

Przyjęła je, unosząc lekko brwi — uwielbiał wdzięk, z jakim to robiła — po czym wspięła się na palce i pocałowała go w policzek, lecz nisko, nieomal w kącik ust. I zaraz odsunęła się na znaczną odległość, a on powiódł za jej wzrokiem i zobaczył na wieszaku obce palto. Powinien uprzedzić, że się do niej wybiera, tylko że ciągle miał w uszach jej zdanie sprzed parunastu dni, że lubi niespodzianki, no i trafił na czyjąś wizytę. Niedobrze; nie sposób było się jednak wycofać. Więc poszedł za Romą do dużego pokoju. Róże niosła ceremonialnie przed sobą; to jest Piotr, mój przyjaciel, powiedziała i osoba za stołem obrzuciła go taksującym wzrokiem. A to jest Wiola, moja koleżanka z pracy, jeszcze z ratusza.

Wiola miała na sobie rozpięty jasnoniebieski sweter, którego poły zwieszały się prawie do samej ziemi, seledynową bluzeczkę z kołnierzykiem i szarą spódnicę, spod której wystawały potężne nogi w białych skarpetkach i butach, wyglądających, jakby kupiła je w sklepie ze sprzętem ortopedycznym. Sweter wydawał się za duży, co było imponujące, bo sama była obfitych rozmiarów. Kiwnęła mu bez przekonania głową. Upierścienioną ręką sięgnęła po widelczyk, dziabnęła kawałek ciasta i ostrożnie poniosła go do ust. Roma ułożyła kwiaty w wazonie, ustawiła go obok telewizora i ruszyła do kuchni po dodatkową filiżankę. Siadaj, proszę, wskazała mu krzesło pośrodku. Poczęstuj się piernikiem, Wiola kupiła.

No więc, moja kochana, podjęła Wiola, przyglądając mu się znowu krytycznie, powiadam jej, żeby tego nie brała, bo to szkodzi na wątrobę. Ja ją znam od lat i wiem, co mówię: takie same mamy choroby, takie same bóle, zwyrodnienia, więc jeśli sprawdziłam, że od tego boli brzuch, to po co ona będzie ryzykować. A ta się uparła, bo, mówi, lekarz przepisał. Co ona: nie wie, jacy lekarze teraz są? No i oczywiście leży już drugi tydzień. Ty co bierzesz na stawy?

Zagotuję jeszcze wody, podniosła się znowu Roma, choć usiadła przed sekundą. Piotrowi wydało się, że widzi na jej twarzy uśmiech stewardesy: profesjonalny i nieco zimny. Wiolu, nie będziemy przecież o chorobach rozmawiać.

Ano pewnie, Romciu, pewnie. Kobieta podłubała znowu widelczykiem i odłożyła go z westchnieniem. Nie mogę już jeść, czuję, że będę miała zgagę. A wiesz, kupiłam świetny papier toaletowy, rumiankowy. Sąsiadka mi powiedziała, że za dużo piję rumianku i to dlatego drapię się nocami, aż do krwi, rano to czasem budzę się cała w pręgach; nie jestem pewna, czy to dlatego, ale rzeczywiście potrafię w ciągu dnia i osiem kubków sobie naparzyć, albo i dziesięć, więc na wszelki wypadek ograniczam się najwyżej do dwóch, a i to tylko do południa, więc przynajmniej pachnie mi teraz rumiankiem w łazience. — Przez chwilę w pokoju trwało milczenie, Roma ponownie zajęła miejsce przy stole. Bo Piotr... — zaczęła.

A wiesz, przerwała jej tamta, spotkałam Janinkę. Pamiętasz Janinkę? No tę, w twoim wieku. Bo ja jestem młodsza — te słowa skierowała wyraźnie do niego. — Ona też wdowa, dwa lata temu swojego pochowała. A ty kiedy? Za rok będzie dwadzieścia? No popatrz, jak ten czas leci. Pamiętam go jak dziś, tu leżał, już ledwo dychał, biedaczek. Masz jeszcze tę wersalkę? Nie masz pewnie, ja też swoją wyrzuciłam, jak mój Januszek zszedł mi na niej. A byłaby pamiątka. Więc Janinka, rozumiesz, zdecydowała się na masaże. I mówi, że jej to dobrze robi, a taka pokrzywiona starowinka się zrobiła; po prostu strach patrzeć. Mnie się zdaje, że ona ma raka.

Piotr jest dziennikarzem, usiłowała wtrącić Roma. Pani Wiola mówiła jeszcze przez chwilę o Janince, po czym nagle błysnęło jej oko. Z telewizji? — zapytała Piotra. Po raz pierwszy spoglądała na niego z zainteresowaniem. Nie, postarał się wywołać na twarz najuprzejmiejszy uśmiech, jakim dysponował, w stosunku do starszych pań działał zwykle niezawodnie. Niejeden reportaż powstał dzięki temu uśmiechowi. Nie, odparł, z prasy. Wiola posmutniała.

A nie, proszę pana. Ja już się w życiu naczytałam. Te sprawozdania, te raporty całoroczne, pamiętasz, Romciu, jak się noce zarywało, żeby zdążyć? I zawsze jakiejś strony nie było albo wyrazy opuszczone; te maszynistki u nas to było skaranie boskie, do tej pory nie wiem, jak się toto utrzymało, skoro do trzech nie umiało zliczyć. Zwłaszcza Matylda, pamiętasz, Romciu, Matyldę? Ja się z nią przyjaźnię, bo bidulka taka, jajniki jej wycięli. Pan pewnie młodszy od Tomka; Romciu, pan młodszy od twojego syna, prawda? Co z nim?

Więc Roma zaczęła mówić o Tomaszu, pewnie wolała to, niż zdać się na monolog pani Wioli. Jest ciągle w Niemczech, dobrze zarabia, pieniądze na rodzinę przysyła i jej trochę pomaga. Ale to nie powinno trwać tak długo — w głosie Romy zabrzmiało rozgoryczenie; Piotr pierwszy raz usłyszał, że narzeka. — Taka rozłąka nie robi dobrze. Ani Kacprowi, ani Krystynie, a i ja bym wolała go widywać częściej. Choć rozmawiam z nim właściwie codziennie... — No tak, wpadła jej w słowo Wiola, matka to zawsze na końcu. Młodzi w ogóle nie szanują rodziców; zobaczą, jak będą w naszym wieku. Co się wtedy czuje. Ja to swojego ojca w rękę całowałam, „pani matko" się mówiło. Ty też, Romciu, na pewno. My byśmy wszystko dla rodziców zrobiły, ale teraz wiadomo, pieniądze, pieniądze, jeszcze raz pieniądze. — Nie, Tomasz nie jest taki — zaprotestowała cicho Roma. — Ja wiem, Romciu, ja wiem. Matka zawsze będzie bronić swojego dziecka. Ale zobacz, co się teraz dzieje, wszystko na głowie postawione. Ślubu to żadna brać nie chce, a mężczyźni, wiadomo, nigdy nie chcieli; z kwiatka na kwiatek, jak ja to mówię. Mój Januszek to niby inny był? W tobie też się podkochiwał, ale w Romie — to znów było do Piotra — wszyscy się podkochiwali. Najbardziej naczelnik, pamiętasz, Romciu, jak ci bombonierki przynosił? Takie eksportowe w folii, po sześćdziesiąt osiem pięćdziesiąt... Nie, po sześćdziesiąt siedem pięćdziesiąt — poprawiła się. Ale Januszek to najbardziej zagustował w Mariolce z terenów zielonych, musiałam ją w końcu pogonić, dziewczyno, mówię, weź ty, zajmij się jakąś pożyteczną robotą, a mi tu chłopa nie bałamuć. Ja to czasem się cieszę, że dzieci nie mam. Pociągnęła nosem, zza krzesła wyciągnęła wielką białą torbę i wydobyła z niej paczkę chusteczek higienicznych. Choć czasem człowiek chciałby do kogoś usta otworzyć. My z Romcią takie dwie opuszczone, stwierdziła z żalem, a chusteczka rozdarła jej się przy wyjmowaniu. No popatrz. — Przestała nagle płakać. — Takie teraz robią.

Piotr zaczął pałaszować ciasto, żeby się czymś zająć, potem chciał wychodzić, ale miał wrażenie, że to będzie rejterada, podczas gdy należało wesprzeć Romę, więc nałożył sobie kolejną porcję ciasta, czym zainspirował panią Wiolę do dłuższej opowieści o odchudzaniu się i tyciu, a także o tym, jakie choroby ujawnia nadmierny apetyt, a jakie — jego brak. Roma słuchała tego wszystkiego z przylepionym do twarzy uśmiechem, wydawało mu się, że cierpi, a potem uświadomił sobie nagle, że przecież takie spotkania odbywają się tu nieraz i z pewnością wszystkie wyglądają tak samo, dlatego jeśli coś jest tego dnia krępujące, to nie Wiola, ale on, jego niezapowiedziana obecność. Wkroczył ze swoimi idiotycznymi różami w zaklęty świat dwóch starszych pań; dlaczego zakładał, że Romy nie mogą interesować opowieści o Matyldzie, Marioli, Janince, o ich mężach, stawach, wątrobach i jajnikach? Kto wie zresztą, co się kiedyś zdążyło wydarzyć między nią a Wiolą; może łączyły je sprawy, których nie umiał sobie wyobrazić? W oczach gospodyni dostrzegał chwilami coś w rodzaju współczucia dla znajomej. Lecz nie rozstrzygało to jego zasadniczego dylematu: czy lepiej wyjść, czy zostać? Mógł w końcu mieć Romie coś ważnego do powiedzenia, a to jego przedstawiła jako przyjaciela, Wioli zaś — nie. Więc zarysowała jednak pewną hierarchię; przynajmniej miał taką nadzieję. I prawie już sięgał po kolejny kawałek ciasta, ale to byłby już czwarty, więc doszedł do wniosku, że lepiej nie przesadzać.

Wiola znowu zaczęła płakać, mówiąc, że nikt jej nie potrzebuje, że wszystko minęło i co wieczór chciałoby się odkręcić gaz, tylko strach, ale na szczęście czasem dają coś w telewizji, coś dla ludzi — i przeszła płynnie do roztrząsania problemów małżeńskich doktor Pawlickiej, bohaterki serialu *Rzeka miłości*. Wtedy Roma, która zdążyła zaproponować jej koniaczek, w drodze do kuchni oparła się na jego ramieniu i ścisnęła je wymownie. To zadecydowało: postanowił, że przetrzyma wizytę pani Wioli, bo Roma chce widocznie porozmawiać z nim sam na sam.

Ale — odniósł takie wrażenie — Wiola liczyła z kolei, że wyjdzie po nim. Z nowym wigorem podjęła temat seriali, *Rzekę miłości* zastąpił jakiś inny, pojawiła się sprawa ciąży pozamałżeńskiej, nie zorientował się, czy aktorki, czy tylko granej przez nią postaci, potem znów jajniki, nieprzyzwoite reklamy mówiące o podpaskach, a nadawane właśnie wtedy, gdy mężowie, jeśli jeszcze żyją, spożywają akurat kolację, i znowu zgaga, gazy trawienne i wypróżnienia, palpitacje i nocne pocenie, żyły na dłoniach i brzuch, który rośnie po klimakterium, ja nie wiem, Roma, jak ty to robisz, że masz taką sylwetkę, od tyłu to można by jeszcze cię za maturzystkę wziąć, syrop na kaszel i zapisy do diabetologa na wrzesień przyszłego roku, planowa eksterminacja emerytów i nieuprzejmość sprzedawczyń, nadchodził powoli zmierzch — i nagle Roma powiedziała: Wiolu, przepraszam cię, ale Piotr przyszedł naprawić mi komputer i chyba musi zacząć, bo już późno. Wiola zaczęła się sumitować, że tak się zasiedziała, ale z miłymi ludźmi porozmawiać to luksus, którego nie ma w nadmiarze, zawsze tylu ciekawych rzeczy dowiaduje się od Romy, polubiła ją od pierwszego wejrzenia, to już prawie pół wieku, wie pan? Tak, wiem, odparł bohatersko Piotr. Więc: jeszcze pójdę do łazienki, po wyjściu: Romo, musisz wypróbować ten papier rumiankowy, jest doskonały, bo ja odmawiam sobie rumianku, ale chociaż tyle, że mi pachnie; zadzwonię do ciebie, to się umówimy, my dwie, stare, musimy się wspierać — i Wiola wyszła.

Roma zamknęła za nią drzwi. Spojrzała na Piotra takim wzrokiem, że aż się podniósł. Zapadła cisza. Mruży oczy w sposób niezrównany — zachwycił się Piotr.

Nie wiem, czy doceniasz, powiedziała Roma cicho, ale w jej głosie brzmiało coś groźnego, że mam w łazience papier truskawkowy. A trzeba ci wiedzieć, że nikt nie zabronił mi jeść truskawek. Przynajmniej w rozumnych ilościach. Minęła go i zaczęła sprzątać ze stołu.

Stał na środku pokoju, nie wiedząc, czy się odezwać.

I co? — zapytała Roma, z filiżankami w ręku. — I co, przeszło ci?

Co mi przeszło? — Nie zrozumiał. Na jej twarzy zagościł gorzki uśmiech. Piotrusiu... — Pierwszy raz zwróciła się do niego w ten sposób, przy czym zabrzmiało to, jakby przyłapała go na kłamstwie. Wyszła do kuchni.

Został sam. Obejrzał się na dziewczynkę na obrazie, ale odwrócona do niego plecami, nie zamierzała mu podpowiadać. Sądził, że przeczekując panią Wiolę, spełnia życzenie Romy, ale teraz nie był już tego taki pewien. W mieszkaniu panowało napięcie i wydawało się oczywiste, że od niego teraz zależy, co się stanie. Niestety za najbardziej prawdopodobne uznał, że wszystko skrupi się na nim. Przecież ma jej numer telefonu. Mógł zapowiedzieć swoją wizytę. Fatalnie to wyszło.

Z kuchni nie dobiegał żaden dźwięk, co go zaniepokoiło. Ostrożnie poszedł śladem Romy: zatrzymała się przy blacie, na którym postawiła filiżanki, i wyglądała przez okno, nieruchoma. Drobna. Zbliżył się do niej, otoczył ramionami — to było prawie jak w jego śnie, w tym samym miejscu. Znowu poczuł jej zapach. Ostrożnie pocałował w czubek głowy. Stał tuż za nią, czuł jej chude pośladki, plecy, nogami dotykał jej nóg. Przeleciało mu przez głowę, że musi unikać cukierni, bo na cynamon zaczyna reagować podnieceniem. Milczeli.

Wymknęła mu się z objęć, wróciła do pokoju i z niedowierzaniem usłyszał, jak mówi melodyjnie, niby do siebie:

— *Autrefois, j'adorais faire l'amour. Je le faisais vraiment bien, je pense. Il y a beaucoup d'années. Beaucoup, beaucoup.*

Brzmiało to jak tekst zuchwałej piosenki. Zdawał sobie sprawę, że musi postępować z wielką ostrożnością, więc starał się nie okazywać, jak bardzo jest poruszony, na wypadek gdyby jej słowa miały się okazać prowokacją czy okrutnym żartem. Zajęła swoje zwykłe miejsce przy stole i podniosła na niego wzrok. Zobaczył w nim ciekawość i ironiczny uśmieszek, co go speszyło do reszty, więc na wszelki wypadek skłamał: Nie znam francuskiego.

Kiwnęła głową, jakby przytakiwała swoim wcześniejszym myślom. Nieco zbyt wystudiowanym gestem wskazała mu krzesło. To dobrze, powiedziała. Jeśli dama chce mówić takie rzeczy, to po francusku albo wcale. Usiadł, przysunął się do niej, chwycił ją za dłonie. Przyglądali się sobie w milczeniu. Delikatnie pieścił jej palce. Nabrała powietrza, żeby coś powiedzieć; ale nie, wciąż milczała. Znowu odetchnęła. I szepnęła z wahaniem: Piotrze, czas odebrał mi to, co kobieta... co skłonna byłaby zrobić... gdy mężczyzna...

Przechylił się, żeby uciszyć ją pocałunkiem. Delikatnie dotknął wargami jej warg. Cały czas napięty, niepewien jej reakcji. Ale oddała pocałunek, rozchyliła delikatnie wargi. Poczuł muśnięcie: wysunęła koniuszek języka, ostrożnie, jakby smakowała coś w ciemnościach. Nagle cofnęła głowę.

Myśmy zwariowali, powiedziała miękko, nie podnosząc głosu. Gdyby Wiola to zobaczyła, jej noga nie postałaby tu więcej... I nagle zachichotała: Może byłby to jakiś pomysł.

Nic nie mów — poprosił. Kiwając się niebezpiecznie na krześle przysunął się jeszcze bardziej i ukrył twarz w jej włosach. — Uwielbiam twój zapach. Pachniesz cynamonem...

Słyszy znowu jej śmiech, przyjazny. Cynamonem, specjalisto? To i ty lepiej nic już nie mów. — Kładzie mu rękę na karku. — Posiedźmy tak jeszcze.

9.

O ile ściany w tak zwanym apartamencie Piotra, na drugim piętrze Wieży, zostały przez niego pomalowane na ciemną, butelkową zieleń, o tyle po przeciwnej stronie korytarza, w części Marka, panowała sterylna biel. Obaj siedzieli teraz u niego, bo Piotr, mający o czym myśleć po przeżyciach całego dnia, przeoczył moment, w którym należało powiedzieć: „Nie, wiesz, lepiej u mnie", a Marek nie widział różnicy. Po prostu wypiją po piwie i rozejdą się do swoich sypialni. Z głośników miniwieży dudniła ostatnia płyta Sigur Rós. Milczeli.

Piotr miał za sobą kolejnych parę godzin z Romą; udało mu się wreszcie namówić ją, żeby opowiedziała mu o swojej przeszłości. I miał wrażenie, że latał z nią po całej Europie, jeździł do Sopotu i był na koncercie Niebiesko-Czarnych. To od nich poniekąd zaczęło się to wdzieranie w głąb jej świata, który do tej pory był dla niego sekretny, więc jakby wzbroniony. Kilka dni wcześniej wspomniała, że słuchała Niemena na początku jego kariery, krótko ostrzyżonego, z gitarą akustyczną, i że nie była zachwycona jego głosem, który potem musiał chyba obniżyć jakimiś ćwiczeniami. Piotr zaczął dopytywać o szczegóły, a potem przesiedział w Internecie wiele godzin, najpierw żeby zorientować się, o czym właściwie mówiła, a od pewnego momentu także w innym celu: bo doszedł do wniosku, że niektórzy z modnych przed laty wykonawców jeszcze pewnie żyją i byłoby może zabawne do nich dotrzeć, opisać w gazecie ich historię.

Z taką właśnie myślą pojechał tego dnia na kolegium, a tu odniósł okropne wrażenie, że jego tajemnica — bo tkliwość, którą budziła w nim Roma, traktował jak pilnie strzeżoną tajemnicę — przedostała się w niewytłumaczalny sposób do redakcji. I została wyszydzona. Choć zdawał sobie sprawę, że to złudzenie. W rezultacie jednak dopiero czas spędzony w jej mieszkaniu, gdzie wstąpił w drodze powrotnej do Popielarni, pozwolił mu odzyskać spokój, uświadomić sobie, że w pewnej chwili i tak wyjdą z ukrycia, spotkają kogoś, może umówią się z jakimś jego przyjacielem na spotkanie. Z Markiem na początek, prawdopodobnie.

Niemniej rozmowa w gazecie wciąż wydawała się Piotrowi zdumiewająca. Bo to było tak: Jacek, kierujący działem, od początku patrzył na niego pytająco, a ponieważ Piotr pisał ostatnio tylko drobne komentarze na jedynkę i poprawił dwa teksty stażystów, szef zagadnął go w końcu wprost, czy przemyślał sprawę z Krasna Wielkopolskiego. Tak, przemyślał i doszedł do wniosku, że nie ma sensu męczyć się nad tym dłużej. Stracił do tego serce, po tekście to zresztą widać, a z każdym tygodniem historia jest coraz starsza i chyba stopniowo przysycha. Chyba że dojdzie do jakiegoś spektakularnego zwrotu akcji, wtedy, rzecz jasna, on się znowu nią zajmie, spożytkuje to, co ma, odniesie się i tak dalej. Jacek słuchał go z miną podejrzanie obojętną, jakby rozważał tak naprawdę zupełnie coś innego — i rzeczywiście.

Trudno, powiedział. Nie żebym był zachwycony, ale wiesz, że nie mam w zwyczaju dusić autorów, którzy przeżywają jakieś trudności, w każdym razie z tematami, które sami przynieśli. Ale teraz mam dla ciebie bombę i uważam, że właśnie ty musisz się tym zająć. Słuchałem wczoraj reportażu radiowego, to na szczęście inna forma, może zresztą znajdziesz tam dodatkowe aspekty... Krótko mówiąc, myślę, że temat nie został wyczerpany i to jest coś dla nas, dla nas i dla ciebie. Trzeba pojechać pod Kraków.

Teraz dla odmiany Piotr spoglądał z pytaniem w oczach, myśląc gorączkowo, że każdy wyjazd z Warszawy to dłuższa przerwa w wizytach u Romy, czego nie umiał sobie w tej chwili wyobrazić. A przecież nie zaproponuje jej podróży we dwójkę. Jacek tymczasem opowiadał, zapalając się coraz bardziej: Wyobraź sobie, sytuacja jest następująca. Jakiś dom opieki, staruszkowie i staruszki, nawet dobre warunki, obsługa profesjonalna, wszystko się toczy jak gdyby nigdy nic. I nagle, któregoś wieczora, pielęgniarka przyłapuje parę pensjonariuszy, która uprawia seks na ławce w ogrodzie! Rozumiesz: staruszek i staruszka, nie wiem dokładnie, w jakiej pozycji, ale zrobiła się afera. Bo z jednej strony to dorośli ludzie, tylko że ona z demencją i nie bardzo wiadomo, czy właściwie ogarnia, co on jej robi. A on, jak na taki dom, w miarę młody, sześćdziesiąt osiem lat, jeśli dobrze zapamiętałem, bez rodziny — i tłumaczy się, że wprawdzie na widoku może nie powinni, ale krew nie woda, a w całym domu nie ma ani jednego pomieszczenia zapewniającego intymność. I domaga się, żeby stworzyć takie miejsce. Na co obsługa, że nie będą urządzali pokoju schadzek, bo to porządny dom opieki. I że ludzie w tym wieku powinni już myśleć o rzeczach wzniosłych, nie o figlach. Zwłaszcza że po tej pani będzie jakiś spadek i jemu prawdopodobnie o niego właśnie chodzi, nie o seks — Jacek spoglądał na Piotra z nadzieją, że zapali się do tematu tak jak on.

No, co się patrzysz? zapytał w końcu, nie mogąc doczekać się reakcji. Jaka to historia! Zaczął odliczać na palcach: Raz, że seks w tym wieku to jest tabu, chociaż seksuolodzy twierdzą, że wcale nierzadko ludzie sędziwi jakieś potrzeby jednak mają. Dwa, że z domu opieki, znanego w całym województwie jako placówka zupełnie wzorcowa, robi się coś jak z *Lotu nad kukułczym gniazdem*: podstawowe prawa obywatelskie są gwałcone, przecież taki pensjonariusz, jeden z drugim, nie jest ubezwłasnowolniony, więc jeśli chce uprawiać seks, to pielęgniarkom nic do tego. Trzy, że jednocześnie problem jednak istnieje, bo jeśli rodzina oddaje tam babcię, to przecież nie po to, żeby jakiś obcy dziadek ją ruchał... A do tego trzeba pióra, bo jak sobie wyobrazić te sztuczne szczęki, te skóry pomarszczone, żylaki, łysiny, sodoma i gomora, czytelnicy oszaleją. Tylko wiesz, w miarę, żeby Sacher-Masoch z tego ci nie wyszedł. Ale ty to będziesz umiał zrobić.

Na co Piotr, który nie wiedząc początkowo, do czego ta historia zmierza, zdążył sobie wyobrazić, że jednak proponuje Romie wspólny wyjazd — na emeryturze miała chyba mnóstwo czasu? A w hotelu on mógłby zapłacić za dwoje — poczuł, jak robi mu się gorąco. Więc zdołał tylko burknąć, że zupełnie mu się to nie podoba. Szukając gorączkowo wyjaśnienia, które brzmiałoby rozsądnie, wymyślił wreszcie, że pisanie czegoś, o czym już opowiedziano w radiu, jest poniżej jego ambicji i chyba w ogóle istnieje na takie historie copyright. Strzał był celny: Jacek zgarbił się i zapadł w siebie. Ale oczywiście zaraz popatrzył na dziennikarza bez sympatii i zapytał: No świetnie, to w takim razie — jaki przyniosłeś pomysł? Na co Piotr bąknął, że chciałby coś o bigbicie. O bigbicie? A ktoś umarł? Bo wiesz, jeśli nie, to cóż, moda retro jak każda, pobędzie i przejdzie. Jakiś konflikt w tym jest? Skandal, dyskryminacja? — O, jak bym chętnie podyskryminował kogoś, kto by mi puszczał głośno Czerwone Gitary, zaśmiał się Szymon, dawny spec od sportu.

Piotr nie bronił się; słyszał, że jego propozycja zabrzmiała dość żałośnie, a przede wszystkim zdał sobie sprawę, że tak naprawdę wcale nie chce pisać żadnego reportażu. Przed oczami miał świat minispódniczek, kolorowych zespołów, młodzieży niby już zbuntowanej, ale nieśmiało, przynajmniej w porównaniu z rebelią punkową, która przetaczała się przez Polskę, kiedy on sam miał naście lat. Wypicie wina przed sklepem było przestępstwem, pocałowanie dziewczyny na ulicy — niemoralnością; o narkotykach nikt nawet nie słyszał, ani o gwałtach, ani o rozbojach, ludzie mieli dla siebie mnóstwo czasu, przyjaźnili się i grali w serso, urządzali prywatki, kiedy w drugim pokoju czuwali troskliwi rodzice... I przecież wszystko to nieprawda — zdawał sobie sprawę — bo były bandy po osiedlach, milicja, która robiła, co chciała, nieustające akademie ku czci przyjaźni polsko-radzieckiej, za niewłaściwe poglądy szło się do więzienia, a w sklepach, jakie zaopatrzenie było właściwie w sklepach, trzeba by sprawdzić; z tym że on miał w gruncie rzeczy ochotę napisać coś zmyślonego, nie być ani reporterem, ani nawet historykiem, tylko powołać do istnienia świat, do którego ma się ochotę wracać i który kształtuje się do woli. Człowiek nie może żyć w beznadziei, a te ich kolegia odbywały się przecież w przededniu potopu, który zrobi z nich, w najlepszym razie, autorów podpisów na dziesięć linijek pod fotografiami, zamieszczanymi przez portal, i Roma miała tak strasznie dużo lat, podczas gdy ludzie nie są nieśmiertelni, no, a z kolei w Kraśnie Wielkopolskim, i nie tylko tam, wzbierało szaleństwo, które przywróci kiedyś mechanizmy homeostazy, jak chciał Giedojt, czy raczej Malthus, ale za jaką cenę, więc naprawdę z tej perspektywy deklaracja, że *niedziela, niedziela będzie dla nas*, przynosiła oddech, podobnie jak wiara w nieprzerwany podbój kosmosu, osiedla na Księżycu i rakietowe taksówki, w poduszkowce dla każdego i w postęp, i w sprawiedliwość społeczną, która nawet jeśli tymczasem nie istnieje, to będzie istnieć, albo w każdym razie istnieje gdzieś indziej; i koszule non-iron, i moda na płaszczyki ortalionowe, i opływowe linie wartburgów, a nawet syrenek — to wszystko przywracało zaprzeszły, lub raczej niedoszły ład, do którego można się odnieść, wystarczy zamknąć oczy. Czuł pragnienie fantazji, nieomal już cieszył się na myśl o tym, jak będzie zmyślać, dorzucać do sprawdzalnych śladów przeszłości ingrediencje pochodzące zrazu z niedoskonałej pamięci świadków, a potem już bez żadnych usprawiedliwień zbuduje alternatywny świat, taki, jaki mógłby istnieć, gdyby rzeczy toczyły się figlarnie i meandrycznie, a nie tak jak naprawdę — z nieubłaganą logiką. To byłby jego prezent dla Romy, bo to jej niesubordynowany uśmiech odciskałby się w powołanych do życia twarzach i w kolorach sukienek, i w budynkach z dachami przystosowanymi do lądowania helikopterów, w brzmieniu dwusuwowych silników i w terkotaniu telefonów z tarczą, gdy się wykręca numer, w człekopodobnych robotach zatrudnianych jako pielęgniarki i sprzedawczynie, i w pięknych samolotach ze śmigłami, i w opływowej sylwetce kabrioletu Syrena Sport, który w tym jego świecie produkowano by seryjnie, przyćmiewając legendę mirafiori, a Porsche doprowadzając do bankructwa. Więc nie dziwił się, że koledzy w redakcji patrzyli na niego z rozbawieniem i osłupieniem, a potem zaczęli gwałtownie rozmawiać o czymś innym, podniósł się gwar, jak zwykle w sytuacji, kiedy ktoś w towarzystwie powie coś niestosownego albo beknie, a przy tym ludzie go przecież lubią, toteż zagłuszają go żarliwie, dając mu znać, że w ogóle nic nie słyszeli i żeby się nie przejmował. Takim właśnie gwarem skończyło się kolegium, jeśli o niego chodzi — na niczym, i Piotr pomknął jak najszybciej do Romy, a teraz siedział z Giedojtem, który miał zamknięte oczy i prawą ręką wybijał na kolanie monotonny rytm skandynawskiego rocka. Nad górną wargą zanikała mu powoli smużka z piany od piwa.

Wiesz, powiedział nagle Piotr, jakby skakał na głęboką wodę, zakochałem się.

Marek czujnie podniósł powieki, sięgnął po szklankę, upił łyk. Potem skierował na przyjaciela wzrok, jakby zaintrygowany osobliwym zjawiskiem. Chcesz się wyprowadzić? Zaskakujące, ale w tym pytaniu zabrzmiał cień żalu, choć oczywiście ze zwykłą domieszką rzeczowości. Nie, uśmiechnął się Piotr z zakłopotaniem, to w ogóle nie wchodzi w rachubę. Ta kobieta, ona jest dużo starsza ode mnie. Dużo, dużo starsza. Marek przetrawiał przez chwilę tę informację; dużo, powtórzył w końcu; można było uznać, że zapytał. Tak. — Niech to wreszcie powie na głos. — Nie wiem dokładnie, ale raczej jest około, to znaczy, jest po siedemdziesiątce.

Obserwował teraz uważnie przyjaciela, ale ten z kamienną twarzą zapadł się znowu w fotel. Aha, stwierdził obojętnie. Piotr próbował wyobrazić sobie, co może za chwilę usłyszeć. Wersja zgryźliwa: „Ale żyje?" — upewni się Marek. Nie, to nie w jego stylu. Raczej coś ze świata przyrody, na przykład: „No cóż, takie chociażby żółwie żyją nawet sto dwadzieścia lat". W pokoju wciąż było jednak słychać tylko Sigur Rós. I wreszcie Giedojt, jakby rozważywszy rozmaite warianty, które przychodziły mu do głowy, wybrał wariant życzliwy: Jeśli chcesz ją zaprosić, to tylko powiedz kiedy. I czy ja mam być, czy nie. — Uznał, że z jego perspektywy różnica wieku między dawnym nauczycielem a jego wybranką nie jest wcale taka duża; albo też tak zupełnie nie rozumiał sfery uczuć, że nie zdziwiło go to bardziej niż sam fakt, że w ogóle można się zakochać, a jeszcze na dodatek mówić o tym. Piotr poczuł jednak wdzięczność, bo w ten sposób zyskiwał na świecie chociaż jednego człowieka, który nie uważał jego sytuacji za kuriozum. I z tej wdzięczności przyszło mu do głowy, że właściwie o doświadczeniach przyjaciela w podobnej materii nie wie nic, a to zdecydowanie za mało. Więc dla odwagi napił się jeszcze piwa i zaryzykował: A ty?

Co: ja? — odparł pytaniem Marek.

Nie brzmiało to jak zachęta, ale zmiana tematu byłaby teraz ucieczką. No, zająknął się Piotr, uświadomiłem sobie, że nigdy nie rozmawiamy o twoim życiu uczuciowym. Zapadła znowu cisza, jeśli ciszą można było określić ten mroczny rytm Islandczyków, jakby kroczył z chrzęstem jakiś wyjątkowo duży Wiking, żegnany przez żałobne pienia.

Giedojt ze zwykłym, to jest nic niemówiącym, wyrazem twarzy odstawił szklankę. Trudno rozmawiać o czymś, co stanowi matematyczne zero. Nul, dot, nul. A co chcesz wiedzieć? — Założył nogę na nogę, jakby przygotowywał się do wywiadu.

Piotr zbierał przez chwilę myśli. Powiedziałeś mi kiedyś, zaczął ostrożnie, że w dającym się przewidzieć czasie nie przewidujesz założenia rodziny ani niczego takiego.

Prawda, Marek pokiwał głową. Świetne jest to Sigur Rós, potem się cofniemy aż do albumu *Takk*... Wciąż liczę, że się do nich przekonasz.

Ale próbowałeś? — W Dębickim obudził się reporter. Nie da się zbyć, chociaż raz się czegoś dowie o tajemnym życiu przyjaciela. Zauważył, że po twarzy tamtego przeleciał cień. Aż się przestraszył, że przekracza granicę, która powinna pozostać nienaruszona. Skoro jednak sam powiedział, że kogoś ma, półświadomie oczekiwał rewanżu.

Próbowałem — usłyszał wreszcie. — Miałem krótkie i niezwykle pouczające doświadczenie. Zrozumiałem, że to gra, której reguły mi się nie podobają. Naprawdę chcesz się dowiedzieć dlaczego? Bo jeśli dobrze cię zrozumiałem, jesteś teraz pogrążony w dość specyficznym stanie świadomości. I masz prawo, uczciwie ci je przyznaję, nawet do umieszczania noży w szufladzie z widelcami. Powiedzmy: przez miesiąc.

Nie jestem w żadnym stanie świadomości, obruszył się Piotr (A, tak, to nawet bardziej precyzyjne, zgodził się Giedojt). To znaczy: nie w żadnym specjalnym. Po prostu znamy się już dość długo i... — W porządku, pytanie tak samo dobre jak każde inne. Ja o tym kiedyś sporo myślałem. Rzecz wygląda, moim zdaniem, następująco.

Pochylił się do przodu, oparł łokcie na kolanach, żeby wygodniej mu było ilustrować wywód ruchami dłoni, i zaczął mówić.

Kiedy mężczyzna spotyka kobietę, która mu się podoba, napędza go oczywiście instynkt seksualny, odpowiednio obudowany przez formy kultury, ale w gruncie rzeczy, w samej swojej podstawowej mechanice, skonstruowany dość prosto. Mężczyzna zrobi wszystko, żeby w kobiecie złożyć swoje nasienie. Kobieta natomiast, przynajmniej w naszej kulturze, ale przypuszczam, że mówimy tu o mechanizmach dość powszechnych, ma do dyspozycji szereg złożonych procedur, których wspólnym mianownikiem jest bezpieczna odległość od dwóch rozwiązań skrajnych, te bowiem, z rozmaitych powodów, dają gwarancję niepowodzenia. Jedno to oddanie się mężczyźnie od razu, bez warunków wstępnych. Rzecz jasna, jesteśmy wolni i kobieta może się na to zdecydować, dlatego że tak chce, lub też dlatego że jest zwyczajnie niemądra. Druga skrajność wygląda tak, że kobieta odmawia mężczyźnie jasno, zdecydowanie i też bez warunków wstępnych. Jeśli z kolei mężczyzna jest głupi, owocuje to zjawiskiem miłości nieszczęśliwej, opisywanej, jak wiadomo, przez poetów. (Słowo „poeta" zawsze brzmiało w jego ustach obraźliwie).

Chcesz słuchać dalej? — zapytał, gdy Piotr zaczął się sceptycznie uśmiechać. Nie masz co się sceptycznie uśmiechać, bo ja ci tu przedstawiam model, a modelowanie jest pewną praktyką teoretyczną, która zakłada oczywiście niezliczoną liczbę wariantów rzeczywistych, w dodatku pewien ich procent, naturalnie, sytuuje się poza przewidzianym przebiegiem. To w empirii nieuniknione, dobry model tego nie wyklucza, choć jest tym lepszy, im mniejszy jest procent przypadków, które mu się wymykają. Zresztą jeśli piszesz książkę historyczną, to w gruncie rzeczy mniej precyzyjnymi narzędziami robisz to samo: zarysowujesz podstawowe przebiegi, a nie wszystkie wydarzenia zaszłe w życiu wszystkich ludzi danej epoki. — No dobra, poddał się Piotr, któremu wzmianka o podstawowych przebiegach przywiodła na myśl nieprzyjemny w tym momencie obraz skoczka na szachownicy, mówiłeś o miłości, a właściwie o seksie.

Mówiłem o miłości, poprawił go Giedojt. Nie słuchałeś uważnie: seks stanowi na razie jedynie domysł, majaczący cel, a obie strony go oczywiście widzą i planują, tylko zarazem preferują całkowicie odmienne ścieżki dojścia. Kobiety, prawdopodobnie metodą prób i błędów, ale miliony lat temu, więc nie sposób tego teraz sprawdzić, ustaliły, że istnieje pewien optymalny iloczyn warunków, które ma mężczyzna spełnić, i oferowanej mu przedtem, potem lub w trakcie satysfakcji; iloczyn, przy którym najwyższy poziom osiąga także czynnik czasu, czyli to, co potocznie nazywa się wiernością. I do tego momentu nie istnieje, moim zdaniem, problem, czyli do tego momentu gra wydaje mi się w miarę uczciwa.

Upił trochę piwa, jakby zaschło mu w gardle podczas wykładu. Tylko że w tym momencie zaczyna się faza druga całej zabawy. Bo mózg mężczyzny uzależnia się od serotoniny, czy też jakichś innych substancji — nie jestem specjalistą od neuronauki (Piotr poczuł dreszcz, bo przypomniała mu się Bożena), więc mogę się mylić — które produkowane są w wyniku spełnienia seksualnego lub, co jest zabawnym żartem natury, w bezpośredniej bliskości spodziewanego spełnienia. Innymi słowy, mężczyzna zaczyna się uzależniać. I ten fakt zamienia stopniowo parę romantycznych kochanków w parę: narkoman oraz jego dealerka. Subiektywnie rzecz biorąc, mężczyzna zaczyna robić całą masę głupstw najpierw z miłości, potem z przywiązania, potem z poczucia, że przecież widocznie jest coś winien, bo jeśli druga strona tak się droży, to musi znaczyć, że sprzedała mu jakąś rzecz niebywale cenną; nie wiem, co dalej, bo mój eksperyment na tym się zakończył. Czyli: dałem w długą i zatrzymałem się aż w Stanach.

Więc — profesjonalnie przeszedł do konkluzji — ja się na to nie piszę. Może mi się ktoś podobać, mogę z nim pójść do łóżka, tak, bardzo chętnie. Ale nie dam się szantażować. Niewykluczone, rzecz jasna, że mam po prostu względnie niewysoki poziom potrzeb seksualnych i dlatego w ogóle udaje mi się chronić. Przygoda? Tak, czemu nie. Ale żadne tam zakochiwanie się. A jeszcze te książki, filmy, całe to pięknoduchowskie ple-ple buduje wzorzec, który na początku wydaje się nie tylko pociągający, lecz także realny. Połówki jabłuszka, to przeznaczenie, żeśmy się spotkali, gdzie Kajus, tam Kaja i tak dalej. Tristan z Izoldą, Romeo z Julią, a przynajmniej Leonardo i Kate. Autorzy byli choć na tyle uczciwi, że wykończyli ich na wszelki wypadek dość szybko. A młody człowiek nie rozumie, że to warunek szczęśliwego love story. — Co? — nie zrozumiał Piotr. — Jak to: co? — Marek prychnął, to jednak nie był po prostu wykład. Muzyka akurat umilkła, gdy wyjaśnił: — Śmierć.

Marek z termometrem laboratoryjnym nad duszoną wołowiną. Marek wieszczący wojnę wszystkich ze wszystkimi, którą oni będą obserwować z bezpiecznego tarasu Wieży. Marek piszący regulamin wspólnego mieszkania, z paragrafami na każdą okazję.

Ależ ci, bracie, ktoś dopieprzył, powiedział ze współczuciem Piotr.

Puszczę ci teraz *Takk*... — powiedział Giedojt swobodnie i poszedł po płytę.

Wysłuchali jej w milczeniu.

10.

Małżeństwo jest podstawową komórką społeczną, przedmiotem troskliwej opieki ludowego państwa, które kładzie szczególny nacisk na równość praw obojga stron. Zawarcie małżeństwa polega na wygłoszeniu jednobrzmiących oświadczeń. Czy państwo są gotowi na wygłoszenie takich oświadczeń? Tak, tak. — Panna młoda w kremowej garsonce, spódniczka wyraźnie przed kolana, najnowsza moda z Londynu, która w pałacyku Szustra trochę razi. Na głowie toczek z woalką o wielkich oczkach, zalotnym skosem przesłaniającą górną połowę jej twarzy. Pan młody niezbyt młody — skroń odrobinę przyprószona siwizną — w ciemnoszarym garniturze z kamizelką góruje nad narzeczoną. Rasowy mężczyzna, stwierdza teatralnym szeptem ciocia Ola, wywołując lekki popłoch siedzącej obok Tamary. Proszę powtarzać za mną:

Świadomy praw i obowiązków, wynikających z założenia rodziny, uroczyście oświadczam, że wstępuję w związek małżeński z Zofią Zielińską, i przyrzekam, że uczynię wszystko, aby nasze małżeństwo było zgodne, szczęśliwe i trwałe. Stefan jest naprawdę przejęty. Teraz pani. Świadoma praw i obowiązków, wynikających z założenia rodziny, uroczyście oświadczam, że wstępuję w związek małżeński ze Stefanem Dworeckim i przyrzekam, że uczynię wszystko, aby nasze małżeństwo było zgodne, szczęśliwe i trwałe.

Poruszenie w tylnych rzędach, jakby niektórzy goście sądzili, że jednak do tego nie dojdzie, że ona w ostatniej chwili coś jeszcze wymyśli; podskórnie czują, że ślub jest nieoczekiwany, i nawet poszła plotka, że po prostu wpadła dziewczyna, ale figura w kremowym stroju prezentuje się nienagannie, więc widocznie — potwarz. Pani Tamara ociera łzę, wzruszyła się trochę, a przy tym ciągle nie może się zdecydować, czy ulżyło jej, czy przeciwnie; zięć jej się niezbyt podoba, lat ma za dużo, a do tego wygląda na dawnego bikiniarza, bumelanta, żeby nie powiedzieć, że na sabotażystę. Może pan pocałować żonę. Zaraz zabrzmi, zamiast Mendelssohna, marsz lotników, a potem wsiądą do czajki, którą przez znajomych z dawnych czasów załatwiła jego, teraz już może tak mówić, teściowa — ale nie chce nadużywać tego określenia, świadom, że jest od Tamary raptem o osiem lat młodszy — i pojadą tą czajką pod pomnik Nike na placu Teatralnym, gdzie Roma zostawi swoją wiązankę, a w tym czasie goście powinni dotrzeć do mieszkania pani Zielińskiej, gdzie będzie skromne przyjęcie...

I już, wszystko dzieje się tak szybko; silny jesienny wiatr porywa wiązankę spod stóp pomnika i toczy po schodkach, a potem przez trawnik w stronę trasy W-Z, Stefan chce popisać się wigorem, więc rzuca

215

się w pościg, co Roma obserwuje z nieco ironicznym uśmiechem, bo sens tego popisu w wykonaniu czterdziestoletniego pana młodego jest oczywisty. Zostaw, woła w końcu, bo zaczyna się obawiać, że Stefan będzie gonił kwiaty w dół skarpy, aż pod sam wylot tunelu; zostaw, niech lecą. Para wraca do samochodu, gdzie smutny kierowca patrzy na zegarek i mówi: to ja jeszcze pokrążę po mieście, bo szybko to poszło. Niech pan krąży do woli, mówi z entuzjazmem inżynier Dworecki, biorąc za rękę prześliczną inżynierową Dworecką, więc krążą, aż wreszcie docierają na Muranów, róg Nowotki i Anielewicza, a tam w mieszkaniu Romy i jej matki są już wszyscy. W mniejszym pokoju, Romy, sprzęty zepchnięto pod ściany, żeby dało się tańczyć; w większym, matki — rozmieszczono wokół stołu mnóstwo krzeseł, Tamara musiała od sąsiadów pożyczać, bo niby skromne to wesele, ale jednak na dziewiętnaście osób, wśród których Roma szczególnie uważnie przygląda się krzepkiemu staruszkowi, bo ten okazał się zmartwychwstałym ojcem Stefana, choć miał zginąć w łapance, a nieświadomy tego mieszkał sobie spokojnie od wojny w Jeleniej Górze. Jego żona, a matka Stefana, też, nawiasem mówiąc, nie straciła wcale życia w Ravensbrück, tylko umarła sobie spokojnie w pięćdziesiątym trzecim roku, jakoby — teraz Stefan tak opowiada — z radości na wieść o tym, że Stalina trafił szlag. Ale przy teściowej jest bardziej powściągliwy, niepewien, czy przyjęła do wiadomości referat Chruszczowa. ...Więc tak to już będzie, zdaje sobie sprawę Roma, i zresztą nigdy nie było inaczej; jej wybranek z dwóch słów, które brzmią jakoś podobnie, woli efekty niż fakty. Być może da się z tym żyć, jeśli się o tym pamięta; w końcu znają się już cztery lata, choć Stefan poprosił, żeby dała spokój z imieniem Roma, to była inna epoka ich życia i nie mówmy o tym więcej. A zrobił to, wręczając jej w przededniu ślubu dziwny prezent: tabliczkę do przykręcenia na drzwiach w mieszkaniu, o które się stara (i teraz, po ślubie, będzie można z pewnością coś przyspieszyć), na tabliczce zaś wygrawerowano ozdobnym, pochyłym pismem „Zofia i Stefan Dworeccy". Roma nie powiedziała „tak" ani „nie", musi dopiero się zastanowić, co z tym fantem zrobić, wszyscy w pracy znają ją jako Romę i przyjaciele tak samo, a wiadomo, że Stefanowi chodzi o co innego, a raczej o kogo innego; że Stefanowi „Roma" kojarzy się z „Bellą".

Tymczasem Belli nie ma wśród gości, którzy witają ich wysilonym: „Aaaaaaa!", intonacja w górę, w ostatniej chwili zapowiedziała mężowi, że żadnego przenoszenia przez próg jej własnego domu; jeśli naprawdę załatwi im mieszkanie, to może wtedy. Zobaczymy. Więc mimo wyraźnego rozczarowania zebranych wchodzą normalnie; Tamara i zmartwychwstały teść, imieniem Julian, witają ich chlebem, solą i kieliszkiem wódki, pięknie wyglądasz, Romo, naprawdę prześlicznie, Roma pierwszy raz uśmiecha się szeroko, pięknie wygląda i dobrze o tym wie.

Świadomi praw i obowiązków wynikających z weselnego przyjęcia ruszają w pierwszy taniec: na talerz adapteru marki Ziphona, który Roma przywiozła ostatnio z Wiednia (bo od pewnego czasu znowu lata za granicę), trafia wydana właśnie płyta *Najpiękniejsze tanga i walce*. Muzyką ma zajmować się Tadek, jeden z trzech przyjaciół pana młodego, którzy znaleźli się na niedługiej liście zaproszonych, jego zaczesana resztką włosów łysina zapowiada, że nie będzie raczej twistów, ani tym bardziej let's kissa, ale w porządku, bo przecież z młodzieży jest tylko Małgosia Krzemień ze świeżo poślubionym mężem i jakaś bardzo wysoka dziewczyna, towarzysząca kapitanowi Majkowskiemu, wdowcu po Ance, która zginęła w vickersie. Roma, kiedy usłyszała, że Majkowski nie będzie sam, poczuła, że właściwie powinna się żachnąć, przecież to dopiero dziesięć miesięcy, ale ma do Majkowskiego słabość po tym, jak wypytywał ją setki razy o to, co na końcu powiedziała jego żona, gdy się rozstawały, choć przecież Roma powinna lecieć razem z nią, co za traf. I za każdym razem płakał; więc jeżeli uznał teraz, że jednak chce żyć dalej, to jego sprawa, zresztą sama zaprosiła go na wesele; nie odmówił, a może rzeczywiście w pojedynkę czułby się nieswojo i zwracałby uwagę, i ktoś by go jeszcze zapytał, gdzie żona, więc niech już tam będzie sobie z tą żyrafą, która skądinąd uśmiecha się do wszystkich bardzo uprzejmie.

Tango się kończy i rozlega się piosenka Sławy Przybylskiej, *co dzień o tej samej porze*, *gdy źródlaną wodę noszę*, pora coś zjeść, toasty, gorzko-gorzko (kiedy młodzi się całują, zapada na moment pełna skrępowania cisza, bo Stefan poczyna sobie z jej ustami naprawdę namiętnie, i wtedy z drugiego pokoju słychać, że *gdy cień się łączy z cieniem, ktoś przyzywa mnie imieniem*),

Tamara wznosi kieliszek, mówi z hamowanym wzruszeniem o ojcu Zosi, który tak by się cieszył, na szczęście stryj Mieczysław, który cudem przeżył wojnę w Generalnej Guberni pod fałszywym nazwiskiem, rzuca jakąś żartobliwą uwagę, na granicy stosowności (ocenia Roma), ale goście przyjmują z ulgą tę okazję do wybuchu śmiechu, to w końcu wesele, nie stypa, a od tamtego nieszczęśliwego wypadku minęło już siedem lat. Siedem radosnych lat, myśli ze zdziwieniem Roma, tyle się dobrych rzeczy stało po śmierci taty, a potem ona sama przeszła przez śmierć, bo trudno to inaczej nazwać, i było to coś jak przesunięcie wałka w maszynie do pisania, okropny zgrzyt i piszemy od nowego akapitu, piszemy od nowa, i to „od nowa" będzie teraz ze Stefanem w roli męża — czy jednak trochę w tym nowym akapicie nie przesadziła?

A Belli nie ma, choć miesiąc temu obchodziłyby trzynastą rocznicę przyjaźni; ludzie sięgają po przekąski albo idą potańczyć, pan Tadek szaleje przy adapterze, już kolejna płyta, teraz lecą *Augustowskie noce nad brzegami drzemiące, noce parne, gorące, osłonięte przez mgłę*, wódka schodzi dość szybko, stryj Mieczysław wdał się w ulubione koligacje rodzinne, które jednak rozwija czujnie dopiero od przyjazdu rodziny do Polski, a dziadka Barucha przerobił na Brunona. ...bo długi welon to przeżytek... — tłumaczy komuś Tamara, chyba bez przekonania, a z drugiej strony słyszy Roma, że z dwóch radiolatarni jedna akurat nie działała, taki pech, na lotnisku zorientowali się dopiero po fakcie, lecz oczywiście nie będzie już więcej żadnych

oficjalnych komunikatów, więc rozgląda się niespokojnie, gdzie siedzi Majkowski, ale Majkowskiego osaczył
pod ścianą Stefan i wylewnie mu tłumaczy: Wiesz, czułem się, jakby każdy milicjant mówił mi, że właściwie
powinien mi wypisać mandat, ale nie chce mu się wy-
ciągać bloczka. Rozumiesz? Byłem nie-o-pła-cal-ny. Ale
teraz wszystko będzie inaczej. Przez otwarte drzwi widać Małgosię Krzemień, teraz już Sokołowską, jak wi-
ruje z Sokołowskim, raz wreszcie to, że jest najmłodsza
w towarzystwie, stanowi zaletę, nie wadę. Roma bardzo
się z nią zbliżyła po tamtej podróży do Gdańska i przez
następnych parę dni, nawet zaczęła jej bronić, gdy znowu ktoś żartował sobie, że niedługo zacznie studiować
podręczniki pilotażu. — I dobrze zrobi, ucięła krótko,
budząc niemałe zdziwienie. Zresztą wypadek vickersa
w ogóle sporo zmienił, nawet kierowniczka miała nie-
wyraźną minę, kiedy z nią potem rozmawiała: chciała
jej utrzeć nosa, a ją ocaliła, wysyłając Magdę na śmierć,
głupia historia. Dosyć, to się działo na zakończenie poprzedniego etapu życia, a teraz, jak to ujął Stefan, wszystko będzie inaczej. Znowu gorzko-gorzko, Roma zdejmuje toczek, bo wyraźnie się przekrzywił, zresztą jej czarne
włosy, upięte w kok, nie wymagają ozdób. Są piękne,
naprawdę pięknie wyglądają i ona dobrze o tym wie.

Daj coś szybkiego, prosi Tadka Stefan, a Tadek na
to: *Dzisiaj, jutro, zawsze będę cię kochać tak, kochać tak,*
ale to później, Tadek, później, teraz daj to, mówi Stefan
i odsuwając stos płyt, sięga po stertę pocztówek dźwię-
kowych, wybiera leżącą na samej górze; chwilę mani-
pulują przy ramieniu adapteru i nagle, po krótkiej przy-

grywce słychać strasznie głośne i strasznie trzeszczące: *Well, shake it up, baby, now (shake it up, baby) — twist and shout (twist and shout)!* Starsi przy stole milkną, nawet nie zgorszeni, chyba raczej osłupiali — lub ogłuszeni — tylko pan Julian Dworecki mruczy coś w duchu „moja krew", gdy Stefan szerokim gestem zdejmuje marynarkę i staje przed Romą, niemożliwe, przecież takich rzeczy nigdy nie tańczył, ale sza! To była inna epoka, teraz jest inna, więc ona idzie za nim i zaczynają wkręcać się w podłogę, śmiejąc się do siebie, moment! Panna młoda jeszcze zzuwa buty: *You know you look so good (look so good), you know you got me goin' now (got me goin'), just like I knew you would...* Na parkiecie tylko oni i Małgosia z mężem, Stefan albo się już upił, albo straszliwie zakochał, a najpewniej jedno i drugie, ja nie rozumiem, mówi ciocia Ola do Tamary, przecież to w ogóle nie jest muzyka, a Tamara na to, z uśmiechem, no właśnie, i czy to nie ma polskich piosenek, na co ciocia, usprawiedliwiająco: ale młodzi są; szpakowate włosy Stefana zlepia lekki pot, gdy wygina ciało, niezbyt zresztą zgrabnie, przy wrzasku czterech liverpoolskich młodzieńców, *C'mon, c'mon, c'mon, c'mon baby now, c'mon baby, c'mon and work it on out*, aż utwór się kończy, Małgosia, Roma, Sokołowski klaszczą, a Stefan, to charakterystyczne, kłania się, jakby oklaski były dla niego, a nie dla tamtych, wrzeszczących tak cudownie; pan Tadek, który cały ten przerażający pokaz barbarii przestał pod ścianą, włącza dla równowagi: *Nie oczekuję dziś nikogo, dzień dobry już nie powiesz mi, jednak powstrzymać się nie mogę, by nie spoglądać w stronę drzwi*, i Stefan oddala się w stronę drzwi nieco chwiejnym krokiem, choć Roma chciałaby odpocząć w jego ramionach, pokołysać się w wolniejszym rytmie. Ale Sokołowski, szepnąwszy coś do Małgosi, która kiwnęła głową przyzwalająco, melduje się przed panną młodą, nawet obcasami trzasnął; zresztą od stołu wstają gremialnie starsi, widocznie poczuli, że trzeba dać odpór, tłoczą się i zaczyna się prawdziwa potańcówka: *Nie oczekuję dziś nikogo i nic nie zmienią przyszłe dni, lecz nie przychodzić tu nie mogę, gdzie wszystko cię przybliża mi.*

A Belli nie ma; zaproszenia na ślub adresowali razem, bo choć samo wesele miało być kameralne, o uroczystości w USC wypadało zawiadomić mnóstwo znajomych, tylu się ich zrobiło, spędzili nad tym wiele godzin w pokoju, wynajmowanym przez Stefana w willi na Górcach, i kiedy Roma wyszła na chwilę do łazienki, Stefan, nie uprzedzając jej, na kolejnej kopercie napisał adres Belli, po czym wsunął kopertę między inne, przygotowane do wysłania. Późnym popołudniem, odwożąc ją samochodem, miał zatrzymać się na chwilę przy skrzynce pocztowej i wrzucić wszystkie zaproszenia. Tymczasem Roma, już w paletku, zabrała mu przygotowany plik, sądził, że chce mu tylko pomóc, bo sięgał równocześnie po kapelusz i klucze, i przez chwilę potrzebował właściwie trzeciej ręki — lecz ona przetasowała szybko wszystkie koperty, jak talię kart, wyjęła tę jedną i bez słowa przedarła. Więc nie ma przebaczenia? — zapytał po chwili Stefan i żachnął się w duchu, bo w tej formie brzmiało to, jakby pytał również o siebie.

Nie powinien tak ryzykować. Roma uniosła lekko brwi: Przeciwnie. Chodzi o to, żebyśmy obie miały nawzajem coś do przebaczenia. I na tym się skończyło.

Stefan jest coraz bardziej nieświadom ani praw, ani obowiązków, ani w ogóle niczego; przepija do stryja Mieczysława, teraz jemu peroruje: Miałem takie poczucie, że doszedłem do jakiejś granicy. I że nic się już więcej z tym życiem nie da zrobić. A ona uchyliła przede mną tę granicę, rozumie mnie pan. — Mów mi stryju — Dobrze, stryju, w każdym razie uchyliła mi tę granicę i teraz wierzę, że możliwe jest wszystko! Stefan rozkłada ręce, jakby zrywał się do lotu. Wszystko jest możliwe w życiu, aż wyobraźni nie starcza. Dotąd świat się jeżył, rozumie stryj, a teraz się łasi. Dłoń wyciągnięta, jakby głaskał coś niedużego; stryj chyba nie nadąża, wzrok stryja skupia się z wysiłkiem na jego dłoni. Leżeć! — woła Stefan. — Leżeć! — I z daleka wygląda to, jakby chciał tresować stryja, co wśród gości budzi krótkotrwałą konsternację, a on tak traktuje tylko świat.

Roma odmawia kolejnemu tancerzowi, chce odpocząć. Dzięki temu udaje jej się stanąć w kąciku, koło szafy, i przyjrzeć się rozbawionym gościom. Nie jest ich tak dużo; ciotka ani mama nie podniosły się od stołu, rozmawia z nimi Majkowski, którego ramię jest oplecione niczym wężem długą ręką jego wysokiej partnerki, ale w niewielkim pokoju pięć par robi już wrażenie tłumu. Inżynierowa Dworecka czuje, że brakuje jej tylko trawiastej kokardy we włosach: ci, przed nią, to przecież oni, pominięci przez ojca mieszkańcy jego miasta. Opuścili obraz, na którym ich nie namalowano, i wszyscy są tutaj. Obraz zresztą przyjechał ze starego mieszkania na Lwowskiej, którego mama nie chciała zatrzymać; mówiła, że zaraz im kogoś dokwaterują, co chyba w tym momencie było już raczej wątpliwe, ale Roma domyślała się, że chodziło o co innego, o wspomnienia, czy raczej o nowy początek: bez garniturów ojca, jego rysunków, rajzbretu, szuflad i tak dalej. I będziemy miały centralne ogrzewanie, tłumaczyła Tamara poirytowanej licealistce. Jakby piece w tamtych pokojach też prędzej czy później nie miały zostać zastąpione przez kaloryfery. Ale Roma liczyła w tym momencie szesnaście wiosen, Roma nie miała nic do gadania.

Teraz stoi, dwudziestotrzyletnia, i przygląda się nagle wszystkim z wielkiego oddalenia. Nieprzyjemne uczucie, być sobą i nie być; starała się nie przesadzić z alkoholem, ale chyba jej jednak nie wyszło. Tańczy zawadiacko jej teść z kuzynką Lidką, Andrzej, przyjaciel Stefana, ze swoją żoną Janinką, drugi przyjaciel, którego imię wyleciało Romie z pamięci, jego żony tym bardziej, a do tego jej cioteczna siostra Marysia z mężem, no i Sokołowscy. I górnicy, i hutnicy, przypomina jej się tekst starej piosenki, bo na parkiecie celnik Sokołowski z Sokołowską stewardesą, dwie ekonomistki, elektryk, budowlaniec, krążą i śmieją się — sąsiedzi uprzedzeni, że będzie głośno, ale przed dziesiątą się skończy — drepczą nogi w błyszczących butach, a ona, Roma czy Zofia, Zielińska, czy może Dworecka, jakby nic do tego nie miała, jakby wszystko zrobiło się jeszcze bardziej na niby niż zwykle. Im szybciej tamci ruszają się w tańcu, tym wolniej bije jej tętno, wdech i wydech trwają po dziesiątki, a zaraz po setki lat. Jest osobna, jakby wieczna, niezwiązana prawami ani obowiązkami, reguły są nie dla niej i nie dotyczą jej regulaminy. Roma — promień słońca, który przez osiem i pół minuty wędrował w stronę Ziemi, przez ułamek sekundy mija jej powierzchnię po stycznej, zagłębiając się w atmosferze, a potem mknie dalej w otchłań — i ten ułamek sekundy, to mgnienie, jest jej tutejszym życiem, jej przelotnymi imionami, bo to jedno, właściwe, tylko z rzadka zamajaczy na krawędzi jej świadomości i zaraz się kryje, aż do czasu. Może dlatego właśnie miała odwagę powiedzieć w urzędzie „tak"; wyślizgująca się nawet z własnych rąk, czuje, że to, co ludzie mają za ostateczne, poważne zobowiązania, jest właśnie tymczasowe i niepoważne, jak wszystko. Choć może popełniła jednak błąd, nie w tym rozumowaniu, bo narzuca się jej ono z całą oczywistością, tu-oto, lecz we wnioskach, w lekkomyślnej zgodzie na to, żeby zagłębić się w pozorną rzeczywistość spraw, traktowanych dokoła na serio. W ten sposób przyjęła rolę w przedstawieniu, założyła kostium i grozi jej zapomnienie, że to tylko rola i kostium. Że tak naprawdę, niby dwudziestotrzyletnia, jest przeraźliwie stara, z metryką dawniejszą niż wszyscy ci ludzie, domy, ziemia, skryte w niej źródła i przepaści, zasypane terkoczącymi spychaczami w ramach budowy nowoczesnego socjalistycznego państwa, bo w jakimś wymiarze — który po alkoholu przeczuwa wyraźniej niż kiedykolwiek, lecz którego po alkoholu nie umie nazwać — urodziła się, zanim powstały góry i rzeki, zanim zaszumiało morze na północy i domknął się horyzont. Jest nie stąd. Bawi ją przebywanie z ludźmi, ale zrobiło się dzisiaj niebezpieczne, bo podjęła jakieś zobowiązanie, które rozumie inaczej niż oni, widzi jego granice, których oni nie ogarniają; podjęła je, uroczyście oświadczając, że uczyni wszystko. A nie ma ochoty czynić niczego, choć jakieś dziecko pewnie należałoby urodzić; i w tym momencie traci nagle humor, bo wprawdzie tę własną swoistość nazwała sobie po raz pierwszy (i obawia się, że po raz ostatni, w każdym razie ostatni raz na długo), to przecież czuła ją, ten wewnętrzny bezczas, już wcześniej, potrafiła go wysnuć wokół siebie jak kokon, do którego wnętrza zaprosiła Bellę (a tej dziś nie ma) — i z tego bezczasu, w którym nie działo się właściwie nic — co najwyżej osoby, jakby dawno wyczekiwane, zajmowały swoje miejsca — z tego bezczasu pozwoliła się wytrącić. Teraz rozpoznaje go jasno i gubi jednocześnie, może na zawsze. Choć tak miało być i tak winno było pozostać. Kiedyś, przypomina sobie, myślała, jak to będzie, kiedy ten okres stanie się przeszłością i z jakiejś, niewyobrażalnej wówczas, perspektywy ona będzie go wspominać. Tymczasem stało się: opuściła raj z własnej woli, tak szybko, przedwcześnie, i choć dzieli ją od niego warstwa niewielu dni, niespełna roku, nie ma już dla niej powrotu. Coś jej się wymknęło z rąk, uwiodło ją zło, bo przecież nie Stefan: sympatyczny, niebudzący nawet cienia namiętności i już teraz przewidywalny. Ano właśnie, przewidywalny. I oto ten przewidywalny, jak wszystko przez najbliższe dziesiątki lat, zanim — Roma traci wątek, nie wie, jak dokończyć to zdanie, w każdym razie ten przewidywalny Stefan nadchodzi, jeszcze bardziej pijany, a *wtedy spotkam go,* z uśmiechem od ucha do ucha, *i pójdę z nim przez park,* zbliża się do żony, *on będzie blisko tak mych rąk, mych warg,* i próbuje coś z nią zrobić, *gdy świat pożółknie znów,* ale chyba sam już nie wie co: objąć, unieść w górę, wziąć pod rękę i ucałować, wszystko to naraz nie bardzo mu wychodzi. Romo, jaki ja jestem szczęśliwy, bełkoce w zachwyceniu, szkoda tylko, że Belli tu z nami nie ma. Przecież jej nie zaprosiliśmy, zwraca mu sucho uwagę inżynierowa Dworecka. No właśnie, a trzeba było... Jaki ja jestem szczęśliwy, Zosieńko — przypomina sobie o jej nowym starym imieniu. Wszystko się naprostowało. Teraz już wszystko będzie dobrze.

Roma przytula się do niego, żeby nie mógł zobaczyć jej twarzy.

III
DEPARTURE

1.

Jechał pociągiem przez jakiś tunel, w przedziale nie zapaliło się światło, więc tylko słyszał dokoła oddechy i czuł ciepło, i skądś wiedział, że to oddychają i grzeją go ludzie, których kiedyś lubił, dawno niewidziani. W ciemnościach ktoś zachichotał, w powietrzu czuć było zapach węglowego dymu, brzmiał monotonny, niespieszny stukot kół. Poczuł, że zwalniają, zajęczały hamulce i w tym samym momencie przez okno wlała się purpurowa poświata zachodzącego słońca. Pociąg toczył się jeszcze chwilę i z sapnięciem stanął, ale Piotr nie mógł się przyjrzeć dokładnie, z kim wypadła mu ta podróż, bo pasażerowie zaraz podnieśli się z ożywieniem i zaczęli przepychać do wyjścia. Więc on także, ostatni, poszedł ich śladem. Zaintrygowany. Na zewnątrz nie było żadnego peronu, należało skoczyć z wysokiego stopnia wprost na trawę, a potem w dół, po zielonym zboczu, na brzeg rzeki, nad którą kilkadziesiąt metrów dalej przechodził most kolejowy. Wokół falowały wzgórza, porośnięte rzadkim lasem sosnowym — w głąb jednego z nich prowadził czarny pysk tunelu, który niedawno opuścili — ale w tym miejscu rzeka, wcześniej pędząca zapewne licznymi wodospadami z półki na półkę, odzyskiwała nagle stateczność: tworzyła leniwe zakole, rozlewała się szeroko i tu właśnie pasażerowie pociągu postanowili sobie o zmierzchu zafundować kąpiel, zanim pojadą dalej. Zdawało mu się, że wśród zrzucających stroje widzi państwa, którzy prowadzili przed laty zieleniak koło szkoły podstawowej, ładną panią od plastyki, dwóch kolegów z klasy, a nawet zmarłą babcię, ale nie miał czasu się nad tym zastanawiać, bo zostałby sam, odziany od stóp do głów, a już pierwsze osoby z piskiem wskakiwały do wody, jaka ciepła, wołały kobiety, ho, ho, wtórowali im mężczyźni, coraz głośniejsze pluski stłumiły resztę okrzyków. Piotr z rozbawieniem odkrył, że pod spodniami od garnituru ma na sobie majtki w słoniki, których nie widział doprawdy ze czterdzieści lat, i sycząc, gdy bosą stopą natrafił na sosnową gałązkę wśród trawy, niezgrabnie dołączył do pozostałych. Dno rzeki było muliste i znacznie mniej przyjemne, niż się spodziewał, zapadł się w nim od razu po kostki, a w dodatku uświadomił sobie, że w pośpiechu nie zdjął okularów, które powinien był przecież umieścić na szczycie złożonego ubrania (od kiedy nosi okulary, nie umiał sobie przypomnieć). Inni rzucili się już wpław i z namaszczeniem rozgarniali ramionami wodę, przestali piszczeć i hałasować, zrobiło się tak cicho, że nawet odezwały się ptaki: melancholijnie nawoływała kukułka i o coś dopytywał przed zaśnięciem kos. Tymczasem Piotr znowu zwracał na siebie uwagę, stercząc bez sensu na płyciźnie; więc rad nierad poczłapał tam, gdzie nieco głębiej, bo wprawdzie nie chciał zamoczyć szkieł, ale gdy woda sięgnie mu do ramion, będzie wyglądało, jakby też pływał. Tylko że — ufaj, człowieku, rzece — po kolejnym kroku dno uciekło mu nagle spod stóp, zachwiał się, okulary zsunęły mu się z nosa, chlup, już po nich. Nie miał jak ich łapać, zanadto zajęty był odzyskiwaniem równowagi, toteż dopiero gdy cofnął się na płyciznę, zaczął się rozglądać, wściekły, w którym miejscu zamknęła się nad nimi ciemniejąca toń. Zanurkował, pod powierzchnią woda była brunatna, zresztą i tak bez okularów widział tylko zarysy, więc na ślepo macał pod sobą, wzniecając jeszcze więcej mulistej kurzawy; jakieś resztki zbutwiałych liści podniosły się ku niemu. Wynurzył się na powierzchnię, nabrał powietrza i zanurzył się ponownie; z opóźnieniem uświadomił sobie, że kolorowe cienie, w których domyślał się współpasażerów, skierowały się tymczasem gremialnie na brzeg, coś wołając. Lewą ręką namacał znajomy kształt, ale zakrztusił się i musiał jeszcze raz wystawić głowę. Tamci wycierali się, ubierali pospiesznie i ruszali w stronę sapiącego pociągu, panowie podawali rękę paniom, żeby ułatwić im wspinanie się po nasypie, a rzeką spływała skądś, z góry, ławica żółtych i czerwonych liści, było ich więcej i więcej. Słońce prawie zaszło. Ale teraz wiedział przecież, gdzie sięgnąć. Liście w rzece były też pod powierzchnią, musiał przepychać się między nimi w kompocie z liści, w nawale liści. Złapał nareszcie okulary i wychynął; za ostatnimi pasażerami klaskały drzwi od wagonów, chciał zawołać, żeby na niego poczekali, ale coś stłumiło jego głos. Sięgnął ręką i wyjął z ust kłąb zbutwiałych liści, a potem jeszcze trochę liści i jeszcze. Brnął do brzegu, parowóz z gwizdem wypuścił parę, fuknął jakby ze zniecierpliwieniem, Piotr nie mógł się nadziwić, że aż tyle liści się nałykał, wyciągał po trzy, po pięć, ciągle za mało, żeby krzyknąć; koła lokomotywy poruszyły się ze stęknięciem, wagonami szarpnęło, zadzwoniły zderzaki. A on miał coraz szerzej otwarte usta, liście i liście, pachnące jesiennymi cmentarzami, to nawet nie było nieprzyjemne, pociąg potoczył się w stronę mostu, nadchodziła noc, ale podróżni jeszcze wyglądali przez okna i machali mu na pożegnanie; byłoby śmieszne, gdyby chciał ich teraz zatrzymać, widocznie tak miało być. Więc zamiast w groteskowych podskokach gonić ostatni wagon, Piotr ruszył z prądem — gdzie z koryta rzeki wyrastał kamienny filar mostu — żeby z bliska popatrzeć jeszcze na odjeżdżających, pozdrowić ich uśmiechem (liście sterczały mu z ust). Dobrze, że mógł spotkać się z tymi wszystkimi ludźmi, przynajmniej tak, choć na chwilę.

A potem uświadomił sobie, że w ostatnim oknie pociągu zobaczył Romę. I obudził się.

Obudził się i z ulgą zobaczył w świetle dnia swojską sypialnię i siebie w lustrze, w rozsuwanych drzwiach szafy. Budzik powinien zadzwonić za dziesięć minut, więc nie warto było zamykać na nowo oczu, zresztą obawiałby się, że ujrzy oddalający się ostatni wagon. Sielska scena zmieniła się na zakończenie, niby w finałowym ujęciu wyrafinowanego filmu grozy, w coś, czego nie chciał rozważać; toteż parsknął jakimś nieokreślonym, lecz niezbyt uprzejmym wyrazem, który miał go ostatecznie osadzić w jawie, i zerwał się z łóżka. W łazience szorował zęby z zaciekłością: chciał, żeby go zabolało, bo to jeszcze bardziej oddaliłoby go od snu. Ubrany, zszedł do kuchni, zrobił sobie kanapkę z żółtym serem, odnotował mimochodem, że Marek widocznie jeszcze śpi, bo ekspres do kawy jest suchy i zimny, nieużywany od wczoraj — i zasiadł właśnie przy stole na podwyższeniu, gdy usłyszał kroki. Na okrągły parkiet á la Adria wkroczył tanecznym krokiem jego współlokator, którego wygląd sprawił, że Piotr zamarł z kanapką w pół drogi do ust. Giedojt był w zakurzonym dresie, umorusany na twarzy, a przy tym uśmiechał się do niego szeroko. Coś znalazłem, powiedział, chodź, muszę ci to pokazać.

Ponieważ odwrócił się, nie czekając, wypadało pójść za nim, z nadzieją, że będzie to coś, co uzasadni porzucenie śniadania. Skierowali się w stronę małych drzwiczek, tuż przy wyjściu na klatkę schodową, po lewej stronie; Marek uchylił je i dopiero tu obejrzał się na przyjaciela. Chodź, chodź — przynaglił go.

Były tu strome i kręcone schody, prowadzące do piwnicy, a właściwie lochów, bo w porównaniu z całą budowlą, którą nauczyli się traktować jako nieco teatralną, niezbyt poważną kopię średniowiecznych baszt, piwnica robiła zbyt imponujące wrażenie, by nazywać ją tak trywialnie. Przede wszystkim miała dwa piętra: na pierwszym poziomie, bezpośrednio pod podłogą parteru, mieściły się podłączone do gminnej sieci wodociągowej pompy, piece i instalacja gazowa, liczniki energii i grube rury odpływowe, prowadzące na zewnątrz, do szamba na podjeździe; stało tam także kilka metalowych regałów, na których trzymali sprzęt turystyczny i zabawki na choinkę, narty, skrzynkę z narzędziami i zapasowe opony (łącznie z oponami zimowymi do sprzedanej już dawno, starej skody Marka) — słowem, wszystkie te rzeczy, które nie przydają się przez większą część roku albo w ogóle, ale wyrzucenie ich wymagałoby uwagi, zanadto zajętej ciągle pilniejszymi sprawami. Natomiast na kondygnacji najniższej znajdowała się wielka, częściowo zasnuta gruzem sala, rozległa, bo pozbawiona ścianek działowych czy przepierzeń, której powierzchnię, ograniczoną jedynie zewnętrznym okręgiem Wieży, punktowały cztery kwadratowe fundamenty filarów. Ponadto tkwił tu jeszcze dziwny mebel: ogromny metalowy stół niewiadomego przeznaczenia (wyobraźnia podsuwała im rozmaite makabryczne hipotezy, z których najłagodniejsza przywoływała znany obraz *Lekcja anatomii*). Piotr był na tym piętrze zaledwie raz, wkrótce po sprowadzeniu się do Popielarni; a Marek chyba też schodził tu najwyżej kilkakrotnie. Zawsze po powrocie na górę rozważał wiek i funkcje potwornego stołu, a ponadto powtarzał, że trzeba by wymyślić wreszcie, jak spożytkować te dodatkowe czterdzieści sześć i ćwierć metra kwadratowego. Policzył to, rzecz jasna, dokładnie, choć podkreślał, że przecież tylko do drugiego miejsca po przecinku i z odjęciem jedynie szacunkowej powierzchni filarów.

Teraz prowadził Piotra właśnie tutaj. Pchnął zbite z kilku desek drzwiczki (zajęczały, trąc o betonową podłogę), zapalił wiszącą pod sklepieniem, samotną żarówkę i wyciągnął z kieszeni latarkę diodową. Tyle razy myślałem, odezwał się wreszcie, do czego służył ten cholerny stół, a należało postawić sobie zupełnie inne pytanie. Spojrzał na przyjaciela, rzucając snop światła na jego twarz, lecz Piotr przesłonił tylko oczy ręką, dlatego mówił dalej: taki jestem mądry, ale dopiero dzisiaj to do mnie dotarło; właściwie mnie to obudziło. Jak ten stół mógł się tutaj znaleźć? Przecież nawet jeśli nogi są odkręcane, czego nie sprawdziliśmy, bo wszystko jest czarne od brudu, to został blat, jakieś dwa na cztery metry. A schodki, którymi tu schodzimy, mają szerokość, no, ile, z metr najwyżej. Są strome, o małej średnicy i dużym skoku. Nie da się go tędy znieść. Chyba że go najpierw tu umieścili, a dopiero potem zaczęli wznosić Wieżę, co wydaje się hipotezą mało racjonalną.

Piotr, zakłopotany tym, że jest zirytowany, a zirytowany tym, że Giedojt nie dał mu zjeść kanapki, pomyślał, że mówienie w tych okolicznościach o racjonalizmie jest jak przyzywanie imienia Pana Boga nadaremno. Ale nie odezwał się, bo przyjaciel tymczasem wskazał mu spory odłamek gruzu pod stopami i zażyczył sobie, żeby uderzyć nim w ścianę. Mam czyste ręce i chciałbym skończyć śniadanie, zaprotestował Piotr dosyć gniewnie, na co tamten wzruszył ramionami i sam zaczął stukać w zewnętrzną ścianę Wieży, a potem przeszedł kawałek dalej i znów stuknął. Słyszysz?

Rzeczywiście, tym razem brzmiało to inaczej, choć żaden z nich nie był specjalistą od starych murów i mogło im się zdawać. Marek perorował, wskazując jakieś esy-floresy nad miejscem, w które uderzał: Przetarłem tu trochę i widać, że to jest zupełnie inny rodzaj cegły.

A jesteśmy dokładnie na osi klatki schodowej, tylko z przeciwnej strony. Jakieś pięćdziesiąt metrów za tą ścianą jest nasz zarośnięty staw, a trochę bliżej to, co Włodakowie nazywają komórką. Więc mamy zamurowane przejście i pewnie korytarz, który właśnie do niej prowadzi. Trzeba zorganizować jakiś kilof i sprawdzić. — Chryste, Wieżę będziesz nam rozwalał? To chyba prościej wziąć łom i rozbić kłódkę. — Chyba po raz pierwszy, odkąd Giedojt skończył szkołę, to nie on był głosem zdrowego rozsądku. Lecz argument, jak widać, trafił Markowi do przekonania. Zastanawiał się chwilę i parsknął śmiechem. Może masz rację, ale szkoda mi tamtej kłódki. A przede wszystkim... Jakoś wydaje mi się ważne, że to od tej strony, bez świadków, nawet Włodakowa by nie wiedziała. Nie masz ochoty? — kusił. — Tylko jedną cegłę obruszyć, może nie kilofem, może wystarczy dłutem potraktować... Jak nie wyjdzie, dam spokój. Dobra, widzę że jesteś głodny, wracajmy. Mamy czas. — Ruszył do wyjścia, a Piotr za nim, pozbawiony nagle pewności, czy rzeczywiście się obudził.

2.

Ludzie są niestety wolni — powtarzał Giedojt, odprowadzając w myślach Piotra, za którym zamknęły się drzwi; za chwilę zawarczy silnik peugeota i przyjaciel odjedzie na kolejną randkę z tą swoją Romą. — Przynajmniej w tym ograniczonym sensie, że każdy z nas ma prawo do zniszczenia sobie życia w wybrany przez siebie, niepowtarzalny sposób.

Jeszcze raz pokiwał głową i ruszył na piętro, do boksu. Od dzieciństwa nie opuszczało go wrażenie, że wszystkie stworzenia wokół zmówiły się, żeby go wprawić w niekończącą się histerię współczucia, prowadzącą bez wątpienia do czubków. Koledzy i koleżanki popełniali głupstwo za głupstwem, podejmowali najgorsze możliwe decyzje, aranżowali sobie mniej lub bardziej spektakularne kataklizmy osobiste, szkolne, albo — z biegiem czasu — zawodowe; ale zwierzęta to samo: psy wybiegały prosto pod nadjeżdżające ciężarówki, osiedlowe koty właziły na wysoko położone gałęzie drzew, z których nie potrafiły zejść i czasem spadały, ćmy leciały w stronę żarówek, których rozgrzane szkło przysmażało im skrzydła, czułki lub głowy, i potem telepały się w śmiertelnych drgawkach w misie żyrandola, i mały Marek za każdym razem reagował płaczem, aż wreszcie kiedyś dotarło do niego, co niezmiennie powtarzała mu matka: Synku, taki jest świat. Od tamtego czasu otorbił się przeciwko tym wszystkim nieszczęściom-na-własne-życzenie, wypracował sobie, niby zbroję, pogląd, który nazywał po cichu anarcholiberalizmem. Przedstawiał się on tak:

Ewolucja, obdarzając organizmy ruchem, podarowała im w pakiecie subiektywną wolność, ponieważ nawet dżdżownica może pełznąć w lewo lub w prawo, na powierzchnię lub w głąb; więc jeśli wspomniana dżdżownica znalazła się pod ostrzem łopaty, to nieprzyjemny dla niej dalszy bieg wydarzeń jest, przynajmniej pośrednio, skutkiem własnej decyzji. Choć trudno wykluczyć, że jej wybór jest pozorny, gdyż impuls elektrochemiczny, który za niego odpowiada, został być może na poziomie molekularnym uwarunkowany oddziaływaniem na siebie wielu innych cząstek, także tych, które do ciała dżdżownicy i jej systemu nerwowego nie należą. Nauka co prawda już dawno pożegnała się z mechanicystycznym obrazem świata, w którym nie tylko pojedyncze zwierzę, ale wręcz całość rzeczywistości przypomina raz nakręconą zabawkę, działającą zgodnie z niepojmowalnym dla człowieka, lecz w najdrobniejszych szczegółach określonym scenariuszem. Niemniej czy procesy stochastyczne, przewidywalne jedynie za pomocą rachunku prawdopodobieństwa, można potraktować jako argument na rzecz wolnej woli, Giedojt wątpił.

Gdyby pójść tym tropem i przyjąć, że przecięta łopatą dżdżownica czy przejechana psina znalazły śmierć w wyniku działania absolutnej konieczności, współczucie dla nich robiłoby się już zupełnie absurdalne, choć zapewne równie konieczne. Ale Marek, dorośleją gwałtownie, doszedł do innego wniosku (którego nie porzucił przez następnych kilkanaście lat, aż do dziś): że mianowicie owszem, organizmy żywe, ze względu na stopień komplikacji ich systemów reaktywnych, wnoszą w świat element nieprzewidywalności. Czyli nawet nie chaosu — który ostatecznie można próbować okiełznać nieliniowymi równaniami różniczkowymi — lecz bałaganu. I właśnie w tym, co niesubordynowane i nieracjonalne, rodziła się odpowiedzialność każdego za to, co robi (zwłaszcza za to, co robi głupiego, autodestrukcyjnego). A zatem: dżdżownica zginęła pod łopatą, przyjaciel się zakochał — trudno. Należy skupić się na tym, co rzeczywiście zależy ode mnie (powtarzał sobie Marek przez lata), i pozostawić innym swobodę w tej niewirtualnej, niestety, strzelance, którą jest świat. Obowiązywało, naturalnie, pewne minimum wzajemnej lojalności i życzliwości: jeśli ktoś pytał go o radę, wypadało zanalizować przedstawione dane i udzielić wyczerpującej odpowiedzi. Jeśli prosił o pomoc — pomóc w granicach rozumnie zdefiniowanych możliwości własnych. To znaczy: żadnego poświęcania się nawzajem. Zresztą w stosunku do siebie Giedojt też poświęcenia nie oczekiwał, przeciwnie: z góry podejrzewał ewentualnych dobroczyńców o brak rozsądku albo o ukrytą interesowność, którą wyjawią niebawem, lub wreszcie, co najgorsze, o skryte pragnienie władzy. Gdyż pierwszą rzeczą, do której zabierali się życzliwi ludzie, jakich spotykał na swej drodze, było z dziwną konsekwencją — ograniczanie jego wolności. A on, przekonany, że wszystko z reguły i tak źle się skończy, miał za swoją niezbywalną prerogatywę wybranie ścieżki dojścia do własnego unhappy endu. I takie samo prawo przyznawał ryczałtem wszystkim innym. Więc także Piotrowi, który zapewne mknął już autostradą na spotkanie tej porażki, którą sobie upodobał.

Giedojt potrząsnął głową, jakby chciał zmusić mózg do pracy w innym trybie. W ciągu paru ostatnich dni uporał się z zaległościami, jakie narosły podczas ostatniego wyjazdu, i nareszcie miał trochę wolnego czasu. Po wczorajszym odkryciu brał pod uwagę, że pod nieobecność przyjaciela zejdzie raz jeszcze do piwnicy i przyjrzy się, jakim narzędziem utorować sobie drogę do podziemnego korytarza, ale uwaga Piotra, że prościej byłoby zacząć od przeciwnej strony, speszyła go swoją oczywistością. Zorientował się z zakłopotaniem, że — jak rzadko — uległ wizji, którą trudno byłoby obronić przed zdrowym rozsądkiem. A zarazem, i to chyba peszyło go jeszcze mocniej, wizja nie przestała go pociągać, wbrew wszystkiemu. Czyżby i on ześlizgiwał się do poziomu nieroztropnej dżdżownicy? W tej sytuacji, jakby czekając na samoistne wyklarowanie się własnych zamiarów, postanowił tymczasem zająć się czym innym, a mianowicie wrócić do swojego hobby, zaniedbanego przez ostatnie tygodnie.

Zaczęło się ono pod koniec pobytu w Dolinie Krzemowej, gdy już czuł, że więcej wymyślić dla powstającego programu graficznego nie zdoła, a zakłopotał go trochę przypadek najzdolniejszego z nich wszystkich, młodego Hindusa, który pewnego razu, podczas obiadu, wylał sobie talerz zupy na głowę i od tej pory nie było z nim kontaktu. „Przegrzał się", skomentowali flegmatycznie najstarsi pracownicy, którzy widzieli coś podobnego nie po raz pierwszy. Marek w najbliższy wolny dzień wskoczył do samochodu, żeby dla całkowitego zresetowania umysłu pojeździć po okolicy, i z ciekawości zajrzał do jakiegoś kościoła, w którym akurat odmawiano *Credo*. Uderzyła go w nim redundancja tekstu: *God from God, Light from Light, true God from true God...* — najpierw pomyślał ironicznie, że informatyk nie pozwoliłby sobie na takie zbędne mnożenie wciąż tej samej informacji, a potem nagle olśniła go myśl, że jednak musi być w tym logika i że to zapewne rodzaj firewalla przeciwko jakiejś koncepcji, która zagrażała kiedyś wyznawanej w ten sposób wierze. Wrócił do kolegów, którzy też byli przygnębieni stuporem Hindusa (choć wtedy jeszcze mieli nadzieję, że mu przejdzie), i próbował rozerwać ich trochę swoim spostrzeżeniem, ale sprowokował jedynie zbiorową zabawę w wymyślanie nazw na nieistniejące gałęzie nauki, pociągające widocznie — chichotali — informatyka z Polski. Zapamiętał z tamtego wieczoru metafizykę molekularną oraz napromariologię, tymczasem przez lata przyszło mu do głowy kilka innych, które aż prosiły się, żeby naprawdę wypełnić je treścią: soteriologia symulacyjna, inżynieria sakramentalna, neuromistyka, nanoliturgika, teoinformatyka i najłatwiejsza do wyobrażenia nauka o grzechu: harmatiologia praktyczna.

Z tego punktu widzenia zajmował się teraz hobbystycznie teoinformatyką, a ściślej: teologią wirtualną. Czytając książki o historii chrześcijaństwa, konstruował na ekranie okienka z postami streszczającymi w możliwie prosty sposób stanowiska poszczególnych Ojców Kościoła i ich polemistów (każde okienko opatrzone było ikonką, przedstawiającą wyimaginowany portrecik teologa, z brodą lub bez; nazwa „ikonka" robiła się zresztą w tym kontekście smakowicie dwuznaczna). Następnie między ikonkami program rysował siatkę relacji, umownie opisanych strzałkami, dla określenia, czy stanowiska są zgodne, sprzeczne czy wzajemnie obojętne — i czasem, co Giedojt uważał za mały sukces, wyskakiwało okienko dodatkowe, zaznaczające stanowisko, którego nikt z wprowadzonych na wejściu nie obsadzał.

Było to zajęcie cudownie bezproduktywne, choć niekiedy, przed zaśnięciem, Marek wyobrażał sobie, że może jednak w ten sposób realizuje zasadę proliferacji Feyerabenda: „Wymyślaj i opracowuj teorie niezgodne z zaakceptowanym punktem widzenia, nawet jeśli ten ostatni jest wysoce potwierdzony i ogólnie przyjęty" — i że kiedyś zawartość jego komputera okaże się archaiczną pamiątką po czasach, gdy ludzie dopiero przeczuwali możliwość cyfryzacji procesów intelektualnych. W gruncie rzeczy jego teologia wirtualna była czymś w rodzaju matematyki, której historia pełna jest przecież nieoczekiwanych zastosowań dla idei wymyślonych przez naukowców na zasadzie zupełnej abstrakcji, bez cienia związków z praktyką.

Ostatnio rozpracowywał w ten sposób skomplikowane dzieje sporu o Trójcę Świętą. Z punktu widzenia kombinatoryki trzy elementy można uporządkować zaledwie na sześć sposobów, ale biorąc pod uwagę, że każdej z relacji między Ojcem, Synem i Duchem dyskutanci sprzed wieków przypisywali rozmaite definicje, a niektórzy utożsamiali ze sobą poszczególne elementy (na przykład Ojca z Synem w herezji doketystów), i to jeszcze mało, bo trzeci element, Duch Święty, bywał sam określany jako relacja — igraszka intelektualna robiła się przednia, niezwykle złożona. Kiedy zaś Giedojtowi przychodziło do głowy, że może zabawia się sprawami, traktowanymi niegdyś przez zacnych ludzi śmiertelnie serio, przypominał sobie wywód Atanazego Wielkiego, który wytykał swemu polemiście, że jeśli relacja Ducha do Syna jest taka sama jak Syna do Ojca, to trudno uniknąć wniosku, że Duch Święty jest wnukiem Boga Ojca. Teologowie sami wikłali się w paradoksy, które wydawały się nieodróżnialne od żartów.

Na tym tle osobną pozycją był Pseudo-Dionizy, którego Marek aż polecił do czytania Piotrowi — a ten, zdaje się, nie znalazł dla niego czasu — bo zaczął się obawiać, że o *Teologię mistyczną* rozbije się cały jego program. To po tej lekturze Giedojt cofnął się do sporów trynitarnych, które uznawał początkowo — mylnie — za zbyt proste, by z pracy nad nimi czerpać przyjemność, i czekał cierpliwie na komentarz przyjaciela. Lecz ten zajął się zamiast tego czym innym, a właściwie kim innym, i wyglądało na to, że przez jakiś czas nie będzie między nimi intelektualnego kontaktu. Cóż, z anarcho-liberalizmu wynikała jedna rada:

czekać.

3.

Po spacerze w Łazienkach, a przed umówieniem się na spotkanie ze znajomymi Piotr postanowił znaleźć się z Romą w miejscu, gdzie takie spotkanie było nie bardzo prawdopodobne, ale możliwe. Chodziło o oswojenie się ze spojrzeniami innych; mówił sobie, że to będzie ważne dla niej, lecz sam też czuł niepokój na myśl o opuszczeniu bezpiecznych — jeśli nie liczyć Wioli — ścian jej mieszkania; niepokój, który należało przełamać. Wybrał filharmonię: koncert muzyki chóralnej w wykonaniu czterdziestoosobowego zespołu wokalnego z Coventry. Dostał niezbyt dobre miejsca, bo z tyłu, już pod balkonem, ale ostatnie, jakie były — i wtedy dopiero powiedział o wszystkim Romie. Obawiał się trochę, czy nie powie mu, że tego dnia nie może albo, czemu nie, że nie ma ochoty, ale przyjęła zaproszenie z entuzjazmem, jak zresztą wszystko — zdał sobie sprawę — co zdążył jej zaproponować lub powiedzieć w krótkim okresie ich znajomości. Już nie pamiętał, żeby ktoś akceptował go do tego stopnia bez zastrzeżeń.

Podchodzili właśnie do szatni. Pozwoliła mu zdjąć płaszcz, a jego oczom (i oczom wszystkich dookoła) ukazała się czarna suknia do ziemi i srebrne bolerko, do tego zaś wisiorek z onyksu, który jak zauważył, zawsze starała się mieć na sobie, a ponadto niewielka czarna kopertówka. Kiedy ruszyli, idąc pod rękę, w stronę schodów, rzucił przelotnie okiem w lustro — Roma uczyniła to samo — i aż uśmiechnęli się do siebie, bo pasował do niej w swoim ciemnym garniturze; jej strój czynił ją poważniejszą niż do tej pory, a zarazem w jakiś sposób zacierał wszelkie różnice. Odbicie nie pokazało mężczyzny w średnim wieku ze starszą panią, ale parę bywalców filharmonii, ubranych z ponadczasową elegancją. Chwyciła go silniej za ramię, wyraźnie pokrzepiona tym widokiem; wpłynęli majestatycznie na salę, zajęli miejsca. Za chwilę z obu stron zaczęły na scenę wchodzić z szelestem dwa szeregi angielskiego chóru.

Zaczęło się od mszy *Papae Marcelli* Palestriny. Piotr lubił polifoniczny śpiew: linie melodyczne splatały się harmonijnie, przywracały porządek, w którym niewzruszenie niebo górowało nad lądem, uhaftowane gwiazdami przez Najwyższego, droga prawych wiodła prosto, a bezbożni spadali w dół, na zatracenie; chyba że ich wina, nie dość ciężka, by spowodować bezpowrotny lot w płonące jezioro siarki, pozwalała im spocząć w pośredniej strefie purgatorium, której istnienie ostatecznie potwierdził i jako niezbywalną część świętej wiary katolickiej ogłosił sobór, zamknięty w roku, gdy Palestrina prawdopodobnie ukończył prace nad swoją kompozycją. Klarowne głosy chórzystów zdawały się obmywać świat z niedoskonałości, a wędrując od najwyższych do najniższych tonów, tkały sieć, rozpinały namiot, gdzie mógł schronić się każdy, kto w prawie Pańskim ma upodobanie, ksiąg zakazanych nie czyta, ofiarę Chrystusa w Eucharystii dostrzega i władzy Świętego Officjum gotów jest pokornie się poddać. Piotr ze swoim niedowiarstwem był więc tu tylko przypadkowym wędrowcem, zażywającym odpoczynku przed dalszą drogą w nieznane, ale w filharmonii było uroczo i czysto, było uroczyście, i w tę uroczystą przestrzeń zanurzał się z kobietą, siedzącą obok, odnalezioną niespodziewanie. A przecież pochodzili, tego wieczoru poczuł to wyraźnie, z innych rejonów niż uporządkowany (ostatnim wysiłkiem, na krótko) świat Trydentu: z krain, gdzie broi fortuna i miesza ludzkie losy, gdzie wolność ceni się wyżej niż bezpieczeństwo, godząc się nawet z dopłatą w postaci przypadków wymykających się wszelkiej regule. Byli tu razem, a przecież z każdą sekundą coraz bardziej rozdzielał ich czas; aż sięgnął po jej dłoń, jakby obawiając się, że kobieta naraz wstanie i go opuści. Bo kiedy nie ma reguł, nic nie jest dziwne i zarazem wszystko staje się możliwe, od szczęścia, które go — na jak długo? — ogarniało, po najczarniejszą rozpacz.

Tymczasem rozległy się brawa, Roma uśmiechnęła się do niego; w jej uśmiechu odnalazł więcej spokoju niż w śpiewie, który właśnie wybrzmiał. Przed przerwą miał zostać wykonany jeszcze jeden utwór: motet angielskiego kompozytora, którego nazwisko nic Piotrowi nie mówiło. W programie, do którego zdążył rzucić okiem, przeczytał jedynie, że to bodaj najbardziej radykalna realizacja polifonicznego śpiewu, gdyż na kompozycję składa się czterdzieści niezależnych linii melodycznych, czego w żaden sposób nie umiał sobie wyobrazić.

Zaczęło się. I od pierwszego, samotnego głosu, wysokiego tonu, wokół którego gromadziły się następne, coraz niższe, coraz bardziej oszałamiające, poczuł wzruszenie prawie na granicy łez i z rozkoszą uświadomił sobie, że nie jest sam, bo dłoń Romy zacisnęła się na jego dłoni, jakby mogli się w ten sposób spoić i wspólnie dać sobie radę ze *spem in alium, spem in alium*, które powtarzali śpiewacy. Głosy, ścieżki krzyżowały się i rozgałęziały, schodziły na miejscach spotkań i rozpraszały się na lewo, na prawo, przestrzeń dźwięku rozkładała się jak wachlarz; w górę i w dół, rozczapierzała się niby japońskie kwiaty herbaciane, we wrzątku porzucające swój kształt zeschniętej kulki i rozkwitające kolorami; melodia, jak one, nabrzmiewała i rozbrzmiewała, wypełniała każdy dopuszczalny punkt skali od grobowego milczenia po ogłuszający gwar rozświergotanych aniołów, od basowego pomruku ducha ziemi po niesłyszalną dla ludzkiego ucha muzykę sfer, a potem załamywała się i cichła, a potem znowu, forte, fortissimo, pójdźcie, zaśpiewajmy Panu. Melodia wirowała wokół punktu — to zrozumienie było jak krótkotrwały błysk — gdzie nie mogły osadzić się słowa, wyobrażenia, paragrafy, prawa ani przesłanki dla uczonych twierdzeń; jak róża jerychońska tuliła wewnątrz siebie tę jedną, jedyną kroplę prawdziwego istnienia, kroplę blasku, który prześwieca przez wydarzenia, deklaracje, przypadki, postanowienia, przez ciała i przedmioty, szkło butelek i szyby samochodów, przez witryny i ekrany komputerów, i liście, zamki z wieżami, wieże bez zamków, zamki błyskawiczne i filodendrony. Przez wszystko. Tymczasem jedni śpiewacy powtarzali wciąż jeszcze: *spem in alium, spem in alium,* inni wyjaśniali już: *nunquam habui praeter in te, Deus Israel,* przez chwilę powietrze drżało od niespodziewanej i złowróżbnej jednomyślności — *omnia peccata hominum,* ale już rozbiegały się znowu nuty, drogi i kroki, już rozgwar, syczące spółgłoski niczym instrumenty perkusyjne naruszały rytm oddechów, rytm poza tym spokojnie powtarzalny, mocny jak miłość, jak opoka, która się nie zachwieje. Wszystko to, cichnące i znów potężniejące w wezwanie: *respice humilitatem nostram,* spojone było z niesłychaną precyzją; choć chwilami zdawało się, że nic już nie ocali wykonawców od bolesnego przekroczenia granicy, za którą czai się śmiertelny chaos, czai się diabeł, ten, który dzieli i niweczy, do rozpadu przecież nie dochodziło, współbrzmienia zadziwiały śmiałością, a jednak ostatecznie — nie następował żaden grzeszny dysonans, zwyciężał zaś ład, solidarne wezwanie żyjących: by Ten, który stworzył wszystko, nie okazywał gniewu, lecz litość. By ratował od zatracenia.

Spem in alium nunquam habui — wywodził chór — *praeter in te, Deus Israel, qui irasceris et propitius eris, et omnia peccata hominum in tribulatione dimittis, Domine Deus, creator caeli et terrae, respice humilitatem nostram.*

Gdy zerwały się brawa, Piotr zobaczył, że Roma nie klaszcze. Z kopertówki, którą trzymała na kolanach, wyciągnęła chusteczkę higieniczną i, chyba, usuwała z kącika oka jakiś paproch. Ty znałeś tego Tallisa? — spyta go, kiedy wyjdą do foyer. On zaprzeczy, a ona sięgnie po program, zawierający tekst motetu, i zagadnie z nadzieją: To co, mój panie od łaciny, umiesz mi to przetłumaczyć? — *Nadzieję w innym, w nikim miałem...* Zaraz, to raczej: *Nie złożyłem mej nadziei w nikim innym, tylko w Tobie, Boże Izraela* — wyduka Piotr niepewnie. — *Który możesz... Możesz się gniewać...* To lepiej powiedzieć: *Możesz okazać zarówno gniew, jak...* nie wiem, co to jest, ale podejrzewam, że: *litość,* bo dalej jest: *i odpuścić winy cierpiącemu człowiekowi. Panie Boże, Stworzycielu nieba i ziemi, wejrzyj na naszą słabość.* Tak, mniej więcej — odetchnie Piotr.

4.

Roma nawet nie stara się zasnąć, zamknęła tylko oczy i tak leży spokojnie, bez ruchu. Od wielu lat ma wrażenie, że właściwie nie sypia, a jeśli, to krótko; stara się jednak leżeć spokojnie, bez ruchu, z zamkniętymi oczami, żeby dać wypocząć ciału, które mimo wszystko jej nie zdradza. Lub zdradza wolniej, niżby mogło. O poranku wstanie, wsiądzie na stojący przy łóżku rower treningowy (prezent od syna), na którym codziennie stara się spędzić przynajmniej piętnaście minut, choć ostatnio przychodzi jej to z większym trudem niż dotąd, i zacznie zabiegi wokół siebie, bardzo wydłużone z powodu Piotra. Dla Piotra. Czy taki Piotr w ogóle zdaje sobie sprawę, ile trwa przygotowanie przedstawienia, wejście w rolę tej Romy, którą zna? W kostium Romy, bez którego może by jej nie poznał? Roma zawsze dbała o kondycję i wygląd, od dawna wklepuje w skórę na twarzy, szyi i dekolcie kremy ujędrniające i przeciwzmarszczkowe, rozjaśniające przebarwienia i nawilżające, rozciera na udach emulsje antycelulitowe, pokrywa twarz maseczkami regenerującymi z żeń-szenia i aloesu, a nawet, ale to już dziesięć lat temu, zdecydowała się na wstrzyknięcie odrobiny botoksu dla ratowania owalu ust. Dwa razy w tygodniu chodzi na masaże, co czternaście dni robi staranny manicure i pedicure, coraz częściej farbuje włosy — czarny kolor, którego się trzyma, sprawia, że odrosty są szybko widoczne, to nieznośne! — a dłonie moczy regularnie w specjalnej odżywce, która, jak zapewnił ją znajomy lekarz, spowalnia zniekształcanie się stawów między paliczkami. Nigdy nie opuszcza domu bez zrobienia pełnego makijażu: tonik, krem na dzień, baza silikonowa, podkład, puder, odrobina różu, cienie na powiekach, wszystko rzecz jasna w naturalnych barwach, jeszcze tusz do rzęs i trochę odważniejsze kolorystycznie: konturówka i szminka. Te starania byłyby jednak zupełnie bezowocne, gdyby nie noce, kiedy leży spokojnie, choć nie śpi, a jeśli, to krótko. Ciała nie można eksploatować bez umiaru. Piotr sprawił, że przed lustrem spędza jeszcze więcej czasu niż dotąd; zdarza się, że wychodzi z łazienki dopiero przed jedenastą, a przecież wstaje o szóstej (no dobrze, przez ten czas jeszcze pije kawę i je chrupkie pieczywo). Tyle że uśmiecha się do swojego odbicia ironicznie i pomrukuje niekiedy, że przecież to już po raz ostatni, że przecież po każdej jego wizycie nie powinna się spodziewać następnej. Nieoczekiwana atrakcja na pożegnanie ze światem, który był dla niej życzliwy, choć w gruncie rzeczy — przez pół wieku bez wzajemności. Gdyby w złych chwilach wiedziała, co ją jeszcze czeka, przyjmowałaby je pogodniej. Choć gdyby w dobrych chwilach ktoś uprzedził ją, jak będą wyglądać złe... Ale to nie pora na rozważanie przeszłości, zresztą nigdy nie pora; rozważanie przeszłości jest czymś, czego już dawno sobie zabroniła. I choć zasada mówi, żeby po ciemku nie ruszać się gwałtownie, bo ciało ma wiedzieć, że nadszedł czas spoczynku, Roma drapie się po nosie (z ulgą, bo swędzi ją już od paru minut). Czym zasłużyła sobie na tego uroczego młodzieńca, nic sobie nierobiącego z różnicy wieku między nimi? Przynajmniej jak dotąd... Otóż — niczym; najlepsze rzeczy dzieją się w życiu niesprawiedliwie, bez możliwości zapłaty.

Tymczasem Piotr oddycha z ulgą. Jest wyzwolony? Oswobodzony? Przewraca się z boku na bok. A może tylko został umieszczony w kolejnej maszynie podającej, na ruchomej taśmie wieziony tam, gdzie sobie nie życzy, tyle że nie wie, dokąd zmierza? Chciałby wierzyć, że uczucia wyzwalają z konieczności, są przepustką do lepszego świata. Nie, nie uczucia w ogóle, ale: uczucie (takie właśnie). A dokładniej: to jedno uczucie, to akurat, które jemu się przydarzyło. Absurdalne i bezinteresowne, nieprowadzące nigdzie, ostentacyjnie jałowe — i dlatego rozłamujące łańcuch przyczyn i skutków. Tylko ta przykra wątpliwość: czy nie jest przejawem pychy sądzić, że to on, wyjątkowy, znalazł drogę ucieczki na wolność? Zresztą pal sześć pychę, gorzej, że to zapewne kolejne złudzenie, z którego kiedyś się obudzi. Z którego kiedyś zostanie obudzony. Chyba o czymś podobnym mówiła Roma, opisując swoje życie jako serię pomyłek, które poniewczasie rozpoznawała jako pomyłki i odrzucała dla tego, co zdawało jej się pewne i rzeczywiste, a co wkrótce okazywało się taką samą pomyłką jak poprzednie, grą kolorowych cieni, a potem znowu i znowu, i aż do dziś. Czy miała nadzieję, że wreszcie — Piotr, że na nim ten cykl się urywa? Czy też uważała ich cudaczne zauroczenie za jeden z ostatnich, może ostatni element serii, taki sam jak wcześniejsze? Piotr przeżył wystarczająco wiele lat, żeby zdawać sobie sprawę, że miłość działa jak silny środek oszałamiający, jeśli nie: halucynogenny. I teraz zastanawia się, czy z wnętrza halucynacji można oszacować, co w niej jest, a co nie jest prawdziwe. A przynajmniej — czy uczciwie sprawę stawiając, w ogóle interesuje go to rozróżnienie. Bo prawdopodobnie nie. Kochać to jak wierzyć — nie da się zaaranżować procedury weryfikacyjnej, nagromadzić dowodów empirycznych; idzie się za tym albo nie, ale raczej idzie, trochę tak, jak się mruga albo oddycha. Czyli działa się dokładnie tak, jak tego nie zaakceptowałby Marek. I zresztą, w tym przypadku, także matka Piotra. Choć może tylko w tym (Piotr uświadomił sobie nagle, że nic nie wie o historii małżeństwa swoich rodziców, że nie zapytał nigdy o to, jak się w sobie zakochali, jeśli się zakochali, jak zdecydowali się na ślub i tak dalej; nie zapytał, jakby to była wstydliwa tajemnica, objęta wyjątkowo silnym tabu, a teraz już było za późno, bo choć surykatka żyła i po operacji zaćmy miała się dobrze, nie umiał sobie wyobrazić, że ni stąd, ni zowąd wszczyna z nią rozmowę, na którą czas minął dobrych trzydzieści lat wcześniej).

Zabieg matki odbył się wreszcie w Vitalong Cliniq Sensuelle przed czterema dniami i wyglądało na to, że pacjentka jest naprawdę zadowolona. Choć nie byłaby sobą, gdyby na wzmiankę o tym, że drugie oko też wymaga podobnego zabiegu, nie machnęła ręką i nie powiedziała: E, panie doktorze, to już nie warto. Lekarz spojrzał na nią pytająco i tylko Piotr zorientował się, że skoro mimo to nie padły żadne dalsze wyjaśnienia, żadna opowieść o zbliżającym się niewątpliwie pogrzebie, matka musiała naprawdę poczuć się fantastycznie. Aż zachichotał teraz w poduszkę: spodziewała się, że będzie coraz gorzej, a nagle widzi lepiej — co za kłopotliwy zwrot akcji. Może należało wykorzystać ten moment, żeby powiedzieć jej o Romie. Nie miał jednak odwagi. Małodusznie wyjaśniał sobie, że gwałtowny wzrost ciśnienia mógłby być szkodliwy dla oka, zoperowanego dopiero co; choć pewnie on zdenerwowałby się szybciej i bardziej niż matka, i poza tym nie umiał sobie wyobrazić, że kiedykolwiek jej mówi o swojej — — —

Ponieważ Piotr czuje, że tego rodzaju rozważania przeganiają sen skuteczniej niż najmocniejsza kawa, postanawia zająć się czymś innym. Czymś naprawdę usypiającym. Więc wraca po wielu miesiącach do kwestii skoczka. Gdy zajmował się nią w okresie małżeństwa z Bożeną, wizualizował sobie szachownicę dziewięciopolową, najmniejszą, po której może poruszać się skoczek. Od tamtej pory zna ją zbyt dobrze, toteż teraz zaczyna myśleć o szachownicy cztery na cztery pola. Zaczyna ruch figurą, jak poprzednio, od lewego dolnego rogu, od a1, i orientuje się szybko, że wraz z dodaniem do poprzedniej planszy zaledwie siedmiu pól skoczek zyskał nadzwyczajną swobodę ruchów. Z a1 ma dwie możliwości, na b3 lub c2. Ale z b3 może skierować się na trzy rozmaite kwadraty. Jeśli wybierze d4, ruch — poza powrotnym — możliwy jest tylko jeden, na c2. Lecz na c2 znowu orgia wariantów, aż trzy. Z rosnącym wysiłkiem przesuwa Piotr w wyobraźni skoczka po szachownicy, dalej i dalej — aż odkrywa, że jeśli każde pole ma odwiedzać tylko raz, na szesnastopolowej szachownicy problem skoczka znowu nie ma rozwiązania. Pozostaje mu jedno nieosiągalne miejsce, w ułożonej przez niego sekwencji posunięć — górny lewy róg, d1. I coś mu mówi, ale nie ma sił tego teraz sprawdzać, że to nie jego błąd, lecz zasada: na planszy tej wielkości nie da się obejść wszystkich kwadratów bez odwiedzenia któregoś dwukrotnie. Natomiast czytał, że na szachownicy normalnej, to znaczy cztery razy większej, istnieje przynajmniej jedna taka trasa. Próbuje ją zobaczyć pod powiekami, ale zamiast tego widzi pola i lasy wokół Wieży pokryte kremowymi i ciemnobrązowymi kwadratami, aż po horyzont. Czyli skoczek zyskuje swobodę ruchów wraz z powiększeniem pola gry. W prawdziwej partii szachów zdarza się, że układ innych figur i pionów nie pozwala mu ruszyć się z miejsca; ale bywa też, że skoczek może zawędrować aż na stronę przeciwnika i wrócić cało... Piotrowi zdaje się, że coś z tego wynika dla jego rozważań o wolności i konieczności, lecz dochodzi zamiast tego do wniosku, że zasypiając w Wieży, powinien poruszać się wieżą, nie skoczkiem, chyba żeby dorobić na jej szczycie wielki łeb konia. I to jest obraz, który przenosi go na stronę snu, ale jakiego — tego nie będzie sobie umiał przypomnieć.

Także Roma zapada jednak w krótki sen. I w momencie gdy już myślane z mozołem zdania zaczynają ulegać innej składni niż ta na jawie, gdy się rozpadają i organizują na nowo, zgodnie z nieznanym za dnia porządkiem, przychodzi jej do głowy reguła wyjaśniająca wszystko w życiu, tak prosta, że Roma nigdy jej nikomu nie zdradzi.

Tak — tka.

Nie — tnie.

Nie umiałaby tego dokładniej wytłumaczyć, ale sens formuły, prawie alchemicznej, widzi przez chwilę bardzo wyraźnie. Jak i jej zastosowania — liczne i oczywiste.

Tak oczywiste, że aż bolą.

5.

Zaczęło się niewinnie, bo od tego, że Piotr opowiedział Romie o odkryciu, jakie zrobili na najniższej kondygnacji lochów, i o tym, jak odtąd przyglądał się podejrzliwie Markowi, a gdy go nie widział, nasłuchiwał z lękiem, czy przyjaciel nie wszczyna jakichś destrukcyjnych działań w fundamentach Wieży. Aż w końcu, pewnego dnia, korzystając z tego, że Giedojt pojechał na parę godzin do Warszawy, poszedł do pana Włodaka, pożyczył od niego piłkę do metalu i udał się pod komórkę, świątynię dumania, czy też grobowiec. Wiosna dopiero się zaczynała, więc roślinność nie wybuchła jeszcze dziką gwałtownością; w gruncie rzeczy wystarczyło przełamać zaledwie pojedynczą linię obrony suchych krzaków, trochę się ubłocić — i już stał przed żeliwnymi drzwiami. Na gryzące muszki też było za wcześnie i Piotr wręcz dziwił się, że kilkanaście miesięcy temu uznali to miejsce za niedostępne. Właściwie chciał jedynie się przyjrzeć, czy naprawdę nie sposób wejść do budyneczku bez rozbijania kłódki, której żal było przyjacielowi. Pewną szansę zobaczył w uszach, na których została zawieszona; jedno przyspawano do skobla, a drugie do zrudziałej futryny, ale same, choć grube, nie wydawały się nie do przepiłowania. Wziął się zatem do roboty, po półgodzinie był już spocony jak mysz, lecz ponownie wyobraził sobie Giedojta wracającego z kilofem, więc zacisnął zęby i po następnych trzech kwadransach mógł łomem odgiąć żeliwny pręt na tyle, żeby drugą ręką wyszarpnąć pałąk ocalonej w ten sposób kłódki. Domek był otwarty.

Domek był otwarty, ale i pusty, co stwierdził z cieniem rozczarowania. Poza urwaną zardzewiałą rurą, sterczącą ze ściany na wprost, która wyglądała, jakby kiedyś znajdował się w tym miejscu kran wyschniętego dawno ujęcia wody, zobaczył po prawej stronie jakieś schodki, mniej więcej pół metra poniżej gruntu znikające w zbitej mieszaninie gruzu i śmieci. Więc intuicja przyjaciela miała pewne podstawy. Być może sto trzydzieści lat wcześniej zaczynało się w tym miejscu podziemne przejście do lochów Wieży, tyle że czas dawno się z nim rozprawił.

Ale domek nie był pusty — przerwała mu Roma — zanim tam wszedłeś. A ponieważ Piotr, skupiony na opowiadaniu, spojrzał na nią wzrokiem dość nieprzytomnym, wyjaśniła: To jak z kotem, nie z brylantami tym razem, tylko takim, o którym też kiedyś czytałam. To był jakiś artykuł o fizyce, niewiele z niego zrozumiałam, ale sens był taki, że jeśli kot siedzi w zamkniętym szczelnie pudełku, to póki go nie otworzysz, trochę tam jest, a trochę nie jest. Miałeś pięćdziesiąt procent skarbu, a teraz masz sto procent pewności. Słaba wymiana, moim zdaniem.

Zabrzmiało to, jakby go krytykowała, ale mówił już dalej, bo dopiero kiedy wrócił do Wieży, uświadomił sobie, że teraz o sforsowaniu żeliwnych drzwi należy powiedzieć Giedojtowi. A ten wyraźnie stwierdził, że woli zacząć działalność od dołu, w tajemnicy przed wszystkimi — i mogło mu być przykro, że Piotr pozbawił go spodziewanej rozrywki. I wtedy Roma znowu pokręciła głową.

— Jeśli się mieszka razem, takie rzeczy powinno się ustalać. Niedobrze zrobiłeś.

I choć rzuciła to zapewne bez złej woli, to jednak przypomniała mu tym Bożenę, a też i surykatkę, i poniekąd Bogdana, starszego brata: wszyscy oni z reguły w i e d z i e l i   l e p i e j. Piotr zdawał sobie sprawę, że jego reakcja jest przesadna, lecz poczuł napięcie; trochę dlatego, że nie lubił, kiedy inni ze znawstwem wypowiadali się o jego problemach, które znali przecież jedynie ze słyszenia; trochę dlatego, że w gruncie rzeczy Roma miała rację i sam to doskonale rozumiał; a trochę dlatego, że po raz pierwszy, odkąd trwała ta dziwna relacja między nimi, powiedziała coś krytycznego o nim, i to dwa razy w ciągu kilku zaledwie minut.

Mimo wszystko nie chciał jej robić przykrości, więc zacisnął tylko zęby, popatrzył w okno, niby sprawdzając pogodę, i zaraz zmienił temat. Ale stracił humor. Roma tymczasem, jakby pod wpływem destrukcyjnego instynktu, podpowiadającego niekiedy człowiekowi akurat to, czego robić nie należy, zaczęła rozwijać swoją myśl, że kiedy żyje się razem, należy wszystko uzgadniać i nie stawiać drugiego człowieka przed faktem dokonanym. W innych okolicznościach Piotr słuchałby jej, kiwając głową; bo przecież opowiadanie, które w ten sposób zaczęła, mówiące o nieudanym, jej zdaniem, małżeństwie syna, było trochę podobne do tego, które sam mógł snuć, wspominając swoje życie z Bożeną. Lecz proces wzajemnego niezrozumienia już się toczył.

Od początku mi się nie podobała, mówiła Roma, ale starałam się pamiętać, że to zaborczy odruch matki, i nic nie dawałam po sobie poznać. Tomek zmienił się, porzucił swoje pasje; zamiast pacjentami, zajął się jakąś akwizycją lekarstw, sam mówił, że to szemrane zajęcie, tyle że dobrze płatne. W ogóle miałam wrażenie, że kiedy się z nimi spotykam, rozmowa ciągle schodzi na pieniądze. Jakoś tak zszarzał, tyrał jak wół, ona niby też lekarka, ale jak podkreśla, ciągle leci z nóg, bo ma tyle roboty w domu. Z jednym dzieckiem i panią do sprzątania... Wiesz, czasem myślę, że przed ślubem powinnam z nim przeprowadzić jakąś rozmowę, pogadać z synem od serca, czy się dobrze zastanowił. Ale nie chciałam się mądrzyć, zwłaszcza że to było już po śmierci Stefana i mogło się wydawać, że po prostu nie chcę zostać sama w pustym mieszkaniu. A zaraz potem okazało się, że Kacper w drodze, no i machnęłam ręką; potrafił zrobić dziecko, to już dorosły mężczyzna i niech żyje, jak uważa. Tylko że nie mogłam w nim odnaleźć tego Tomka, którego przecież dobrze znałam; on się zmienił, zaczął mówić jak ona, dokładnie te same frazy powtarzał. Aż wymyśliła, żeby pojechał do Niemiec. Zaproponowali mu pracę w tej jakiejś centrali; odcierpiałam, że wyjadą, ale nie! Okazało się, że tylko on wyjeżdża, a ona zostaje, bo nie miałaby tam co robić. I teraz mieszkają tak, ni to razem, ni to osobno, on czasem wpada na parę dni, ona czasem do niego, moim zdaniem to zawracanie głowy, nie małżeństwo. Tyle dobrze, że tam trochę odżył; jak gadamy przez Skype'a, to słyszę, że znowu jest sobą. Ale za jaką cenę...

Piotr słuchał tej opowieści z narastającą przykrością. Bez trudu zaczął sobie wyobrażać, jak brzmiałaby alternatywna wersja, snuta przez synową: „Teściowa nigdy mnie nie lubiła, bo uznała, że zabieram jej syna, kiedy jest jej ciężko po śmierci męża. Narzuciła Tomkowi pojęcie o sobie samym, że misja lekarza i tak dalej, tymczasem świat się zmieniał, koledzy porobili kariery, tylko on nie; i żeby to jeszcze było z przekonania, żeby rzeczywiście uważał się za jakiegoś Judyma i cieszył się, że robi to, co kocha, ale skądże, frustrował się coraz bardziej, więc w końcu powiedziałam mu: drogi mój, zastanów się tak naprawdę, czego ty chcesz. Wymyśliliśmy, że może zająć się akwizycją leków, wtedy do Polski wchodziły rozmaite koncerny, i okazało się, że świetnie mu idzie, aż mu zaproponowali stanowisko kierownicze w centrali, tylko ma wyrzuty sumienia, bo opuszcza samotną matkę. Po naradzie ustaliliśmy, że dobrze, ja tu zostaję, zresztą dlaczego ja miałam jechać, skoro to jego tam zapraszali, a mnie nie, musiałabym pewnie nostryfikować dyplom, Kacper był malutki, Tomasz świetnie to od razu zrozumiał; tylko ta jego matka do tej pory nie może mi wybaczyć, że nie podporządkowałam swojego życia zawodowego karierze męża, ale to nie miało żadnego sensu, a zresztą do Niemiec daleko nie jest i widujemy się co miesiąc. Ale jej oczywiście nie wystarcza...".

Toteż kiedy Roma zawiesiła głos i spojrzała na niego pytająco, Piotr bąknął, że do Niemiec daleko nie jest i jeśli małżonkowie widują się co miesiąc, to trudno od tej całej Krystyny żądać, żeby jechała za mężem.

A Roma nagle uświadomiła sobie, że rozmawia z człowiekiem, który jest rówieśnikiem Krystyny i właśnie bierze jej stronę. Nawet gorzej: gdyby spotkał Krystynę, uznałby ją pewnie za atrakcyjną, młodą kobietę, bo synowa była parę lat młodsza od Tomka, więc od Piotra chyba również. I z tego wszystkiego stwierdziła gorzko: — Tak, ja pewnie się na niczym nie znam, wy dopiero wiecie, jak żyć.

To „wy" podziałało jak katalizator, bo padło po raz pierwszy. Zniknęło nagle „my" i świat, który „nas" otacza; pojawiła się samotna, stara kobieta i reszta, do której został zaliczony. Być może powinien zareagować inaczej, ale nie było to dalekie od prawdy, którą nie umawiając się, konsekwentnie lekceważyli przez ostatnie tygodnie, więc żeby zagłuszyć jej słowa, stwierdził już trochę podniesionym tonem, że każdy żyje tak, jak uważa, że będzie najlepiej; a jeśli małżeństwu jakiś układ odpowiada, to innym nic do tego, matek nie wyłączając.

Liczba mnoga, której użył, dopiekła Romie do żywego. Nie była żadnymi „matkami", była jedną matką, podobno wyjątkową, jak dotąd słyszała, nadzwyczajną i w ogóle, która zwierza się bliskiemu człowiekowi z tkwiącej w niej głęboko drzazgi, bo jeśli się kogoś naprawdę zna, dobrze się wie, czy jest szczęśliwy, czy nie. A Tomasz w Niemczech jest nieszczęśliwy. I mogłaby na tym skończyć, ale poczuła się śmieszna, że tłumaczy się komuś, kogo jeszcze dwa miesiące wcześniej nie znała, a kto nagle ze znawstwem wypowiadał się o jej problemach, znanych mu przecież jedynie ze słyszenia. Więc dodała najbardziej cierpkim głosem, na jaki było ją w tym momencie stać, że najwyraźniej nie rozumie jej zbyt dobrze, skoro nie pojął, że po raz pierwszy zwierzyła mu się z dramatu, bo dla niej nie ma w tej chwili nic bardziej dramatycznego niż złe samopoczucie syna, i bardzo jej przykro, że Piotr objawia nagle znieczulicę, o którą go nie podejrzewała.

Piotr zdawał sobie sprawę, że ma wady, jeszcze niedawno budził się z przekonaniem, że składa się z samych wad, lecz akurat znieczulica, jego zdaniem, do nich nie należała, więc uniósł się jeszcze trochę bardziej. Jesteś niesprawiedliwa, zaczął, ale przerwała mu, że to on jest niesprawiedliwy i w dodatku krzyczy na nią — krzyczała, przynosiło jej to dziwną ulgę, bo co właściwie łączyło ją z tym mężczyzną, który wysiadywał u niej godzinami, nie mówiąc nawet, czego od niej chce, musiała zwariować, żeby wplątać się w sytuację, która jest kompletnie nienormalna, ośmiesza ją, sprawia, że zaniedbała przyjaciółki, lekarzy, w ogóle całe zwyczajne życie, które tak przecież lubiła; wysiaduje tylko przed lustrem i okłada się kremami, jakby w jej wieku to mogło cokolwiek zmienić, przestała być sobą; czuła teraz, w jakim napięciu upływały jej poprzednie dni, tygodnie, cały czas w gotowości, przyjdzie czy nie przyjdzie, a może tylko zadzwoni, a może nie zadzwoni, bo coś mu się stało albo już o niej zapomniał; co to jest, myślała zdziwiona, mam już tyle lat, miałam męża, ciekawą pracę, potem drugą, już nie tak ciekawą, ale znośną, mam mądrego syna, z którym rozmawiam prawie codziennie, choć przez Internet, i mogłabym teraz czytać ciekawą książkę, zwłaszcza że nie przeszkadza mi już zaćma, a zachowuję się jak idiotka, i to wszystko przez niego. Więc mówiła mu okropne rzeczy, że zawraca jej głowę, że postanowił pewnie napisać jakiś kolejny reportażyk o staruszkach, które stopniowo odklejają się od rzeczywistości, to się nazywa reportaż uczestniczący, tak? I ona ma dosyć, ona nie życzy sobie wysłuchiwania jakichś gazetowych mądrości, robiła mu uprzejmość, ale starczy tego dobrego. Piotr podniósł się z krzesła i z miną obrażonej królewny zaczął wkładać płaszcz; to był jakiś sposób, żeby wreszcie przywrócić w życiu porządek, więc zamilkła nagle, otworzyła mu drzwi, żeby mu było wygodniej, żeby nie musiał naciskać klamki, boby się zmęczył, biedaczek, on postał jeszcze chwilę, no, pokaż mi, że ci naprawdę zależy, albo idź, myślała, stojąc ze spuszczonymi oczami i ustami zaciśniętymi w wąską kreskę, w tę albo we w tę, mój drogi, milczała zawzięcie, a on pokręcił się jeszcze chwilę w miejscu i wyszedł. Trzaśnięcie drzwi trochę za mocne, powinna jednak poćwiczyć, żeby w razie potrzeby nawet w nerwach zamykać drzwi delikatnie, jak dama; przyjmijmy, że to przeciąg.

Piotr wrócił do Wieży w grobowym nastroju. Z tego wszystkiego poinformował od razu Marka o sforsowaniu drzwi budyneczku, który okazał się zrujnowanym ujęciem wody, licząc chyba na to, że i z przyjacielem się pokłóci, lecz Marek zareagował na to swoim zwykłym „aha" i pojechał do sklepu po mięso. Fatalnie się to wszystko ułożyło; w Romę wstąpiło jakieś złe, ale już nazajutrz pamiętał ją taką, jaka była zawsze, z wyjątkiem tego ostatniego razu, niestety ostatniego. Ostatniego? Przecież to się nie powinno tak skończyć. Ale okazało się, że ich spotkania nie sprawiały jej przyjemności, myślał Piotr z narastającym smutkiem. Miał wrażenie, że coś odcięło go od źródła energii; snuł się bez sensu po Wieży, wcześnie położył się spać, ale nie mógł zasnąć. Zaczęła go boleć skóra na całym ciele, zesztywniał mu kark, zalewały fale mdłości. Kolejnego dnia nie miał ochoty na wołowinę Marka, przyjaciel spojrzał na niego zdziwiony, jednak nic nie powiedział. Dlaczego z Markiem nigdy się nie pokłócili, a z Romą tak? Piotr poszedł po obiedzie do miejscowego sklepu po czekoladę: chciał się zmęczyć długim spacerem, a poza tym mgliście sobie przypominał, że czekolada zawiera jakieś substancje ułatwiające odwyk, to chyba nie chodziło o miłość, ale warto było chociaż spróbować. Zrobiło mu się od niej jeszcze bardziej niedobrze, zaczął mieć wrażenie, że widzi tylko na jedno oko, potem potwornie rozbolała go głowa, wieczorem przyszła burza. I co, nie zobaczy już więcej Romy? Może rzeczywiście nie powinien się odzywać, jej synowa była widocznie potworem, skoro ta pełna życzliwości dla świata kobieta opowiadała o niej z taką niechęcią. Dla zabicia czasu zaczął znowu, jak niegdyś, rysować szachownice, najpierw cztery na cztery, a kiedy sprawdził wszystkie możliwe ruchy skoczka, także pięć na pięć pól. Choć w tej sytuacji powinien właściwie zająć się szachownicą taką jak na polskich samolotach wojskowych: wszystkiego cztery pola i dla skoczka żadnego możliwego ruchu. Nudne to było i nie do zniesienia. Trzeciego dnia stał dłuższą chwilę nad telefonem; nie chciał dzwonić z komórki, bo obawiał się, że Roma nie odbierze, widząc jego numer. Ale nie zniósłby, gdyby powitała go chłodno, więc już odwracał się, żeby pójść na górę, gdzie jego sypialnia stała się czymś w rodzaju nory albo kapsuły awaryjnej, pozwalającej przetrwać katastrofę, kiedy telefon nagle zabrzęczał, Piotr odruchowo podniósł słuchawkę i usłyszał znajomy głos, zachrypnięty i dość niepewny.

— Piotr? — zapytała Roma.

— Tak, to ja — odparł z wysiłkiem, bo coś zablokowało mu gardło.

— Byłeś kiedyś w Jerozolimie?

Pytanie zaskoczyło go do tego stopnia, że zamilkł na dłużej. — Nie byłem — skłamał wreszcie, zastanawiając się, do czego to zmierza. Ale czując, biedny narkoman, przypływ ulgi.

— To przyjdź w sobotę.

Żadnego „proszę" ani „przepraszam", ale w jej głosie było coś czułego, więc żeby nie pokazać zanadto, jak spada z niego groza ostatnich kilkudziesięciu godzin, odparł tylko:

— O której?

— Słońce zachodzi o dwudziestej dwadzieścia sześć, sprawdziłam. A do wycieczki stacjonarnej powinno być ciemno.

— Dobrze — w głosie zadrżało mu coś, jakby powstrzymywany śmiech; to pewnie z nerwów. — Będę o dwudziestej dwadzieścia sześć.

— Przepraszam — powiedziała cicho Roma.

6.

Co się właściwie wydarzyło tej nocy, która kończyła się za jego plecami wschodem słońca — tej rozciągniętej na miliony lat eksplozji? Piotr prowadził samochód ostrożnie, świadom, że nie potrafi się skupić, trochę z niewyspania, a trochę z bezowocnego powracania myślą do kwestii, co się z nim, dokładnie rzecz biorąc, działo przez minionych dwanaście godzin. To nie była amnezja, tylko niepewność. Zupełnie jakbym się napalił albo nałykał czegoś, mruczał do siebie, dziwnie zadowolony. Jeśli na jezdni wydarzy się po drodze do Popielarni cokolwiek nieoczekiwanego, on zareaguje głupio lub nie zareaguje w ogóle i najpewniej się rozbije. Na tę myśl roześmiał się, zupełnie bez sensu, na cały głos.

Wieczorem, przed pójściem do Romy kręcił się trochę pod jej domem; wydawało mu się zabawne, że zapraszając go, podała niepełną godzinę, i postanowił doprowadzić żart do końca, dzwoniąc do jej drzwi dokładnie o dwudziestej dwadzieścia sześć. Miał ze sobą znowu herbaciane róże — zdążył się zorientować, że zawsze lubiła takie najbardziej — i denerwował się trochę, jak wypadnie ich powitanie po tamtej okropnej kłótni. Było mu głupio, że zamiast wysłuchać jej żalów na synową, zaczął się mądrzyć, a do tego jeszcze nie zadzwonił potem pierwszy, tylko wyczekał na jej telefon. Z drugiej strony rozumiał, że zaoferowała mu pokój bez orzekania o winie. I rzeczywiście, przywitali się jak gdyby nigdy nic, może tylko ściślej objęła go na powitanie. Miała na sobie strój, który w jakiś domyślny sposób korespondował z jej dawnym zawodem: granatową rozpinaną sukienkę do pół łydki, na szyi zaś apaszkę w barwach Air France: niebiesko-biało-czerwoną. I czarne pantofle, które zastukały na parkiecie, kiedy już spróbował powiedzieć, że też przeprasza — a ona położyła mu palec na ustach i poprowadziła w głąb mieszkania.

Pokój był przygotowany do podróży: sofa ustawiona przed rozwiniętym ekranem, rzutnik na niewysokim stołeczku, na drugim laptop; na stole plan miasta, butelka czerwonego wina i kieliszki. Piotr z niepokojem pomyślał o samochodzie zaparkowanym pod domem, lecz pocieszył się szybko, że imaginacyjna wędrówka po Jerozolimie potrwa wystarczająco długo, by jego organizm uporał się z niewielką dawką alkoholu. Zdawał sobie sprawę, że Roma dopuszcza go do prywatnego obrzędu, bo nie potrafił sobie wyobrazić podobnego wieczoru z udziałem, powiedzmy, pani Wioli; dlatego intrygowało go, jak też to będzie wyglądać. Ale ciekawiły go także własne reakcje.

Gdyż skłamał przecież, że nie był nigdy w Jerozolimie. Owszem. Polecieli do Izraela z Bożeną, kilka lat wcześniej; teraz już wiedział, że ich małżeństwo właśnie się rozsypywało, ale nie był pewien, czy wtedy rozumiał, dlaczego jego zapracowana żona wynalazła nagle sposób na zrobienie dziesięciodniowej przerwy w szalenie ważnych badaniach, czy też się nad tym w ogóle nie zastanawiał. W każdym razie polecieli i od początku nic się nie udawało. Trafili na okres największych upałów, z nieodległej pustyni nadciągnęły nad Jerozolimę tumany czerwonawego pyłu, wciskającego się wszędzie, wywołującego zapalenie spojówek, a kiedy wreszcie spadł deszcz, czerwonawe drobinki rozmazały się w oblepiające wszystko błoto. Bożena, jeszcze w samolocie mówiąca z ożywieniem o odwiedzaniu kolebki cywilizacji, przez połowę pobytu reagowała z rosnącym rozdrażnieniem na uzbrojone patrole, natrętnych sprzedawców, przepychających się turystów i rozmodlonych pielgrzymów najrozmaitszych wyznań: na arabskich chrześcijan, ortodoksyjnych Żydów, na czarnoskórych katolików, rosyjskojęzycznych prawosławnych i angielskojęzycznych protestantów, na kuchnie wszelkich odmian, których próbowali — a żadna jej nie smakowała — żeby po tygodniu wpaść w jakiś histeryczny zachwyt nad każdym zaułkiem, aż po wygłoszenie tuż przed odlotem ni to błazeńskiej, ni to poważnej deklaracji, że ona tu zostanie i wstąpi do klasztoru, co Piotra przestraszyło nie na żarty, bo przecież nie była nawet ochrzczona. W samolocie zresztą minęło jej to po pierwszym drinku, po którym wypiła duszkiem kolejne, a w Warszawie powiedziała mu, chwiejąc się na nogach, że więcej z nim nigdzie nie pojedzie, bo w ogóle się nie sprawdził. Oboje jakby umówili się, że najroztropniej będzie uznać ten epizod za niebyły, i nie rozmawiali o tym więcej. Bożena na powrót stała się pogrążoną w pracy panią naukowiec, a on przez chwilę miał ochotę napisać reportaż o syndromie jerozolimskim — szaleństwie, czyhającym w świętym mieście na zbyt wrażliwych turystów — którego łagodnego ataku był najprawdopodobniej świadkiem; ale zdawał sobie sprawę, że nie byłoby to lojalne wobec małżonki. I teraz Roma fundowała mu taką samą wycieczkę raz jeszcze, co prawda w bezpiecznej formie zdjęć rzucanych na ekran.

Usiedli obok siebie. Więc jesteśmy w Jerozolimie, zaczęła. Ulicą Omara Ben-el-Hataba zbliżamy się do

Bramy Jafskiej. Wchodzimy od razu na Stare Miasto, to wyższość tego rodzaju podróży. Fotografii samej bramy nie znalazłam, ale przypuszczam, że kiedy się ją minie, widać to. — Na ekranie pojawił się tłum mężczyzn w futrzastych czapach i czarnych, połyskliwych chałatach, z pejsami, młodszych i starszych. Przechodzili obojętnie obok żółtego samochodu, przy którym stała żołnierka z karabinem nieomal większym niż ona sama. — Nieopodal zaczyna się jerozolimski suk. Słyszysz ten gwar sprzedawców? — uśmiechnęła się do niego, a on wpatrywał się w ciasną, zadaszoną uliczkę, gdzie na wyciągnięcie ręki, po obu stronach wąskiego przejścia dla przechodniów, oferowano ryby i owoce, T-shirty z napisem „America, don't worry — Israel is behind you" i miniaturowe korony cierniowe, i nargile, i kolorowe czarczafy, i ozdobne talerze z fotografiami Złotej Kopuły. — Gdzieś tędy przebiega Droga Krzyżowa. — Kliknęła na następne zdjęcie, to była trzecia stacja, z marmurową tablicą, informującą po polsku i po francusku, że odnowili ją polscy wygnańcy „na podziękowanie Bogu za ocalenie i opiekę w czasie drugiej wojny światowej". Szukamy Bazyliki Grobu Świętego, mówiła żartobliwie Roma, może jest tu? — mignął przed nimi jakiś kościół — a może tu? — kamienny budynek z izraelską flagą nad wejściem. Tutaj jest! — ta fotografia miała inną jakość, poprzednio musiała Roma korzystać ze zdjęć amatora, teraz malował się przed nimi widoczek z folderu biura podróży.

Więc weszli do wnętrza Bazyliki, uklękli przy kamieniu namaszczenia, a potem schodkami na górę, na

Golgotę, całą w złoceniach, a potem znowu w dół, gdzie aparat uchwycił niecodzienny widok pustki przed wejściem do Grobu Pańskiego. A potem wdrapali się na jakiś taras, skąd zobaczyli Wzgórze Świątynne i meczet Al-Aksa, i debatowali dłuższą chwilę nad mapą, gdzie dokładnie są, z którego kierunku byłoby widać to, co malowało się na ekranie. Wypili po kieliszku wina, a potem jeszcze po jednym; nie dostałam izraelskiego, niestety — powiedziała Roma. Idziemy dalej? — Miała teraz głos młodej dziewczyny; więc poszli, przeskoczyli bez wysiłku Wzgórze Świątynne i Dolinę Cedronu, żeby znaleźć się na Górze Oliwnej, gdzie obejrzeli cerkiew i bazylikę, i opuszczony meczet ze śladami stóp Jezusa na chwilę przed Wniebowstąpieniem. A jeszcze czekała ich Ściana Płaczu, i budynek Knesetu, i Yad Vashem z drzewkami sprawiedliwych, i betonowy mur oddzielający terytorium palestyńskie, to jednak okropne, szepnęła, toteż zawrócili do dzielnicy Mea Shearim (tu zdjęcia były marnej jakości, pewnie robione z ukrycia, przypuszczał Piotr, pamiętający nerwowe reakcje miejscowych na widok aparatu) i w ten sposób dotarli do ostatniej fotografii. To znowu brama starej Jerozolimy, ale nie wiem, która dokładnie — przyznała jego przewodniczka; wystarczyła chwila nieuwagi i wyrwało mu się: To jest Brama Syjońska, szedłem tędy do Wieczernika.

Zapadła chwila krępującej ciszy. Roma teatralnie pacnęła w klawiaturę gestem wirtuoza, jakby stał przed nią fortepian, nie laptop — ekran na stojaku rozjarzył się błękitnym tłem z nazwą firmy i zgasł — po czym odwróciła się do Piotra całym ciałem: A, kłamczuszek.

To czemu szanowny pan robi ze mnie idiotkę? Wydawała się raczej rozbawiona niż zła, ale na wszelki wypadek objął ją i przytulił. — Bardzo chciałem tu być i zobaczyć te miejsca z tobą. To jakby pierwszy raz.

Milczała, więc szeptał dalej, nie widząc jej twarzy: Kiedy jestem z tobą, widzę wszystko twoimi oczami. Kocham cię; jeśli coś dzieje się bez ciebie, wydaje mi się teraz mdłe. Żałuję wszystkich chwil, które spędziliśmy osobno. Zakochałem się w tobie, w całym twoim życiu, które cię do mnie doprowadziło, coś dziwnego się ze mną stało: kocham lata sześćdziesiąte i syrenki, muzykę bigbitową i minispódniczki, i wartburgi, i winylowe płyty... Ale jak dojdziesz do tego, że kochasz Gomułkę, to uciekam z krzykiem, stwierdziła ironicznie i zaczęła wysuwać się z jego objęć. Nie uciekaj, wiesz, o co mi chodzi — przytrzymał jej ręce i zaglądał żarliwie w oczy, w jej uśmiechu gasła ironia, a narastała tkliwość. To nie ma sensu, powiedziała i próbowała pocałować go w policzek, ale on pochylił głowę, żeby ustami sięgnąć jej ust; nie broniła się. Jesteś wariat, odezwała się po dłuższej chwili. Tak, przyznał, gładząc jej skroń, jestem. Niech będzie, że jestem. Obudziłaś mnie, wszystko zmieniłaś w moim życiu. Przyglądała mu się uważnie w niebieskawym blasku ekranu komputera, zerknęła na czoło, jakby szukała tam frenologicznych dowodów szaleństwa, powoli opuszczała wzrok: na nasadę jego nosa, prawy policzek, wargi. Kolejny pocałunek, gorętszy, bardziej zachłanny. Ustami zawędrował do jej ucha, sunął nimi powoli w dół na skraj apaszki. Dłońmi schwycił ją za biodra, przechylał powoli, czując ogarniające go podniecenie i jakąś mroczną powagę przekraczania granicy, od której, jeśli zbliżał się do niej myślami, dotąd cofał się w zabobonnym lęku; tymczasem ciemność odgradzała ich życzliwie od innych ludzi i panujących między nimi zasad — wygaszacz ekranu zadziałał bezbłędnie, pozostawiając nieokreśloną, szarą poświatę, w której rysowały się tylko jej poczerniałe tęczówki, nieruchome, nakierowane na niego badawczo, a najważniejszy stał się dotyk i zapach, i szelest ubrań, czyjś przyspieszony oddech; poczekaj, odezwała się. Nie chciał czekać, ale przed jego ustami wyrosła nagle ściana palców. Więc zaczął je całować, po opuszkach, załamaniach, zgrubieniach. Zanurzył się we wnętrze dłoni, wylizywał zgięcie kciuka, powtarzając jej imię niby miłosny hipnotyzer, a ona znów poruszyła palcami, jak kiedyś, podczas jednego z ich pierwszych spotkań. Wzięła jego twarz w obie ręce, wydawało mu się — ale było już bardzo ciemno — że przygląda mu się ze smutkiem, a potem nagle roześmiała się, jak uwolniona spod działania jakiegoś mrocznego zaklęcia, i śmiejąc się, badała ustami kształt jego powiek, wciąż śmiejąc się, choć może trochę łkając, obrysowała mu językiem kąciki oczu, jakby bezskutecznie szukając łez. Zanurzył dłoń w jej włosy — przestraszył się, czując nagle trzeźwo, że w dotyku są rzadkie i kruche jak wysuszona trawa — poszukał karku, który był znacznie bardziej szorstki, niż sobie wyobrażał, ale nie zważając na opór w sobie samym, pochylił się, żeby znowu dotknąć wargami jej warg, marzę o tobie, marzę o tobie, zaskomlał, i jeśli to nie podziałało na nią, bo może nie, podziałało na niego: pragnął, jak mężczyzna powinien pragnąć kobiety w takiej chwili. To, co rzeczywiste, przestało mieć znaczenie. Odsunęła jego głowę, zmusiła go, żeby usiadł prosto, choć wciąż byli blisko siebie, przytuleni. Miał teraz wrażenie, że Roma rozgląda się po zaledwie widocznych kształtach, które ich otaczały, jakby podejmując decyzję: obudzić się czy nie. W końcu potrząsnęła głową i zsunęła z szyi apaszkę. Przewiązała mu oczy. Wstała i wzięła go za rękę, poprowadziła jak niewidomego.

— Więc jesteśmy w moim mieszkaniu — szeptała w powolnym rytmie stawianych ostrożnie kroków. Korytarzem zbliżamy się do drzwi mojej sypialni. Wchodzimy i teraz już nie wolno nam się cofnąć, nie znajdziemy żadnego usprawiedliwienia, minęliśmy ostatnie znaki ostrzegawcze. Rozbieram się dla ciebie, za chwilę stanę przed tobą naga. Ale nie wolno ci patrzeć, bo oślepniesz. Ty też zdejmij z siebie wszystko, chcę zobaczyć twoje ciało. Chcę zobaczyć, że rzeczywiście mnie pragniesz. Zaraz za tobą jest łóżko; połóż się. Jej głos chwilami zanikał, stawał się jedynie lekkim powiewem, wysyłanym skądś, z bliska, skoro docierał do powierzchni jego skóry, pozwalając się odbierać raczej zmysłem dotyku niż słuchu. Posłusznie wsunął się pod kołdrę, lecz zerwano ją z niego; przez chwilę czuł się, jakby umieszczono go na tamtym potwornym stole w lochach Wieży, ciało przygotowywane do operacji, do skrępowania i poćwiartowania. Naprawdę chcesz, żebym cię dotknęła? Kiwnął niecierpliwie głową. — Powiedz to, usłyszał. Powiedz to na głos. Chcę cię poczuć, wykrztusił, i drobna dłoń zaczęła sunąć po jego udzie. Skąd właściwie wiedział, że to ona? Wyobraźnia podsunęła mu absurdalny obraz, że w sypialni czekała na nich jakaś inna kobieta, a Roma, w swojej zapiętej szczelnie sukience, siedzi na krześle, w mroku, i niewidoczna wydaje polecenia, zamieniona w czarny kształt, spowita w czerń, prawie nieodróżnialny od niej, opowiada o ich nocy, którą Piotr spędza z nią, a przecież nie z nią. Ale to jej zapach poczuł — jej bezbronny brzuch przylgnął do jego biodra, jej usta przemknęły po jego skroni. Gardłowym szeptem mówiła o miłości, opowiadała mu swoją miłość, nazywała jego przemilczane pragnienia i spełniała je, lub tylko łagodnym głosem snuła marzenie o ich spełnieniu, o tym, co mogłoby się wydarzyć, co zrobiliby za chwilę, a potem naraz znowu dotyk, głodny, pełen namiętności, cofającej się wkrótce jak morska fala. Drażniła jego skórę ciepłym oddechem, wszeptywała w niego historię nocy pełnej pożądania, poddawała się jego ostrożnym dłoniom lub uciekała dokądś, w ciemność. Słowa stawały się coraz ostrzejsze, coraz bardziej przepełnione pragnieniem, ręce odważniejsze, wzbierające pragnieniem, jestem twoją kobietą, szeptała, którą skalasz, w którą się wedrzesz, wypełnisz mnie, chcesz mnie wypełnić? Nie był już pewien, co dzieje się naprawdę, a co jest tylko grą rozognionej wyobraźni, płonącej ciemnym ogniem, uformowanym przez jej dłonie, usta, przez słowa lepko przywierające jedno do drugiego, ciało do ciała, w orgiastycznym korowodzie. Wyciągnął język, żeby odwzajemnić tę językową pieszczotę, i zdawało mu się przez chwilę, że natychmiast odnalazł cel, wilgotnawy i słony; lecz to tylko ciemność była słona i wilgotny powiew skądś, z góry czy z boku; krople mroku tworzyły gęstą zawiesinę, w której pulsowały iskry, zapalały się i gasły, wirując coraz szybciej wokół wrzącego centrum pustki, gdzie kiedyś był on, a teraz tylko żarzyło się pożądanie. Fala słodyczy wzbierała i cofała się przekornie, odsłaniając, niby kamienie, jakiś zapach szorstki, uderzający i odurzający, aż szarpał biodrami w błaganiu o wyzwolenie go z męczarni, o pozbawienie do końca świadomości, rozgorączkowanej, mętnej. Jej słowa zaczęły deformować się, rozpadać na sylaby, jak w przedszkolnej wyliczance, zmieniły w piosenkę zbyt filuterną, więc zgasła zaraz i został tylko ledwie słyszalny szept o rozkoszy bliskiej, a jednak niedostępnej, zapowiadanej pojedynczymi głoskami. Bezdźwięczne A sparzyło mu uda, ukoiło je czułe U, podmuch nocy. Tak czarne, że aż niewidzialne O otuliło go, odsłoniło, znów otuliło i, och, oszołomiło. Spazm odebrał mu oddech, wyrzucił gdzieś na zewnątrz, poza wiotczejącą skórę, spływającą na prześcieradło jak zbędne ubranie, ciśnięte kilka stuleci wcześniej gdzieś, bliżej drzwi. Zapadła cisza.

Piotr trzeźwiał powoli, nasłuchując. Ostrożnie sięgnął do twarzy, a ponieważ nie usłyszał protestu, ściągnął apaszkę z oczu. Rozejrzał się. W półmroku zamajaczył pod ścianą rowerek do ćwiczeń, dalej szafa na ubrania, pognieciona pościel na łóżku, tuż obok niego. Pusto. Przez uchylone drzwi dobiegały jakieś dźwięki z odległej kuchni: zaszumiał kran, syknęła para, zadzwoniły spodeczki. Wstał, założył slipki i niepewnie wyjrzał. Korytarz, pokój z rzutnikiem. Wciąż nikogo.

W kuchni krzątała się Roma w połyskliwym, zielonkawym szlafroku. Spojrzała na niego z uśmiechem, który ponownie odebrał mu pewność, że w ogóle była w sypialni. Może tylko krople potu na czole... ale mogło mu się zdawać. Pomyślałam sobie — powiedziała serdecznym tonem, choć i na tyle oficjalnym, żeby poczuł się nieswojo z nagą piersią i owłosionymi nogami — że zrobię sobie herbaty, a tobie kawy. Masz ochotę, prawda?

7.

Kiedy Piotr przyszedł do Romy dwa dni później, na wszelki wypadek wcześniej zapowiadając telefonicznie swoją wizytę, objął ją czule w przedpokoju, lecz wymknęła mu się, mówiąc przekornie: No już, bo pomyślę, że przychodzisz tu tylko dla seksu. Słysząc jej śmiech, roześmiał się nieco sztucznie; poprowadziła go do pokoju, wskazała krzesło, na którym zwykle siadał, filiżanka na kawę była już przygotowana. Co robiłeś? — nie dopuściła go do głosu; myślałem o tobie — nie dał się zwieść w stronę towarzyskiej pogawędki, jednak potrząsnęła głową: a poza tym? Nie można myśleć o kimś bez przerwy. Ja też myślę o tobie, ale razem z tobą myślę o rozmaitych rzeczach. Myślicie mi się ty i one.

Masz jakieś zdjęcia? — zapytał. Pokiwała palcem, że nie, że żadnego oglądania. — Nic ci nie będę pokazywać. Zakochasz się we mnie dawnej i nie będziesz kochał tej, którą jestem — droczyła się. — Po co ci to, po co ci właściwie moja przeszłość? — Już ci to mówiłem. — Nie pamiętam, starsze panie mają okropnie krótką pamięć. — A jest tu jakaś? — Nie szarżuj, spoważniała, cokolwiek wydaje ci się, że się wydarzyło, jestem mocno starszą panią i nie będziemy o tym zapominać.

Jakby na potwierdzenie tych słów, wstając, oparła się z wysiłkiem o rant stołu; miała pogodną twarz, ale poruszała się dziś wolniej, ostrożnie stawiając stopy. Pomogę ci — zaofiarował się. Jeśli jesteś tak dobry, weź talerzyki i sernik. Upiekłaś? — zażartował. Tak, od samego rana stoję przy piecu — odparła. A gdy usiedli znowu, poprosiła: No to opowiedz mi o swoim wczorajszym dniu. O całym tym okropnie długim czasie, kiedy cię nie widziałam.

Więc zaczął mówić, choć nie wydawało mu się to ciekawe; ale słuchała go uważnie, nie spuszczając z niego czułego wzroku. Opowiadał, że buszował w Internecie, szukając zdjęć starego lotniska na Okęciu i sopockiego Non-Stopu, Warszawy z lat sześćdziesiątych i domów zaprojektowanych na przełomie lat czterdziestych i pięćdziesiątych przez architekta Neufharta-Zielińskiego (bo na wielu stronach występował pod takim, podwójnym nazwiskiem). Czasem z tobą rozmawiam, przerwała mu nagle. Przyznaję ci się na wypadek, gdybym zaczęła ci wmawiać, że o czymś ci opowiedziałam, a ty nie miałbyś o tym pojęcia. Siedzę rano i wyobrażam sobie, że jesteś. Wyciągnął do niej rękę przez stół, spletli się na chwilę palcami, cofnęła zaraz dłoń. Z westchnieniem pokręciła głową, miał wrażenie, że chce mu coś powiedzieć, ale zrezygnowała. — No i co ci po tych starych fotografiach, mój książę?

Choć opowiedziała mu kilka scen ze swojej przeszłości, bo bardzo ją o to prosił, w dalszym ciągu nie lubiła wspomnień — swoich ani czyichkolwiek. Miała je zawsze za fundowanie sobie smutku, nawet w najprzykrzejszych chwilach życia uważała to za niedozwoloną ucieczkę, pozorne, trujące lekarstwo. Kiedy było jej źle, nie opuszczała teraźniejszości, tylko zawężała ją do szczeliny, w której mieściło się jedynie pół oddechu, pojedyncze uderzenie serca. Słyszała wtedy uspokajający komunikat organizmu: żyjesz. Cokolwiek się wydarzyło i cokolwiek się wydarzy, ten ułamek sekundy należy tylko do ciebie. Być może nauczyła się tego, latając; w każdym razie zapamiętała dobrze zdumiewające doświadczenie w samolocie, który w burzy przez kilkadziesiąt sekund spadał nosem w dół, właściwie było oczywiste, że zaraz się rozbiją, a one z koleżanką, przypięte pasami do foteli, prowadziły z wielkim zajęciem rozmowę o ostatnim numerze „Przekroju", jakby nie docierały do nich krzyki przerażonych pasażerów, jakby solidarnie nie przyjmowały do wiadomości tego, co się dzieje. Ił wyrównał wreszcie lot raptem kilkaset metrów nad ziemią; kiedy po wylądowaniu próbowała o tym opowiedzieć, nikt jej nie wierzył. Bo nie było wyświetlania się pod powiekami najważniejszych chwil życia ani sentymentalnego żegnania się w wyobraźni z najbliższymi.

I teraz speszyło ją, że Piotr, chcąc się do niej zbliżyć jeszcze bardziej — to było jasne, budziło rozczulenie — wkłada ją, chyba bezwiednie, między karty historii, jak zasuszoną roślinkę do zielnika. Może rzeczywiście tylko tam pasowała. Szkoda, że nie urodził się ćwierć wieku wcześniej. Tylko czy wtedy cokolwiek, poza imieniem, łączyłoby go z tym Piotrem, którego zna? Wątpliwe, myślała — podczas gdy on opowiadał o swoich wędrówkach po sieci — żeby wolno nam było tak się wyławiać z nurtu czasu i nawet w wyobraźni umieszczać to tu, to tam, gdy być może nasze charaktery są po prostu fragmentami historii i wyciągnięte z niej, tracą tożsamość. Jesteśmy opowieściami, dziwi się Roma, albo jeszcze mniej: jesteśmy fragmentami opowieści snutej nie o nas, częściami bardzo długiego zdania, bardzo wielu bardzo długich, logicznie rozwijających się zdań i nigdy nie tracimy związku z tym fragmentem, w którym wystąpiliśmy; wbrew potocznym wyobrażeniom nie mamy samodzielnego sensu. A skoro tak, to moje spotkanie z Piotrem, moje zauroczenie nim, moje szaleństwo (i zresztą, Bogu dziękować, także jego szaleństwo) byłoby jeszcze bardziej szalone, niż się wydaje, choć i tak wydaje się szalone bezgranicznie. Bo nie mielibyśmy prawa unieważniać tego szaleństwa wyobrażeniem, które on mi, zdaje się, podsuwa: że to zaledwie — bagatela — jakiś poślizg w czasie, bez którego trafilibyśmy na siebie we właściwym momencie mojego życia. Musiałabym uznać, że zakochałam się w kimś należącym nieodwołalnie do innej epoki, jak w stworzeniu należącym do innego gatunku. Historiozoofilka — przyszedł jej nagle do głowy uczony termin, a trochę wymyślna obelga, i parsknęła smutnym śmiechem, przerywając Piotrowi wywód. Przepraszam cię, Piotrze, przepraszam. — Uniosła z gracją dłoń, przyznając się do gafy. Coś mi się przypomniało.

A co? — zaciekawił się. — Nie mogę ci powiedzieć. Wybacz, nie wszystko ci od razu opowiem. — Położyła rękę na sercu i zaraz zdała sobie sprawę, że go oszukuje. Bo pewnych rzeczy nie opowie mu nigdy, niech on śni spokojnie swój sen o niej, w związku z nią — związku widocznym, ale przecież wątłym. Zostanie tajemnicą, ile pastylek łyka codziennie, jak często kładzie na włosy farbę, żeby w przedziałku na szczycie głowy nie wychodziła siwizna, i że powinna zoperować też drugie oko, lecz póki trwa ta dziwna historia, która na pewno skończy się lada chwila, nie będzie, skoro nie musi, chodzić po lekarzach. Ile właściwie mają czasu? Tyle, ile trwa teraz. Nigdy nie przypuszczała, jak dramatyczne wyda jej się zamieszkanie w teraźniejszości, cudowny pomysł z okresu po pogrzebie Stefana. Nie chciała wtedy planować, robić sobie nadziei; tymczasem dopiero dziś poczuła, że już nie pora na nadzieję, tę chorowitą córeczkę miłości; a jeśli, to nadzieje, czy raczej już tylko prośby do losu, mogą być jedynie dojrzałe, to znaczy negatywne: nie cierpieć lub cierpieć niewiele, nie stracić przedwcześnie świadomości, pożegnać się godnie, bez żalu. A tu przytrafił się ten mężczyzna, przypatrujący jej się z troską. Coś mam na twarzy? — zaczęła teatralnie dotykać palcami skóry na policzkach. Nie, odparł, tylko chwilami mam wrażenie, że mi się wymykasz. I zarazem, roześmiał się zakłopotany, że chyba jest we mnie coś z kanibala. Zamajaczyło mi, że — zająknął się — zjadamy się nawzajem. W ten sposób w każdym z nas byłoby coś z tego drugiego. — Dolej nam jeszcze kawy, ludożerco.

Więc jeśli mam się powstrzymać od zjadania cię, podjął lekko po chwili, jakby było to zupełnie zwyczajne wyznanie miłości, to musisz mi ciągle opowiadać o sobie. Wszystko. — Ale co ci z tego przyjdzie? — zapytała. — Równie dobrze ty mógłbyś od razu zacząć opowiadać o mnie. — Nie rozumiem, odparł. Widzisz, Piotrze, ja wymyślam wszystko od początku. Układam, żeby to było prawdziwe dzisiaj, nie wtedy. Żeby pasowało, odpowiadało czemuś teraz...

(Prawda bywa niezbyt pożywna, równocześnie szeptało jej coś w głowie z goryczą. Czasem wręcz trująca. Nie opowiem ci, jak się skończyła moja przyjaźń z Bellą. To chyba wtedy zrozumiałam, że niezdrowe jest odsłanianie prawdy. A kiedy nie ma jej nawet tam, głęboko, wtedy dopiero czujemy jej nieobecność i zaczynamy zastępować ją tym, co siedzi w nas samych, na samym dnie. Zbutwiałe. Te osady wzbijają się i robi się coraz ciemniej. Zupełnie ciemno. Tylko teraźniejszość jest jasna).

— ...To, co przeszło, nie istnieje — mówiła dalej. — To nie film, który możesz odtwarzać w kółko, tylko duchy. — Roześmiała się, widząc minę Piotra. — Ty mnie o ludożercach, to ja ci o duchach. Ale naprawdę o nich myślę. Powidoki zmarłych, usamodzielnione i gadające coś, czego oni w rzeczywistości nigdy by nie powiedzieli. Więc jestem wyjątkowo niesubordynowanym świadkiem czegokolwiek. Fantazjuję chętnie na własny temat, tak jak ty możesz fantazjować o mnie. Przynajmniej wiedziałabym, jaka jestem w twoich oczach. A potem ja bym zaczęła opowiadać o tobie. O postaci z baśni: o księciu, nieświadomym, że sieje czary. Księciu w krainie czarów, ciągle przekonanym, że wszystko dokoła istnieje naprawdę.

Piotr znowu sięgnął po jej dłoń. To, że się spotkaliśmy, jest naprawdę, chciał powiedzieć, ale przypomniał sobie swoje wątpliwości, co się zdarzyło tamtej nocy, i zamilkł. A Roma chciała zapytać, na jak długo, lecz przecież to było nieważne, to przynajmniej miało być nieważne, liczyła się tylko ta chwila, kiedy Piotr trzyma ją za rękę i nie widzi staruszki, niech będzie, że w niezłej formie, ale staruszki przecież, z którą związku nie zaakceptowałby nikt ze znajomych, jego ani jej. Więc zamiast mówić, poszła do łazienki i tam, patrząc w lustro, zastanawiała się przez chwilę, dlaczego nigdy nie udało jej się w ten sposób rozmawiać ze Stefanem, choć z biegiem czasu myślała o nieżyjącym mężu coraz lepiej. Czasem przychodziło jej do głowy, że Bóg, jeśli jest, na tej właśnie zasadzie potrafi nam tyle wybaczyć: widzi nas z wielkiego oddalenia, jak my naszych zmarłych sprzed wielu lat. To, co złe, zaciera się w pamięci i zostaje tylko tych parę chwil, kiedy było miło. Okazuje się, że one mają znacznie dłuższy termin przydatności niż wszystko inne. Jak by to powiedział ten ekstrawagancki przyjaciel, o którym wspomina niekiedy Piotr: miłosierdzie jest być może funkcją czasu. A potem umyła ręce i nakremowała je starannie, bo choć nic im już nie pomoże, to przecież znowu, po tylu latach, ktoś je pieścił bez wstrętu, więc nie mogły stać się szorstkie jak kora uschniętego drzewa.

Chciałbym cię zaprosić do Popielarni — powiedział Piotr, kiedy usiadła znowu przy stole. Chciałbym pokazać ci Wieżę. I poznać cię z Markiem.

8.

Na tę sobotę zapowiadano pierwszy dzień prawdziwej wiosny — nie tej kwestionowanej co chwila przez opady topniejącego szybko śniegu, ale trwałej, prowadzącej prosto do lata. I rzeczywiście: powietrze było od rana ciepłe, ogrzane słońcem, które nabrało sił po wielomiesięcznym lenistwie; pojedyncze cumulusy defilowały jak białe pluszaki po błękitnym niebie; drzewa obsypała drobna, rozedrgana dziecinnie zieleń, gdzieniegdzie sterczały jeszcze nagie gałęzie, ale były to tylko ofiary dawno minionych mrozów, które więcej nie wrócą. W południe termometry wskazywały dwadzieścia pięć stopni w cieniu; Piotr z Markiem zdecydowali wystawić przed Wieżę, pod żywopłot, za którym zaczynało się gospodarstwo Włodaków, stoliczek turystyczny, krzesła, i grill, używany dotąd tylko raz. Aperitif mieli wypić w środku, pokazać Romie — jeśli będzie chciała — kolejne piętra, a resztę spotkania spędzić pod gołym niebem, o ile po zachodzie słońca nie zrobi się chłodno. Składzik na parterze został uprzątnięty, żeby kobieta mogła przenocować; nazajutrz Piotr odwiezie ją do Warszawy. Giedojt, jak na niego, wydawał się dość przejęty, zapytał nawet, jak ma się do niej zwracać i czy są tematy, których nie powinien poruszać. Chciał wesprzeć przyjaciela, a przy tym skąpe informacje o tej jakiejś staruszce, która potrafiła wzbudzić w Piotrze tak silne uczucia, uruchomiły w nim ciekawość badacza. Wszystkie znane mu równania, odnoszące się do procesów fizycznych, zawierały składnik czasu, t — Piotr sugerował natomiast niedwuznacznie, że w tym przypadku t zostało wyeliminowane, jakby za pomocą niedozwolonego lub nieodkrytego dotąd przekształcenia. Giedojt uważał to za naprawdę ciekawe.

Na przygotowaniach zszedł im zatem prawie cały dzień; wreszcie Piotr wsiadł do peugeota i pojechał po Romę. Marek przejrzał krytycznie swoją garderobę i — skoro popołudnie i wieczór mieli spędzić na zewnątrz — zdecydował się na brązową bluzę z pomarańczowymi paskami w miejscu wszycia rękawów i napisem na plecach „UNIVERSITY OF MOSCOW". To, że kupił ją w Stanach, uważał za jeden ze spektakularnych przejawów perwersyjnego globalizmu. Zdążył jeszcze przełożyć czarne oliwki ze słoika do glinianej czarki, wyglądającej trochę jak kielich, sprawdzić, czy obsypana ziołami karkówka w lodówce smacznie pachnie, stanął malowniczo w drzwiach Wieży — i usłyszał warkot samochodu, toczącego się ostrożnie po żwirówce. Intrygujący gość zbliżał się.

Roma zdawała sobie sprawę, że do takiego spotkania musi kiedyś dojść. To miłe, że Piotr nie zafundował jej, jak dotąd, odwiedzin u matki, ale chyba zdanie „poznaj moją nową dziewczynę" nie przeszłoby mu przez gardło — na podstawie mimochodem rzuconej uwagi zaczęła przypuszczać, że pani Dębicka jest od niej o rok czy dwa młodsza. Gdyby była w wieku, w którym normalnie odbywa się takie zapoznawcze wizyty, świadomość, że będzie oceniana przez najbliższego przyjaciela ukochanego, mogłaby ją speszyć. Lecz żyła wystarczająco długo, żeby wiedzieć, jak się zmobilizować. Ja ci pokażę, jak wygląda kobieta, która chce się podobać — mruknęła, zakładając ciemnoniebieską tunikę do kolan i granatowe obcisłe spodnie, eksponujące ciągle jeszcze atrakcyjny kształt jej łydek. Do tego pełne buty, niby turystyczne, ale na dość wysokim obcasie. Po oczach Piotra, gdy ją zobaczył, zorientowała się, że przedstawienie raz jeszcze się udało. Może ostatni, myślała, wsiadając do samochodu. W gruncie rzeczy przez cały poprzedni dzień czuła się fatalnie; przeleżała cały piątek w sypialni, zlana potem. To prawdopodobnie front atmosferyczny, którego nadejścia tak wszyscy wypatrywali. Na szczęście w sobotę obudziła się w zupełnie niezłej formie; przynajmniej — uznała — jak na swój wiek.

Jadąc, droczyli się przez pewien czas, bo Piotr upierał się, że jego T-shirt ma dokładnie kolor jej tuniki i widać, że występują w jednej drużynie; a Roma uważała, że jest jednak za stara na studencki zwyczaj ubierania się z chłopcem w takie same stroje, poza tym koszulka Piotra była naprawdę o ton jaśniejsza. Rozśmieszyła ją nazwa rzeki, przez którą przeskakiwała autostrada — Pisia Gągolina, to brzmi jak ryzykowne przezwisko, powiedziała — przelotnie zaciekawiło ją też sanktuarium w Miedniewicach. Z asfaltowej szosy skręcili koło przydrożnego krzyża, co wydało jej się zawoalowaną przestrogą. Potem był las, upstrzony gdzieniegdzie domkami, w większości letniskowymi, i pasami nieużytków. Zwieszające się nad żwirówką osiki trzepotały jak dłonie odprawiającego czary szamana. Droga zrobiła łagodny zakręt w lewo i między zaroślami mignął cel ich podróży. Dziwaczny budynek wśród lasu oszołomił ją; niby podczas jednego z ich pierwszych spotkań wypytała o niego, a jako córka architekta potrafiła go sobie mniej więcej wyobrazić, lecz teraz okazało się, że jednak mniej niż więcej. Neogotycka klatka schodowa z asymetrycznym wejściem i dwoma wąskimi, ostrołukowymi oknami, jedno nad drugim, powinna była prowadzić do jakiegoś pałacu w duchu romantyzmu angielskiego; tymczasem za nią sterczała, nieco tylko niższa od niej, pękata baszta obronna, otynkowana na ciemniejszy kolor, z ceglanym paskiem blanków na szczycie. Krzewy to odsłaniały ją teraz, to ukrywały; gęstwina sosen, brzóz i rachitycznych dębczaków wyciągała ramiona, żeby Wieżę pochwycić i zamknąć na zawsze w swoim zaczarowanym wnętrzu. Romie przyszła do głowy nonsensowna myśl, że może to temu miejscu zawdzięcza wzruszającą skłonność Piotra do niej — kto dłużej pomieszka w budynku niemożliwym, ma prawo odczuwać niemożliwe uczucia i podejmować chorobliwe decyzje, nijak się mające do zdrowych reguł rzeczywistego świata. Ale zaraz skręcili w bramę, na spotkanie wyszedł niestarannie ogolony mężczyzna w brązowej bluzie, podał jej elegancko rękę, pomagając wysiąść, cześć, jestem Roma — przedstawiła się, rejestrując mimochodem, że przechodzi na ty z coraz młodszymi ludźmi; miejmy nadzieję, że na tym koniec.

Piotr wniósł jej bagaż do środka, okrągły parkiet w centrum aż się prosił, żeby na nim zawirować, czterdzieści lat temu zrobiłaby to z pewnością, ale teraz nie, zwłaszcza że Giedojt, zaledwie wrócił z kieliszkami, napełnionymi winem, znów przyglądał jej się wzrokiem badawczym i jak to oceniła, trochę ironicznym. Więc korzystając z opowieści Piotra, zaczęła pytać go o pobyt w Stanach, a także o grafikę komputerową i teologiczne hobby — obie te dziedziny były jej zupełnie nieznane, lecz sądziła słusznie, że wystarczy zadać ostrożnie pierwsze pytanie, żeby pasjonat mówił dłuższy czas bez przerwy, zaskoczony, że spotkał tak inteligentnego rozmówcę, tym bardziej że patrzyła mu głęboko w oczy. Piotr aż chrząknął w pewnej chwili, chyba rozdrażniony tym spojrzeniem, więc uśmiechnęła się do niego, przytuliła na moment. — Roma zjeździła, a właściwie zlatała pół świata — rzucił, chcąc zmienić temat, a Giedojt zaraz podchwycił ten wątek; chyba zorientował się, że sam tokuje, od niej zaś nie usłyszał jeszcze nic, więc zaczął dopytywać, gdzie dokładnie była. Och, wszędzie, gdzie mieliśmy wtedy połączenia, odparła znudzonym tonem, bo obaj należeli przecież do pokolenia, dla którego świat się otworzył, więc czym miała im zaimponować? Ale równocześnie szukała w pamięci intensywnie, żeby to jednak nie była tylko Europa; Madryt, Rzym, Londyn — wyliczała — Sztokholm, aha, Kair, w pewnej chwili próbowano przedłużyć linię z Kairu w głąb Afryki, więc byłam raz w Addis Abebie i Nairobi, ale oczywiście nic z tego nie wyszło, przypuszczam, że robiliśmy za przykrywkę dla jakieś akcji władz, nie wiem dokładnie jakiej; z delegacją rządową latałam też do Teheranu i do Delhi... A w Honolulu byłaś? — zapytał Giedojt; gdyby nie to, że uśmiechnął się przy tym miękko, zabrzmiałoby to jak złośliwość. Niewiele myśląc, powiedziała, że oczywiście. Najbardziej podobały mi się tam żółte pingwiny, całkiem jak kanarki, no i ich słynne mleko, wiesz, jak się ustoi, to na wierzchu robią się takie seledynowe kółeczka. I wtedy Giedojt, który przez chwilę słuchał jej ze zmarszczonymi brwiami, parsknął śmiechem, stuknął kieliszkiem o brzeg jej kieliszka i wyglądało na to, że w ten sposób dobrnęła do końca egzaminu. Z sukcesem, oczywiście.

Zaczęło się zwiedzanie ich domostwa; na piętrze Roma szczerze zachwyciła się biblioteką, mało brakowało, że zawołałaby „o, tu chciałabym mieszkać!", lecz w porę zdała sobie sprawę, że mogliby to zrozumieć zbyt dosłownie, przy czym Piotr by się pewnie ucieszył, a Giedojt prawdopodobnie nie, więc tylko klasnęła w dłonie i uśmiechnęli się obaj. Potem wspięli się wyżej, o pokoikach na drugim piętrze powiedziała uprzejmie, że są ładne i przytulne, ale zrobiły na niej wrażenie kajut, zbyt klaustrofobiczne jak na jej gust. I jeszcze wyżej, po metalowych schodkach — prawie jak do samolotu — na taras, otoczony blankami. Słońce zachodziło powoli, a powierzchnia lasu wydała jej się dywanem zielonych chmur, oglądanym z góry, od tej strony, której dawno nie widziała, więc poprosiła, żeby zostali tu na dłużej. W gruncie rzeczy ten spacer po piętrach mocno ją zmęczył i wcale jej się nie podobała perspektywa powrotu. Panowie chyba naprawdę zapomnieli, że mają do czynienia z kimś znacznie starszym. Oparła się na ramieniu Piotra i zaryzykowała: Wiesz, zostałabym tutaj, szepnęła, to byłby duży kłopot, gdybyśmy nie schodzili tymczasem na dół? Zareagował znakomicie, zaproponował zaraz, żeby Marek pełnił przez chwilę honory domu, a on przyniesie krzesełka.

Piotr zbiegał po schodach, zadowolony, że jak dotąd wszystko toczy się jak najlepiej, ale zarazem stropiony bladością na jej twarzy. Może powinni rozłożyć zwiedzanie na kilka etapów, lub w ogóle go nie proponować; Wieża objawiła nagle swoje oblicze nieżyczliwe dla kobiet mających dużo więcej lat niż oni. Ale nigdy w czasie spotkań Roma nie dawała mu znać, że coś ją męczy, i w końcu zapomniał, tak jest, zapomniał, że nie jest jego rówieśniczką. Złożył turystyczny stolik i trzy krzesła, po grill zejdzie jeszcze raz, właściwie od razu powinni wybrać taras jako miejsce na spotkanie, skoro nie wykluczali, że zawloką ją aż tam. Wspinał się ostrożnie, nie chcąc, żeby coś mu wypadło z rąk, i pewnie dzięki temu zatrzymując się tuż przed drzwiami na szczyt, usłyszał nagle koniec zdania Giedojta. Przyjaciel mówił tonem, którego chyba nigdy wcześniej u niego nie słyszał, mówił nieomal z czułością: — ...bo to dobry człowiek. Najporządniejszy facet, jakiego znam. Nikomu innemu nie mógłbym tego zaproponować. Piotr pchnął drzwi i jeśli miał wątpliwości, czy to o niego chodziło, pozbył się ich natychmiast, bo Roma na jego widok zaczęła szybko mówić, jak wspaniałe mają tu widoki i że ona w ogóle by tego tarasu nie opuszczała. Resztę ja przyniosę, zatrzymał go Marek, speszony chyba możliwością, że Piotr usłyszał jego słowa; i może jakieś koce, gdyby się zrobiło chłodno, zaproponowała Roma. Piotr posadził ją troskliwie na krzesełku, tak żeby miała przed oczami zniżające się majestatycznie słońce. Dobrze się czujesz? — szepnął, siadając naprzeciwko. Dobrze mi. — Bezradnie uniosła ramiona, jakby zaznaczając, że to silniejsze od niej; odniósł przy tym wrażenie, że nie odpowiedziała na jego pytanie.

Tymczasem Giedojt zaczął dwoić się i troić; coś zaszło pod moją nieobecność, uświadomił sobie Piotr, Roma poprowadziła rozmowę w taki sposób, że teraz Marek zabiega o jej samopoczucie nieomal bardziej niż ja. Wygrzebał skądś koce, wręczył Romie zielono-złoty, twierdząc, że to najpiękniejszy, sam narzucił, niczym togę, drugi, w kolorze dokładnie takim jak jej tunika, śmiejąc się, że teraz on też nosi jej barwy, a Piotrowi rzucił jasnobeżowy i prawdę mówiąc, najcieńszy. Ale nieraz dyskutowali o tym, że Piotr nie marznie, a Giedojt owszem. Węgiel nie chciał się rozpalić, więc potraktowany został rozpałką w płynie, która daje wprawdzie chemiczny zapach, ale to zaraz przejdzie, objaśniał Marek, tymczasem proszę, oto oliwki. Więc skubali oliwki, o rany, wino zostało w kuchni, uświadomił sobie Piotr, nie ganiajcie tak obaj, poprosiła Roma, posiedźmy. Pobądźmy razem.

Więc zostali i byli razem, prawie znieruchomiali: Giedojt u szczytu stolika z oliwkami w glinianej czarce, tyłem do wejścia, mając baczenie na skwierczący już obietnicą grill; Roma po jego lewej, Piotr po prawej stronie. Zapadła cisza, oddzielająca ten pierwszy etap —

etap rozpoznawania się ludzi — od następnych i zwiastująca, że wszystko potoczyło się lepiej, niż Piotr mógł oczekiwać. Gdyby nie ta końcówka rozmowy, którą podsłuchał przypadkiem, i gdyby nie spojrzenia, które rzucała mu Roma, dziwne, jakby żartobliwe i tak, nie mylił się: triumfujące, byłby się wręcz zastanawiał, czy nie należałoby obudzić w sobie trochę zazdrości. Gdyż nie widział nigdy Marka traktującego jakąś kobietę z podobną sympatią. Wreszcie mógł objąć ich jednym spojrzeniem: dwoje ludzi, których po wszystkich niemiłych przygodach swojego życia miał za najbliższych sobie, odmiennych, a najwidoczniej błyskawicznie zaprzyjaźnionych. Od dzisiaj nierozdzielnych, nawet gdyby się już nigdy więcej nie spotkali, myślał niejasno Piotr, ukołysany trochę aperitifem wypitym na dole, a bardziej czymś innym, czego nie umiał nazwać. Niezbadane, nie do wyśledzenia drogi prowadziły go w to miejsce, wiodły do rozpoczynającego się właśnie wieczoru, który okazywał się jego celem i pragnieniem, choć nigdy nie umiałby go wyrazić. Strumień czasu, nie — strumienie trzech osobnych dotąd czasów spływały razem i splatały się w ten punkt, który niech trwa. Marek niósł cierpliwość, łagodność, opanowanie, wierność; jaką serdeczność chował dla Piotra, wydobytą dopiero przez Romę! Ona darowała im wesołość, uprzejmość, dobroć, pokój. Czy i on, Piotr, mógł coś jeszcze dodać do tego niespodziewanego święta? Ale wierzył, że tak, bo naraz uświadomił sobie — to zrozumienie wypełniło go z kolejnym oddechem — że wszystko jest dobre. Nawet on. I ten nadchodzący wieczór był dobrym wieczorem.

Aż ogarnął go smutek: może nigdy już nie będzie czuł takiego spokojnego szczęścia jak w tej chwili.

Tymczasem Giedojt nie wytrzymał i pobiegł po wino, karkówka zaczęła się smażyć, i potoczyła się rozmowa, w której — ku lekkiemu zakłopotaniu Piotra — pojawił się zamurowany korytarz i ujęcie wody nad zarośniętym stawem. Roma aż podniosła się, żeby wyjrzeć i zobaczyć w gasnących promieniach dnia budyneczek, zarysowany ciemną plamą w pozieleniałych od paru dni krzakach. Tak, to tam; a widzisz, dalej jest staw, tylko że na razie zupełnie zarośnięty. Gdybyśmy mieli pieniądze, rozmarzył się Marek, wyremontowałoby się tę studnię, odkopałoby się przejście z naszych piwnic, ja bym wręcz zamurował drzwi, które udało się sforsować Piotrowi, i Wieża zrobiłaby się prawie samowystarczalna. Mam wrażenie — tłumaczył — że świat zmierza ku gorszemu, że coś niedobrego wzbiera, i uspokaja mnie myśl, że można by się zamknąć na cztery spusty i odciąć. Prowadzić własne, niezależne życie, obojętne na wszystko dookoła. Roma słuchała tego z uśmiechem, aż nagle — nad kawałkiem karkówki — rzuciła od niechcenia: Miałam kiedyś, dawno temu, przyjaciółkę, z którą byś się dogadał. Tak, Bellę — przytaknęła spojrzeniu Piotra. — Opowiadałam ci o niej. To zabawne, ale mam wrażenie, że w głębi duszy jesteś, Marku, do niej podobny. Taka sama czystość i niezrozumienie... — Czego? — zdziwił się Giedojt, chyba nieprzyjemnie. Niezrozumienie w pewnych warunkach może być cechą szlachetną, wyjaśniła Roma (Piotrowi wydało się, że w tych słowach zabrzmiała ironia). Świat zawsze jest gorszy, niż chcielibyśmy, żeby był, i przez to nie dostrzegamy jego najzupełniej podstawowej zalety. Że jest. Wszystko, co idealne, bezgrzeszne, czyste, istnieje w sposób pożyczony, zapożycza istnienie od tego, co dzieje się naprawdę. A „naprawdę" znaczy: trochę przybrudzone, bardzo niedoskonałe. Bella, tak dzisiaj myślę... Ona nie zrozumiałaby nawet połowy tego, czym ty się zajmujesz, Marku, ale chciała być idealną osobą w idealnym świecie. W tej twojej cyfryzacji, matematyzacji wszystkiego, w tym marzeniu o izolacji i o dostępie do czystej wody w podziemiach, w budowaniu programów do filmowania tego, co nie istnieje, ja przeczuwam podobne marzenie. Skrzywdziłam ją i często o niej myślę — dodała obojętnym tonem i poprosiła o jeszcze jeden kieliszek wina. Marek podniósł się, żeby jej nalać, i chyba tylko dlatego nie wzruszył ramionami. Miła kobieta, naprawdę miła. Ale jednak, co tu dużo mówić, dziwaczka.

Słońce już zaszło, zrobiło się chłodno, a im wcale nie chciało się chować do środka. Roma, być może na rozgrzewkę, zaczęła nucić: *Ja znaju, ty wsiom umiejesz, ja wieruju w mudrost' Twoju, kak wierit sołdat ubityj...* Mam pomysł, powiedział nagle Giedojt, widząc, że Roma otula się szczelniej w zielono-złoty koc. Zdjął z grilla kratkę, na której leżał samotny kawałek mięsa — nikt nie chce? bo wyrzucam — dosypał węgla i z plastikowej butelki wycisnął strumień podpałki. Ogień skoczył wysoko, zaczerwienił mrok, który zdążył zakraść się między nich. Buchnęło ciepło. Teraz dobrze? — zapytał. — Tak — uśmiechnęła się Roma, w migotliwym blasku widać było dobrze jej pogodną twarz. — Teraz jest tak, jak powinno być.

Nad Wieżą podniosła się czerwona łuna. Gwiazdy pobladły od niej, a nieliczne smugi chmur, które przesłaniały kilka z nich szarawą ciemnością, zostały wydobyte nagle na jaw, obrzucone purpurą. Płomienie były jak ruchliwe palce, wyciągnięte w górę, po dwa, po trzy. Trójpalczasty, migotliwy liść, karminowa korona wzniosła się gorącym tchnieniem, odmykając sklepienie powyżej. Blanki rzucały w krąg rozkołysany, dziwaczny cień, który kładł się na jeszcze przed chwilą uśpione w mroku szczyty drzew, na chałupę Włodaków, dachy samochodów Piotra i Marka, bramę wjazdową i kawałek drogi. Gdzieś dalej rysował się cały okrąg ziemi, opadający łagodnie za przyczajonym w ciemnościach horyzontem. Blask w Popielarni to na tej arenie zaledwie mikroskopijna plamka jasności, geometryczny środek koła, który z satysfakcją odnalazłby Giedojt. Punkt jest tak mały, że prawie go nie ma, ale jest: w ciemnej przestrzeni lasu, w który wtuliła się wieś, wyrasta pojedyncza, roztańczona na wysokościach kropla światła. Jakby wskazywała drogę. Choć zaraz przygasa.

9.

Na blacie kuchennym stały od lewej: miska z przesianą mąką (ćwierć kilo), spodeczek z czterema dekagramami masła, przykryty folią talerzyk z dwoma dekagramami tartej bułki i spory plastikowy pojemnik, w którym czerwieniły się izraelskie truskawki — na polskie było jeszcze za wcześnie. Dalej znajdował się papierowy ręcznik, na którym spoczywało jajo, umyte starannie szczoteczką — a na kuchence buzowały w garnku ziemniaki. Ważyły w sumie siedemdziesiąt osiem deka, więc po zdjęciu łupinek trzeba będzie odciąć i wyrzucić osiemdziesiąt gramów, których nie przewidywał przepis.

Nazajutrz po wyjeździe Romy Marek postanowił zrobić knedle. Było to z wielu powodów rewolucyjne. Marek z zasady nie uznawał obiadów na słodko. Nie twierdził, że zawsze trzeba jeść mięso: serowe spaghetti, papryki nadziewane kuskusem, puchaty omlet z groszkiem — czemu nie. Posłodzone danie przypominało mu jednak smutny okres po wyprowadzeniu się ojca, kiedy matka na kilka tygodni przestała gotować i dawała tylko synowi pieniądze, żeby skoczył coś zjeść w barze mlecznym, który przetrwał transformację gospodarczą, w kamienicy na rogu. Zamawiał tam zawsze naleśniki z serem albo leniwe, bo wyłącznie one zdawały się jadalne, aż w końcu zaczął gotować sam, żeby więcej nie brać ich do ust. Ale w tę niedzielę przypomniał sobie przed zaśnięciem, jak Piotr zwierzył mu się kiedyś: w dzieciństwie przepadał za knedlami, a potem nigdy ich nie jadł, bo kolejne żony odmawiały przygotowania tak czasochłonnej i skomplikowanej potrawy; skoro zaś była skomplikowana, to sam się nią nigdy nie zajął. Marek, zajrzawszy rano do książki kucharskiej, odkrył, że kobiety w życiu przyjaciela chyba przesadzały.

Na robienie obiadu wcale nie wypadała jego kolej. I nie zdarzało się dotąd, żeby nieproszony przejmował od Piotra obowiązki. Uważałby to za niebezpieczny precedens: wzajemne stosunki powinny być oparte na stałych regułach, a nie na poczuciu wdzięczności, prędzej czy później krępującym swobodę ruchów. Co gorsza, nie potrafił sobie dokładnie wyjaśnić, co go skłoniło do naruszenia zasad. Miał niejasne poczucie, że dobrowolnie udaje się nad granicę, której przekroczenie coś nieodwołalnie popsuje. Ale w pracy miał kilkudniowy przestój i perspektywa przyrządzania knedli wydawała się z jakiegoś powodu pociągająca.

Elektroniczny stoper wskazywał, że ziemniaki dochodzą, łupina jednego pękła już nawet, a Marek gapił się we wrzątek. Jego skupienie było jednak niedoskonałe, bo myślał, nie wiedzieć czemu, o historii, która przydarzyła mu się bezpośrednio po powrocie z Ameryki. Nie mówił o niej nikomu i sam, także teraz, unikał wspominania krępujących szczegółów. Tylko ten wniosek, wtedy, nie wcześniej, tak naprawdę sformułowany: że warunkiem zachowania słodyczy miłości jest skrycie jej w całkowitym milczeniu. Milczenie to winno obejmować nie tylko słowa, ale i zbyt jasne gesty. Jak starannie założona bramka informacyjna, przepuszczająca bodźce do wewnątrz i całkowicie blokująca przepływ sygnałów w przeciwną stronę. Modelem dla zakochanego, jeśli ów miał zachować kontrolę nad swym życiem, musiała być — choć Marek nie lubił takich kosmicznych metafor — czarna dziura, pochłaniająca wszystko i nieemitująca niczego. Tymczasem przez weekend oglądał Piotra i Romę, widział spojrzenia, jakie krzyżowali, pamiętał ten krótki moment, kiedy starsza pani w niebieskiej tunice przytuliła się do jego przyjaciela —

i obudziło to w nim złożone odczucia. A przecież dwie, trzy ludzkie cząstki — myślał, gasząc gaz i odcedzając ziemniaki — nie tworzą stabilnego układu. Krążą przez chwilę wokół siebie, przyciągane wzajemnie, ale zbyt wiele sił na nie działa, wśród innych — entropia, więc w końcu rozbiegną się po trajektoriach, skierowanych w nieskończoność. Roma i Piotr — tak, niewątpliwie. Także Piotr i on, niestety. Tudzież — on i wszyscy pozostali. To napawało go smutkiem.

Ten smutek miał niejasny, ale silny związek z knedlami. Marek przegonił Piotra z kuchni, mówiąc, że tym razem on się wszystkim zajmie i że będzie to niespodzianka. Pojechał do Żyrardowa po importowane truskawki, bo po drodze uświadomił sobie, że o tej porze roku śliwki musiałby kupić mrożone. Zajrzał teraz dla pewności do książki kucharskiej: należało obrać ziemniaki z łupinek, lecz kiedy sięgnął po pierwszy, aż syknął — były zbyt gorące. Poza tym zaniepokoił się, że może przyjaciel wolałby jednak śliwki. Namyślał się chwilę: ziemniakom da ostygnąć, a tymczasem, zdradzając swoje zamiary (trudno), zapyta Piotra. Tamten, zdaje się, siedział w swoim boksie na piętrze.

Giedojt wspiął się po schodach, otworzył drzwi do biblioteki i znieruchomiał, zaskoczony. Z założenia miała tu panować cisza; ale Piotr, wiedząc, że jest sam, odsłuchiwał nagranie bez słuchawek. Był trzeci z rzędu ciepły dzień i już wczoraj wieczorem dziennikarz narzekał, że w znakomitych słuchawkach, kupionych zimą, teraz, gdy przyszła wiosna, pocą mu się uszy. Kobiecy głos perorował:

„...Jezus przychodzi do mnie co wieczór i płacze. Kiedyś zapytałam Go, dlaczego nie chce napić się herbaty ani zjeść kanapki, skoro po śmierci jadł i pił, a On mówi: Córko, nie mogę nic przełknąć, od stu lat, od rewolucji bolszewickiej nic w ustach nie miałem, tak mnie ściska w gardle na myśl o liczbie grzeszników, którzy pójdą w ogień wieczny. A przecież moja mama (mówi) dała im do ręki sznur, po którym mogą się wspiąć do nieba. Wszystkim go dała, wierzącym i niewierzącym, bo gwiazdy to jest różaniec dla ateistów. Wiedział pan o tym? Ilekroć spojrzy pan w gwiazdy, pański anioł stróż odmawia w pańskim imieniu *Zdrowaś Mario*, tyle zdrowasiek, na ile gwiazd pan spojrzy. Nie słyszał pan o tym, prawda? To tylko ja wiem i ci, którzy mnie słuchają. Trzeba sobie zdać sprawę, że zbliża się godzina Sądu. Nikt nie jest bezpieczny. Kościół przeżarła masoneria. Babilon rośnie w siłę. Niedługo dwie trzecie ludzkości zginie, więc Jezus Chrystus się niecierpliwi i przychodzi do mnie codziennie, Najświętsza Panienka wtedy, gdy w dacie występuje trójka, a Archanioł Gabriel w poniedziałki".

Głos umilkł, widocznie dziennikarz nacisnął klawisz „stop", ale potem cofnął nagranie i rozległo się znowu:

...ani zjeść kanapki, skoro po śmierci jadł i pił, a On mówi: córko, nie mogę nic przełknąć...".

Piotr słuchał tego fragmentu rozmowy już po raz czwarty. Czuł się złapany w potrzask: od dłuższego czasu nie opublikował żadnego reportażu, do domu starców pod Krakowem jechać nie chciał i w tej sytuacji trzeba było za wszelką cenę znaleźć w historii z Krasna jakiś punkt zaczepienia, który pozwoliłby mu jednak opowiedzieć się po którejś stronie. W mailu sprzed paru tygodni zadano mu pytanie: „W końcu to dobrze, że odebrano tej kobiecie dzieci, czy źle?". Więc niespokojny, że znajdzie się na kolejnej liście do zwolnienia, postanowił posłuchać znowu głosu mniemanej mistyczki. Tym bardziej że po dobie spędzonej z Romą w Popielarni miał dobry nastrój, który winien pozwolić mu spojrzeć na całą sprawę jeszcze raz, z życzliwego dystansu, bez lęku, którym zainfekował go Marek.

Ale kobieta także starała się obudzić w nim lęk. Czym właściwie to, co mówiła, różniło się od przeczuć Marka? Owszem, słowami. Więc w zależności od tego, jak na nie spojrzeć, wszystkim albo prawie niczym. Oboje mieli wrażenie, że coś nadchodzi, groźne i nieodwołalne. „Przez tydzień trzeba będzie trzymać drzwi i okna szczelnie zamknięte, gdy na niebie pojawi się znak. Od jego widoku czwarta część ludzkości zwariuje. Wystarczy siedzieć w domu, ale to będzie trudne, bo demony przyjmą twarze naszych bliskich i będą błagać o wpuszczenie. Nie wolno im ulegać. Rozumie pan? Nie wolno". Pomysł Marka z samowystarczalną Wieżą, wypełnioną po brzegi konserwami, z własnym ujęciem wody i zapasami drewna na opał, nie odbiegał od tej wizji tak bardzo. Choć gdyby ktoś pod Wieżą stanął i wołał pomocy, wpuściliby go — tak sobie Piotr wyobrażał — nie zakładając, że to przebrany diabeł. Owszem, Marek w odróżnieniu od kobiety budził zaufanie, bo mógł powołać się erudycyjnie na prace Malthusa (choć okazało się w końcu, że ich nie zna), bo stała za nim Dolina

Krzemowa i aż przesadna trzeźwość sądów. To nagranie jest trujące, pomyślał dziennikarz, jeszcze dwa razy je włączę i dojdę do wniosku, że w Kraśnie Wielkopolskim doszło do rzeczywistego Objawienia. Podczas gdy nie miał przecież wątpliwości, że rozmawiał tam z osobą mało rozgarniętą i chorą. Co prawda ten różaniec dla ateistów nawet mu się spodobał; była to jedyna rzecz, która go ujęła w jej słowach. Właśnie tego szukał, włączając rano zapis z Krasna; lecz zaraz potem zaczynały się mroczne przepowiednie, z podejrzaną satysfakcją unicestwiające supermarkety i prasę kolorową, Waszyngton, Moskwę, Berlin i Paryż, Arabów i Żydów, feministki i elektrownie jądrowe, komputery, komunistów i ludzi żywiących się zmodyfikowaną genetycznie żywnością. Kiedy wreszcie zapytał wprost o wyrok w sprawie odebrania praw rodzicielskich, kobiecie zaszkliły się oczy i powtórzyła trzykrotnie: „Pan Bóg ją jeszcze ukarze", mając niewątpliwie na myśli sędzinę, po czym dodała z emfazą: „Ale ja jej przebaczyłam i swoje cierpienie dołączam do mąk Jezusowych. Najświętsza Panienka obiecała mi, że się nimi zajmie, gdy ja nie mogę. O Klaudię się nie boję, ale Pamela jest taka nieusłuchana; to wszystko przez imię, mąż mnie namówił, a nie ma takiej świętej". Tu zaczął się wykład o wpływie imion na nasze życie, o klątwach do siódmego pokolenia i o pszenicy, którą z jakiegoś powodu należy wysiać na telewizorze, jeśli nie ma się dość siły, by wyrzucić ten rozsadnik grzechu na śmietnik; kobieta mówiła to wszystko z zadziwiającą go otwartością, naiwnie opowiadała, czego i w jakich okolicznościach dowiedziała się od nawiedzających ją postaci, jakby nie brała pod uwagę, że jej rozmówca może wykorzystać to wszystko przeciw niej. A jednak (Piotr jak dotąd skutecznie wypierał to z pamięci) w pewnej chwili okazało się, że doskonale rozumie, komu się zwierza. „Pan jest niedowiarkiem — powiedziała, sięgając nagle po szklankę z herbatą, w nagraniu zagłuszył ją na chwilę brzęk szkła — ale mnie nie wolno niczego przemilczać. Daję panu poznać prawdę, jeśli pan nią wzgardzi, to pańska sprawa, w ciągu czternastu dni dotknie pana nieszczęście, archanioł Gabriel ma miecz u boku". Zdawało mu się, że raczej archanioł Michał, lecz nie protestował, bo chciał ją ukoić obłudnym pochyleniem głowy — to w tym momencie zaczął marzyć, żeby już wyjść, wrócić do Popielarni i zająć się czymś innym — a ona jakby wzięła jego gest za dobrą monetę, bo zaczęła mówić (Piotr przestał cofać nagranie i doszedł do tego miejsca), że Kościół jest pełen czcicieli Antychrysta; najlepszy dowód, że Duch Święty objawia prawdę takim jak ona, bo wśród księży prawie już nie ma dobrych katolików.

Marek, który cały czas trwał w drzwiach do biblioteki, aż uśmiechnął się na te słowa. Zajmując się cyfryzacją sporu o Trójcę Świętą, kilka dni wcześniej zobaczył, jak komputer rysuje mu wyrazistą opozycję między Hipolitem Rzymskim a niejakim Montanusem, który dowartościowując Ducha Świętego, domagał się uznania kolejnych proroctw, najpierw własnych, a potem także innych, logicznie utrzymując, że jeśli zanika w Kościele pochodzący od Ducha dar prorokowania, to widocznie kapłani utracili umiejętność rozpoznawania widzących, a Bóg odwrócił się od nich i objawia się prostaczkom. Stwierdzenie kobiety sytuowało ją nieomal idealnie w zbudowanej przez Marka sieci po stronie Montanusa. Figura Ducha Świętego, jak się zdążył zorientować, była bodaj najbardziej kłopotliwą Osobą z całej Trójcy, odpowiadała bowiem za to, co ekstatyczne, trudne do ujęcia zarówno w kategoriach etyki, przyniesionej przez Syna, jak i w kategoriach natury, stworzonej przez Ojca; rzymski katolicyzm zdecydował się w końcu Ducha trochę ograniczyć, uzależniając Go nie od jednej, ale od obydwu pozostałych Osób, czemu przeciwstawiło się z kolei prawosławie. Przydatność programu do modelowania sporów trynitarnych Marek wypróbował najpierw na klarownej dyskusji z X wieku, czy Duch pochodzi jedynie od Ojca, jak zgodnie ze starszą tradycją wierzył Wschód, czy również od Syna, jak to uzupełnił wówczas Zachód... To tu brała początek, jak sądził, wschodnia aprobata dla jurodiwych, bożych szaleńców, i stroniąca od szaleństwa, przypominająca kodeks karny nauka moralna Zachodu. Czy bohaterka Piotra nie przybyła do Wielkopolski z Kresów?

„A jeśli pani się myli? — usłyszał, zamiast tego pytania, przytłumiony głos przyjaciela. — Co to znaczy? — odparła kobieta głośniej. — To jest pana problem, nie mój. Nie muszę pana przekonywać. Ja wiem, że nie kłamię. Świat trzeba widzieć jasno — dodała trochę łagodniej. — Pana pewnie nauczono, że każda rzecz ma dwie strony, że wszystko jest skomplikowane, tego dzisiaj uczą, ja wiem i dziękuję Bogu, że oszczędził mi takich szkół. — Odebrano pani dzieci... — zaczął jeszcze dziennikarz. — Liczbą tego świata jest sześćset sześć-dziesiąt sześć, panie redaktorze. Sześćset sześćdziesiąt sześć! Bóg wymaga męczeństwa i jeśli pozwolił na to draństwo, które ja oczywiście przebaczyłam, to miał swoje powody. Oni wszyscy wylądują w piekle, a ja dołączam moje cierpienie do mąk Jezusowych. Bo nie tych trzeba się bać, którzy zabijają ciała, ale tych, którzy duszę zabijają. Pan woli może pić wodę z kibla niż ze źródła, ale ja nie. Panu się zdaje, że jest pan mądry. Ale pan nie jest inteligentny, panie redaktorze. Siekiera już do pnia przyłożona. Niech pan nie płacze nad moimi córkami, ale nad sobą".

Piotr zatrzymał nagranie. Pamiętał, że od tego momentu zaczęli kręcić się w kółko, a niebawem wkroczyła jakaś zaufana sąsiadka, która nawet dość grzecznie powiedziała, żeby już sobie poszedł. W pewnym sensie jego rozmówczyni miała rację: to wszystko stanowiło problem dla niego, nie dla niej. Nie umiał udowodnić jej, że ta sałatka z cytatów biblijnych i prywatnych zwidów nie ma sensu, bo przecież miała go — dla niej. A jej wyższość nad nim polegała na tym (i aż się roześmiał, kiedy sobie uświadomił prostotę tego rozwiązania), że właściwie nie zależało jej, by przekonać go do czegokolwiek. Rzeczywistość nie jest przecież tym, co umiemy lub czego nie umiemy dowieść, ale tym, czego dowodzić nie potrzebujemy. Co mógł dać jej w zamian? Kilka sprawdzalnych faktów z zakresu medycyny, paragrafy z kodeksu rodzinnego, może trochę wiedzy socjologicznej, tłumaczącej to, co zaczęło się dziać wokół niej, odkąd po Kraśnie rozeszła się opowieść o jej widzeniach.

Nie zaczął ulegać jej słowom, przeciwnie: zobaczył nagle bezradność słów, tyle że zarówno jej, jak i swoich własnych. Jedne i drugie płynęły z ciemnych, bo niesprawdzalnych, źródeł wiedzy pewnej i oczywistej; cóż za dyskomfort, że wzajemnie sobie przeczących. Nie odwiedził go nigdy Jezus, Matka Boska, ani nawet zmarły ojciec, i ludzie, którzy naprawdę doświadczyli takich odwiedzin, sądzili, że ich doświadczyli, lub tylko mówili o nich, świadomie kłamiąc — pozostawali dla niego nierozróżnialni. W gruncie rzeczy powinien napisać teraz reportaż o tym, że unikamy szaleństwa jedynie, trzymając się kurczowo tego, co potrafimy przyjąć bez dowodu — a zarazem domagamy się w imię społecznego porządku, by inni porzucili to, co dla nich z kolei oczywiste i pewne. Sędzina miała naturalnie rację, ale nie dlatego, że nie miała ich kobieta, której odebrano dzieci. Nie istniało kryterium prawdy! To jest, owszem, gdyby przyjąć, że istnieje zaświat, a w nim Bóg — ten wie, czy w końcu wysłał do Krasna Syna, Maryję i archanioła Gabriela, czy też nie. Ale skoro do tej wiedzy nie mamy dostępu, pozostaje nam — co właściwie? Takiego tekstu nie przyjęłaby żadna gazeta, niezależnie od swojej linii. Taki tekst skłaniałby jednocześnie do tolerancji aż po obojętność na to, cokolwiek opowiadają bliźni, i zarazem do zaciekłej nienawiści wszystkich do wszystkich. Teraźniejszość, o której z takim entuzjazmem opowiadała mu Roma, szczelina czasu między „było" a „będzie", zbyt wąska, żeby zmieścić w niej choćby najkrótsze słowo, jest jedyną prawdą, którą każdy z osobna dysponuje, a zarazem okazuje się rzeczywiście jak biblijny

„jest, który jest", to znaczy — wbrew nadziejom Romy — nie tylko zachwyca, ale i przeraża, niesie pokój i wojnę jednocześnie. I Piotr uświadomił sobie, że reportażu, mówiącego o tym, ani nie umiałby, ani nie chciałby napisać. Całkiem odwrotnie: jeśli reportaż miał powstać, to, co usłyszał na taśmie tego przedpołudnia, musiało zostać konsekwentnie i całkowicie przemilczane.

Na dole trzasnęły drzwiczki samochodu. Marek, obrawszy ziemniaki z łupinek i przykrywszy je ściereczką, żeby nie obeschły, pojechał jednak po mrożone śliwki.

10.

Że Romy nie zastał w domu, przyjechawszy do niej nagle późnym popołudniem, dzień po kolegium — zdziwiło go nieprzyjemnie. Ostatecznie jednak, pomyślał sobie, nie spodziewała się mnie znowu, widzieliśmy się wczoraj; nie mogła wiedzieć, że zachce mi się ją znowu zobaczyć, a poza tym ma jakieś swoje życie, swoje sprawy, w które mnie nie wtajemnicza. Kontrolnie zadzwonił do niej, ale komórka była wyłączona. Pokręcił się chwilę pod jej klatką, bo oczywiście wyobraźnia zaczęła mu podsuwać rozmaite okropne scenariusze, niemniej odsunął je od siebie: wyrastały wprawdzie z trudnego do zakwestionowania faktu, że kobiecie w tym wieku może się nagle coś stać, ale uznał za nielojalne przyjmowanie tego do wiadomości. Najchętniej zostawiłby jej kartkę w drzwiach, tylko że musiałby w tym celu zadzwonić domofonem do sąsiadów, których nie znał, a tak naprawdę nie było powodu do alarmu, więc ostatecznie wsiadł do samochodu i pojechał, niespokojny, do Popielarni. Lecz już w drodze doszedł do wniosku, że popełnił błąd; więc telefonował potem przez cały wieczór, a kiedy koło dziesiątej wciąż nie odbierała, zdecydował się wrócić do Warszawy. Giedojt, który obserwował go spod oka, spędzając cały ten czas na kanapie z książką w ręku, wstał zaraz i włożył buty. Pojadę z tobą, mruknął, co dwie głowy, to nie jedna. Fajna babeczka — wyjaśnił, jak to on, powściągliwie.

Roma budziła w Marku dziwną, bo wymieszaną z nieokreślonym żalem, serdeczność. Sam siebie strofował za tę komplikację uczuć. Świadomie upraszczał je, wyjaśniając sobie kilkakrotnie w ciągu ostatnich dni, że bardzo ją lubi, skoro jest tak ważna dla przyjaciela, a przy tym nie stwarza zagrożenia, że ideą wspólnego zamieszkania z Piotrem zakłóci sprawne funkcjonowanie Wieży. Tylko raz musiał się żachnąć na siebie, gdy niesforna pamięć przyniosła mu sprzed wielu lat zdanie ze skandynawskiej chyba książki dla dzieci, o jakimś duszku czy kimś podobnym, który na wieść, że główny bohater dostał w prezencie wymarzonego psa, znika ze słowami: „To ja ci nie wystarczam?". Było to nieracjonalne, a przy tym wskrzeszało przezwyciężoną dawno postać Mareczka szlochającego z byle powodu. Dlatego teraz po prostu rzeczowo zażądał: Ty prowadź, ja nie wiem, gdzie to jest.

Decyzja przyjaciela bardziej chyba przeraziła Piotra, niż go pokrzepiła. W rezultacie pędził sto pięćdziesiąt na godzinę, tam gdzie ze względu na zwierzęta, które przebiegały czasem przez autostradę, było ograniczenie do setki. Giedojt milczał ze zrozumieniem, choć bez entuzjazmu, bo w ogóle nie akceptował łamania przepisów i zapewne oddawał się teraz subtelnemu rozróżnianiu ludzkich reakcji na takie, które są zrozumiałe, bo racjonalne, oraz takie, które będąc zrozumiałe, są mimo to nierozumne. Pod dom Romy dotarli przed jedenastą. W oknach było ciemno, drzwi na dole wciąż nikt nie otwierał. Przedstawienia w operze dopiero się kończą, stwierdził Marek. — Wybierała się do opery? A może syn wpadł z Niemiec na parę dni i zaprosił ją na kolację? — Chybaby mnie uprzedziła, odparł Piotr bez przekonania. Jeżeli leży gdzieś w domu i czeka na pomoc... — zaczął jeszcze, lecz zaraz przerwał, czując, że wpada w histerię. Masz rację. — Giedojt oczywiście nie pomyślał, że mógłby go pocieszyć. Po prostu analizował problem. — Ale z drugiej strony — podjął — jeśli nic się nie stało, a ty o tej porze zaczniesz alarmować jej sąsiadów, to wyjdziesz na głupka.

Piotr niemal natychmiast nacisnął inny klawisz domofonu. Cóż to za alternatywa, pomyślał. Tylko że nie doczekał się reakcji. Nacisnął jeszcze dwa klawisze, zanim ktoś się odezwał. Ja pana nie znam, usłyszeli i rozmowa się skończyła. Kolejny lokator bez żadnego pytania ich wpuścił; dzięki temu mogli wejść na drugie piętro i długo pukać, bez powodzenia. Piotr strzelił w końcu w drzwi otwartą dłonią, robiąc hałas na całą klatkę — lecz i to nie pomogło. Chodźmy stąd, zaproponował Marek, bo prędzej policję ktoś wezwie, niż wyjrzy. Jest prawie północ.

Powietrze wciąż jeszcze oddawało ciepło gorącego dnia. Wieczór wydawał się zupełnie nie pasować do lęku, który ogarnął Piotra. Teraz był prawie pewien, że coś się stało, choć Marek po długim milczeniu powiedział sceptycznie: To taka szykowna sztuka, równie dobrze może teraz siedzieć z koleżankami i pić gdzieś wino. — Źle się poczuła u nas na górze — odparł Piotr. Na to przyjaciel nie znalazł dobrej odpowiedzi i stali tak na podwórku, szukając jakiegoś wyjścia, gdy minęła ich para naprawdę wracająca z teatru, a może z balu: kobieta w wieczorowej sukni i mężczyzna w garniturze, mniej więcej w ich wieku. Kiedy podeszli do drzwi na klatkę, Piotr postanowił spróbować jeszcze raz. Przepraszam, zagadnął, czy państwo znają panią Romę... panią Dworecką, to znaczy Neufhart, albo panią Zofię... Mieszka tu na drugim piętrze. Popatrzyli na niego ze zdziwieniem, z ulgą stwierdził, że się go nie boją, ale weszli do środka bez słowa (może zresztą mruknęli „nie", tylko nie dosłyszał), jakby swoim pytaniem naruszył reguły dobrego wychowania.

No to cześć, stwierdził Giedojt. Nic tu nie wymyślimy, wracajmy do domu, a rano zadzwonisz i wszystko się wyjaśni. Piotr najchętniej czatowałby na podwórku przez całą noc, ale rada przyjaciela była jak zwykle rozsądna. Więc pojechali do Popielarni, gdzie nawet udało mu się zasnąć, tyle że już po ósmej sięgnął po komórkę, a ponieważ w dalszym ciągu nikt się nie zgłaszał, znowu ruszył do Romy.

Tym razem miał więcej szczęścia: drzwi na dole ktoś zostawił niedomknięte, więc wszedł od razu na drugie piętro i zaczął stukać. Niemal natychmiast wyjrzała z sąsiedniego mieszkania niewysoka kobieta w przybrudzonej podomce. Jezu, gderała, znowu ktoś się dobija, wczoraj to nawet bandyci chyba jacyś... A, to pan. — Przyjrzała mu się. Ja pana już chyba widziałam. — Tak, potwierdził szybko, co się stało z panią Dworecką? — Aaa, pogotowie ją zabrało, jakoś... przedwczoraj wieczorem. — Dokąd? — No, do szpitala. Przyszła do niej taka gruba przyjaciółka, zaledwie weszła, zaraz krzyku narobiła, przyjechali karetką, a ona potem ze dwie godziny u mnie siedziała, gęba jej się nie zamykała. Jola czy Wiola, jakoś tak. Mówiła, że jak zobaczyła tę, tutaj, to zaraz coś ją tknęło, że z nią niedobrze — opowiadała rozwlekle, a Piotr najchętniej jechałby już tam, gdzie Roma jest, ale przynajmniej wiedział, że jest, że najgorsze nie nastąpiło, i z ulgą słuchał opowieści. — A wczoraj córka była, czy synowa, i mówiła, że matka na kardiologii wylądowała, w centrum na Klimkiewicza. Żeby powtórzyć wnukowi, jakby tu zajrzał, wracając ze szkoły. Ale pan to chyba nie wnuk?

Piotr żachnął się i popędził schodami w dół. Na parterze powiedział niedorzecznie „do widzenia", jakby kobieta mogła go stąd usłyszeć. Wsunął się za kierownicę, zadzwonił do Giedojta i — „to dobrze, to się wyjaśniło" — usłyszał pogodny głos w słuchawce (Marek najwidoczniej zdążył się zająć czymś innym). Odłożył komórkę na siedzenie pasażera, zamknął na chwilę oczy i próbował wyrównać oddech. Zdawał sobie sprawę, że musi teraz skupić się na jeździe — nie mógł sobie pozwolić na stłuczkę, z pewnością przyda się Romie ze sprawnym samochodem. Ruszył ostrożnie, skręcił w Górczewską, starając się nie dopuścić do siebie myśli o tym, co zastanie na miejscu. A jednak ciągle miał przed oczami Romę w otoczeniu pielęgniarek. Romę ubezwłasnowolnioną. Jej dłonie drżące, wyciągnięte w jego stronę. Romę w domu opieki. Gdyby nie mogła mieszkać sama. A od niego nie przyjmie przecież pomocy.

Jakim głupcem wydawał mu się teraz Jacek z gazety. „Te sztuczne szczęki, te skóry pomarszczone, żylaki, łysiny..." Uleganie gniewowi było lepsze niż poddawanie się rozpaczy. Tamten nic nie rozumiał. Wysłuchał jakiegoś reportażu i pozostał na zewnątrz. To samo zewnętrze, być może, zamykało się teraz wokół Piotra, zaczynało go oddzielać od Romy — przecież domyślał się, że kiedyś musi to nastąpić — ale on pamiętał, w odróżnieniu od tamtego wiedział, do czego był dopuszczony jeszcze kilka dni wcześniej. Wydawało mu się teraz, że nieodwołalnie traci wzrok, choć nie ten fizyczny, który pozwalał mu ryzykancko zmieniać pasy, przeskakiwać między samochodami. A przy tym Piotr nie mógł pozbyć się myśli, że sam na wiele sposobów odpowiada za to, co stało się z Romą. Znowu winny. Czy to się nigdy nie skończy? Wiedza, za którą nie sposób uniknąć zapłaty. Przez pewien czas nie było czasu — myślało się w nim chaotycznie. W życzliwym mroku nocy ciało było wehikułem dla czegoś innego niż ono samo, upajającym i sprawnym. Tam, w podkrakowskim domu opieki, w przylegającym do niego ogrodzie, także musiało być ciemno. Nie po to, żeby coś ukryć, tylko właśnie:

by coś odsłonić naprawdę. *Gdyż czyste i niezmienne misteria kryją się w wyższej nad światło ciemności niezgłębionego milczenia, które płonie najświetniejszym blaskiem w największej mroczności...* Największy mrok staje się niekiedy jaskrawym światłem, jak u Pseudo--Dionizego. Ten mrok ujawnił mu prawdziwą Romę, którą teraz schowają przed nim jasne światło dnia i sterylna biel sali szpitalnej. Będziemy się porozumiewać jak więźniowie, szyfrem, wystukiwanym przez mur z powietrza. Za kolejnym skrzyżowaniem Piotr musiał gwałtownie zahamować, zaraz równie gwałtownie przyspieszył i włączył na cały regulator odtwarzacz płyt. Ogłuszające *Nie pukaj do moich drzwi* Niebiesko-Czarnych wypełniło kabinę, do reszty odcinając go od wyobrażeń o Romie. Teraz w prawo, rozkazywał sobie przez zęby. Nie, tu będzie korek. Lewy pas. Wreszcie mógł milczeć, zamieniony w automat do prowadzenia wozu. Rzeczowy, beznamiętny.

Pół godziny później był pod szpitalem i ledwie wszedł do środka, znów ze zdwojoną siłą zaczęło bić mu serce. W kiosku na dole kupił konwalie, z chorobliwą starannością wypowiadając sylaby. Kon-wa-lie. W recepcji przedstawił się jako kuzyn, z takim napięciem wpatrując się w twarz kobiety w białym fartuchu, że wskazano mu drogę bez dalszych pytań. Na oddziale pielęgniarka skierowała go pod właściwe drzwi. Tam przystanął na moment, raz jeszcze uspokajając oddech.

Wszedł do środka. Była to jedynka, która wyglądałaby jak pokój w niezbyt luksusowym domu wczasowym, gdyby nie aparatura, otaczająca łóżko. W jego nogach stała efektowna ruda kobieta, w kilkunastu srebrnych naszyjnikach i krótkiej spódnicy, ukazującej zbyt kościste kolana. Pod oknem, blisko chorej, siedział chłopiec w czarnej bluzie z napisem „Kill Them All", z sypiącym się świeżo wąsem. A w pościeli leżało coś niedużego i szarego. To coś spojrzało na niego spod maski tlenowej. Przez chwilę widział oczy Romy, pełne zadziwiającej kombinacji uczuć: były w nich równocześnie ulga i zakłopotanie, i (bardzo wyraźnie) irytacja. Odwróciła się zaraz do chłopca, który pochylił się nad nią, coś próbowała mu powiedzieć; ten nie rozumiał, tymczasem ruda kobieta obrzuciła Piotra badawczym spojrzeniem i przyjrzała się krytycznie konwaliom. — Dzień dobry — kiwnął jej głową, zakłopotany, ale nie odpowiedziała. Chłopiec wstał, podszedł do niego, złapał za łokieć i wyprowadził na korytarz — zadziwiająco stanowczo jak na nastolatka. Na zewnątrz jakby opuścił go impet.

Najmocniej przepraszam, powiedział, puszczając Piotra, ale ja robię tylko to, co kazała babcia. Mam panu powtórzyć, ja nie wiem, o co chodzi, ale pan może tak... mam powiedzieć, żeby pan jej nie psuł przedstawienia. Myśli pan, że dobrze mówię? Ale tak usłyszałem. Aha, i że jak tylko się lepiej poczuje, to do pana napisze. — A co się stało? — wydukał Piotr. — Nie wiem dokładnie, chyba zawał. Mama mówi, że babcia się doigrała.

Chciał odejść, a Piotr poczuł złość na kobietę, której tak nierozważnie kiedyś bronił, lecz po chwili zaczął nerwowo zastanawiać się, czy nic więcej nie ma do powiedzenia, do zapytania, dzięki czemu przypomniał sobie o wizytówce, podarowanej Romie dawno temu, cały ich romans temu, bodaj w marcu: była służbowa czy prywatna? Na służbowej jest tylko numer telefonu. Więc zatrzymał chłopaka już prawie w drzwiach: — A ona ma mój adres? — Określenie „pana babcia" nie chciało mu przejść przez gardło. Tamten pstryknął palcami, zawrócił i zaczął szukać czegoś po kieszeniach. Piotr już chciał wyciągnąć długopis, ale w rękach tamtego zobaczył smartfon. Niech pan dyktuje.

Zbierał chwilę myśli. Popielarnia 1... — zaczął. Podkreślnik czy spacja? — przerwał mu Kacper (przypomniało mu się imię wnuka, deskorolka całkiem do niego pasowała). Nie doczekawszy się odpowiedzi, klepnął ręką w czoło. Aha, pan myśli, że chodzi o ślimaczy? — Chyba tak — odparł Piotr, ale w tym momencie stanął mu przed oczami laptop Romy i dodał: — Wie pan co, może lepiej podyktuję obydwa.

Tamten zapisywał, wodząc językiem po wargach, aż kusiło, żeby zajrzeć mu przez ramię, czy nie robi jakichś błędów. Schował wreszcie urządzenie, kiwnął głową na pożegnanie i zamierzał odejść. Piotr przypomniał sobie jeszcze o trzymanych w ręku konwaliach. A kwiatki pan weźmie? — Tamten łypnął, jakby zakłopotany. Dla babci? — No przecież, że nie dla pana — zdenerwował się Piotr, wcisnął bukiecik do spoconej dłoni tamtego i na tym się rozstali.

Tego wieczoru Giedojt poczęstował go whisky — okazało się, że naprawdę był przejęty, tylko przez telefon nie umiał tego okazać — i upili się obaj straszliwie. Nie psuć spektaklu, nie zaglądać za kulisy — przekaz

Romy był jasny, choć Piotr burzył się trochę, bo nie był pewien, czy tkwi w tym tylko niezgoda na ujawnianie, że jednak zawiodło ją zdrowie, czy również — brak zaufania do mężczyzny, jakby pisał się tylko na oglądanie jej w pełni sił. Po dwóch dniach, żeby zająć czymś myśli, wrócił do reportażu z Krasna i napisał go od nowa, starannie omijając swoje wnioski sprzed paru dni: tym razem wyszła mu opowieść o samotności kobiety, oszukiwanej przez własny mózg, pozbawionej wsparcia męża i tracącej dzieci przy akompaniamencie ideologicznej wojny, w której nie o jej los chodziło. Nawet się wzruszył, ale wysyłał tę wersję bez wiary, że zostanie zaakceptowana; tymczasem owszem, nawet szybko poszła do druku. Minął tydzień; w drugim nie wytrzymał, zadzwonił na komórkę Romy (nie odpowiadała), a potem na numer stacjonarny; zgłosiła się synowa, która powiedziała mu sucho, że stan teściowej jest bez zmian, przepraszam, nie mogę teraz rozmawiać. Po kolejnych siedmiu dniach stwierdził, że w takim razie odwiedzi znowu szpital, niech się dzieje, co chce, trudno; lecz tu czekała go niespodzianka. Pokój Romy zajmował już ktoś inny. Indagowany lekarz bardzo niechętnie, powtarzając co chwila, że nie ma prawa, że ochrona danych osobowych i że dobro pacjenta, wyjaśnił w końcu: przyjechał pan doktor Dworecki, podpisał, co trzeba, i zabrał matkę do Niemiec. Piotr nie był pewien, jak rozumieć tę informację: może syn naprawdę uznał, że w Niemczech zajmą się nią lepiej, ale równie łatwo było mu wyobrazić sobie, że Roma opowiedziała o nim i rodzina postanowiła odsunąć dziecinniejącą najwidoczniej babcię od podejrzanego absztyfikanta. Jak właściwie zorganizowali przejazd, żeby nie narażać jej chorego serca? Nie mógł teraz pojąć, dlaczego nie wziął od Kacpra numeru telefonu, z wnukiem pewnie łatwiej byłoby mu się dogadać niż z Krystyną.

W rezultacie jednak wszystko potoczyło się tak, że musiał zastosować się do życzenia Romy. Miał nie psuć przedstawienia. Ona napisze.

Więc czekał.

11.

O podziemnym korytarzu, prowadzącym zapewne do zdewastowanego ujęcia wody, ostatni raz rozmawiali przy Romie, kiedy ich odwiedziła. Od tamtej pory minęły dwa miesiące i sobota z grillem na szczycie Wieży wydawała się dziś uroczą obietnicą czegoś, co nie nadeszło. Piotr zrobił się milczący, prawie opryskliwy, a Marek przyjmował jego zachowanie z filozoficznym spokojem. Sam nie dopytywał, czy są od starszej pani jakieś wiadomości, bo zdawał sobie sprawę, że kiedy przyjdą, zachowanie przyjaciela ulegnie zmianie, nawet gdyby nie chciał się nimi dzielić. Zresztą na tym przecież polegał od początku pomysł z Popielarnią: mieszkali w tym samym miejscu, ale nie r a z e m; nie było więc powodu, żeby mieć do Piotra pretensję. Napięcie jednak narastało i może dlatego Marek w końcu czerwca przypomniał sobie o idei, której jego współlokator próbował się kiedyś przeciwstawić; zniszczył nawet drzwi w budyneczku nad stawem. Tymczasem rzeczywistość opowiedziała się przecież za pomysłem Giedojta: schodki pod ziemię okazały się zasypane i korytarz pozostał nieodkryty. Piotr zrobił swoje, nie konsultując się z nim. Więc Marek postanowił, też bez uprzedzenia, sforsować ścianę w piwnicy. Z zakłopotaniem przyznawał się przed sobą, że widzi w tej decyzji cień buntu.

Po dokładnym rozważeniu sprawy zrezygnował z działania na siłę. Praca z młotem pneumatycznym wymagała chyba wiedzy praktycznej; nie miał zresztą pomysłu, skąd go wziąć. Także zastosowanie kilofa w końcu odrzucił. Był wprawdzie teraz pewien, że za ścianą w miejscu, które zwróciło jego uwagę, znajduje się pusta przestrzeń, ale skutki ewentualnej pomyłki mogły być apokaliptyczne — operację miał przeprowadzać przecież na fundamentach Wieży. Najrozumniej było posłużyć się dłutem i niewielkim młotkiem, próbując obruszyć na początek jedną cegłę. Jeśli za nią ukaże się kolejna warstwa muru, a nie przejście, przyzna się do porażki i nie będzie o tym więcej myślał. Przez chwilę brał pod uwagę jeszcze, że stukanie zwabi Piotra na dół. Lecz zależało mu raczej na podkreśleniu swojej niezależności niż na konspiracji. Więc nie czekał specjalnie, aż przyjaciel wyjedzie, tylko pewnego dnia po śniadaniu, nic mu nie mówiąc, udał się do lochów.

Ze skrzynki, którą trzymali na wyższym poziomie piwnicy, zabrał młotek, dłuto, przedłużacz, wielką szmatę i starą biurową lampę, a także gogle, mogące od biedy chronić oczy przed pyłem. Dość długo montował stanowisko pracy, pogwizdując. Z oświetleniem był pewien kłopot: lampa powinna stać po jego lewej ręce, inaczej rzucałby na pole operacji cień, a tam przewód nie sięgał. Rad nierad udał się znowu na górę, ale Piotr poszedł już chyba do biblioteki albo do swojego apartamentu, i Marek uniknął pytań, co zamierza. Znalazł jeszcze dwa przedłużacze; przyjrzał im się krytycznie, bo przeznaczone były wyraźnie do prądu o mniejszej mocy niż profesjonalny kabel, który trzymali z narzędziami; ale na końcu miała być tylko stuwatowa żarówka, więc wzruszył ramionami i połączył wszystko w jeden ciąg. Przetarł ścianę w miejscu, które przed paroma tygodniami starannie opukał. Tak, część cegieł była wyraźnie inna niż obok.

— Pora — mruknął do siebie. Z rozbawieniem uświadomił sobie, że coś, może dawne protesty Piotra, wzbudziło w nim rodzaj respektu przed zamierzonym zadaniem i że w rezultacie od pół godziny robi wszystko, żeby opóźnić pierwsze uderzenie. Oskrobał dłutem spoinę w miejscu, które wybrał. Nie było na co czekać. Ustawił dłuto na sztorc i ostrożnie puknął. Nie, to za lekko. Uderzył mocniej: ze ściany osypał się brud.

Marek opuścił ręce i czekał na entrée przyjaciela. Piotr, dawny Piotr, ten, którego znał jak nikogo (może jak własną matkę), biegłby już po schodach. Lub może schodziłby godnie, narzekając zawodzącym tonem: „No nie, jednak się zdecydowałeś? Ale trudno, pomogę ci". Jednak wciąż panowała cisza. I z tej ciszy zaczęło wydobywać się coś nieprzyjemnego. Im było wyraźniejsze, tym bardziej nieprzyjemne i oburzające. Z ciszy wyłoniły się i oblazły Marka atawizmy.

Przecież dawno już wyrósł z wieku, kiedy wierzy się w biegające po piwnicach kościotrupy, duchy w białych prześcieradłach i bezgłowe, a żwawe upiory. A jednak wyobraźnia podpowiedziała mu nagle, że na jego kolejne uderzenie odezwie się uderzenie z tamtej strony. Przegnał je śmiechem szyderczym, choć nieco wymuszonym, i dźwięk zgasł, ale zamiast niego pojawił się obraz: z dziury po cegle wypada przegniła ręka albo czerep. Nic nadprzyrodzonego, nie ma bowiem w naturze zjawisk nadprzyrodzonych, byłoby to jednak nieprzyjemne, a przy tym: kto mógł mu zaręczyć, że nie otwiera właśnie czyjegoś grobu? Wystarczyło, że przejście zamurowano wcześniej, niż zawaliło się wyjście koło stawu. Była tymczasem wojna, ktoś mógł schronić się pod ziemią, a potem już nie potrafił się wydostać... Nonsens. Marek przypomniał sobie, że jest poważnym informatykiem, dzięki któremu Hollywood zalewa świat swoimi idiotycznymi bajkami (część z nich to opowieści o zombie, dodało coś w nim zgryźliwie), a po krużgankach na Wawelu przechadza się król Zygmunt (następny umarły). Mimo wszystko wolałby, żeby Piotr zszedł wreszcie: drugi człowiek pomógłby mu zorganizować się na nowo w poważnego informatyka, dzięki któremu Hollywood itd. Wokół panowała jednak cisza, stanowczo już teraz zbyt długa, straszna swoją własną strasznością. Ta straszność nie wymagała obrazów, nie była infantylna jak one.

Lęk, uświadomił sobie Marek, nie bierze się z niczego. Nie jest śladem po własnym dzieciństwie, lecz po przeszłości gatunku. Stworzenia, które nie ulegały instynktowi, a tylko czekały, aż niebezpieczeństwo ukaże się w całej krasie, traciły zwykle bezpowrotnie szansę ucieczki. Nie przekazywały więc dalej swoich genów — i wszyscy jesteśmy potomkami tych przewidujących, mądrych egzemplarzy, które umiały poprawnie reagować na takie stany jak ten, który go teraz opanował. Odkładając na bok to, co dziecinne, bez trudu przecież mógł ułożyć listę poważnych zagrożeń: osłabienie nośności fundamentów, jakieś utajone za ścianą zarazki, zgromadzone przez hitlerowców pociski, beczki z bronią chemiczną. A w końcu, co byłoby mniej destrukcyjne, ale niezwykle stresujące (zresztą czy na pewno mniej destrukcyjne?): pierwsza w życiu kłótnia z przyjacielem, który ciągle nie schodził. Więc ukształtowany przez ewolucję mózg zarejestrował coś, co nie przedostało się powyżej progu świadomości, a co było przesłanką czyniącą któreś z tych niebezpieczeństw albo jakieś inne, którego nie umiał przewidzieć, zanadto realnym. Przeciwstawianie się temu nie było rozumne. I Marek odłożył narzędzia, podumał jeszcze chwilę (obserwując, jak złowroga cisza zmienia się w ciszę zwykłą i nudną), po czym wyłączył lampę i poszedł na górę poszukać Piotra.

Ale Piotra dawno w Popielarni nie było. Piotr zamknął właśnie samochód i bramą od strony ulicy Myśliwieckiej wchodził do Łazienek. Chciał pobyć trochę sam, a trochę z nią. W kieszeni trzymał list, który nadszedł czterdzieści minut temu; Giedojt na szczęście gdzieś się zapodział i nie usłyszał pukania do drzwi Wieży, zaskakującego, bo przecież zaprzyjaźniony listonosz przynosił im zawsze tylko rachunki, a tego dnia nie należało spodziewać się żadnego. Piotr nie poznał pisma, którym zaadresowana była koperta, w dodatku stempel miała warszawski, więc idąc do jadalni, otwierał ją bez większych emocji, ale ze środka wyjął list — i w niewyraźnym maczku, z rządkami liter jadącymi to w górę, to w dół, rozpoznał ślad jej ręki; toteż zatrzymał się na środku okrągłego parkietu, przeczytał tekst raz i drugi, po czym — nie mogąc dociec, co właściwie czuje — uświadomił sobie, że za blisko swoich tajemnic dopuścił przyjaciela, a ten zaraz może wychynąć i wtedy z pewnością padnie pytanie, co przyszło; zrobił więc w tył zwrot i poszedł prosto do samochodu.

Nie był pewien, ile minęło czasu, odkąd spacerował tędy z Romą. Chwilami miał wrażenie, że działo się to bardzo dawno temu, ale potem uświadamiał sobie, że z początkiem wiosny, więc najwyżej trzy miesiące wcześniej. Siateczkę nagich gałązek skryły liściaste eksplozje, znieruchomiałe w letnim słońcu. Stadami goniły się na wysokościach rude wiewiórki. Znikły zupełnie gawrony, koło pałacu Na Wodzie gardłowo wydzierał się paw. Po powierzchni stawu dostojnie sunęły łabędzie, obok popisywały się przed sobą kaczory, to nurkując, to zrywając się do lotu, żeby zaraz wylądować, łapy i kuper w ślizgu wzniecają falę, kaczki kołyszą się na niej i kwaczą, jakby biły brawo. Wzdłuż alejek, pomiędzy krzewami, krążyły z hałasem spalinowe kosiarki, powietrze pełne było kwaskowego zapachu świeżo ściętej trawy. Kobiety pchały wózki z dziećmi, wypoczywały w słońcu staruszki, równym, choć nieco trzęsącym się krokiem maszerowali staruszkowie, pobrzękujący medalami z ostatniej wojny. Nie było nikogo, kto by przypominał ich dwoje.

Przecież przez minione tygodnie wielokrotnie wyobrażał sobie tę chwilę. Ale teraz, kiedy przeżywał ją naprawdę, nie było w niej smutku. W każdym razie nie sam smutek. Prędzej: wezwanie.

Mówiła do niego dwoiście, mówiła i nie mówiła zarazem.

Przyspieszył kroku i wkrótce minął Pomarańczarnię — w kręgu ławek bzyczała kolejna kosiarka, a wyżej powietrzną granicę parku wyznaczał krąg, rysowany przez korony drzew. Jeszcze wyżej zaś było niebo, którego ten sam co wtedy, może zresztą jeszcze intensywniejszy błękit nasunął mu myśl o rozległych przestrzeniach, otwierających się, gdy tylko zrobić coś nieprzewidzianego. Lecz nie było nigdzie wyimaginowanego morza, wysokiego klifu u zbiegu ulic Podchorążych i Gagarina. Był rzeczywisty okrąg ziemi, za niewidocznym stąd horyzontem Popielarnia, Łowicz, Łódź i Wrocław, a dalej Drezno i Monachium, i Gibraltar, Wyspy Kanaryjskie, Buenos Aires i Honolulu, Bombaj, Teheran, Riazań i Siedlce, i znowu Łazienki z nim, ale jakimś innym. A we wszystkich tych miejscach Roma tańczy na skrzyżowaniach twista albo madisona, a gdy przystaje na chwilę, zdyszana, rozgląda się, wypatruje, czy on się odważy, i uśmiecha się zawczasu, gotowa na spotkanie. Nie było na co czekać: oddaliła się, ale go nie opuściła. Nie było jej, a przecież wciąż była; była, nie będąc. Będzie mu zawsze towarzyszyć. Pozostawiła ślad: słowo i obietnicę. Choć czy naprawdę zdarzyło mu się to wszystko? Dopiero odpowiedź, że nie, stanowiłaby prawdziwe rozstanie. Ale list, jak liść wyniesiony z ogrodu, który może się tylko śnił, znajdował się na szczęście w jego kieszeni.

Dlatego chyba dzień smutku stał się nagle dniem dwustronnej, choć niełatwej zgody: w obecności Romy, pachnącej cynamonem, żywicą, gorzką mirrą i onyksem (gdyż onyks ma swój zapach), za jej rozkazaniem, świat nie bez wysiłku godził się na Piotra, a Piotr nie bez wysiłku godził się na świat, taki, jaki jest, bo nie ma innego, bo i Piotr mógł być inny, ale w końcu nie był. Stali naprzeciw siebie, on i świat, uczynieni na nowo. A przyglądała się temu ta, która go pokochała pomimo wszystko, która mimo wszystko pokochała ich obu. Teraz warci byli, aby należeć do niej, igrającej na okręgu ziemi, stewardesy wymykającej się oku, które chciałoby po prostu ją dostrzec. Wystarczyło jej odpowiedzieć uśmiechem — skądkolwiek spoglądała — lecz w tym właśnie momencie, czemu akurat teraz, Piotr potknął się, popatrzył w dół i zobaczył, że w prawym bucie rozwiązało mu się sznurowadło, pewnie nadepnięte, gdy wybiegał z Wieży (to, co doskonałe, ma tę wadę, że nie dzieje się naprawdę). I już się pochylał, gdy tymczasem —

jadąca równolegle do alejki kosiarka wjechała właśnie przypadkowo na wielki, dziesięciocentymetrowej długości gwóźdź, prawdziwy bretnal, leżący tu od czasu marcowej akcji przygotowywania nowych budek dla ptaków. Ostrze kosiarki o średnicy pięćdziesięciu centymetrów, wirujące z częstotliwością trzech tysięcy obrotów na minutę, uderzyło w niego, lekko zgięło i wyrzuciło wstecz z siłą około trzystu dwudziestu newtonów, nadając mu prędkość prawie osiemdziesięciu metrów na sekundę, to znaczy ponad dwustu osiemdziesięciu kilometrów na godzinę. Pod wpływem uderzenia tor jego lotu odchylił się o trzydzieści stopni w stosunku do podłoża, dzięki czemu po przebyciu około dwóch metrów wzniósł się on na wysokość stu dziesięciu centymetrów (mniej, niż to wynika z tangensa kąta, ze względu na przyciąganie ziemskie i opór powietrza), obracając się przy tym wokół swojej osi poprzecznej jak bumerang i wytracając energię.

W tym momencie łebek bretnala natknął się na przeszkodę w postaci ciała Piotra: przeciął jego koszulę, naskórek i zderzył się z mostkiem, tuż ponad splotem słonecznym. Żebra przygięły się, pochłaniając część energii uderzenia, a resztę oddały z przeciwnym zwrotem, w wyniku czego bretnal z brzękiem upadł nieopodal w żwir alejki.

Piotr zatoczył się od niespodziewanego ciosu i z lekkim niedowierzaniem patrzył na plamę krwi, która pojawiła się w rozdarciu koszuli. Przez chwilę miał wrażenie, że ktoś go postrzelił: ale wokół kobiety dalej pchały wózki z dziećmi, wypoczywały w słońcu staruszki, równym, choć nieco trzęsącym się krokiem maszerowali starsi panowie, odjeżdżała spokojnie kosiarka i trudno było uwierzyć, że naprawdę ukrył się między nimi oszalały snajper. Zresztą nie słychać było wystrzału, natomiast coś brzęknęło mu pod stopami i Piotr, oderwawszy na chwilę wzrok od rannej piersi, dostrzegł między grudkami żwiru rozkołysany jeszcze gwóźdź. Rozejrzał się ponownie — nikt nie zwracał na niego uwagi, jakby był przezroczysty — odchylił koszulę i ostrożnie pomacał. Naruszone zostało jakieś ukrwione miejsce, mostek bolał, ale chyba był cały i wyglądało na to, że nic poważnego się jednak nie stało. Mężczyzna znalazł w kieszeni chusteczkę higieniczną i przyłożył ją sobie do skaleczonego miejsca. Zaniósł się kaszlem.

Szok ustępował. Krew ciągle jeszcze płynęła, lecz już wolniej, i tylko dziurawa koszula nadawała się do wyrzucenia. Piotr zastanawia się, czy opowie o tym dziwnym przypadku Giedojtowi. Prawie na pewno tak.

12.

Który to samolot — ten czy tamten? Który to rok? Oto spełnienie marzeń: znowu bezczas, w którym możliwe są najdziwniejsze spotkania. Monotonne wycie silników embraera i dudnienie motorów iła nakładają się na siebie. Ale Roma ma zmartwienie i ono rozstrzyga, kiedy to się dzieje: zastanawia się mianowicie, czy informacja dotarła do Piotra, czy Kacper wyśle list, jak go prosiła, a jeśli zapomni, to po ilu dniach się przecknie, że miał coś dla babci zrobić — bo przecież nie wie, jakie to dla niej ważne. *Piotrze, najdroższy, odlatuję wkrótce, więc tą drogą się jeszcze porozumiemy.* W szpitalu, gdy tylko nabrała sił i zobaczyła Tomka, posiwiałego i zdenerwowanego, zrozumiała, że nie należy już do siebie, a tę ostatnią swoją przygodę musi trzymać w tajemnicy nawet przed nim. Teraz myśli intensywnie, jak będzie wyglądać jej życie w Düsseldorfie. *Przepraszam, że wyprosiłam Cię ze szpitala, ale kobieta winna być enigmą, a nie suszonym legwanem pod kroplówką.* W okrągłych okienkach embraera sto siedemdziesiąt pięć jeszcze widać centrum, łatwo je poznać po Pałacu Kultury. *Mój wnuczek to dobry chłopiec, choć może mało jeszcze wyrobiony, ale skoro czytasz te słowa, to znaczy, że spełnił moją prośbę, nie zapomniał (trochę się tego boję).* Najprościej byłoby skorzystać ze Skype'a, ale Piotr go nie używa, zresztą Roma też już nie będzie miała okazji, skoro jej Skype'owy rozmówca siedzi obok niej i tak już będzie do końca. *Piotrze: istnieje to, co jest opisane, i tak, jak jest opisane. Więc opisuję Ci, że lecę teraz do Düsseldorfu. A stamtąd z pewnością dalej: do Biarritz, Monte Carlo, Saint-Tropez. Honolulu.* Piotr nie powinien się martwić; czy zrozumie? *Liczę na Himalaje i Rów Mariański, na Paryż, koniecznie, i Ouagadougou — ta nazwa, kiedy ją wypowiesz głośno, nie brzmi bardziej egzotycznie od innych, ale zawsze zachwycała mnie, napisana. Więc ją piszę.* W pewnym sensie leci do Belli, trudno mieć jakiekolwiek wątpliwości. Czy coś sobie wyjaśnią i czy to w ogóle potrzebne? Roma wyobraża sobie przelotnie, że przez radio nadaje zaszyfrowany komunikat, możliwy do zrozumienia tylko dla jednego słuchacza, dla Piotra, ale czy on jest już na świecie, który to rok, który samolot? Właśnie straciłam własny kąt, to jakby siebie, myśli bezładnie, teraz będę mieszkać z synem, sytuacja na swój sposób urocza, jakbym przestała być dorosła (to zresztą przebranie), a stała się na powrót dzieckiem (to też przebranie), które nie musi podejmować decyzji, wystarczy, żeby było posłuszne, a wolno mu bujać w obłokach. *Piotrze (bo lubię też pisać Twoje imię, a tak mało miałam okazji), Piotrze, pamiętaj — istniejemy, póki o sobie opowiadamy. Istniejemy, póki ktoś o nas opowiada. Będę przepowiadała nas sobie codziennie, choć w tajemnicy, i wypatrywać Cię wszędzie.* Tak jak Kacpra, dopowiada teraz, który chyba jej mignął przez okno ambulansu, bo przecież nie na płycie przy wejściu do samolotu, co by tam właściwie robił? Więc nie jest pewna, czy się z nim pożegnała, ale skoro tak jej się zdaje, to niech tak jest. Wnuczek na pewno już wrócił do domu — szarpnięcie budzi ją z rozmyślań, to tylko turbulencja — i może przechodził w pobliżu skrzynki pocztowej, żeby wiadomość dotarła możliwie szybko do Piotra. *Spotkamy się kiedyś o północy na Champs Élysées albo w Jerozolimie, albo w Buenos Aires. I będzie to tak namiętna scena, że wstydzę Ci się ją opisać, nawet po francusku.* Przy niej ktoś znajomy — ach, no tak, to syn, Tomasz. Zwiduje się jej nagle kapciora, nieistniejąca od dawna, w dniu tamtego powrotu, nazajutrz po katastrofie. Kierowniczka uciekła na jej widok, ucieka aż do dzisiaj, poza horyzont czasu — i na zawsze. Piotr — ponad ćwierć wieku młodszy od niej, też zniknął, przykryły go chmury poniżej. Roma nagle przestaje być pewna, gdzie jest — w jakimś samolocie odrzutowym? Dlaczego stewardesa otula ją pledem, a ktoś inny mierzy puls? — a jednocześnie rozumie, że bez niej wydarzy się w jakimś innym miejscu coś okropnego. Tak, wydarzyło się — wczoraj, przed laty, zawsze się wydarza, gdy z twarzy Romy znika obronny uśmiech, zaklinający zło uśmiech akceptacji; gdy Roma nie przeciwstawia się światu ze wszystkich swoich sił, aktorka na scenie. Piotr zajrzał za kulisy — to było straszne, miała rację, że go wyrzuciła. Przecież stał się najważniejszym widzem tego przedstawienia, właśnie jego nie wolno jej było osłabiać. Lądowanie za czterdzieści minut, mówi jakiś kobiecy głos, Roma przez chwilę zastanawia się, czy nie jest dzisiaj na jedynce, wtedy to do niej by należał ten komunikat, Tomasz troskliwie sprawdza, czy Roma ma dobrze zapięty pas bezpieczeństwa; gładzi ją po dłoni. Nie do uwierzenia, że zrobiło się tak późno, że to dwudziesty pierwszy wiek. Zgubiłam się, już nigdzie nie trafię. Kiedyś bezwiednie odprowadziłam dwie dziewczyny na śmierć, jednej prawie nie znałam i to jej życiem, pożyczonym, żyłam przez wszystkie następne lata, za to druga, druga była fajną kobietą, jedną z milszych i mądrzejszych, jakie poznałam; och, tyle już tych zmarłych się nazbierało. Gdybym umarła, Bello, na pewno dałabym ci jakiś znak, a przynajmniej ty musisz być o tym przekonana i nie uwierzysz, że mnie nie ma, skoro nie pokazałam ci się w nocy, nie zaszeleściłam pudłami czy coś podobnego. Choć później ty mi się jednak nie pokazałaś, ale to pewnie za karę, że wyrzuciłam tamten list do Stefana, straszne poziome kreski, a przecież mógł się w nich kryć jakiś komunikat, którego nie zrozumiałam. Najprostsze, uparte: jestem, jestem. Nie, to nie mój dyżur, uspokaja się Roma. Nie mój lot.

Romie nieczęsto zdarzało się podróżować w charakterze pasażerki. W takich razach mrugała przepraszająco do koleżanek i starała się ich sobą nie zajmować;

czasem, wiedząc, w którym momencie mają wolną chwilę, szła na tyl pokładu wymienić pospiesznie plotki. Ale ta jedna, tamta podróż nigdy się nie kończy, chwila nieuwagi i dzieje się znowu: dziewczyny mają oczywiście przylepiony do twarzy uśmiech, jednak wiedzą o wczorajszej katastrofie na Okęciu i wiele je kosztuje, by nie dać nic po sobie poznać. A i Roma ma zmartwienie: czy informacja dotarła do matki, która przecież nie wie, że ostatecznie córka nie poleciała vickersem. W Gdańsku, gdy tylko obudziła się i usłyszała o wypadku, zamówiła dwie międzymiastowe, jedną do pracy matki (licząc, że tamci przekażą do tego jakiegoś ośrodka, gdzie odbywa się szkolenie, że jest cała i zdrowa), drugą do Stefana; ale nie doczekała się żadnego z połączeń, a musiała już jechać na lotnisko, i teraz myśli intensywnie, co najpierw zrobić po wylądowaniu w Warszawie. W kwadratowych okienkach iła czternastego już widać centrum, łatwo je poznać po Pałacu Kultury; samolot robi łagodny zwrot w lewo, czyli trzydziestka trójka jest ciągle wyłączona, zaraz skontrują i przyziemią na pasie numer jedenaście. Roma postanawia, że z kapciory zadzwoni na miasto, ale tylko do pracy matki, bo przecież o tej porze Stefana nie ma w domu, miał pomagać Belli w urządzaniu mieszkania, a tam telefon będzie, jak ułożą linię, najwcześniej za kilka lat. Więc najlepiej, jeśli pojedzie po prostu do Belli. Tylko wcześniej wpadnie do domu się przebrać. Możliwe zresztą, że żadne z nich nie włączyło radia, Bella kompletnie zwariowała na punkcie mebelków, kilimków, obrazków i nie ma głowy do całej reszty — zresztą czemu się jej dziwię, strofuje się Roma, zachowam się dokładnie tak samo, kiedy wreszcie zdobędę własny kąt. Tylko ten Stefan, on nie zacznie dnia bez wysłuchania wiadomości porannych — naszych, a wcześniej z Wolnej Europy. Żeby katastrofa wydarzyła się gdzieś dalej od stolicy, może wstrzymaliby komunikat na dobę czy dwie, ale w tej sytuacji nie ma mowy; zresztą Monachium i tak o tym powie. Nasza cenzura będzie wolała puścić suchy komunikat, niż wiedzieć, że narastają plotki. Suchy, czyli bez nazwisk ofiar. Stefan będzie się martwił. Nie robi się takich rzeczy przyjaciołom. Powinna właściwie nadać w Gdańsku telegram, ale przyszło jej to do głowy dopiero na pokładzie. I teraz jej głupio. Może mogłaby poprosić pilotów o pośrednictwo, lecz i oni są z pewnością przygnębieni, Rzeszotarskiego wszyscy podziwiali i czułaby się śmiesznie, zawracając im głowę swoimi prywatnymi sprawami. Zresztą czy Stefan, z tą swoją umiejętnością wkręcenia się wszędzie, nie pojechał od razu na lotnisko, żeby dopytać o szczegóły? Wiele zależy od tego, uświadamia sobie Roma, o której to zrobił. Teraz, po południu, pewnie znalazłby kogoś, kto by sprawdził dla niego nazwiska stewardes, ale jeśli pojechał rano, wszyscy z pewnością nabrali wody w usta. Nie, dlaczego miałby pojechać rano. Po takiej przykrej rozmowie, jaką przeprowadzili, może pił do lustra cały wieczór, obudził się z kacem i kto wie, czy nie spóźnił się nawet do Belli. Wtedy w ogóle nie byłoby problemu. Ale nie można na to liczyć — szarpnięcie budzi ją z rozmyślań, już toczą się po płycie, pasażerowie klaszczą, jakby nie wierzyli, że pilot to potrafi — więc pobiegnie tylko do telefonu, by wiadomość, że żyje, dotarła do matki — i weźmie taksówkę. To zły pomysł, uświadamia sobie, bo do taksówek zawsze są kolejki, zwłaszcza że o tej porze przylatuje jeszcze Sabena z Brukseli i Berlina. Może belgijska caravelle wiezie kogoś, kto spóźnił się na wczorajszy rejs... — kręci głową, aż ogląda się na nią siedzący obok mężczyzna. Więc autobusem, to potrwa niestety trochę dłużej, chyba że znajdzie kolegę gotowego ją podwieźć.

Ale nie znalazła. W kapciorze jej wejście spowodowało zbiorowy wybuch płaczu, z pewnością nie pierwszy tego dnia. Wiesz, że Anka, wiesz, że Magda... Już nikt nie mówi „kasjerka". Ty rozmawiałaś z nimi ostatnia. Rzeszotarski, on przecież był świetny, nie mógł się tak pomylić. Ale to nie vickers, vickers był nowy. Podobno coś z radiolatarnią, ciekawe, czy się przyznają. Majkowskiego zwolnili na parę dni, żeby się pozbierał. Jak on sobie poradzi... Wkracza w to wszystko kierowniczka, chce coś powiedzieć ostro, lecz jej wzrok pada na Romę i kobieta wycofuje się chyłkiem. Ucieka. Roma odczekuje jeszcze chwilę, telefon stoi, ale nie da rady stąd zadzwonić, więc wybiega do planistki. Dobrze, pierwszą rzecz załatwiła — ten ktoś, z kim rozmawiała, obiecał, że zaraz nada iskrówkę do ośrodka szkoleniowego, jak to dobrze, panienko, że się panience udało. Ta forma zdradza starszego człowieka, może nawet po pięćdziesiątce. Kogoś z pokolenia matki. Teraz do domu i do Belli.

W rezultacie jednak ucieka jej sto czternastka, za chwilę przyjeżdża następna, tyle że kierowca zamyka autobus i idzie do toalety albo coś zjeść. Z kilkunastoma osobami Roma czeka na pętli i zaczyna mieć wrażenie przykrego koszmaru, który niekiedy śni: spieszy się, a wszystko sprzysięga się przeciwko niej, są opóźnienia, korki, zmiany tras, ulice robią się obce i w pewnej chwili już zupełnie nie wie, gdzie jest — w jakimś samolocie odrzutowym? Dlaczego stewardesa otula ją pledem, a ktoś inny mierzy puls? — a jednocześnie rozumie, że bez niej wydarzy się w jakimś innym miejscu coś okropnego. Tak, wydarzyło się — zawsze się wydarza, gdy z twarzy Romy znika obronny uśmiech, zaklinający zło uśmiech akceptacji; gdy Roma nie przeciwstawia się światu ze wszystkich swoich sił, aktorka na scenie. Wystarczy niestety, żeby Bella postanowiła zacząć dzień od muzyki, o ósmej informacja o katastrofie była już na pewno w dzienniku; przecież Bella tego nie przeżyje. Jest taka słodka i taka w gruncie rzeczy nieodporna, potrafi rozpaczać z byle powodu, a nie ma rodziców i w ogóle nikogo tak bliskiego jak Roma. Choć jest Stefan, lecz on, cóż, nawet jeśli dla niej wiele znaczy, to jak bardzo Bella liczy się dla niego, okazało się w wartburgu, o poranku, gdy z Romą mknęli jak szaleni przez pustawe miasto. I Romie serce się kraje na myśl o przedwczesnej rozpaczy przyjaciółki, nie mogę jej tego zrobić, powtarza sobie; postanawia nie jechać do domu, tylko od razu na ten jej Grochów, i nawet byłaby gotowa porwać autobus. Lecz kierowca wraca nareszcie i z ociąganiem uruchamia silnik. Kadar, to znaczy Ikarus, ale wszyscy nazywają go Kadarem, dotacza się do rosnącego tłumu oczekujących, ze stęknięciem otwiera drzwi i, co za pech, znowu cichnie. Odjazd za dziesięć minut.

Szkolenie daje o sobie znać: gdyby ktoś spojrzał na młodą stewardesę, siadającą przy oknie autobusu, nie domyśliłby się, że najchętniej ogryzałaby w tej chwili paznokcie. Na kolanach trzyma swoją służbową torbę, w torbie kosmetyczka, brudna bielizna, wilgotny ręcznik, zmięta koszula nocna, kryminał Simona Robertsa i służbowe pantofle. Tyle już czasu upłynęło od chwili, kiedy się pakowała i słyszała: „Wychodzę na zbiórkę o jedenastej, wrócę w sobotę. Będziesz musiała robić sobie obiady". To głos mamy, a ona odpowiedziała, że jutro idzie do Belli, no i idzie, jedzie, która godzina? Już po czwartej, nie do uwierzenia, że tak późno.

Kadar rusza wreszcie z przystanku, toczy się po betonowym łączniku, prowadzącym do ulicy 17 Stycznia, ostrożnie przejeżdża przez tory, za chwilę nabierze prędkości. Roma przebiega myślami trasę, gdzie powinna wysiąść, czym pojechać dalej, jak się, u licha, dostać na ten Grochów? Przecież tam nie trafię, zwłaszcza że zrobiło się ciemno. Bello, kochana, nie wierz, że nie żyję — to ty nie żyjesz — zaraz będę u ciebie i pośmiejemy się obie z niewiarygodnego szczęścia, bo oczywiście tak to zrozumiesz i nie pojmiesz, że ja, ciesząc się z twojej radości, z kolejnego wybuchu śmiechu — który brzmi jak dzwoneczki — w głębi duszy trochę umarłam, skoro bezwiednie odprowadziłam dwie dziewczyny na śmierć, jednej prawie nie znałam i to jej życiem, pożyczonym, żyję od dzisiaj, za to druga, druga była fajną kobietą, jedną z milszych i mądrzejszych, jakie poznałam. Ale nie powiem ci tego, zresztą ty się domyślisz, tylko nie od razu, zobaczysz to w moich oczach, w których umiesz czytać lepiej niż w książkach, i znowu się rozpłaczesz, tym razem z bezradności, powiesz coś w stylu, że jesteś głupia, a Stefan, tak, przecież Stefan też jest ważny, chociaż niewłaściwie ulokował swoje uczucia, więc Stefan będzie nam się przyglądał i gładził się po skroniach, żeby ukryć, że i jemu załzawiły się oczy. Udało nam się jeszcze raz. Będziemy cieszyć się z twojego mieszkania, urządzimy je tak, jak tego pragniesz, mała, kochana Bello.

Roma uspokaja się, wyobrażając sobie tę przemowę; przypomina sobie zresztą, jak wielokrotnie odkrywały, że rozumieją się bez słów, toteż gdybym umarła, na pewno dałabym ci jakiś znak, a przynajmniej ty musisz być o tym przekonana i nie uwierzysz, że mnie nie ma, skoro nie pokazałam ci się w nocy, nie zaszeleściłam pudłami czy coś podobnego. W końcu przesiadka, Roma przeciska się do wyjścia, drzwi o mało nie przytrzaskują jej płaszcza, ale jest na zewnątrz. Na przystanku sprawdza trasy autobusów, ten jedzie ulicą Grenadierów, więc będzie dobry. Nawet nie czeka długo; po tym, co przeżyła na Okęciu, zdaje jej się, że wreszcie odzyskała rytm, wpasowała się w rytm tego miasta, brzydkiego, ale znanego lepiej niż jakiekolwiek inne. Przejeżdża przez Wisłę, rozgląda się nerwowo, żeby nie przegapić miejsca, o które jej chodzi, była tu przecież tylko raz. Chyba tutaj, tak. Nowe niskie domy, czteropiętrowe, z nieotynkowanych płyt (niektóre okna jeszcze ciemne, bez lokatorów); Bella mówiła, że ściany błyszczą za dnia jakimś szkliwem, jakby do betonu dosypano garść miki czy krzemu, są jak piasek w Sopocie, śmiała się.

Roma, w mundurku stewardesy pod płaszczem, czuje się raczej nie na miejscu w tej części Warszawy. Trudno. Pod latarnią sprawdza w notesiku adres, bo wszystkie budynki wyglądają tak samo. Więc to tutaj. Wchodzi po schodach, trzecie piętro, mieszkanie po prawej. Dzwoni do drzwi.

Przez dłuższą chwilę nic się nie dzieje. Potem tupot bosych stóp, stawianych niepewnie, jakby na palcach. Kto tam? — pyta cicho Bella. Pewnie płakała. To ja, Roma — mówi Roma z ulgą.

Drzwi otwierają się gwałtownie, Bella, biała jak ściana, cofa się przed nią. Romie pełen tkliwości uśmiech schodzi z ust, idzie za nią, jak we śnie, w głąb maleńkiego przedpokoju. Zresztą kto wie, czy to jednak nie sen, scena wielokrotnie odtwarzana, w nocy i za dnia, za każdym razem trochę inaczej, niby z fotograficzną dokładnością, ale czy to możliwe, pamiętać wszystko po tylu latach? Więc może tylko zdaje się Romie, że otarła się o płaszcz Stefana na wieszaku, za plecami przyjaciółki widzi prawdopodobnie nierozpakowane pudła, łóżko z rozkopaną pościelą i podnoszącego się nagiego mężczyznę, to Stefan, który patrzy na nią z miną, jakby chciał zapaść się w siebie, przewrócić na lewą stronę, jego oczy wilgotnieją, otwiera usta, lecz nic nie mówi, zamyka je, absurdalnym gestem chwyta się za czuprynę, za chwilę wyciągnie się z bagna jak Münchhausen, ale co tam Stefan, choć odzywa się wreszcie i bełkocze chyba: wybacz, wybacz. To nieważne; Bello, jestem. Tymczasem twarz Belli, opartej o framugę, zmienia się, przeobraża — wtedy czy teraz, co z tym czasem? Cokolwiek z nim się dzieje, to nie jest dobre i nie jest dobre, co dzieje się z Bellą, co z Bellą się stało: już nie twarz, ale purpurowa maska, nabrzmiały od krwi maszkaron; jej fiołkowe oczy mrużą się i ciemnieją, są czarne jak smoła, jak bezduszne oczy złych ptaków, a wykrzywione usta krzyczą (tylko czy naprawdę tak było): Dlaczego?! Dlaczego ty żyjesz?!

I na tym nie koniec, choć czy pasażerka odlatująca do Düsseldorfu, Roma Neufhart, w nowej, z pewnością już ostatniej podróży, czy naprawdę słyszała wszystkie następne słowa? Były jak opętanie, tylko czy się nie myli, czy może sobie zaufać, że Bella krzyczała, a raczej coś krzyczało Bellą, gdy diabelskie kształty wypełniły jej skórę na twarzy, wypchnęły kości policzkowe, wybałuszyły oczy, a może działo się to stopniowo przez następne lata, im słabiej pamiętała rysy przyjaciółki? Po co tu przyszłaś?! — Ależ, Bello... — Nie nazywaj mnie Bellą, mam na imię An-to-ni-na, nawet imię mi zabrałaś, wszystko mi zabrałaś — opowiada sobie, bo przecież nie przypomina, tylko opowiada tę scenę wielokrotnie sobie opowiadaną, przepowiadaną, stylizowaną tak, żeby wyjaśnić, co niezrozumiałe, najdziwniejsze w Romy życiu — nawet jego chciałaś mi zabrać; nie chcę cię znać, nie chcę, żebyś tu była, idź sobie; zawsze uważałaś mnie za gorszą, za głupszą; nawet mieszkać chciałaś wyżej niż inni, na jakiejś wieży, cholerna księżniczka, myślisz, że nie pamiętam? (Choć to może było później, podczas którejś próby pojednania, o ile doszło do jakichś). Snułam się za tobą jak cień, zamiast żyć — jeszcze dziś, a może dopiero dziś słychać ten krzyk, Stefan raz bąknął, że Bella wtedy nie krzyczała, ale czy można było wierzyć Stefanowi? Zresztą szybko zaczął odmawiać rozmowy o tej scenie. — Koniec, Zośka, koniec, wyjdź i nie wracaj — syczy Bella. Tak, to był jakiś sposób na opowiedzenie ich historii, myśli wiele lat później Roma, choć inny niż mój; tak długo pracowałam, żeby go wypchnąć ze świadomości, i co, nie udało się; Bella zresztą nie zachowa tego w pamięci, pewnego dnia będzie się tłumaczyć bez przekonania, że musiała mieć jakiś atak i zresztą nie takie rzeczy mówi się w gniewie, w szoku, a w ogóle nic podobnego się nie zdarzyło. Lecz to później, kiedy natknęły się na siebie przypadkowo w Alejach, co nie miało już żadnego znaczenia dla tej historii, która dobiega właśnie końca. Tymczasem więc Bella nie woła: moje życie jest moje, nie twoje; nie krzyczy: jaka ja byłam głupia, że cię słuchałam; to Romie się zdaje, że ciągle słyszy echo jej histerycznego wrzasku: jakim przeklętym cudem wylazłaś znowu na świat, dlaczego znowu żyjesz, czy to się nigdy nie skończy? Może zresztą wyczytała to wszystko w oczach tamtej, a może — nie sposób tego wykluczyć — zobaczyła w nich odbicia własnych myśli? Choć nawet nie własnych, ale do wewnątrz niej przybiegających skądś bezładnie, z tamtego miejsca, kilkaset metrów przed początkiem pasa na Okęciu. To nieprawda, Bella coś jednak krzyczała, bo nieoczekiwanie przerywa i zatyka usta dłonią. W pierwszej chwili wygląda to tak, jakby chciała wtłoczyć swoje słowa, a może słowa tego czegoś, co nią zawładnęło, z powrotem do wnętrza, niech to zrobi jak najprędzej, ale nie, chodzi o coś innego: szarpnięciem otwiera drzwi łazienki i wymiotuje do zlewu. Głośno, wstrętnie.

I wtedy spod łóżka wychodzi biały, długowłosy kot z diamentową obróżką; skąd ten kot? Ale jest sobie: naocznie, teraz już nieodwołalnie. Póki siedział ukryty, istniał jedynie w pięćdziesięciu procentach, albo nawet mniej, bo prawdopodobieństwo jego zaistnienia nie przekraczało zapewne poziomu tego, co nigdy się nie zdarza, skoro Bella nie miała żadnego kota; ale gdy już wylazł, natrętnie stroszy futro i Roma się go nie pozbędzie sprzed oczu; zresztą może to i dobrze, bo wraz z jego zjawieniem się ogarnia ją niewiarygodny spokój. Jej ciało zmienia się w stężałą rtęć. Stoi sobie, srebrzysta rzeźba, w przedpokoju mieszkania byłej przyjaciółki, statuetka na chłodnicy samochodów, które widywała w Londynie, błyszczący puchar przechodni, pierwsza nagroda dla siebie samej; stoi i patrzy na nagiego mężczyznę, który ma przynajmniej trochę wdzięczności w oczach, wdzięczności za to, że Roma istnieje. Tak jej się zdawało i będzie przez jakiś czas grzała się w tym wrażeniu, żeby mróz odpuścił i żeby na powrót stała się żywym człowiekiem, nie metalową figurką, zamarzniętą od jednego pytania. A może od milczenia, jeśli Stefan miał rację, że Bella nie wypowiedziała ani jednego słowa. Te jego oczy — myliła się — miały być jak małe słońca, a będą jak małe latarenki, chytre i myszkujące, kieszonkowe reflektorki szperacze. Ale mniejsza o niego, on — później, jeszcze przed wieczorem będzie klęczał, szeptał, wyjaśniał. Wtedy się go użyje do zemsty. Na razie zamrożona figura z metalu ostatnim tej zimy ludzkim odruchem przełyka ślinę, spogląda na kota i jego śladem oddala się stąd, cicho zamykając za sobą drzwi.

Kot nie idzie przed nią i nie biegnie za nią Bella. Czy raczej nie o to chodziło? Że nie doczekała się tupotu stóp za plecami? Żadnego „Roma, wracaj"? Może to było mrożące milczenie, a nie gorączkowy krzyk. Nie ma już nikogo, z kim dałoby się porównać zeznania. Za cztery dni Wigilia. Za jedenaście miesięcy Roma wyjdzie za mąż. Za dwa lata urodzi syna. Który jest obok. Za dziesięć minut lądujemy — słyszy komunikat; dziewczyna w wieku jej wnuczki weszła w jej rolę, gra ją lepiej, niż dzisiaj umiałaby ją zagrać stara kobieta otulona pledem. Kiedyś odtajałam, Piotrze. Nie pamiętam w tej chwili, kiedy dokładnie, ale odnalazłam siebie, tę ukrytą przed wszystkimi spojrzeniami, przeczuwaną i zapominaną co chwila; zerwałam z oczu zasłonę i popatrz, zdążyłam, żebyś mógł poznać prawdziwą mnie: Nową Podróż.

Luty 2012 – listopad 2013

OD AUTORA

Użyty jako motto fragment księgi Bereszit (w tradycji chrześcijańskiej: Księgi Rodzaju) cytuję według tłumaczenia: Tora Pardes Lauder, Księga Pierwsza Bereszit, redakcja i tłumaczenie Rabin Sacha Pecaric, Kraków 2001.

Katastrofa samolotu vickers viscount o numerze rejestracyjnym SP-LVB, która wydarzyła się w Warszawie 19 grudnia 1962 roku, miała przebieg taki mniej więcej, jak to przedstawiłem w książce. Wydawało mi się jednak, że — nawet po upływie ponad pięćdziesięciu lat — nie należy wprowadzać autentycznych ofiar do wnętrza fikcji. Dlatego kapitan i obie stewardesy otrzymali ode mnie zmyślone nazwiska i tożsamości.

Historia pozbawienia praw rodzicielskich kobiety uważającej się za mistyczkę jest zaczerpnięta z notatki prasowej — ale została przeze mnie znacznie przekształcona na potrzeby powieści.

Reportaż radiowy o domu starców, wspomniany przez jednego z bohaterów, istnieje naprawdę: został zrealizowany przez Irenę Linkiewicz z zielonogórskiego Radia Zachód i nosi tytuł *Seks pod specjalnym nadzorem*.

Nie udało mi się ustalić, skąd pochodzi anegdota Stefana o samochodzie pułapce, przegranym w karty; niewykluczone, że to rodzaj legendy miejskiej z wczesnego okresu powojennego, ale wydaje mi się, że opowiadał mi ją w dzieciństwie ojciec, streszczając czytane właśnie wspomnienia, być może Tomasza Domaniewskiego (choć w jego publikacjach, które przeglądałem, tej historii nie znalazłem).

Fragmenty *Teologii mistycznej* Pseudo-Dionizego w przekładzie Marii Dzielskiej cytuję na stronach 35–37 i 309 według wydania: Pseudo-Dionizy Areopagita, *Pisma teologiczne*, Kraków 2005.

Latem 1962 roku Niebiesko-Czarni prawie na pewno wykonywali w Non-Stopie piosenki, z których cytaty znalazły się w powieści: *Mamo, nasza mamo* (muz. i sł. Franciszek Walicki), *Let's Twist Again* (sł. Kal Mann, muz. Dave Appell) oraz *What'd I Say* (muz. i sł. Ray Charles). Natomiast licentia poetica stanowi wyobrażenie, że w przerwie ich sopockich występów prezentował blok swoich piosenek Czesław Niemen (z cytowaną *A Felicidade*, sł. Vinicius de Moraes, muz. Antônio Carlos Jobim), choć poza Non-Stopem tak się wówczas zdarzało, na przykład w czerwcu 1962 roku w Grudziądzu.

Z kolei piosenki, z których cytaty towarzyszą weselu bohaterów, to kolejno: *Malagueña* (muz. Elpidio Ramirez, sł. pol. Ola Obarska, wyk. Sława Przybylska, 1959), *Augustowskie noce* (muz. Franciszka Leszczyńska, sł. Andrzej Tylczyński i Zbigniew Zapert, wyk. Maria Koterbska, 1959), *Dzisiaj, jutro, zawsze* (muz. Wojciech Piętowski, sł. Andrzej Tylczyński, wyk. Bohdan Łazuka, 1963), *Twist and Shout* (muz. i sł. Phil Medley i Bert Russell, wyk. The Beatles, 1963), *Nie oczekuję dziś nikogo* (muz. Derwid, właśc. Witold Lutosławski, sł. Zbigniew Kaszkur i Zbigniew Zapert, wyk. Rena Rolska, 1959) oraz *Jesienny pan* (muz. Roman Orłow, sł. Wojciech Młynarski, wyk. Krystyna Konarska, 1963).

Tekst motetu Thomasa Tallisa *Spem in alium* podaję, poza oryginałem łacińskim, we własnym, stylizowanym na potrzeby powieści, przekładzie.

W czasie spotkania trójki przyjaciół na tarasie Wieży Roma nuci początek trzeciej strofy *Modlitwy* Bułata Okudżawy.

Poza tym — wszystkie wydarzenia i osoby opisane w książce są fikcyjne. Wszelkie podobieństwo do realnych osób lub zdarzeń może być jedynie dziełem przypadku. W szczególności: nie mam żadnych powodów, by przypuszczać, że spacery po Łazienkach, gdy przychodzi pora koszenia trawników, są niebezpieczne (opisana przeze mnie sytuacja wydarzyła się, owszem, ale w innym miejscu Warszawy).

Chciałbym złożyć podziękowania wszystkim osobom, które w trakcie pisania przeze mnie powieści odpowiadały na najrozmaitsze pytania lub znajdowały ludzi, którzy znali na nie odpowiedzi, zwłaszcza zaś — Aleksandrze Dmowskiej, Sylwii Héjj, Pawłowi Konradowi, panu Michałowi Morawskiemu, Michałowi Szymańskiemu i Agnieszce Walewicz, oraz ekspertom do spraw lotniczych: pani Gabrieli Żwirskiej i panu Grzegorzowi Sobczakowi. Naturalnie ewentualne błędy, które popełniłem, obciążają jedynie moje konto.

Osobne podziękowania należą się mojej Żonie, Agnieszce, za niezmienne wsparcie, inspirujące rozmowy i uwagi po lekturze pierwszej wersji tekstu — i za cierpliwość w tym wszystkim.

Książkę poświęcam pamięci mojego Ojca, Andrzeja Sosnowskiego (1933–1985), który gdy byłem dzieckiem, prowadzał mnie na warszawskie lotnisko Okęcie, by zarazić mnie swoją nieodwzajemnioną miłością do samolotów. Cóż to była za frajda.

Wydanie pierwsze

Opieka redakcyjna
Waldemar Popek

Redakcja
Weronika Kosińska

Korekta
Ewa Kochanowicz, Aneta Tkaczyk, Dorota Trzcinka

Projekt okładki i stron tytułowych
Robert Kleemann

Redakcja techniczna
Bożena Korbut

ISBN: 978-83-08-05351-5